MARY SHELLEY

Frankenstein

Mit *Frankenstein* hat Mary Shelley 1818 eine mythische Gestalt erschaffen, die im Lauf des 20. Jahrhunderts durch teilweise sehr freie Verfilmungen eine ungeheure Popularität erlangt hat. Während der Name heute für alle möglichen Arten von Monstern steht, erzählt Shelley die phantastische Geschichte des Victor Frankenstein, dem es gelingt, aus Leichenteilen eine menschliche Kreatur zum Leben zu erwecken. Doch der Wissenschaftler kann die Hässlichkeit des Monsters nicht ertragen – und überlässt es sich selbst. Aus Einsamkeit und Verzweiflung wird das eigentlich gutmütige Wesen zum Mörder.

MARY SHELLEY

Frankenstein
oder
Der moderne Prometheus

Aus dem Englischen übersetzt
von Ursula und Christian Grawe

Anmerkungen und Nachwort
von Christian Grawe

RECLAM

Inhalt

Anhang

Einführung der Autorin

Als der Verleger der Standard Novels *Frankenstein* für eine seiner Reihen auswählte, trat er mit der Bitte an mich heran, eine kurze Darstellung des Ursprungs der Geschichte beizusteuern. Ich bin dazu umso eher bereit, als ich damit ein für allemal Antwort auf die Frage geben kann, die mir so oft gestellt wird – wie ich als noch junges Mädchen auf einen so entsetzlichen Gedanken verfallen und mich darüber so ausführlich auslassen konnte. Zwar scheue ich mich außerordentlich, in meinen Büchern über mich selbst zu sprechen, aber da meine Darstellung nur als Anhang zu einem früheren Werk erscheinen und sich ausschließlich auf Themen beschränken wird, die mit meiner literarischen Tätigkeit in Zusammenhang stehen, brauche ich mir persönliche Aufdringlichkeit wohl nicht vorzuwerfen.

Es ist durchaus nichts Ungewöhnliches, dass ich als Tochter zweier literarischer Berühmtheiten schon sehr früh auf den Gedanken kam zu schreiben. Schon als Kind habe ich Schreibversuche gemacht, und es war meine Lieblingsbeschäftigung, in den Stunden, die ich mir selbst überlassen war, »Geschichten zu erzählen«. Doch gab es ein noch größeres Vergnügen für mich – nämlich Luftschlösser zu bauen, Tagträumen nachzuhängen, Einfälle auszusinnen, die schließlich eine Reihe von imaginären Ereignissen bildeten. Meine Träume waren zugleich phantastischer und angenehmer als meine Texte. Beim Schreiben ahmte ich nur sklavisch nach, wiederholte eher, was andere mir vorgemacht hatten, als eigene originelle Einfälle zu Papier zu bringen. Was ich schrieb, war zumindest für ein weiteres Augenpaar bestimmt – meine Kindheitsgefährtin und Freundin; aber meine Träume gehörten mir allein, sie brauchte ich gegenüber niemandem zu rechtfertigen; sie waren meine Zuflucht, wenn ich verärgert, mein höchstes Vergnügen, wenn ich unbeschäftigt war.

Als kleines Mädchen lebte ich hauptsächlich auf dem Land und hielt mich oft in Schottland auf. Gelegentlich unternahm ich Reisen zu den eher malerischen Gegenden, aber mein eigentlicher Wohnsitz lag an den öden und eintönigen Nordufern des Tay, in der Nähe von Dundee. Öde und eintönig nenne ich sie im Rückblick, aber das waren sie damals für mich ganz und gar nicht. Sie waren der Horst der Freiheit, die erfreuliche Landschaft, wo ich ungehindert mit den Gestalten meiner Phantasie umgehen konnte. Ich schrieb schon damals, aber in einem sehr banalen Stil. Erst unter den Bäumen des Parks, der zu unserem Haus gehörte, oder auf den kahlen Hängen der unbewaldeten Berge in der Umgebung wurden meine eigentlichen Kompositionen, die kühnen Höhenflüge meiner Phantasie geboren und gehegt. Ich machte mich nicht zur Heldin meiner Geschichten. Mein eigenes Leben erschien mir als eine viel zu banale Angelegenheit. Ich konnte mir nicht vorstellen, dass romantische Leiden oder wunderbare Ereignisse je mein Schicksal sein würden; aber ich war nicht auf meine eigene Person angewiesen und konnte die Stunden mit Geschöpfen bevölkern, die mir in diesem Alter viel interessanter vorkamen als meine eigenen Empfindungen.

Später wurde mein Leben abwechslungsreicher, und die Wirklichkeit trat an die Stelle der Dichtung. Mein Mann war allerdings von Anfang an darauf bedacht, dass ich mich meiner Eltern würdig erweisen und selbst literarische Lorbeeren verdienen sollte. Er spornte mich immer wieder an, literarischen Ruhm zu erwerben, woran auch mir selbst damals durchaus gelegen war, obwohl es mir inzwischen unendlich gleichgültig geworden ist. Damals war es sein ausdrücklicher Wunsch, dass ich schreiben sollte, nicht so sehr weil er glaubte, dass ich etwas Bemerkenswertes hervorbringen würde, sondern damit er selbst beurteilen konnte, wieweit ich zu späteren, größeren Hoffnungen Anlass gab. Trotzdem tat ich nichts. Reisen und die Sorge um meine Familie nahmen meine Zeit in Anspruch, und meine literarische Tätigkeit beschränkte sich auf Studien, etwa auf Lektüre oder geistige Anregungen im Umgang mit meinem weitaus gebildeteren Mann.

Im Sommer 1816 besuchten wir die Schweiz und wurden Nachbarn von Lord Byron. Zuerst verbrachten wir unsere Mußestunden auf dem See oder auf Spaziergängen an seinem Ufer. Lord Byron, der gerade am dritten Gesang von *Childe Harold*[1] arbeitete, war der einzige von uns, der seine Gedanken zu Papier brachte, und als er uns diese von poetischer Leuchtkraft und Harmonie durchdrungenen Verse nach und nach brachte, schienen sie den Schönheiten von Himmel und Erde, deren Eindruck wir gemeinsam erlebten, das Siegel des Göttlichen aufzuprägen.

Aber der Sommer stellte sich als nass und unfreundlich heraus, und unablässiger Regen fesselte uns oft tagelang ans Haus. Einige vom Deutschen ins Französische übersetzte Bände Gespenstergeschichten fielen uns in die Hände. Da gab es die »Geschichte vom treulosen Liebhaber«, der sich, als er die Braut, der er Treue geschworen hat, zu umarmen glaubt, in den blassen Geisterarmen der Frau findet, die er im Stich gelassen hat. Da gab es die Erzählung von dem sündigen Ahnvater eines Geschlechts, dessen furchtbares Schicksal es war, den jüngeren Söhnen seines unglückseligen Hauses den Todeskuss aufzudrücken, sobald sie das Alter schönster Hoffnungen erreicht hatten. Seine riesige gespenstische Gestalt sah man wie den Geist in *Hamlet* in voller Rüstung, aber mit offenem Visier im unsteten Licht des Mondes um Mitternacht langsam die düstere Allee entlangschreiten. Die Figur verlor sich im Schatten der Burgmauern; aber bald schwang ein Tor auf, Schritte ließen sich vernehmen, die Tür des Gemachs öffnete sich, und er näherte sich dem Bett der blühenden Jünglinge, die von gesundem Schlaf umfangen waren. Unendlicher Schmerz lag auf seinem Gesicht, als er sich niederbeugte und die Stirn der Knaben küsste, die von Stund an wie vorzeitig gebrochene Blumen dahinwelkten. Ich habe diese Geschichten seitdem nicht wiedergesehen, aber die Vorfälle sind in meinem Gedächtnis so frisch, als hätte ich sie gestern gelesen.

»Wir wollen alle eine Gespenstergeschichte schreiben«, sagte Lord Byron, und sein Vorschlag wurde angenommen. Wir waren zu viert. Der edle Dichter begann eine Erzählung, von der er ein Fragment am Ende seines Gedichts *Mazeppa* drucken ließ. Shelley – dem es leichter fiel, Gedanken und Gefühle mit der Suggestivität einer reichen Bildersprache und der Musik höchst wohlklingender Verse auszudrücken, die unsere Sprache zieren, als das Handlungsgerüst einer Geschichte zu erfinden, begann eine, die auf Erlebnissen seiner frühen Kindheit beruhte. Der unselige Polidori verfiel auf eine schreckliche Geschichte von einer kahlköpfigen Dame, die auf diese Weise gestraft worden war, weil sie durch ein Schlüsselloch geschaut hatte – was sie sehen wollte, ist mir entfallen; zweifellos etwas äußerst Schockierendes und Verwerfliches. Aber als er ihr noch böser mitgespielt hatte als dem berüchtigten Tom von Coventry[2], wusste er nicht, was er weiter mit ihr anfangen sollte, und sah sich gezwungen, sie in das Grab der Capulets[3] zu befördern, den einzigen für sie geeigneten Ort. Auch die berühmten Dichter, von platter Prosa gelangweilt, gaben die ihnen unbequeme Aufgabe schleunigst wieder auf.

Ich gab mir schreckliche Mühe, eine Geschichte zu erfinden – eine Geschichte, die es mit denen aufnehmen konnte, die uns zu dieser Aufgabe angeregt hatten –, eine, die die geheimsten Ängste der menschlichen Natur ansprechen und Schauer des Entsetzens hervorrufen würde – eine, bei der dem Leser davor grauen würde, sich umzublicken, bei der ihm das Blut in den Adern stocken und der Puls schneller schlagen würde. Wenn mir all das nicht gelang, würde meine Gespenstergeschichte ihren Namen nicht verdienen. Ich dachte nach, ich grübelte – vergeblich. Ich litt unter völligem Versagen der Einbildungskraft, dem größten Unglück des Schriftstellers, wenn unsere flehentlichen Beschwörungen mit einem dumpfen Nichts beantwortet werden. »Hast du dir eine Geschichte ausgedacht?«, wurde ich jeden Morgen gefragt, und jeden Morgen war ich gezwungen, diese Frage kleinlaut zu verneinen.

Alles muss einen Anfang haben, um mit Sancho Pansa[4] zu sprechen, und dieser Anfang muss mit etwas in Zusammenhang stehen, das vorherging. Bei den Hindus wird die Welt von einem Elefanten getragen, aber sie lassen den Elefanten auf einer Schildkröte stehen. Erfinden, das muss man in aller Bescheidenheit zugeben, heißt nicht, aus dem Nichts schaffen, sondern aus dem Chaos; das Material muss zunächst einmal da sein. Erfinden kann dunklen, gestaltlosen Stoffen eine Form geben, aber es kann den Stoff selbst nicht erschaffen. Bei allem Entdecken und Erfinden, sogar bei dem von der Phantasie abhängenden, werden wir ständig an die Geschichte von Kolumbus und seinem Ei[5] erinnert. Erfinden besteht in der Fähigkeit, das Potential eines Stoffes zu erfassen, und in dem Talent, Gedanken zu formen und zu gestalten, die ihm entsprechen.

Zahlreich und ausgedehnt waren die Gespräche zwischen Lord Byron und Shelley, bei denen ich eine andächtige, aber meist schweigsame Zuhörerin war. Bei einem davon wurden verschiedene philosophische Lehren diskutiert, unter anderem auch Wesen und Ursprung des Lebens und ob Aussicht bestehe, sie je zu entdecken und das Wissen zu nutzen. Sie unterhielten sich über Dr. Darwins Experimente[6] (ich spreche nicht von dem, was der Doktor wirklich tat oder zu tun behauptete, sondern, was meinen Absichten näherkommt, von dem, was er angeblich getan hatte), der ein Stückchen Regenwurm in einem Reagenzglas so lange aufhob, bis es sich auf wundersame Weise selbständig zu bewegen begann. So allerdings würde Leben nicht entstehen. Vielleicht würde man eine Leiche wieder zum Leben erwecken. Der Galvanismus[7] hatte Beispiele dieser Art geliefert: vielleicht ließen sich Einzelteile eines Menschen herstellen, zusammensetzen und mit Lebenskraft beseelen?

Die Nacht verging über diesem Gespräch, und selbst die Geisterstunde war vorüber, bevor wir uns zur Ruhe begaben. Als ich mich ins Bett legte, konnte ich nicht einschlafen, aber auch von Nachdenken konnte keine Rede sein. Ungebeten hatte meine Phantasie völlig Besitz von mir ergriffen und verlieh den wechselnden Bildern, die vor mir auftauchten, eine Lebendigkeit, die über die übliche Tagträumerei weit hinausging. Ich sah – zwar mit geschlossenen Augen, aber klar vor meinem geistigen Blick –, ich sah den blassen Adepten heilloser Künste neben dem Wesen knien, das er zusammengesetzt hatte. Ich sah das abscheuliche Phantom eines Mannes ausgestreckt daliegen und plötzlich mithilfe einer gewaltigen Maschine Lebenszeichen von sich geben und sich mit einer noch schwerfälligen und ungelenken Bewegung rühren. Erschreckend musste es sein; denn die Wirkung jedes menschlichen Versuchs, die unnachahmliche Maschinerie des Weltschöpfers kindisch nachzuahmen, musste außerordentlich erschreckend sein. Vor seinem Erfolg würde der Künstler erschaudern; von Grauen gepackt, würde er sich von dem abscheulichen Werk seiner Hände abwenden. Er würde hoffen, dass der kümmerliche Lebensfunke, den er entzündet hatte, verlöschte, wenn man ihn sich selbst überließe, und dass dieses Wesen, so unzulänglich zum Leben erweckt, zu toter Materie verfiele und er Schlaf fände in der Gewissheit, es werde sich ewige Grabesstille über die vergängliche Existenz des abscheulichen Leichnams senken, den er als die Wiege des Lebens betrachtet hatte. Er schläft ein; etwas weckt ihn auf; er öffnet die Augen, und siehe, das scheußliche Wesen steht an seinem Bett, öffnet die Vorhänge und sieht ihn mit gelben, wässrigen, aber forschenden Augen an.

Entsetzt öffnete ich die Augen. Die Vorstellung nahm mich so gefangen, dass mich ein Angstschauer überlief, und mir lag daran, das grässliche Trugbild meiner Phantasie mit der mich umgebenden Wirklichkeit zu vertauschen. Ich sehe noch alles vor mir: das Zimmer, das dunkle Parkett, die geschlossenen Fensterläden, durch die spärliches Mondlicht dringt, und das deutliche Gefühl, dass der spiegelglatte See und die hohen weißen Alpen dahinterlagen. Ich konnte das Bild meines abscheulichen Phantoms nicht so schnell loswerden; es verfolgte mich weiter. Ich musste versuchen, an etwas anderes zu denken. Ich kehrte zu meiner Gespenstergeschichte zurück – meiner lästigen, unglücklichen Gespenstergeschichte! Ach! Könnte ich doch nur auf eine Geschichte verfallen, die meine Leser ebenso erschrecken würde, wie ich mich in dieser Nacht erschrocken hatte!

Blitzschnell und erlösend kam mir die Erleuchtung. »Ich habe sie ja gefunden! Was mich entsetzt hat, wird auch andere entsetzen, und ich brauche nur die Erscheinung zu beschreiben, die meine nächtliche Ruhe gestört hatte.« Am nächsten Morgen verkündete ich, dass ich mir »eine Geschichte ausgedacht hätte«. Ich begann noch am selben Tag mit den Worten »In einer trüben Novembernacht …« und brauchte nur die düsteren Schrecken meines Wachtraums zu Papier zu bringen.

Zuerst dachte ich nur an ein paar Seiten, eine kurze Erzählung, aber Shelley drängte mich, den Gedanken ausführlicher zu entwickeln. Zwar verdanke ich meinem Mann nicht einen einzigen Einfall, kaum einzelne Empfindungen, und doch hätte die Geschichte ohne seine Anregungen niemals die Form angenommen, in der die Welt sie kennenlernte. Von dieser Erklärung muss ich das Vorwort ausnehmen. Soweit ich mich erinnere, ist es ganz und gar sein Werk.

Und nun bitte ich meinen abscheulichen geistigen Sprössling noch einmal, in die Welt zu gehen und zu gedeihen. Ich hänge an ihm, denn er war das Kind glücklicher Tage, als Tod und Schmerz bloße Worte waren, die noch kein Echo in meinem Herzen fanden. Seine zahlreichen Seiten erinnern an so manchen Spaziergang, manche Fahrt, manches Gespräch, als ich noch nicht allein war. Mein Gefährte war ein Mensch, wie ich ihn in dieser Welt nicht noch einmal finden werde. Aber das geht nur mich an; meine Leser brauchen sich über diese Erinnerungen keine Gedanken zu machen.

Ich möchte aber noch ein Wort hinzufügen über die Änderungen, die ich vorgenommen habe. Sie sind hauptsächlich stilistischer Natur. Ich habe weder an der Geschichte etwas geändert noch irgendwelche neuen Gedanken oder Umstände hinzugefügt. Ich habe die Sprache verbessert, wo sie so dürftig war, dass sie die Spannung der Geschichte beeinträchtigte. Und diese Änderungen finden sich fast ausschließlich am Anfang des ersten Teils. Im weiteren Verlauf beschränken sie sich auf untergeordnete Partien der Erzählung und lassen diese in ihrem Kern und ihrer Substanz unberührt.

M. W. S.

London, 15. Oktober 1831

Vorwort

Das Ereignis, auf dem diese Erzählung beruht, wird von Dr. Darwin und einigen deutschen Naturwissenschaftlern keineswegs für ausgeschlossen gehalten. Das soll aber nicht heißen, dass ich solche Phantasien auch nur im entferntesten für wahrscheinlich halte; und doch habe ich mich, indem ich sie einem Werk der Phantasie zugrunde lege, durchaus nicht damit begnügt, lediglich eine Reihe von Schauermärchen zusammenzuspinnen. Das Ereignis, dem die Geschichte ihre Spannung verdankt, ist frei von den Unzulänglichkeiten einer bloßen Gespenster- oder Zaubergeschichte. Sie bezieht ihren Reiz aus der Neuheit der Handlung, die sie entwickelt; und bei aller wissenschaftlichen Unhaltbarkeit eröffnet sie der Phantasie doch Perspektiven, die menschlichen Leidenschaften eingehender und überzeugender darzustellen, als es die üblichen Beziehungen zwischen tatsächlichen Ereignissen vermögen.

Ich habe mich deshalb bemüht, grundlegende physische und psychische Charakteristika des Menschen getreu beizubehalten, während ich mich gleichzeitig nicht gescheut habe, sie nach Belieben neu zu kombinieren. Die *Ilias*, die tragische Dichtung Griechenlands, Shakespeare im *Sturm* und im *Sommernachtstraum* und ganz besonders Milton im *Verlorenen Paradies*[8] halten sich auch an diese Regel; und der bescheidenste Schriftsteller, der sich bemüht, durch seine Anstrengungen sich oder anderen Vergnügen zu bereiten, darf sich ohne Anmaßung in seinem Prosawerk Freiheiten erlauben oder vielmehr Regeln folgen, deren Anwendung in den größten Werken der Dichtkunst die schönsten Verbindungen menschlicher Empfindungen hervorgebracht hat.

Der Umstand, dem ich meine Geschichte verdanke, ergab sich aus einem zwanglosen Gespräch. Sie wurde teils aus dem Wunsch nach Abwechslung begonnen und teils als Mittel, brachliegende geistige Kräfte zu nutzen. Andere Motive kamen hinzu, als das Werk fortschritt. Es ist mir durchaus nicht gleichgültig, welche Wirkung die Moral, die sich in den Gefühlen oder Charakteren meiner Erzählung enthüllt, auch auf den Leser hat; doch hat sich meine Hauptsorge in dieser Hinsicht darauf beschränkt, die zerrüttende Wirkung der zeitgenössischen Romane zu vermeiden und die Vorzüge häuslicher Harmonie und den Wert universaler Tugend darzustellen. Die Ansichten, die dem Charakter und den Lebensumständen meines Helden ganz natürlich entspringen, dürfen keinesfalls durchweg als meine eigenen angesehen werden. Auch berechtigen die folgenden Seiten nicht zu der Schlussfolgerung, dass sie sich gegen irgendeine philosophische Lehre aussprechen.

Für die Autorin[9] ist es darüber hinaus nicht unwesentlich, dass diese Geschichte in der majestätischen Landschaft begonnen wurde, wo sich das Geschehen hauptsächlich abspielt, und in einer Gesellschaft, der nachzutrauern sie nie aufhören wird. Ich habe den Sommer 1816 in der Umgebung von Genf verbracht. Die Jahreszeit war kalt und regnerisch, und an den Abenden saßen wir um ein loderndes Kaminfeuer und unterhielten uns manchmal mit deutschen Gespenstergeschichten, die uns zufällig in die Hände gefallen waren. Diese Erzählungen erregten in uns den spielerischen Wunsch, sie nachzuahmen. Zwei meiner Freunde (eine Geschichte aus der Feder des einen wäre dem Publikum sehr viel willkommener gewesen als alles, was ich je zu produzieren hoffen kann) und ich beschlossen, jeder eine Geschichte zu schreiben, die auf einem übernatürlichen Ereignis beruhte.

Das Wetter heiterte sich allerdings plötzlich auf; meine beiden Freunde ließen mich auf ihrer Reise durch die Alpen zurück, und in der großartigen Szenerie, die sie umgab, verloren sie jede Erinnerung an ihre Gespenstervisionen. Die folgende Erzählung ist die einzige, die vollendet wurde.

Marlow, September 1817

Frankenstein
oder
Der moderne Prometheus

Brief 1

An Mrs. Saville, England

St. Petersburg, 11. Dez. 17–

Du wirst mit großer Erleichterung hören, dass kein Unglück den Beginn eines Wagnisses begleitet hat, das Du mit solch unheilvollen Vorahnungen betrachtet hast. Ich bin gestern hier angekommen, und meine erste Aufgabe ist es, meine liebe Schwester über mein Wohlergehen und meine steigende Zuversicht in das Gelingen meines Unternehmens zu beruhigen.

Ich bin bereits weit nördlich von London, und während ich durch die Straßen von Petersburg wandere, spüre ich eine kalte nördliche Brise auf meinen Wangen, die meine Nerven stählt und mich mit Vorfreude erfüllt. Kannst Du dieses Gefühl nachempfinden? Diese Brise, die aus den Regionen kommt, zu denen ich vordringen will, gibt mir einen Vorgeschmack von ihrem eisigen Klima. Von diesem verheißungsvollen Wind beflügelt, werden meine Tagträume leidenschaftlicher und lebhafter. Vergeblich versuche ich, mir einzureden, dass der Pol ein frostiger, gottverlassener Ort ist; in meiner Phantasie stellt er sich unweigerlich als eine wunderschöne und beglückende Gegend dar. Dort, Margaret, ist die Sonne ständig sichtbar, ihre runde Scheibe berührt nur den Horizont und spendet ewigen Glanz; von dort – denn mit Deiner Erlaubnis, liebe Schwester, setze ich einiges Vertrauen auf frühere Polfahrer –, von dort sind Schnee und Kälte verbannt; und unsere Fahrt über eine ruhige See treibt uns vielleicht zu einem Land, dessen Wunder und Schönheiten alle Gegenden übertreffen, die bisher auf dem bewohnbaren Erdball entdeckt worden sind. Vielleicht sind seine

Ausmaße und Merkmale einzigartig, wie es in jenen unentdeckten Einsamkeiten auch die Phänomene der Himmelskörper zweifellos sind. Was darf man von einem Land mit ewigem Licht nicht alles erwarten! Vielleicht kann ich dort die wunderbare Kraft entdecken, die die Kompassnadel anzieht, und eine Unzahl von Himmelsbeobachtungen erklären, die nur dieser einen Reise bedürfen, damit ihre scheinbaren Ungereimtheiten ein für allemal logisch erscheinen. Ich werde meine unersättliche Neugier durch den Anblick eines Weltteils befriedigen, der nie zuvor besucht worden ist, und setze vielleicht meinen Fuß auf den Boden eines Landes, das noch kein einziger Mensch betreten hat. Darin besteht für mich die Verlockung, und sie ist so groß, dass sie mich alle Furcht vor Gefahr oder Tod überwinden lässt und mich dazu bewegt, diese mühsame Reise mit dem Glücksgefühl zu beginnen, das ein Kind empfindet, wenn es in den Ferien mit seinen Spielkameraden in einem kleinen Boot zu einer Entdeckungsreise auf dem heimatlichen Fluss aufbricht. Aber selbst wenn sich alle diese Vermutungen als falsch erweisen, kannst Du den unschätzbaren Dienst nicht bestreiten, den ich allen künftigen Generationen der Menschheit dadurch erweisen werde, dass ich in der Nähe des Pols eine Passage zu den Ländern entdecke, die zu erreichen im Augenblick so viele Monate in Anspruch nimmt; oder dass ich das Geheimnis der Magnetkraft löse, was, wenn überhaupt, nur durch ein Unternehmen wie das meine erreicht werden kann.

Diese Überlegungen haben die Unruhe zerstreut, mit der ich meinen Brief begann, und ich spüre, wie sich mein Herz mit einer Begeisterung füllt, die mich ins Unendliche erhebt, denn nichts trägt so sehr dazu bei, das Gemüt zu beruhigen, wie ein fester Vorsatz – ein Ziel, das unverrückbar vor dem inneren Auge steht. Diese Expedition war der Lieblingstraum meiner Kindheit. Mit Begeisterung habe ich die Berichte über die verschiedenen Reisen gelesen, die in der Hoffnung unternommen wurden, den Nord-Pazifik über die Meere zu erreichen, die den Pol umgeben. Du erinnerst Dich vielleicht, dass die ganze Bibliothek unseres guten Onkels Thomas aus der Geschichte all der Reisen bestand, die zu Entdeckungszwecken unternommen wurden. Meine Erziehung wurde vernachlässigt, aber ich war ein leidenschaftlicher Leser. Diese Bände bildeten Tag und Nacht meine Lektüre, und meine Vertrautheit mit ihnen bestärkte das Bedauern, das ich als Kind empfunden hatte, als ich erfuhr, dass mein Vater meinem Onkel auf dem Totenbett das strikte Verbot erteilt hatte, mich zur See fahren zu lassen.

Diese Phantasien verblassten, als ich zum erstenmal in den Werken der Dichter blätterte, deren lyrischer Überschwang meine Seele bezauberte und ins Unendliche erhob. Auch ich wurde Dichter und lebte ein Jahr lang in einem von mir selbst geschaffenen Paradies. Ich bildete mir ein, dass ich mir ebenfalls eine Nische in dem Tempel erwerben könnte, wo die Namen Homer und Shakespeare verehrt werden. Du weißt nur zu gut, wie ich gescheitert bin und wie schwer ich unter der Enttäuschung gelitten habe. Aber genau zu der Zeit erbte ich das Vermögen meines Vetters, und meine Gedanken wurden in ihre früheren Bahnen zurückgelenkt.

Sechs Jahre sind vergangen, seit ich mich zu meinem jetzigen Unternehmen entschlossen habe. Noch jetzt kann ich mich genau an die Stunde erinnern, in der ich mich diesem großen Wagnis weihte. Ich begann damit, dass ich meinem Körper Entbehrungen zumutete. Ich begleitete die Walfänger auf verschiedenen Fahrten in die Nordsee; ich nahm freiwillig Kälte, Hunger, Durst und Schlaflosigkeit auf mich; oft arbeitete ich tagsüber schwerer als die Seeleute und widmete mich nachts dem Studium der Mathematik, der Medizin und den Zweigen der Naturwissenschaften, aus denen ein seefahrender Entdecker den größten praktischen Nutzen ziehen kann. Zweimal ließ ich mich sogar als Bootsmann auf einem Grönland-Walfänger anheuern und stand dabei durchaus meinen Mann. Ich muss gestehen, ich war nicht wenig stolz, als der Kapitän mich zu seinem Stellvertreter ernannte und mich in aller Ernsthaftigkeit zum Bleiben aufforderte, so unschätzbar erschienen ihm meine Dienste.

Und habe ich es jetzt, meine liebe Schwester, nicht verdient, einen großen Vorsatz zu verwirklichen? Ich hätte mein Leben in Muße und Luxus verbringen können, aber ich habe Ruhm jeder Verlockung vorgezogen, die der Reichtum mir in den Weg gelegt hat. Ach, dass doch eine ermutigende Stimme mir eine positive Antwort auf meine Frage gäbe! Mein Mut und meine Entschlossenheit sind unerschütterlich; aber meine Hoffnungen schwanken, und meine Stimmung ist oft niedergeschlagen. Ich bin im Begriff, zu einer langen und mühseligen Reise aufzubrechen, bei der unerwartete Schwierigkeiten all meine Festigkeit erfordern werden. Es ist meine Aufgabe, nicht nur das Selbstvertrauen anderer zu stärken, sondern manchmal auch mein eigenes aufrechtzuerhalten, wenn ihres sie verlässt.

Dies ist bei weitem die günstigste Reisezeit in Russland. Die Leute fliegen blitzschnell in ihren Schlitten über den Schnee dahin. Diese Art der Bewegung ist wohltuend und meiner Meinung nach weit angenehmer als die einer englischen Postkutsche. Die Kälte ist nicht unerträglich, wenn man in Pelze gehüllt ist – eine Bekleidung, an die ich mich schon gewöhnt habe, denn es ist etwas ganz anderes, ob man an Deck auf und ab geht oder stundenlang regungslos dasitzt und keine Bewegung das Blut daran hindert, buchstäblich in den Adern zu gefrieren. Ich habe nicht den Ehrgeiz, mein Leben auf der Poststraße zwischen Petersburg und Archangelsk zu verlieren.

Zu dieser Stadt werde ich in vierzehn Tagen oder drei Wochen aufbrechen. Ich habe die Absicht, dort ein Schiff zu mieten, was gar nicht schwierig ist, wenn man dem Eigner die Versicherung zahlt, und unter den mit dem Walfang vertrauten Seeleuten so viele anzuheuern, wie ich für nötig halte. Ich beabsichtige nicht, vor Juni auszulaufen – und wann ich zurückkomme? Ach, liebe Schwester, wie kann ich diese Frage beantworten? Wenn ich Erfolg habe, vergehen viele, viele Monate, vielleicht Jahre, ehe wir beide uns wiedersehen. Wenn ich scheitere, siehst Du mich bald wieder oder nie.

Leb wohl, meine liebe, verehrte Margaret. Möge der Himmel Dir seinen Segen schenken und mich bewahren, damit ich Dir noch viele Male meine Dankbarkeit für all Deine Liebe und Güte beweisen kann.

Dein zärtlicher Bruder
R. Walton

Brief 2

An Mrs. Saville, England

Archangelsk, 28. März 17–

Wie langsam hier, wo ich von Frost und Schnee eingeschlossen bin, die Zeit vergeht! Doch bin ich bei meinem Unternehmen einen weiteren Schritt vorangekommen. Ich habe ein Schiff geheuert und bin dabei, mir die Mannschaft zusammenzusuchen. Alle, die ich bisher eingestellt habe, sind anscheinend Seeleute, auf die ich mich verlassen kann, und zweifellos von unerschütterlichem Mut erfüllt.

Aber ein Bedürfnis habe ich, das ich bisher niemals habe befriedigen können, und dieses Ungenügen empfinde ich nun als einen höchst gravierenden Nachteil. Ich habe keinen Freund, Margaret; wenn mich die Begeisterung über meinen Erfolg hinreißt, wird niemand da sein, der meine Freude mit mir teilt; wenn ich von Enttäuschung heimgesucht werde, wird niemand sich bemühen, mich in meiner Niedergeschlagenheit aufzurichten. Zwar werde ich meine Gedanken zu Papier bringen, aber das ist ein unzulängliches Medium für die Mitteilung von Gefühlen. Ich sehne mich nach der Gesellschaft eines Mannes, der Anteil an mir nimmt, der meinen Blick erwidern würde. Du hältst mich vielleicht für romantisch, meine liebe Schwester, aber das Fehlen eines Freundes geht mir außerordentlich nahe. Es gibt niemanden in meiner Umgebung, einfühlsam und doch mutig, mit einem gebildeten, aber auch aufgeschlossenen Verstand, dessen Neigungen den meinen entsprechen und der meinen Plänen zustimmt oder sie verbessert. Wie würde ein solcher Freund die Fehler Deines armen Bruders ausgleichen! Ich bin bei der Ausführung zu voreilig und bei Schwierigkeiten zu ungeduldig. Aber dass ich Autodidakt bin, erscheint mir ein noch größerer Nachteil: die ersten vierzehn Jahre meines Lebens trieb ich mich im Freien herum und las nichts als Onkel Thomas' Reisebücher. In dem Alter lernte ich die berühmten Dichter unseres Landes kennen. Aber die Notwendigkeit, mehr Sprachen als die eigene zu beherrschen, erkannte ich erst, als es zu spät für mich war, aus dieser Einsicht den größtmöglichen Nutzen zu ziehen. Jetzt bin ich 28 und eigentlich ungebildeter als viele Schuljungen von 15. Zwar habe ich mehr nachgedacht, und meine Tagträume sind ausgedehnter und großartiger, aber es fehlt ihnen (wie die Maler es nennen) an »Perspektive«, und ich brauche dringend einen Freund, der Verständnis genug hat, mich nicht als Romantiker zu verachten, und Sympathie genug, zu versuchen, Ordnung in meine Gedanken zu bringen.

Aber das sind unnütze Klagen. Auf dem weiten Ozean und auch hier in Archangelsk unter Kaufleuten und Seeleuten werde ich kaum einen Freund finden. Und doch regen sich auch in diesen rauhen Herzen Gefühle, die dem Abschaum der Menschheit fremd sind. Mein Erster Offizier, zum Beispiel, ist ein Mann von erstaunlichem Mut und Unternehmungsgeist; er ist besessen von dem Wunsch nach Ruhm oder, um mich genauer auszudrücken, nach Beförderung in seinem Beruf. Er ist Engländer und besitzt, bei all seinen durch keinerlei Bildung gezügelten nationalen und beruflichen Vorurteilen, einige höchst edle menschliche Charakterzüge. Ich habe ihn zuerst an Bord eines Walfängers kennengelernt; als ich herausfand, dass er in dieser Stadt ohne Heuer war, konnte ich ihn leicht dazu überreden, an meinem Unternehmen teilzunehmen.

Der Kapitän ist ein Mensch von ausgezeichneten Anlagen und genießt wegen seiner Nachsicht und seiner nicht übermäßig strikten Disziplin hohes Ansehen auf dem Schiff.

Dieser Umstand zusammen mit seiner unbestrittenen Integrität und seinem unerschütterlichen Mut veranlassten mich, ihn anzuheuern. Eine in Einsamkeit verbrachte Kindheit und meine unter Deiner sanften weiblichen Obhut verbrachten jungen Jahre haben meine Charakteranlagen so verfeinert, dass ich einen tiefen Abscheu vor der üblichen Brutalität an Bord eines Schiffes nicht überwinden kann. Ich habe sie nie für nötig gehalten, und als ich von einem Seemann hörte, der zugleich für seine Herzensgüte wie für den ihm von seiner Mannschaft erwiesenen Respekt und Gehorsam bekannt war, empfand ich es als einen besonderen Glücksfall, mir seine Dienste sichern zu können. Ich habe zuerst eine eher romantische Geschichte von einer Dame, die ihm ihr Lebensglück zu verdanken hat, über ihn gehört. Dies ist in Kürze sein Schicksal. Vor einigen Jahren liebte er eine junge russische Dame mit bescheidenem Vermögen, und da er selbst eine erhebliche Summe in Prisen[10] erworben hatte, stimmte der Vater des Mädchens der Verbindung zu. Er sah seine Verlobte einmal vor der vereinbarten Zeremonie; aber sie zerfloss in Tränen, warf sich ihm zu Füßen, flehte ihn an, sie zu verschonen, und gestand ihm gleichzeitig, dass sie einen anderen liebe, der aber arm sei, und dass ihr Vater niemals in die Heirat einwilligen werde. Mein großmütiger Freund beruhigte die Bittende und gab, als er den Namen des Liebhabers erfuhr, sein Vorhaben ihr gegenüber unverzüglich auf. Er hatte mit seinem Geld bereits ein Gut erworben, wo er den Rest seines Lebens zu verbringen gedacht hatte. Aber er vermachte das Ganze seinem Rivalen zusammen mit dem restlichen Prisengeld zum Kauf von Vieh und drang sogar selbst in den Vater der jungen Dame, in die Heirat mit ihrem Geliebten einzuwilligen. Aber der alte Mann weigerte sich beharrlich, weil er sich meinem Freund ehrenhalber verpflichtet glaubte, der, als er den Vater unerbittlich fand, das Land verließ und nicht eher zurückkehrte, als bis er hörte, dass seine frühere Verlobte ihren Wünschen entsprechend verheiratet war. »Was für ein edler Mensch!«, wirst Du rufen. Und das ist er auch; aber andererseits ist er völlig ungebildet. Er ist stumm wie ein Fisch und trägt eine Art ahnungsloser Unbekümmertheit zur Schau, die sein Verhalten zwar umso erstaunlicher macht, aber das Interesse und die Anteilnahme schmälert, die er sonst erregen würde.

Doch glaub nicht, dass ich in meinen Entschlüssen schwanke, weil ich ein bisschen klage oder mir einen Trost für meine Mühen vorstellen kann, den ich vielleicht nie erfahre. Die Entschlüsse sind so unerschütterlich wie das Schicksal, und meine Reise verzögert sich nur so lange, bis das Wetter meine Einschiffung erlaubt. Der Winter war entsetzlich streng, aber der Frühling lässt sich gut an und ist angeblich dieses Jahr sehr früh gekommen, so dass ich vielleicht eher als erwartet segeln kann. Ich will nichts überstürzen; Du kennst mich gut genug, um Dich auf meine Umsicht und Vorsorge zu verlassen, wo mir die Sicherheit anderer anvertraut ist.

Ich kann Dir meine Empfindungen über das unmittelbar bevorstehende Unternehmen gar nicht beschreiben. Es ist mir unmöglich, Dir eine Vorstellung von der fieberhaften, teils freudigen, teils ängstlichen Erregung zu geben, mit der ich den Aufbruch vorbereite. Ich breche in unerforschte Regionen auf, in das »Land, wo Nebel und Schnee herrschen«; aber ich werde keinen Albatros töten, fürchte deshalb nicht für meine Sicherheit und mach Dir keine Sorgen, dass ich so erschöpft und elend wie der »Ancient Mariner«[11] zurückkomme. Du wirst über meine Anspielung lachen, aber ich will Dir ein Geheimnis verraten. Ich habe meine Liebe, meine leidenschaftliche Begeisterung für die gefährlichen Geheimnisse des Meeres oft auf dieses Werk des phantasiebegabtesten unserer modernen Dichter zurückgeführt. Es geht etwas in meiner Seele vor, was ich nicht verstehe. Ich bin praktisch und tüchtig – gewissenhaft, ein Arbeiter, der mit Ausdauer und Einsatz zu Werke geht – aber außerdem erfüllt mich eine Liebe für das Wunderbare, ein Glaube an das Wunderbare durchzieht alle meine Pläne, der mich von den ausgetretenen Pfaden der Menschen auf das wilde Meer und die unbetretenen Regionen hinaustreibt, die ich im Begriff bin zu erforschen.

Aber lass uns zu erfreulicheren Überlegungen zurückkehren. Werde ich Dich wiedersehen, wenn ich unermessliche Meere durchquert habe und über das südliche Kap von Afrika oder Amerika zurückgekehrt bin? Ich wage kaum an solchen Erfolg zu glauben, aber ich bringe es auch nicht über mich, die Kehrseite der Medaille zu betrachten. Versuche bis auf weiteres, mir bei jeder möglichen Gelegenheit zu schreiben; vielleicht erreichen mich Deine Briefe in einem Augenblick, wo ich sie dringend zu meiner Aufrichtung brauche. Ich liebe Dich von Herzen. Behalte mich in zärtlicher Erinnerung, solltest Du nie wieder von mir hören.

Dein liebevoller Bruder
Robert Walton

Brief 3

An Mrs. Saville, England

7. Juli 17–

Meine liebe Schwester,

Ich schreibe in aller Eile nur ein paar Zeilen, um Dir zu sagen, dass ich wohlbehalten und ein gutes Stück auf meiner Reise vorangekommen bin. Dieser Brief wird England mit einem Handelsschiff erreichen, das sich jetzt auf der Heimreise von Archangelsk befindet – glücklicher als ich, der ich mein Heimatland vielleicht viele Jahre lang nicht wiedersehe. Meine Stimmung ist aber trotzdem gut: Meine Männer sind kühn und offenbar fest entschlossen, und auch die schwimmenden Eisschollen, die ständig an uns vorübertreiben und auf die Gefahren hinweisen, die auf uns zukommen, scheinen sie nicht zu beirren. Wir haben bereits einen sehr hohen Breitengrad erreicht; aber der Sommer ist auf dem Höhepunkt, und obwohl es nicht so warm ist wie in England, bringen die südlichen Winde, die uns rasch an die Ufer tragen, denen ich so ungeduldig entgegenfiebere, ein Maß an belebender Wärme mit sich, das ich nicht erwartet hätte.

Bisher haben sich keine Zwischenfälle ereignet, die in einem Brief erwähnenswert wären. Ein oder zwei steife Brisen und ein überraschendes Leck sind Missgeschicke, die aufzuzeichnen erfahrene Seeleute kaum der Mühe wert halten, und ich will durchaus zufrieden sein, wenn uns auf unserer Reise nichts Schlimmeres passiert.

Adieu, meine liebe Margaret. Sei versichert, dass ich mich um meinet- und Deinetwillen nicht voreilig in Gefahr begeben werde. Ich werde kühl, ausdauernd und umsichtig sein.

Aber meine Anstrengungen werden ganz bestimmt von Erfolg gekrönt. Und warum auch nicht? Bis hierher bin ich gekommen, habe eine sichere Passage über die unerforschten Meere gefunden, und die Sterne selbst können meinen Triumph bezeugen und bekunden. Warum nicht weiter in das ungezähmte, aber gehorsame Element vordringen? Was kann das entschlossene Herz und den standhaften Willen eines Menschen aufhalten?

So vertraut sich Dir mein übervolles Herz unbeabsichtigt an! Aber ich muss schließen. Der Himmel segne meine geliebte Schwester!

R. W.

Brief 4

An Mrs. Saville, England

5. August 17–

Ein so merkwürdiger Zwischenfall hat sich ereignet, dass ich nicht umhinkann, Dir davon zu berichten, obwohl es sehr wahrscheinlich ist, dass Du mich siehst, ehe diese Aufzeichnungen in Deinen Besitz kommen.

Am letzten Montag (31. Juli) waren wir fast ganz vom Eis eingeschlossen, das von allen Seiten auf das Schiff eindrängte und ihm kaum Wasser genug zum Schwimmen ließ. Unsere Lage war keineswegs ungefährlich, besonders da wir von sehr dichtem Nebel umgeben waren. Wir gingen also vor Anker in der Hoffnung, dass ein Atmosphären- und Wetterwechsel eintreten würde.

Gegen zwei Uhr hob sich der Nebel, und wir sahen, so weit das Auge blicken konnte, riesige, unregelmäßige Eisflächen, die kein Ende zu nehmen schienen. Einige meiner Kameraden stöhnten, und auch ich konnte mich besorgniserregender Gedanken nicht erwehren, als plötzlich ein merkwürdiger Anblick unsere Aufmerksamkeit erregte und uns von unserer eigenen beunruhigenden Lage ablenkte. Wir beobachteten, wie sich ein niedriges, auf einem Schlitten befestigtes und von Hunden gezogenes Gefährt in einer Entfernung von einer halben Meile in nördliche Richtung bewegte. Ein Wesen, das menschliche Gestalt hatte, aber offenbar von riesenhafter Statur war, saß in dem Schlitten und lenkte die Hunde. Wir verfolgten die rasche Fahrt des Reisenden durch unsere Fernrohre, bis er sich in der Ferne zwischen den Eisschollen verlor.

Dieser Anblick weckte maßloses Staunen. Unserer Meinung nach waren wir viele hundert Meilen vom Land entfernt. Aber diese Erscheinung schien darauf hinzuweisen, dass es in Wirklichkeit nicht so weit entfernt war, wie wir angenommen hatten. Eingeschlossen im Eis, waren wir allerdings außerstande, dem Schlitten, den wir mit größter Aufmerksamkeit verfolgt hatten, auf der Spur zu bleiben.

Ungefähr zwei Stunden nach diesem Vorfall hörten wir die Grundsee, und vor Anbruch der Nacht brach das Eis und befreite unser Schiff. Wir blieben allerdings bis zum Morgen vor Anker, weil wir im Dunkeln einen Zusammenstoß mit diesen riesigen freien Eisschollen befürchteten, die nach dem Aufbrechen des Eises herumschwammen. Ich nutzte diese Gelegenheit, um mich ein paar Stunden auszuruhen.

Am nächsten Morgen ging ich allerdings, sobald es hell wurde, an Deck und fand alle Matrosen auf einer Seite des Schiffes offenbar damit beschäftigt, sich mit jemandem im Wasser zu unterhalten. Es war sage und schreibe ein Schlitten, wie wir ihn vorher gesehen hatten, der während der Nacht auf einer großen Eisscholle auf uns zugetrieben war. Nur *ein* Hund war noch am Leben; aber es saß ein Mensch darin, den die Matrosen zu überreden versuchten, an Bord des Schiffes zu kommen. Im Unterschied zu dem gestrigen Reisenden kam er uns nicht wie ein eingeborener Wilder irgendeiner unentdeckten Insel vor, sondern wie ein Europäer. Als ich an Deck erschien, sagte der Kapitän: »Hier ist der Leiter unserer Expedition, er wird es nicht zulassen, dass Sie auf offener See umkommen.«

Als er mich sah, sprach mich der Fremde auf Englisch, allerdings mit einem ausländischen Akzent, an. »Würden Sie, bevor ich an Bord Ihres Schiffes komme, die Freundlichkeit haben, mir zu sagen, wohin Ihre Reise geht?«

Du kannst Dir mein Erstaunen vorstellen, eine solche Frage von einem Mann am Rande des Abgrunds gestellt zu bekommen, von dem ich erwartet hätte, dass mein Schiff ihm als Zuflucht erschien, die er auch gegen die kostbarsten Reichtümer der ganzen Welt nicht eingetauscht hätte. Ich antwortete jedoch, dass wir uns auf einer Entdeckungsreise zum Nordpol befänden.

Als er das hörte, schien er zufrieden und willigte ein, an Bord zu kommen. Großer Gott! Margaret, wenn Du den Mann gesehen hättest, der auf diese Weise um seiner Sicherheit willen aufgab, Dein Erstaunen wäre grenzenlos gewesen. Seine Glieder waren beinahe steifgefroren, und sein Körper von Übermüdung und Entbehrung entsetzlich ausgemergelt. Noch nie habe ich einen Menschen in einem so erbärmlichen Zustand gesehen. Wir versuchten, ihn in die Kabine zu tragen, aber sobald er die frische Luft verließ, wurde er bewusstlos. Wir trugen ihn also wieder an Deck und brachten ihn zu sich, indem wir ihn mit Branntwein einrieben und ihn zwangen, einen kleinen Schluck davon zu trinken. Sobald er Lebenszeichen von sich gab, wickelten wir ihn in Decken ein und betteten ihn neben den Schornstein der Kombüse. Nach und nach erholte er sich und löffelte ein wenig Suppe, die ihn außerordentlich belebte.

Auf diese Weise vergingen zwei Tage, bevor er imstande war zu sprechen, und ich fürchtete oft, dass die Entbehrungen ihn um den Verstand gebracht hatten. Als er sich leidlich erholt hatte, ließ ich ihn in meine eigene Kabine bringen und kümmerte mich um ihn, soweit es meine Pflichten erlaubten. Ein so interessanter Mensch ist mir noch nie begegnet: In seinen Augen liegt meist ein Ausdruck von Wildheit, ja sogar Wahnsinn, aber gelegentlich, wenn ihm jemand eine Freundlichkeit oder auch nur einen geringfügigen Gefallen erweist, leuchtet sein ganzes Gesicht auf, wie von einem unvergleichlichen Strahl von Güte und Sanftheit getroffen. Aber meist ist er niedergeschlagen und bedrückt, und manchmal knirscht er mit den Zähnen, als könne er die Last der ihn drückenden Leiden nicht mehr ertragen.

Als mein Gast sich ein wenig erholt hatte, hatte ich große Mühe, die Männer von ihm fernzuhalten, die ihm tausend Fragen stellen wollten. Aber ich ließ nicht zu, dass er in einem körperlichen und seelischen Zustand, zu dessen Besserung er offensichtlich völliger Ruhe bedurfte, von ihrer unsinnigen Neugier gequält wurde. Einmal fragte ihn der Erste Offizier allerdings, warum er in solch merkwürdigem Gefährt so weit auf dem Eis vorgedrungen sei.

Sein Gesicht nahm sofort einen Ausdruck tiefster Niedergeschlagenheit an, und er antwortete: »Um jemanden zu suchen, der vor mir geflohen ist.«

»Und bewegte sich der Mann, den Sie verfolgt haben, auf die gleiche Weise vorwärts?«

»Ja.«

»Dann, glaube ich, haben wir ihn gesehen, denn am Tag, bevor wir Sie an Bord holten, haben wir Hunde einen Schlitten mit einem Mann darin über das Eis ziehen sehen.«

Dies ließ den Fremden aufhorchen, und er stellte eine Unmenge Fragen über die Richtung, die der ›Dämon‹, wie er ihn nannte, eingeschlagen hatte. Als ich kurz darauf mit ihm allein war, sagte er: »Ich habe zweifellos Ihre und die Neugier dieser guten Leute erregt. Aber Sie sind zu rücksichtsvoll, um Fragen zu stellen.«

»Gewiss; es wäre wirklich sehr aufdringlich und unmenschlich von mir, wenn ich Sie mit meiner Wissbegier belästigen würde.«

»Und doch haben Sie mich aus einer merkwürdigen und gefährlichen Lage gerettet. Sie haben mir in Ihrer Güte das Leben wiedergeschenkt.«

Bald darauf fragte er, ob ich glaubte, dass das Aufbrechen

des Eises den anderen Schlitten vernichtet habe. Ich entgegnete, dass ich diese Frage nicht mit Gewissheit beantworten könne, denn das Eis sei erst kurz vor Mitternacht aufgebrochen, und der Reisende könne sich vorher in Sicherheit gebracht haben; aber das könne ich nicht beurteilen.

Von da an erfüllte neuer Lebenswille den geschwächten Körper des Fremden. Er verriet größte Ungeduld, an Deck zu kommen und nach dem Schlitten Ausschau zu halten, der schon einmal erschienen war. Aber ich habe ihn überredet, in der Kabine zu bleiben, denn er ist noch viel zu schwach, um das unwirtliche Wetter zu ertragen. Ich habe ihm versprochen, eine Wache für ihn aufzustellen und ihm umgehend Bescheid zu geben, sobald irgendetwas in Sicht kommt.

So weit mein Bericht über das, was sich bis heute im Zusammenhang mit diesem merkwürdigen Zwischenfall ereignet hat. Die Gesundheit des Fremden bessert sich langsam, aber er ist sehr schweigsam und macht einen unruhigen Eindruck, wenn jemand außer mir seine Kabine betritt. Aber seine Umgangsformen sind so entgegenkommend und liebenswürdig, dass die Matrosen sich alle für ihn interessieren, obwohl sie wenig mit ihm zu tun gehabt haben. Ich persönlich beginne ihn wie einen Bruder liebzugewinnen, und sein ständiger und tiefer Schmerz erfüllt mich mit Sympathie und Mitgefühl. Er muss in besseren Zeiten ein edler Mensch gewesen sein, wenn er selbst jetzt als menschliches Wrack so anziehend und liebenswert wirkt.

Ich schrieb in einem meiner Briefe, meine liebe Margaret, dass ich auf diesem weiten Ozean keinen Freund finden würde; doch ich habe einen Menschen gefunden, den ich liebend gern als Vertrauten meines Herzens gewonnen hätte, ehe sein Lebensmut durch das Elend gebrochen wurde.

Ich werde meinen Bericht über den Fremden in Abständen fortsetzen, sollte ich irgendwelche neuen Ereignisse zu berichten haben.

13. August 17–

Meine Zuneigung zu meinem Gast wächst von Tag zu Tag. Er erregt zugleich meine Bewunderung und mein Mitleid in erstaunlichem Maße. Wie kann ich, ohne den heftigsten Schmerz zu empfinden, zusehen, wie ein so edler Mensch vom Unglück ruiniert wird? Er ist so sanftmütig und gleichzeitig so weise. Er ist so gebildet, und wenn er spricht, fließen ihm die Worte mit größter Gewandtheit und unvergleichlicher Beredsamkeit vom Mund, obwohl er sie mit größtem Bedacht wählt.

Er hat sich jetzt weitgehend von seiner Krankheit erholt und ist ständig an Deck, offensichtlich nach dem Schlitten Ausschau haltend, der seinem eigenen vorausfuhr. Doch obwohl er unglücklich ist, ist er keineswegs so völlig mit seinen eigenen Sorgen beschäftigt, dass er nicht intensiv Anteil an den Plänen anderer nimmt. Er hat sich häufig mit mir über meine unterhalten, und ich habe sie ihm auch ohne Vorbehalte mitgeteilt. Er verriet größtes Interesse für alle Argumente, die für den endgültigen Erfolg meines Unternehmens sprechen, und für jedes Detail der Maßnahmen, die ich zur Sicherung dieses Erfolgs getroffen habe. Und durch die Anteilnahme, die er bewies, ließ ich mich leicht dazu bringen, die Sprache meines Herzens zu sprechen, der glühenden Leidenschaft meiner Seele Ausdruck zu geben und mit all dem in mir brennenden Feuer zu gestehen, wie bereitwillig ich mein Vermögen, meine Existenz, meine ganze Hoffnung dem Gelingen meines Unternehmens opfern würde. Leben oder Tod eines einzelnen Menschen seien ein geringer Preis für den Erwerb des Wissens, das ich suchte, für die Herrschaft, die ich über die natürlichen Feinde unserer Gattung erwerben und weitergeben wolle. Während ich sprach, breitete sich ein düsterer Schatten über die Züge meines Zuhörers. Ich merkte, wie er zu Anfang versuchte, seine innere Erregung zu verbergen. Er vergrub das Gesicht in den Händen, und meine Stimme schwankte und versagte, als ich sah, wie ihm die blanken Tränen durch die Finger rannen; ein Stöhnen drang aus seiner bebenden Brust. Ich hielt inne. Schließlich sprach er in abgerissenen Worten: »Unglücklicher Mensch! Hat Sie derselbe Wahnsinn ergriffen? Haben auch Sie von dem berauschenden Trank getrunken? Hören Sie mich an! Lassen Sie mich Ihnen meine Geschichte enthüllen, und Sie werden sich den Kelch von den Lippen reißen!«

Diese Worte erregten, wie Du Dir vorstellen kannst, meine äußerste Neugier. Aber der plötzliche Schmerzensausbruch, der den Fremden überkommen hatte, lähmte seine angegriffenen Kräfte, und viele Stunden Schlaf und ruhige Unterhaltung waren nötig, seine Fassung wiederherzustellen.

Als er Herr seiner heftigen Empfindungen geworden war, schien er sich dafür zu verachten, Sklave seiner Leidenschaft zu sein, und die düstere, unerbittliche Verzweiflung bezwingend, lenkte er das Gespräch auf meine eigenen Angelegenheiten zurück. Er erkundigte sich nach der Geschichte meiner Jugend. Sie war schnell erzählt, gab aber zu den verschiedensten Überlegungen Anlass. Ich erzählte ihm von meinem Bedürfnis, einen Freund zu finden, von meiner Sehnsucht nach einem engeren Verhältnis mit einem Gleichgesinnten, als mir je vergönnt gewesen war, und gab meiner Überzeugung Ausdruck, dass niemand sich wirklich glücklich schätzen könne, der diesen Segen nie genieße.

»Ich stimme Ihnen zu«, antwortete der Fremde, »wir sind unvollkommene Geschöpfe, nur halb fertig, wenn jemand, der weiser, besser und liebevoller ist als wir – und das sollte ein Freund sein –, uns nicht hilft, unsere schwache und unzulängliche Natur zu vervollkommnen. Ich hatte einmal einen solchen Freund, einen außerordentlich edelgesinnten Menschen, und habe deshalb das Recht, über Freundschaft zu urteilen. Sie haben noch Hoffnung, haben die Welt noch vor sich und keinen Grund zur Verzweiflung. Ich aber – ich habe alles verloren und kann das Leben nicht noch einmal beginnen.«

Während er dies sagte, breitete sich ein stiller, ernster Schmerz über sein Gesicht, der mir zu Herzen ging. Aber er schwieg und zog sich bald darauf in seine Kabine zurück.

So niedergeschlagen er auch sein mag, niemand ist für die Schönheiten der Natur so empfänglich wie er. Der Sternenhimmel, das Meer und all die Anblicke, die diese herrliche Gegend bietet, vermögen seine Seele offenbar immer noch über alles Irdische zu erheben. Ein solcher Mensch führt ein Doppelleben: Er mag noch so sehr von Unglück und Enttäuschungen heimgesucht werden, sobald er sich auf sich selbst besinnt, gleicht er einem von einem Heiligenschein umgebenen himmlischen Geist, in dessen Sphäre sich weder Schmerz noch Torheit vorwagen.

Vielleicht lächelst Du über die Begeisterung, mit der ich von diesem überirdischen Wanderer berichte. Das tätest Du aber nicht, wenn Du ihn sehen könntest. Bücher und Zurückgezogenheit haben Deinen Geschmack geschult und verfeinert, und Du bist deshalb ziemlich anspruchsvoll; aber deshalb bist Du umso besser imstande, die außerordentlichen Qualitäten dieses herrlichen Mannes zu würdigen. Ich habe öfter versucht, herauszubekommen, welche Eigenschaft ihn allen Menschen, die ich je gekannt habe, so unendlich überlegen macht. Ich glaube, es ist intuitiver Scharfblick, rasche, aber unbestechliche Urteilskraft, Einsicht in die Ursachen von Dingen, die an Klarheit und Genauigkeit ihresgleichen sucht; hinzu kommt eine Gewandtheit im Ausdruck und eine Stimme, deren Modulationsfähigkeit die Seele wie Musik betört.

19. August 17–

Gestern sagte der Fremde zu mir: »Sie können sich leicht vorstellen, Kapitän Walton, dass ich unvergleichlich großes Unglück erlitten habe. Ich war eigentlich entschlossen, die Erinnerung an all das Schreckliche mit mir ins Grab zu nehmen, aber Sie haben mich dazu bewegt, meinen Entschluss zu ändern. Sie streben wie einst ich nach Wissen und Weisheit, und ich hoffe von Herzen, dass die Erfüllung Ihrer Wünsche sich nicht wie bei mir als Schlange herausstellt, die Sie am Busen genährt haben. Ich weiß nicht, ob die Erzählung meiner Missgeschicke Ihnen von Nutzen sein wird; doch wenn ich bedenke, dass Sie denselben Weg verfolgen, sich den gleichen Gefahren aussetzen, die mich zu dem gemacht haben, was ich bin, dann kann ich mir vorstellen, dass Sie die richtigen Lehren aus meiner Geschichte ziehen, Lehren, die Ihnen den Weg zeigen, wenn Sie mit Ihrem Unternehmen Erfolg haben, und Sie trösten, wenn Sie scheitern. Seien Sie darauf gefasst, von Vorkommnissen zu hören, die ans Phantastische grenzen. Wären wir von einer weniger wüsten Landschaft umgeben, müsste ich vielleicht befürchten, bei Ihnen auf Unglauben, ja vielleicht sogar auf Spott zu stoßen; aber vieles erscheint in diesen wilden und geheimnisvollen Regionen möglich, was bei denen, die von den unerschöpflichen Kräften der Natur nichts wissen, Gelächter hervorrufen würde. Auch zweifle ich nicht, dass meine Geschichte in ihrem Verlauf den Wahrheitsbeweis für die Ereignisse enthält, aus denen sie besteht.«

Du kannst dir leicht vorstellen, wie geehrt ich mich durch diesen Vertrauensbeweis fühlte, doch konnte ich den Gedanken nicht ertragen, dass ihn etwa bei der Mitteilung seines Unglücks erneut der Schmerz überwältigte. Ich sah dem versprochenen Bericht mit höchster Ungeduld entgegen, teils aus Neugier, teils aus dem ehrlichen Wunsch, sein Los, soweit es in meiner Macht stand, zu erleichtern. Diese Empfindungen brachte ich in meiner Antwort auch zum Ausdruck.

»Ich danke Ihnen«, antwortete er, »für Ihr Mitgefühl, aber es ist umsonst; mein Schicksal ist fast vollendet. Ich warte nur noch auf ein Ereignis, dann werde ich mich in Frieden zur Ruhe legen. Ich verstehe Ihre Gefühle«, fuhr er fort, als er merkte, dass ich ihn unterbrechen wollte, »aber Sie irren sich, mein Freund – wenn Sie mir erlauben, Sie so zu nennen; nichts kann mein Geschick ändern. Hören Sie meine Geschichte an, und Sie werden begreifen, wie unwiderruflich es feststeht.«

Dann teilte er mir mit, dass er seine Erzählung am nächsten Tag, wenn ich Zeit dazu hätte, beginnen wolle. Für dieses Versprechen dankte ich ihm von Herzen. Ich habe beschlossen, jede Nacht, wenn meine Pflichten mich nicht unbedingt in Anspruch nehmen, so genau wie möglich in seinen eigenen Worten aufzuzeichnen, was er mir tagsüber berichtet hat. Sollte ich beschäftigt sein, will ich wenigstens Notizen machen. Dieses Manuskript wird Dir zweifellos das größte Vergnügen bereiten; aber ich, der ich ihn kenne und die Geschichte aus seinem eigenen Mund höre – mit welchem Interesse und Mitgefühl werde ich sie eines Tages lesen! Selbst jetzt, da ich meine Aufgabe beginne, habe ich den Klang seiner sonoren Stimme im Ohr, seine glänzenden Augen ruhen mit all ihrer schwermütigen Liebenswürdigkeit auf mir, ich sehe, wie er in lebhaftem Gespräch die abgemagerte Hand hebt, während seine Seele aus seinen Gesichtszügen leuchtet. Eigenartig und qualvoll muss seine Geschichte sein, furchtbar der Sturm, der das stolze Schiff auf seinem Kurs überfiel und es so völlig zerschmetterte.

Kapitel 1

Ich bin von Geburt Genfer, und meine Familie gehört zu den angesehensten in dieser Republik. Meine Vorfahren waren seit vielen Jahren Ratsherren und Richter, und mein Vater hat verschiedene öffentliche Ämter ehrenvoll und hochgeachtet bekleidet. Er genoss den Respekt aller, die seine Integrität und seine unermüdliche Sorge um das Gemeinwohl kannten. Er widmete seine Jugendjahre ausschließlich dem Dienst an seinem Vaterland. Eine Reihe von Umständen verhinderte, dass er früh heiratete, und so wurde er erst in der zweiten Lebenshälfte Ehemann und Vater einer Familie.

Da die Umstände seiner Heirat Licht auf seinen Charakter werfen, kann ich nicht umhin, sie zu erzählen. Einer seiner engsten Freunde war ein Kaufmann, der durch allerlei Missgeschick aus wohlhabenden Umständen in Armut geriet. Dieser Mann, der Beaufort hieß, hatte ein stolzes und unnachgiebiges Naturell und konnte es nicht ertragen, in Armut und Vergessenheit in dem Land zu leben, wo er sich früher durch Rang und Wohlstand ausgezeichnet hatte. Nachdem er deshalb höchst ehrenhaft seine Schulden bezahlt hatte, zog er sich mit seiner Tochter in die Stadt Luzern zurück, wo er unbekannt in Armut lebte. Mein Vater war Beaufort in ehrlichster Freundschaft zugetan und von diesem Rückzug unter so unglücklichen Umständen zutiefst betroffen. Er beklagte bitterlich den falschen Stolz, der seinen Freund zu einem Verhalten veranlasst hatte, das der zwischen ihnen herrschenden Zuneigung so gar nicht würdig war. Er machte umgehend Anstalten, seine Spur zu finden, in der Hoffnung, ihn überreden zu können, mit seiner finanziellen Unterstützung und Hilfe ein neues Leben zu beginnen.

Beaufort hatte wirksame Maßnahmen getroffen, sich zu verbergen, und es dauerte zehn Monate, bis mein Vater seinen Aufenthalt entdeckte. Überglücklich über diese Entdeckung eilte er zu dem Haus, das in einer ärmlichen Straße an der Reuß lag. Aber als er eintrat, begrüßte ihn nichts als Elend und Verzweiflung. Beaufort hatte aus den Trümmern seines Vermögens nur eine sehr kleine Geldsumme gerettet, aber sie reichte aus, um ihn einige Monate über Wasser zu halten. Und bis dahin hoffte er, eine achtbare Anstellung in einer Handelsfirma zu finden. Infolgedessen verbrachte er die Zwischenzeit in Untätigkeit. Sein Schmerz wurde, als er Zeit zum Nachdenken hatte, nur noch tiefer und bitterer, und schließlich gewann er solche Gewalt über ihn, dass er nach drei Monaten auf dem Krankenbett lag, unfähig zu irgendwelcher Anstrengung.

Seine Tochter pflegte ihn mit größter Hingabe, aber sie musste voller Verzweiflung zusehen, wie ihr geringes Kapital rapide dahinschmolz und es keine andere Aussicht auf einen Lebensunterhalt gab. Aber Caroline Beaufort besaß eine ungewöhnlich starke Persönlichkeit, und sie fasste Mut, in ihrer aussichtslosen Lage für sich selbst zu sorgen. Sie übernahm Handarbeiten; sie flocht Stroh, und es gelang ihr, durch verschiedene Anstrengungen einen Hungerlohn zu verdienen, der kaum zum Unterhalt reichte.

Auf diese Weise vergingen mehrere Monate. Der Zustand ihres Vaters verschlechterte sich; ihre Zeit wurde mehr und mehr von seiner Pflege in Anspruch genommen, ihre Mittel schwanden dahin, und nach zehn Monaten starb ihr Vater in ihren Armen und ließ sie als Waise und als Bettlerin zurück. Dieser letzte Schlag war zu viel für sie, und sie kniete bitterlich weinend an Beauforts Sarg, als mein Vater das Zimmer betrat. Wie ein Schutzengel erschien er dem armen Mädchen, das sich seiner Sorge anvertraute. Und nach der Beerdigung seines Freundes brachte er sie nach Genf und gab sie in die Obhut einer Verwandten. Zwei Jahre nach diesen Ereignissen wurde Caroline seine Frau.

Der Altersunterschied zwischen meinen Eltern war erheblich, aber dieser Umstand vereinte sie nur noch enger in gegenseitiger Zuneigung. Mein Vater verband Aufrichtigkeit mit einem ausgeprägten Gerechtigkeitssinn, und er konnte nur da von Herzen lieben, wo er große Hochachtung empfand. Vielleicht hatte er in jüngeren Jahren durch die zu spät erkannte Unwürdigkeit einer geliebten Frau Enttäuschungen erfahren und neigte deshalb dazu, bewährter Treue größeren Wert beizumessen. Der Zug von Dankbarkeit und Verehrung, der in seiner Liebe zu meiner Mutter unübersehbar war, hatte nichts von der Vernarrtheit alter Leute – denn er entsprang der Achtung vor ihren Tugenden und dem Wunsch, sie in gewisser Weise für den Kummer zu entschädigen, den sie erlitten hatte –, gab seinem Verhalten ihr gegenüber aber trotzdem etwas unaussprechlich Rührendes. Alles hatte nur den Sinn, ihren Wünschen und ihrer Bequemlichkeit entgegenzukommen. Wie ein Gärtner eine edle exotische Blume schützt, so bemühte er sich, sie vor rauhen Winden zu schützen und sie mit allem zu umgeben, was dazu beitragen konnte, in ihrer sanften und gütigen Seele angenehme Empfindungen zu wecken. Ihre Gesundheit und selbst ihre früher unerschütterliche seelische Ausgeglichenheit waren von dem, was sie durchgemacht hatte, untergraben worden. Während der zwei Jahre, die ihrer Heirat vorausgegangen waren, hatte mein Vater nach und nach all seine öffentlichen Ämter aufgegeben, und unmittelbar nach ihrer ehelichen Verbindung entschieden sie sich zur Wiederherstellung ihrer angegriffenen Gesundheit für das milde Klima Italiens und die Vielfalt an Landschaften und Sehenswürdigkeiten, die eine Reise durch dieses Wunderland bietet.

Von Italien aus besuchten sie Deutschland und Frankreich. Ich, ihr ältestes Kind, wurde in Neapel geboren und begleitete sie als Kleinkind auf ihren Streifzügen. Mehrere Jahre lang blieb ich ihr einziger Nachwuchs. Bei all ihrer Zuneigung zueinander schienen sie doch über einen unerschöpflichen Vorrat an Liebe wie über einen Schatz zu verfügen, den sie an mich verschwendeten. Die zärtlichen Liebkosungen meiner Mutter und das glückliche, gütige Lächeln meines Vaters, während er mich betrachtete, machen meine ersten Erinnerungen aus. Ich war ihr Spielzeug und ihr Abgott und mehr noch – ihr Kind, das unschuldige und hilflose Wesen, das der Himmel ihnen geschenkt hatte, damit sie einen ordentlichen Menschen aus ihm machten, dessen Glück oder Unglück in seinem späteren Leben davon abhing, ob sie ihre Pflicht ihm gegenüber erfüllten. So trat zu der unerschöpflichen Zärtlichkeit, die sie beide ausstrahlten, noch die tiefe Verpflichtung dem Geschöpf gegenüber hinzu, dem sie das Leben geschenkt hatten, und man kann sich vorstellen, dass einerseits jede Stunde meiner Kindheit eine Lektion in Geduld, Nächstenliebe und Selbstbeherrschung für mich war, ich aber andererseits so unmerklich an einer Seidenschnur gelenkt wurde, dass mir das Leben wie eine einzige Folge von Annehmlichkeiten vorkam.

Lange Zeit blieb ich ihr ein und alles. Meine Mutter hatte sich sehnlichst eine Tochter gewünscht, aber ich blieb ihr einziges Kind. Als ich ungefähr fünf Jahre alt war, verbrachten sie bei einem Ausflug nach Italien eine Woche am Ufer des Comer Sees. In ihrer Güte betraten sie oft die Hütten der Armen. Bei dem Gedanken, was sie erlitten hatte und wie sie gerettet worden war, war es für meine Mutter mehr als eine Pflicht – eine Notwendigkeit, eine Leidenschaft –, ihrerseits den Notleidenden als Schutzengel zu erscheinen. Auf einem ihrer Spaziergänge erregte eine ärmliche, versteckt in einem

Tal gelegene Kate ihre Aufmerksamkeit durch ihre besondere Trostlosigkeit, während die Anzahl halbnackter Kinder, die in der Nähe spielten, Not in ihrer schlimmsten Form verriet. Eines Tages, als mein Vater allein nach Mailand gefahren war, besuchte meine Mutter in meiner Begleitung diese Behausung. Sie fand einen Bauern und seine Frau, schwer arbeitend und gebeugt von Sorge und Anstrengung, die eine dürftige Mahlzeit an fünf hungrige kleine Kinder verteilten. Darunter war eins, das mehr als alle anderen das Interesse meiner Mutter erregte. Es verriet eine andere Herkunft. Die übrigen vier waren dunkeläugige, abgehärtete kleine Strolche; dieses Mädchen war dünn und ausgesprochen hellhäutig. Ihr Haar war von hellem, leuchtendem Gold und zeichnete sie trotz der ärmlichen Kleidung wie eine Krone vor den anderen aus. Die Stirn war klar und hoch, die blauen Augen ungetrübt, und Lippen und Gesicht drückten so viel Empfindsamkeit und Liebreiz aus, dass niemand sie ansehen konnte, ohne sie für etwas Besonderes zu halten, ein Geschenk vom Himmel, das das göttliche Siegel auf allen Zügen trug.

Als die Bäuerin merkte, dass meine Mutter das liebliche Mädchen voller Erstaunen und Bewunderung betrachtete, erzählte sie bereitwillig ihre Geschichte. Sie war nicht ihr Kind, sondern die Tochter eines Mailänder Adligen. Ihre Mutter war Deutsche und bei der Geburt des Kindes gestorben. Das Mädchen war bei diesen guten Leuten in Pflege gegeben worden; es war ihnen damals besser gegangen. Sie waren noch nicht lange verheiratet gewesen, und ihr ältestes Kind war gerade erst geboren. Der Vater des Pflegekindes war einer der Italiener, die mit dem Gedanken an die ehemalige Größe Italiens aufgewachsen waren – einer der »schiavi ognor frementi«[12], der sein Leben für die Freiheit seines Landes einsetzte. Er wurde das Opfer von Italiens Schwäche.

Ob er gestorben war oder noch in österreichischen Verliesen schmachtete, wusste niemand. Sein Besitz war konfisziert worden, sein Kind wurde eine Waise und Bettlerin. Sie blieb bei ihren Pflegeeltern und blühte in dieser rauhen Umgebung, schöner als eine Gartenrose in dunklem Dornengesträuch.

Als mein Vater von Mailand zurückkehrte, sah er ein Kind, schöner als ein gemalter Cherub, in der Eingangshalle unserer Villa mit mir spielen – ein Wesen, von dessen Erscheinung ein Leuchten ausging und das in Gestalt und Bewegung graziöser war als eine Gemse. Das sich ihm bietende Bild war bald erklärt. Mit seinem Einverständnis bewog meine Mutter die ländlichen Eltern, das Mündel ihr zu überlassen. Sie hingen an dem reizenden Waisenkind. Sie hatten ihre Gegenwart wie einen Segen betrachtet, aber sie empfanden es als ungerecht, das Kind in Armut und Not zu halten, wenn die Vorsehung ihr solch mächtigen Schutz gewährte. Sie berieten sich mit dem Dorfpfarrer, und das Ergebnis war, dass Elizabeth Lavenza meine Gefährtin im Haus meiner Eltern wurde mehr als eine Schwester – meine schöne und angebetete Spielkameradin bei allen Beschäftigungen und Freuden.

Alle liebten Elizabeth. Die leidenschaftliche und beinahe ehrfürchtige Zuneigung, mit der sie alle betrachteten und die ich teilte, erfüllte mich mit Stolz und Entzücken. Am Abend vor ihrer Ankunft in unserem Haus hatte meine Mutter im Scherz gesagt: »Ich habe ein hübsches Geschenk für meinen Victor – morgen soll er es bekommen.« Und als sie mir am nächsten Tag Elizabeth als das versprochene Geschenk vorstellte, da nahm ich sie in kindlichem Ernst beim Wort und betrachtete Elizabeth als mein Eigentum – als Eigentum, das ich schützen, lieben und umhegen sollte. Alles Lob, das man ihr spendete, verstand ich als Lob auf etwas, das mir gehörte. Wir nannten uns vertraulich Vetter und Cousine. Aber kein Name, kein Ausdruck konnte das Verhältnis in Worte fassen, in dem sie zu mir stand – mehr als eine Schwester, denn bis zum Tod sollte sie ganz allein mir gehören.

Kapitel 2

Wir wuchsen zusammen auf, denn der Altersunterschied zwischen uns war nur knapp ein Jahr. Ich brauche nicht zu betonen, dass uns Uneinigkeit oder Streit völlig fremd waren. Harmonie beseelte unser gemeinsames Leben, und die Verschiedenheit und Gegensätzlichkeit, die zwischen unseren Charakteren bestand, brachte uns noch näher zusammen. Elizabeth war von Natur ruhiger und konzentrierter, aber ich besaß bei allem Ungestüm größere Ausdauer und war leidenschaftlicher von Wissensdurst getrieben. Sie beschäftigte sich am liebsten mit den ätherischen Schöpfungen der Dichter, und die majestätischen und herrlichen Landschaftsbilder, die unser Schweizer Haus umgaben, die erhabene Bergsilhouette, der Wechsel der Jahreszeiten, Sturm und Stille, das Schweigen des Winters und Leben und Heftigkeit unserer Alpensommer gaben ihr immer neuen Anlass zu Bewunderung und Entzücken. Während sich meine Gefährtin mit ergriffenen und beglückten Sinnen den großartigen Naturerscheinungen hingab, fand ich Vergnügen daran, ihre Ursachen zu ergründen. Die Welt war mir ein Geheimnis, dem ich unbedingt auf die Spur kommen wollte. Neugier, das ernsthafte Bemühen, die verborgenen Gesetze der Natur zu begreifen, an Begeisterung grenzende Freude, wenn sie sich mir erschlossen, gehören zu den ersten Empfindungen, an die ich mich erinnern kann.

Bei der Geburt ihres zweiten Sohnes, der sieben Jahre jünger war als ich, gaben meine Eltern ihr Wanderleben endgültig auf und ließen sich in ihrer Heimat nieder. Wir besaßen ein Haus in Genf und ein Landhaus in Belrive, am Ostufer des Sees, gut drei Meilen von der Stadt entfernt. Hier verbrachten wir die meiste Zeit, und das Leben meiner Eltern verlief ziemlich zurückgezogen. Mir lagen große Menschenmengen nicht, ich schloss mich lieber enger an einige wenige Freunde an. Meine Schulkameraden waren mir deshalb im großen und ganzen gleichgültig. Aber mit einem von ihnen verband mich eine äußerst enge Freundschaft. Henry Clerval war ein Genfer Kaufmannssohn. Er war ein ungewöhnlich begabter und phantasievoller Junge. Er liebte Abenteuer, Entbehrungen und selbst Gefahren um ihrer selbst willen. Er besaß eine eingehende Kenntnis von Ritter- und Abenteuerromanen. Er komponierte Heldengesänge und fing viele Zauber- und Ritterromane an. Er versuchte, mit uns Stücke aufzuführen und Maskeraden zu veranstalten, deren Charaktere die Helden von Roncesvalles und König Artus' Tafelrunde zum Vorbild hatten sowie die Kreuzritter, die ihr Blut vergossen, um das Heilige Grab aus den Händen der Ungläubigen zu befreien.

Niemand hat wohl eine glücklichere Kindheit verbracht als ich. Meine Eltern waren die Güte und Nachsicht selbst. Für uns waren sie keine Tyrannen, die nach Gutdünken über unser Schicksal bestimmten, sondern die Vermittler und Schöpfer all der Freuden, die wir genossen. Wenn ich mit anderen Familien umging, wurde mir bewusst, wie ungewöhnlich gut ich es hatte, und Dankbarkeit vergrößerte meine kindliche Liebe zu ihnen noch.

Ich neigte zu gelegentlichen Temperamentsausbrüchen und zu heftigen Gemütsbewegungen, aber aufgrund irgendwelcher seelischen Komponenten entluden sie sich nicht in kindlichen Streichen, sondern in unbändigem Wissensdrang – Wissensdrang, der sich aber nicht unterschiedslos auf alles richtete. Ich muss gestehen, dass mich weder die Struktur von Sprachen noch die Verfassung von Regierungen oder die Politik unterschiedlicher Staaten je sonderlich interessiert haben. Die Geheimnisse von Himmel und Erde wollte ich erkunden, und ob mich die äußere Gestalt der Dinge oder der innere Geist der Natur und die geheimnisvolle Seele des Menschen beschäftigten, immer richtete sich mein Interesse auf das Metaphysische oder auf die Geheimnisse der belebten Materie in ihrer höchsten Ausbildung.

Währenddessen beschäftigte sich Clerval sozusagen mit den ethischen Beziehungen der Dinge. Die geschäftige Bühne des Lebens, die Tugenden der Helden und die Taten der Menschen waren sein Thema, und seine Hoffnung und sein Traum waren es, eines Tages zu denen zu gehören, die als tapfere und wagemutige Wohltäter unserer Gattung in die Geschichte eingehen. Die engelhafte Seele Elizabeths schien wie ein Ewiges Licht in unserem friedlichen Zuhause. Ihre ganze Zuneigung gehörte uns; ihr Lächeln, ihre sanfte Stimme, der gütige Blick ihrer himmlischen Augen waren uns allezeit Segen und Zuspruch. Sie war, besänftigend und anziehend zugleich, die Verkörperung der Liebe. Wenn ihre Sanftheit nicht einen so wohltuenden Einfluss auf mich ausgeübt hätte, wäre ich vielleicht über meinen Studien versauert oder aufgrund meiner leidenschaftlichen Natur verroht. Und Clerval – ließ sich die edle Seele Clervals je von etwas Bösem beirren? Aber vielleicht wäre auch er nicht so durch und durch menschlich, so nachdenklich in seiner Großzügigkeit, so voller Güte und Zärtlichkeit gewesen bei all seiner Leidenschaft für kühne Wagnisse, hätte sie ihm nicht die Schönheit wahrer Güte offenbart und Wohltätigkeit zum Ziel und Zweck seiner hochfliegenden Pläne gemacht.

Es bereitet mir unendliches Vergnügen, bei diesen Kindheitserinnerungen zu verweilen, ehe Unglück meinen Geist verdüsterte und seine herrlichen Visionen von unbegrenzter Nützlichkeit sich in trübe, beschränkte Grübeleien über das eigene Ich verwandelten. Wenn ich ein Bild meiner frühen Jahre entwerfe, muss ich aber auch die Ereignisse berichten, die Schritt für Schritt unmerklich zu meiner späteren Leidensgeschichte führten; denn wenn ich mir Rechenschaft über den Ursprung der Leidenschaft gebe, die später mein Schicksal bestimmte, dann wird mir klar, dass sie wie ein Gebirgsfluss unwürdigen und fast vergessenen Quellen entspringt; aber indem er auf seinem Weg anschwoll, wurde er schließlich zu dem reißenden Strom, der all meine Hoffnungen und Freuden mitriss.

Die Naturwissenschaft ist der Genius, der mein Schicksal bestimmt hat. Mir liegt deshalb daran, in diesem Bericht die Tatsachen zu betonen, die zu meiner Vorliebe für dieses Forschungsgebiet geführt haben. Als ich dreizehn Jahre alt war, machten wir gemeinsam einen Ausflug zu den Bädern bei Thonon. Das unfreundliche Wetter zwang uns, einen ganzen Tag im Gasthaus zu verbringen. In diesem Haus fand ich durch Zufall einen Band von Cornelius Agrippas[13] Werken. Ich öffnete ihn gelangweilt; aber die Theorie, die er zu beweisen versucht, und die herrlichen Tatsachen, die er berichtet, verwandelten diese Einstellung bald in Begeisterung. Mir schien ein ganz neues Licht aufzugehen, und außer mir vor Freude teilte ich meine Entdeckung meinem Vater mit. Mein Vater warf einen gleichgültigen Blick auf die Titelseite meines Buches und sagte: »Ach, Cornelius Agrippa! Mein lieber Victor, verschwende deine Zeit nicht damit. Das ist schrecklicher Schund.«

Wenn mein Vater sich statt dieser Bemerkung die Mühe gemacht hätte, mir zu erklären, dass die Grundsätze Agrippas längst überholt und von einem modernen Wissenschaftssystem abgelöst worden waren, das größere Überzeugungskraft besaß als das antike, weil seine Überzeugungsfähigkeit nicht auf bloßen Hirngespinsten, sondern auf praktischen Tatsachen beruhte, dann hätte ich Agrippa sicherlich zur Seite geworfen, und meine erhitzte Einbildungskraft hätte sich damit begnügt, mit noch größerem Eifer zu meinen früheren Studien zurückzukehren. Womöglich hätten meine Gedanken niemals die unselige Richtung eingeschlagen, die zu meinem Ruin führte. Aber der oberflächliche Blick, den mein Vater meinem Buch gegönnt hatte, überzeugte mich keineswegs davon, dass er den Inhalt kannte, und ich las deshalb wie gebannt weiter.

Als ich nach Hause kam, war meine erste Sorge, mir das Gesamtwerk dieses Autors zu beschaffen und anschließend das von Paracelsus und Albertus Magnus[14]. Mit Entzücken las und studierte ich die wilden Phantasien dieser Schriftsteller; sie kamen mir wie Schätze vor, die außer mir nur wenigen bekannt waren. Ich habe betont, dass ich immer von dem brennenden Wunsch erfüllt war, die Geheimnisse der Natur zu durchdringen. Trotz der eingehenden Studien und wunderbaren Entdeckungen moderner Wissenschaftler hinterließ bei mir die Lektüre immer ein Gefühl von Unzufriedenheit und Unmut. Sir Isaac Newton[15] soll gesagt haben, dass er sich an dem großen und unerforschten Ozean der Wahrheit wie ein Kind vorkomme, das Muscheln sammle. Diejenigen seiner Nachfolger auf den verschiedenen Gebieten der Naturwissenschaften, mit denen ich vertraut war, erschienen selbst meinem kindlichen Auffassungsvermögen wie Anfänger bei dem gleichen Bemühen.

Der ungebildete Bauer beobachtete die Elemente um sich herum und kannte ihre praktische Verwendbarkeit. Der gelehrteste Wissenschaftler wusste wenig mehr. Er hatte das Antlitz der Natur teilweise entschleiert, aber ihre unsterblichen Züge blieben ihm ein Wunder und ein Rätsel. Er konnte sezieren, zergliedern und katalogisieren; aber selbst Ursachen zweiten und dritten Grades, ganz zu schweigen von einer endgültigen Ursache, waren ihm völlig unbekannt. Ich hatte einen Blick auf die Befestigungen und Verteidigungsanlagen geworfen, die die Menschheit am Betreten der Zitadelle Natur zu hindern schienen, und hatte voreilig und kurzsichtig resigniert.

Aber hier waren Bücher, und hier waren Männer, die weiter vorgedrungen waren und mehr wussten. Ich glaubte ihnen ihre Behauptungen aufs Wort und wurde ihr Schüler. Es kommt Ihnen vielleicht merkwürdig vor, dass so etwas im 18. Jahrhundert geschehen konnte; aber während ich an Genfer Schulen die übliche Schulausbildung durchlief, war ich im Hinblick auf meine Lieblingsstudien weitgehend Autodidakt. Mein Vater war nicht naturwissenschaftlich interessiert, und ich musste sehen, wie ich mit kindlicher Blindheit und schülerhaftem Wissensdurst allein zurechtkam. Unter der Anleitung meiner neuen Lehrer machte ich mich mit größtem Eifer auf die Suche nach dem Stein der Weisen und dem Elixier des Lebens, und diesem letzteren galt bald meine ungeteilte Aufmerksamkeit. Reichtum war ein zweitrangiges Ziel, aber welcher Ruhm würde die Entdeckung krönen, den menschlichen Körper von Krankheit befreit und die Menschheit gegen jeden außer dem gewaltsamen Tod unverwundbar gemacht zu haben!

Das waren bei weitem nicht meine einzigen wissenschaftlichen Phantasien. Das Versprechen, Geister und Teufel erwecken zu können, wurde von meinen Lieblingsautoren großzügig gegeben und seine Erfüllung aufs sehnlichste von mir gewünscht; und wenn meine Beschwörungen immer erfolglos blieben, so schrieb ich mein Scheitern eher meiner eigenen Unerfahrenheit und meinen Fehlern zu als einem Mangel an Geschick oder Glaubwürdigkeit aufseiten meiner Lehrer. Und so war ich eine Zeitlang mit längst überholten Systemen beschäftigt, vermengte wie ein ahnungsloser Laie eine Unzahl sich widersprechender Theorien und blieb verzweifelt in einem wahren Sumpf von allem möglichen Wissen stecken, wobei ich nur von blühender Phantasie und kindischem Verständnis geleitet wurde, bis ein Vorfall die Richtung meiner Gedanken von neuem änderte.

Ich war ungefähr fünfzehn Jahre alt, und wir verbrachten gerade einige Zeit in unserem Haus in der Nähe von Belrive, als wir eines Tages ein heftiges und furchterregendes Gewitter erlebten. Es zog hinter dem Jura herauf, und der Donner brach plötzlich von verschiedenen Seiten des Himmels mit fürchterlichem Getöse über uns herein. Ich blieb draußen, solange der Sturm andauerte, und beobachtete seinen Verlauf mit Neugier und Entzücken. Während ich an der Tür stand, sah ich plötzlich einen Flammenstrahl aus einer alten herrlichen Eiche schießen, die nur 20 Meter von unserem Haus entfernt stand; und kaum war das blendende Licht verloschen, war auch die Eiche verschwunden, und nichts als ein verkohlter Stumpf blieb übrig. Als wir am nächsten Morgen nachsahen, stellten wir fest, dass der Baum auf ganz ungewöhnliche Weise zerschmettert worden war. Der Einschlag hatte ihn nicht gespalten, sondern völlig zerfasert. Ich habe nie etwas so vollständig Zerstörtes gesehen.

Auch vor diesem Erlebnis waren mir die einfacheren Gesetze der Elektrizität nicht unbekannt gewesen. Bei dieser Gelegenheit wohnte gerade ein großer Naturwissenschaftler bei uns, und angeregt von dieser Katastrophe, erläuterte er uns eine mir völlig neue und überraschende Theorie, die er über das Thema Elektrizität und Galvanismus aufgestellt hatte. Alles, was er sagte, stellte Cornelius Agrippa, Albertus Magnus und Paracelsus, die Helden meiner Phantasie, weit in den Schatten; aber verhängnisvollerweise nahm mir der Sturz dieser Männer die Lust, meine bisherigen Studien weiterzuverfolgen. Es kam mir vor, als würden oder könnten wir nie etwas wissen. Alles, was meine Aufmerksamkeit so lange in Anspruch genommen hatte, flößte mir plötzlich Widerwillen ein. Aufgrund dieser intellektuellen Launen, denen wir in der Jugend vielleicht am ehesten unterliegen, gab ich unvermittelt all meine früheren Interessen auf, legte die Naturkunde und alles, was dazugehört, als eine abwegige und fruchtlose Beschäftigung zu den Akten und hegte die größte Verachtung für eine Pseudowissenschaft, die die Schwelle zu wirklichem Wissen niemals überschreiten würde. In dieser geistigen Verfassung wandte ich mich der Mathematik und den ihr verwandten Wissenschaften zu, die mir auf soliden Grundlagen gebaut und deshalb meiner Aufmerksamkeit würdig erschienen.

So eigentümlich ist unsere Seele gestaltet, und an einem so dünnen Faden hängen unser Wohlergehen oder unser Ruin. Wenn ich zurückblicke, kommt mir dieser beinahe wunderbare Willens- und Gesinnungswandel wie eine spontane Eingebung meines Schutzengels vor – der letzte Versuch meines Selbsterhaltungstriebs, den Sturm abzuwenden, der bereits in den Sternen stand und im Begriff war, mich zu überfallen. Sein Sieg zeigte sich in der ungewohnten Ruhe und Heiterkeit meiner Seele, die mich nach der Aufgabe meiner früheren und zuletzt qualvollen Studien überkamen. So sollte ich lernen können, Böses mit der Fortsetzung dieser Studien, Glück mit ihrer Missachtung zu verbinden.

Mein guter Geist hatte sich große Mühe gegeben, aber es war umsonst. Das Schicksal war zu mächtig, und seine unumstößlichen Gesetze hatten meine völlige und fürchterliche Vernichtung beschlossen.

Kapitel 3

Als ich das siebzehnte Lebensjahr erreicht hatte, beschlossen meine Eltern, mich an der Universität Ingolstadt[16] studieren zu lassen. Ich hatte bisher die Genfer Schulen besucht, aber mein Vater hielt es für unerlässlich für die Vervollständigung meiner Bildung, dass ich auch andere Sitten als die meines Heimatlandes kennenlernte. Deshalb wurde ein baldiger Termin für meine Abreise festgelegt; aber bevor der entscheidende Tag herankam, ereignete sich das erste Missgeschick meines Lebens – gewissermaßen ein Omen meines zukünftigen Unglücks.

Elizabeth hatte Scharlach bekommen; sie war schwer krank und befand sich in größter Gefahr. Während ihrer Krankheit versuchten wir mit allen Mitteln, meine Mutter davon abzuhalten, sie zu pflegen. Sie hatte unseren Bitten zuerst nachgegeben, aber als sie hörte, dass das Leben ihres Lieblings bedroht war, wurde die Sorge um sie übermächtig. Sie übernahm also ihre Pflege. Ihre hingebungsvolle Fürsorge triumphierte über das bösartige Fieber – Elizabeth wurde gerettet, aber für ihre Retterin hatte die Unvernunft tödliche Folgen. Am dritten Tag erkrankte meine Mutter; das Fieber wurde von beängstigenden Symptomen begleitet, und die Blicke der herbeigerufenen Ärzte ließen das Schlimmste befürchten.

Selbst auf dem Sterbebett verließen diese großartige Frau ihre Tapferkeit und Güte nicht. Sie legte Elizabeths und meine Hände ineinander. »Meine lieben Kinder«, sagte sie, »in der Aussicht auf eure Heirat bestand meine ganze Hoffnung auf zukünftiges Glück. Diese Erwartung wird nun der Trost eures Vaters sein. Elizabeth, mein Kind, du musst nun bei meinen jüngeren Kindern meinen Platz einnehmen. Ach, es tut mir leid, dass ich euch verlassen muss; und ist es bei all dem Glück und all der Liebe, die ich von euch erfahren habe, nicht grausam, von euch gehen zu müssen? Aber solche Gedanken ziemen sich nicht für mich. Ich will versuchen, dem Tod heiter entgegenzusehen, und mich mit der Hoffnung trösten, euch in einer anderen Welt wiederzusehen.«

Sie starb friedlich, und selbst im Tod sprach Liebe aus ihren Zügen. Ich brauche wohl nicht die Empfindungen von Menschen zu beschreiben, deren engste Bindungen durch diesen unwiderruflichen Schicksalsschlag zerrissen werden, die Leere, die die Seele empfindet, die Verzweiflung, die aus den Gesichtern spricht. Es dauert so lange, bis der Verstand begriffen hat, dass sie, die wir doch jeden Tag gesehen haben und deren bloßes Dasein unentbehrlicher Teil unseres eigenen zu sein schien, für immer von uns gegangen – dass das Leuchten in zwei geliebten Augen erloschen und der Klang einer dem Ohr so vertrauten und lieben Stimme unwiderruflich zum Schweigen gebracht worden ist. Das sind die Überlegungen der ersten Tage; aber wenn die Zeit vergeht und einem die bittere Wirklichkeit richtig zum Bewusstsein kommt, wird der Schmerz erst in seiner ganzen Härte spürbar. Doch wem hat die grausame Hand nicht einen teuren Freund entrissen? Und warum sollte ich einen Kummer beschreiben, den alle empfunden haben und empfinden müssen? Schließlich kommt die Zeit, wo Schmerz eher eine Schwäche als eine Notwendigkeit ist; und das Lächeln, das auf den Lippen spielt, auch wenn es einem wie ein Sakrileg vorkommt, lässt sich nicht länger verbannen. Meine Mutter war tot, aber wir hatten weiterhin unsere Pflichten, denen wir nachkommen mussten; wir mussten unseren Weg mit den anderen weitergehen und lernen, uns glücklich zu schätzen, solange einer blieb, den der Würger nicht dahingerafft hatte.

Meine Abreise nach Ingolstadt, die sich durch diese Ereignisse verzögert hatte, wurde nun erneut festgelegt. Mein Vater gewährte mir einen Aufschub von einigen Wochen. Es kam mir wie eine Entweihung vor, die totenähnliche Stille des Trauerhauses so bald zu verlassen und mich in den Trubel des Lebens zu stürzen. Kummer war etwas Neues für mich, aber er schreckte mich dennoch. Ich scheute mich, die Gesellschaft derer zu verlassen, die mir geblieben waren, und vor allem wünschte ich sehnlichst, meine liebe Elizabeth einigermaßen getröstet zu sehen.

Sie verbarg nämlich ihren Schmerz und bemühte sich, uns allen eine Trösterin zu sein. Sie blickte dem Leben gefasst ins Auge und übernahm die täglichen Pflichten mit Mut und Entschlossenheit. Sie widmete sich ganz denen, die sie Onkel und Vettern zu nennen gewohnt war. Nie war sie bezaubernder als damals, als sie ihr sonniges Lächeln wiederfand und es an uns verschwendete. In dem Bemühen, uns den Schmerz vergessen zu lassen, vergaß sie sogar ihren eigenen.

Schließlich kam der Tag meiner Abreise. Clerval verbrachte den letzten Abend bei uns. Er hatte versucht, seinen Vater zu überreden, mich begleiten zu dürfen und mein Studiengefährte zu werden, aber umsonst. Sein Vater war eine engstirnige Krämerseele, für den die Wünsche und Neigungen seines Sohnes nur zu Faulenzerei und Verderben führten. Henry ging das bittere Unglück, auf eine humanistische Bildung verzichten zu müssen, sehr zu Herzen. Er sagte wenig, aber wenn er sprach, las ich in dem Blitzen seiner Augen und der Lebhaftigkeit seines Blicks den verborgenen, aber festen Entschluss, sich nicht durch den elenden Kleinkram einer Kaufmannsexistenz anketten zu lassen.

Wir blieben lange auf. Wir konnten uns nicht voneinander losreißen und uns nicht dazu bringen, Lebewohl zu sagen. Schließlich wurde es doch gesagt, und wir zogen uns unter dem Vorwand, Ruhe zu suchen, zurück, wobei jeder sich einbildete, den anderen getäuscht zu haben. Aber als ich bei Tagesanbruch zur Kutsche hinunterging, die mich fortbringen sollte, waren sie alle da: mein Vater, um mir noch einmal seinen Segen zu geben, Clerval, um mir zum letztenmal die Hand zu drücken, meine Elizabeth, um die Bitte, ihr häufig zu schreiben, zu wiederholen und ihrem Spielgefährten und Freund letzte weibliche Aufmerksamkeiten zu erweisen.

Ich warf mich in den Wagen, der mich fortbringen sollte, und überließ mich äußerst melancholischen Gedanken. Ich, der ich immer von liebenswürdigen Gefährten umgeben gewesen war, die sich ständig bemüht hatten, einander Freude zu machen – ich war nun allein. An der Universität, zu der ich unterwegs war, musste ich mir meine Freunde selbst suchen und mich um mich selbst kümmern. Bisher war mein Leben außerordentlich beschützt und häuslich verlaufen, und das hatte mich mit unüberwindlicher Abneigung gegen neue Gesichter erfüllt. Ich liebte meine Brüder, Elizabeth und Clerval, das waren altvertraute Gesichter, aber für die Gesellschaft von Fremden glaubte ich mich völlig ungeeignet. Solche Gedanken gingen mir zu Beginn der Reise durch den Kopf; doch im weiteren Verlauf stiegen meine Stimmung und meine Hoffnungen. Ich brannte darauf, mir Wissen anzueignen. Es hatte mich zu Hause oft bedrückt, dass ich meine ganze Jugend eingesperrt an einem Ort verbringen sollte, und ich hatte mich danach gesehnt, in die Welt hinauszugehen und meinen Platz unter den Menschen einzunehmen. Nun erfüllten sich meine Wünsche, und es wäre wirklich töricht gewesen, sie zu bereuen.

Ich hatte ausreichend Muße für diese und viele andere Gedanken auf meiner Reise nach Ingolstadt, die lang und ermüdend war. Schließlich tauchte der hohe weiße Turm der Stadt vor mir auf. Ich stieg aus, wurde zu meiner einsamen Wohnung geführt und blieb für den Abend mir selbst überlassen.

Am nächsten Vormittag übergab ich meine Empfehlungsbriefe und stattete einigen der wichtigsten Professoren einen Besuch ab. Der Zufall oder eher die böse Macht, der Engel der Vernichtung, der mich von dem Augenblick an, wo ich meine zögernden Schritte von meinem Vaterhaus abwandte, in seinem allgewaltigen Bann hatte, führte mich zuerst zu Herrn Krempe, Professor für Naturwissenschaften. Er war ein ungepflegter, aber von den Geheimnissen seiner Wissenschaft tief durchdrungener Mann. Er stellte mir verschiedene Fragen über meinen Wissensstand in den verschiedenen zu den Naturwissenschaften gehörenden Bereichen. Ich antwortete gleichgültig und zum Teil herablassend und erwähnte die Namen meiner Alchimisten als die wichtigsten Autoren, die ich gelesen hatte. Der Professor starrte mich an. »Haben Sie«, sagte er, »Ihre Zeit wirklich damit verbracht, solchen Unsinn zu lernen?«

Ich bejahte diese Frage. »Jede Minute«, fuhr Herr Krempe mit Nachdruck fort, »jeder Augenblick, den Sie mit diesen Büchern verschwendet haben, ist ein für allemal verloren. Sie haben Ihr Gedächtnis mit überholten Theorien und nutzlosen Namen belastet. Großer Gott! In welcher Einöde haben Sie gelebt, wo sich niemand erbarmt hat, Sie darüber aufzuklären, dass die Hirngespinste, die Sie so gierig eingesogen haben, tausend Jahre alt und so verstaubt wie antiquiert sind! Ich hätte nicht gedacht, dass es in unserem aufgeklärten und wissenschaftlichen Zeitalter noch einen Schüler von Albertus Magnus und Paracelsus gibt. Mein Bester, Sie müssen mit Ihren Studien ganz von vorne anfangen.«

Mit diesen Worten trat er an sein Pult und schrieb eine Liste von verschiedenen naturwissenschaftlichen Büchern auf, die ich mir besorgen sollte, und entließ mich mit der Bemerkung, dass er Anfang der kommenden Woche mit einer Vorlesungsreihe über den allgemeinen Zusammenhang der Naturwissenschaften beginnen wolle und dass Professor Waldman, ein Kollege, an den dazwischenliegenden Tagen über Chemie lesen würde.

Ich ging eigentlich nicht enttäuscht nach Hause zurück, denn ich hielt ja die Autoren, die der Professor verdammt hatte, längst für überholt; aber ich hatte auch nicht die geringste Neigung, diese Studien überhaupt wiederaufzunehmen. Herr Krempe war ein kleiner, gedrungener Mann mit mürrischer Stimme und abstoßenden Zügen, ein Lehrer, der deshalb nicht dazu angetan war, mich für sein Fach zu gewinnen. Vielleicht habe ich zu philosophisch und zusammenhängend über die Schlussfolgerungen berichtet, zu denen ich als Junge gekommen war. Als Kind hatte ich mich mit den Ergebnissen, die mir die modernen Professoren der Naturwissenschaft versprachen, nicht zufriedengegeben. In meiner geistigen Unreife, für die meine außerordentliche Jugend und mein Mangel an Führung in diesen Dingen verantwortlich waren, hatte ich den Weg zur Erkenntnis nach rückwärts in die Vergangenheit angetreten und die Entdeckungen zeitgenössischer Gelehrter gegen die Träume längst vergessener Alchimisten eingetauscht. Außerdem war ich voller Verachtung für die praktische Anwendung der modernen Naturwissenschaft. Es war etwas ganz anderes, wenn die Größen der Wissenschaft Unsterblichkeit und Macht suchten; solche Ziele, obwohl unerreichbar, waren groß. Aber nun hatte sich die Situation geändert. Der Ehrgeiz der Gelehrten schien sich darauf zu beschränken, die Visionen zu zerstören, auf denen mein wissenschaftliches Interesse hauptsächlich beruhte. Ich sollte Luftschlösser von überwältigender Großartigkeit gegen Wirklichkeiten von geringem Wert eintauschen.

Solche Überlegungen stellte ich während der ersten zwei oder drei Tage meines Aufenthalts in Ingolstadt an, die ich hauptsächlich damit verbrachte, die Örtlichkeiten und die wichtigsten Bewohner meines neuen Wohnorts kennenzulernen. Aber als die folgende Woche begann, fiel mir ein, was mir Herr Krempe über die Vorlesungen gesagt hatte. Und obwohl ich mich nicht überwinden konnte, hinzugehen und den kleinen, eingebildeten Kerl Sätze vom Katheder verkünden zu hören, erinnerte ich mich doch an seine Bemerkungen über Herrn Waldman, den ich noch nicht gesehen hatte, da er bisher auswärts gewesen war.

Teils aus Neugier, teils aus Langeweile begab ich mich in den Hörsaal, den Herr Waldman kurz darauf betrat. Dieser Professor sah völlig anders aus als sein Kollege. Er war ungefähr fünfzig Jahre alt und strahlte ungewöhnliches Wohlwollen aus. Sein Haar war an den Schläfen leicht ergraut, am Hinterkopf aber noch fast schwarz. Von Gestalt war er klein, doch bemerkenswert aufrecht, und noch nie hatte ich eine so wohllautende Stimme gehört. Er begann seine Vorlesung mit einem Abriss der Geschichte der Chemie und der diversen Fortschritte, die durch verschiedene Gelehrte erzielt worden waren, wobei er begeistert die Namen der hervorragendsten Forscher nannte. Dann gab er einen kurzen Überblick über den gegenwärtigen Stand der Wissenschaft und erklärte viele Grundbegriffe. Nach einigen einleitenden Experimenten schloss er mit einer Lobeshymne auf die moderne Chemie, deren Inhalt ich nie vergessen werde:

»Die alten Gelehrten«, sagte er, »versprachen das Unmögliche und erreichten nichts. Die modernen Forscher versprechen sehr wenig; sie wissen, dass Metalle sich nicht verwandeln lassen und das Lebenselixier ein Hirngespinst ist. Aber diese Wissenschaftler, die scheinbar nur dazu fähig sind, mit den Händen im Dreck zu wühlen und mit den Augen ins Mikroskop oder in den Schmelztiegel zu starren, haben in Wirklichkeit Wunder vollbracht. Sie dringen in die verborgensten Winkel der Natur vor und zeigen, wie sie im geheimen am Werk ist. Sie steigen zum Himmel empor; sie haben entdeckt, wie das Blut zirkuliert und woraus sich die Luft, die wir atmen, zusammensetzt. Sie haben neue und beinahe unumschränkte Macht gewonnen; sie können himmlischen Donner auslösen, Erdbeben nachahmen und sogar die unsichtbare Welt mit deren eigenen Schatten narren.«

Das waren die Worte des Professors – oder besser gesagt, die Worte des Schicksals, die mich vernichten sollten. Während er fortfuhr, hatte ich das Gefühl, als ränge meine Seele mit einem greifbaren Feind; eine nach der anderen wurden die verschiedenen Saiten angeschlagen, die das Klangwerk meiner Existenz in Schwingung versetzten; Akkord nach Akkord erklang, und bald war mein Wesen von einem einzigen Gedanken, einer einzigen Idee, einem einzigen Ziel erfüllt. So viel ist schon erreicht worden, rief Frankensteins Seele, aber mehr, viel mehr habe ich vor zu erreichen; über die vorgezeichneten Bahnen hinaus werde ich neue Wege einschlagen, unbekannte Kräfte erforschen und der Welt die tiefsten Geheimnisse der Schöpfung offenbaren.

Ich schloss in dieser Nacht kein Auge. Mein ganzes Inneres befand sich in Aufruhr und Bewegung; ich ahnte, dass sich Ordnung hineinbringen ließe, aber ich war dazu nicht imstande. Im Morgengrauen überfiel mich allmählich der Schlaf. Als ich aufwachte, kamen mir die nächtlichen Gedanken vor wie ein Traum. Geblieben war nur der Entschluss, zu meinen früheren Studien zurückzukehren und mich einer Wissenschaft zu widmen, für die ich angeborenes Talent zu besitzen glaubte. Noch am selben Tag stattete ich Herrn Waldman einen Besuch ab. Privat wirkte sein Auftreten noch sanfter und gewinnender als in der Öffentlichkeit, denn während der Vorlesung drückte seine Miene eine gewisse Würde aus, die in seinem eigenen Haus von der größten Liebenswürdigkeit und Freundlichkeit abgelöst wurde. Ich gab ihm fast denselben Bericht über meine früheren Studien wie seinem Kollegen. Er hörte sich die kurze Schilderung meiner Tätigkeit aufmerksam an und lächelte bei den Namen Cornelius Agrippa und Paracelsus, aber ohne die Verachtung, die Herr Krempe gezeigt hatte. Er sagte, dass dies Männer seien, deren unermüdlichem Eifer die modernen Forscher weitgehend die Grundlage ihres Wissens verdankten. Sie hätten uns die leichtere Aufgabe überlassen, Erkenntnisse, deren Entdeckung wir ihnen zum größten Teil zu verdanken haben, neu zu benennen und sinnvoll zu klassifizieren. Die Anstrengungen genialer Menschen, auch wenn sie in die falsche Richtung führten, brächten die Menschheit letzten Endes immer einen gehörigen Schritt weiter. Ich vernahm diese Ausführungen, die ohne Anmaßung oder Überheblichkeit vorgetragen wurden, und bemerkte dann, dass seine Vorlesung meine Vorurteile gegen die modernen Chemiker beseitigt habe; ich drückte mich mit der Bescheidenheit und Ehrerbietung, wie sie sich für einen Schüler seinem Lehrer gegenüber gehört, in gesetzten Worten aus, ohne etwas von der Begeisterung zu verraten (aus Mangel an Lebenserfahrung hätte ich mich geschämt), die meine beabsichtigten Anstrengungen beflügelte. Ich bat ihn hinsichtlich der Bücher, die ich mir besorgen sollte, um seinen Rat.

»Ich freue mich«, sagte Herr Waldman, »dass ich einen

Schüler gewonnen habe, und wenn Ihr Eifer Ihrem Talent entspricht, dann zweifle ich nicht an Ihrem Erfolg. Die Chemie ist der Zweig der Naturwissenschaften, in dem die größten Fortschritte gemacht worden sind und vielleicht noch gemacht werden. Gerade deshalb widme ich ihr meine ganze Aufmerksamkeit; aber gleichzeitig habe ich auch die anderen Wissenschaftszweige nicht vernachlässigt. Man wäre wohl ein sehr unzulänglicher Chemiker, wenn man sich ausschließlich auf dieses Gebiet menschlichen Wissens beschränkte. Wenn Sie den ernsthaften Wunsch haben, Wissenschaftler zu werden und nicht nur ein beschränkter Experimentierer, so rate ich Ihnen, sich jedem Bereich der Naturwissenschaften zuzuwenden, einschließlich der Mathematik.«

Dann führte er mich in sein Laboratorium und erklärte mir den Zweck seiner verschiedenen Apparate, beriet mich, was für Geräte ich mir beschaffen sollte, und versprach mir die Benutzung seiner eigenen, wenn ich in meinen Studien so weit fortgeschritten wäre, dass ich sie nicht beschädigte. Er gab mir auch die Bücherliste, um die ich ihn gebeten hatte, und ich verabschiedete mich.

So endete ein für mich denkwürdiger Tag; er entschied über mein zukünftiges Schicksal.

Kapitel 4

Von diesem Tag an wurden die Naturwissenschaften und besonders die Chemie im umfassendsten Sinne des Wortes beinahe meine einzige Beschäftigung. Ich vertiefte mich in die Werke voller Genialität und Scharfsinn, die die moderne Forschung über diese Wissensbereiche geschrieben hat. Ich besuchte die Vorlesungen, pflegte Umgang mit den naturwissenschaftlichen Gelehrten der Universität und fand selbst bei Herrn Krempe allerlei gesunden Menschenverstand und echtes Wissen, zwar in Verbindung mit einem abstoßenden Äußeren und Auftreten, aber deshalb doch nicht minder wertvoll. In Herrn Waldman fand ich einen wahren Freund. Seine sanfte Art wurde von keinem Dogmatismus getrübt, und er erteilte seinen Unterricht mit einer Offenheit und einem Entgegenkommen, die den Gedanken an Pedanterie gar nicht aufkommen ließen. Er erleichterte mir den Zugang zur Wissenschaft auf jede erdenkliche Weise und beantwortete auch die abwegigsten Fragen klar und für mich leicht verständlich. Meine Ausdauer war anfangs noch schwankend und unbeständig, aber sie nahm allmählich zu, und bald wurde ich so eifrig und besessen, dass die Sterne oft schon am Morgenhimmel verblassten, wenn ich noch in meinem Laboratorium beschäftigt war.

Bei meinem Arbeitseifer kann man sich vorstellen, welch rasche Fortschritte ich machte. Und tatsächlich staunten die anderen Studenten über meine Besessenheit und die Professoren über meine Leistungen. Professor Krempe fragte mich oft mit einem verschmitzten Lächeln, wie es Cornelius Agrippa gehe, während Herr Waldman seine herzlichste Freude über meine Fortschritte ausdrückte. So vergingen zwei Jahre, ohne dass ich Genf einen Besuch abstattete, weil ich mit Leib und Seele an einigen Entdeckungen arbeitete, die ich zu machen hoffte. Nur wer ihn am eigenen Leibe erfahren hat, kann den Reiz ermessen, den die Wissenschaft ausübt. Auf anderen Gebieten erreicht man das, was andere vor einem erreicht haben, und darüber hinaus gibt es nichts zu erforschen. Aber die naturwissenschaftliche Forschung schafft immer neuen Raum für Entdeckungen und Wunder. Selbst ein durchschnittlich begabter Mensch wird es, wenn er sich ausschließlich einem Forschungsgebiet widmet, auf diesem Gebiet unweigerlich zu großer Meisterschaft bringen; und da ich nur ein einziges Ziel vor Augen hatte, das mich völlig gefangennahm, kam ich so schnell voran, dass ich nach Ablauf von zwei Jahren Entdeckungen über die Verbesserung gewisser chemischer Apparate machte, die mir an der Universität große Achtung und Bewunderung einbrachten. Als ich diesen Punkt erreicht hatte und mit Theorie und Praxis der Naturwissenschaften so vertraut war, wie es mir die Vorlesungen der Professoren in Ingolstadt erlaubten, so dass mein Aufenthalt dort für mein Fortkommen nicht länger von Nutzen war, spielte ich mit dem Gedanken, zu meinen Freunden und meiner Heimatstadt zurückzukehren, als ein Ereignis eintrat, das meinen Aufenthalt verlängerte.

Eins der Phänomene, die mich immer besonders interessiert hatten, war der Bau des menschlichen Körpers und überhaupt jedes Lebewesens. Wo, fragte ich mich oft, liegen Wesen und Ursprung des Lebens? Das war eine kühne Frage, und noch dazu eine, die bisher immer als Geheimnis betrachtet worden war. Aber bei wie vielen Dingen stünden wir kurz vor der Lösung des Problems, wenn uns Feigheit oder Gleichgültigkeit nicht von weiterem Forschen abhielten. Ich ließ mir diese Dinge intensiv durch den Kopf gehen und beschloss, mich in Zukunft vor allem mit den Bereichen der Naturwissenschaft zu befassen, die zur Physiologie gehören. Hätte mich nicht eine fast übermenschliche Begeisterung beflügelt, wäre mir dieses Studium sicherlich sehr unangenehm, ja geradezu unerträglich gewesen. Um dem Leben auf die Spur zu kommen, muss man sich zuerst dem Tod zuwenden. Ich beschäftigte mich mit der Wissenschaft der Anatomie, aber das genügte nicht; ich musste auch den natürlichen Verfall und die Fäulnis des menschlichen Körpers beobachten. Bei meiner Erziehung hatte mein Vater höchst sorgfältig darauf geachtet, dass mir das Übernatürliche keinen Schrecken einflößte. Ich kann mich nicht erinnern, jemals bei einer Gespenstergeschichte gezittert oder eine Geistererscheinung gefürchtet zu haben. Die Dunkelheit hatte keine Wirkung auf meine Einbildungskraft, und ein Friedhof war für mich lediglich ein Aufbewahrungsort für leblose Körper, die, einst Geschöpfe von Schönheit und Kraft, jetzt bloße Nahrung für Würmer geworden waren. Nun wurde ich angeregt, Ursache und Fortschreiten dieses Verfalls zu untersuchen, und war gezwungen, Tag und Nacht in Grabkammern und Beinhäusern zu verbringen. Meine Aufmerksamkeit richtete sich auf genau das, was dem menschlichen Zartgefühl so besonders zuwider ist. Ich sah zu, wie die schöne menschliche Gestalt verfault und zerfällt; ich beobachtete die Todesfäulnis, die das blühende Leben zerstört; und ich sah zu, wie der Wurm sich der Wunder von Auge und Gehirn bemächtigt. Ich hielt inne, untersuchte und analysierte bis ins Detail Ursache und Wirkung, wie sie sich beim Übergang vom Leben zum Tod und vom Tod zum Leben darstellen, bis mir inmitten all dieser Dunkelheit ein plötzliches Licht aufging – ein so blendendes und wunderbares und dabei doch so einfaches Licht, dass mich bei der Ungeheuerlichkeit der Aussichten, die es beleuchtete, schwindelte, ich aber überrascht war, dass es gerade mir unter all den genialen Wissenschaftlern, die sich mit diesem Forschungsgebiet beschäftigt hatten, vorbehalten sein sollte, ein so erstaunliches Geheimnis zu enträtseln.

Wohlgemerkt, ich schildere Ihnen nicht die Visionen eines Irren. So wahr die Sonne am Himmel scheint, so gewiss hat sich zugetragen, was ich behaupte. Vielleicht hat ein Wunder es bewirkt, aber die einzelnen Stadien meiner Entdeckung waren deutlich und logisch erkennbar. Nach Tagen und Nächten unglaublicher Anstrengungen und Strapazen gelang es mir, die Ursache von Fortpflanzung und Leben zu entdecken; ja mehr, es gelang mir, unbelebter Materie Leben einzuhauchen.

Das Erstaunen, das mich zuerst bei dieser Entdeckung ergriffen hatte, verwandelte sich bald in Entzücken und Jubel. Nach all dieser langwierigen qualvollen Mühe plötzlich den Gipfel meiner Wünsche zu erreichen, war die Krönung meiner Anstrengungen. Aber diese Entdeckung war so einmalig und überwältigend, dass alle Schritte, die mich allmählich dorthin geführt hatten, ausgelöscht waren und ich nur das Ergebnis vor Augen hatte. Was seit Anbeginn der Welt die großen Gelehrten erforscht und ersehnt hatten, war nun für mich zum Greifen nahe. Nicht dass sich mir alles auf einmal offenbarte; die Erkenntnisse, die ich gewonnen hatte, wiesen mir eher den Weg zu meinem Ziel, als dass sie mir das fertige Endergebnis enthüllten. Ich kam mir vor wie der Araber, der lebendig mit den Toten begraben wird und mithilfe eines einzigen flackernden und scheinbar wirkungslosen Lichts den Weg zurück ins Leben findet.[17]

Ich sehe an Ihrer Aufmerksamkeit und dem staunenden und hoffenden Ausdruck Ihrer Augen, mein Freund, dass Sie erwarten, das Geheimnis, in dessen Besitz ich bin, von mir zu erfahren; aber das kann nicht sein. Hören Sie sich meine Geschichte geduldig zu Ende an, dann werden Sie leicht begreifen, warum ich in diesem Punkt Bedenken habe. Angesichts meiner eigenen damaligen Unvorsichtigkeit und Besessenheit will ich Sie nicht zu Ihrem Verderben und Ihrem unweigerlichen Untergang verleiten. Lernen Sie von mir, wenn nicht durch meine Lehren, dann wenigstens durch mein Beispiel, wie gefährlich der Erwerb von Wissen und wie viel glücklicher der Mensch ist, der seine Heimatstadt für die Welt hält, als der, der höher hinauswill, als seine natürlichen Anlagen ihm erlauben.

Als ich eine so erstaunliche Macht in meine Hand gelegt sah, zögerte ich lange, wie ich sie gebrauchen sollte. Obwohl ich die Fähigkeit besaß, Leben einzuhauchen, stellte mich doch die Anfertigung eines Körpers mit seinem komplexen System von Fasern, Muskeln und Adern vor unvorstellbare Schwierigkeiten und Anstrengungen. Ich war zuerst unschlüssig, ob ich mich an die Erschaffung eines mir ähnlichen oder eines einfacher strukturierten Wesens wagen sollte. Aber meine Phantasie war von meinem ersten Erfolg so beflügelt, dass ich keinen Augenblick an meiner Fähigkeit zweifelte, einem so komplexen und wunderbaren Wesen wie dem Menschen Leben einhauchen zu können. Das Material, das mir damals zur Verfügung stand, schien einem so ehrgeizigen Unternehmen kaum angemessen, aber ich zweifelte nicht, dass ich zu guter Letzt Erfolg haben würde. Ich rechnete damit, endlose Rückschläge zu erleiden, mein Unterfangen immer wieder vereitelt zu sehen und schließlich von meinem Werk enttäuscht zu sein; doch wenn ich die Fortschritte bedachte, die täglich in Naturwissenschaften und Technik erzielt wurden, fühlte ich mich zu der Hoffnung berechtigt, dass meine damaligen Versuche wenigstens den Grundstein zu künftigem Erfolg legen würden. Auch konnte ich die Ungeheuerlichkeit und die Schwierigkeit meines Unternehmens nicht als Argument gegen seine

Durchführbarkeit anerkennen. Das waren die Empfindungen, mit denen ich mich an die Erschaffung eines Menschen machte. Da die Winzigkeit der Organe ein rasches Vorgehen verhinderte, beschloss ich entgegen meiner ursprünglichen Absicht, ein Wesen von riesiger Gestalt herzustellen, und zwar ungefähr acht Fuß groß und entsprechend proportioniert. Nachdem ich diese Überlegungen angestellt und einige Monate erfolgreich mit dem Sammeln und Anordnen meiner Zutaten verbracht hatte, fing ich an.

Niemand macht sich eine Vorstellung von den verschiedenartigen Empfindungen, die mich in der ersten Begeisterung des Erfolgs wie ein Wirbelsturm vorantrieben. Leben und Tod schienen mir nur durch imaginäre Grenzen voneinander getrennt, die ich als erster durchbrechen sollte, um eine Flut von Licht in die dunkle Welt zu bringen. Eine neue Menschengattung würde mich als ihren Schöpfer und Entdecker preisen; viele glückliche und vortreffliche Geschöpfe würden mir ihr Leben verdanken. Kein Vater konnte solchen Anspruch auf die Dankbarkeit seines Kindes erheben wie ich. Bei weiterer Überlegung war ich überzeugt, wenn ich leblose Materie beleben konnte, würde ich im Laufe der Zeit auch imstande sein (was sich dann allerdings als unmöglich erwies), auch da Leben wieder herzustellen, wo der Tod den Körper bereits der Verwesung überantwortet hatte.

Diese Gedanken gaben mir Auftrieb, während ich mein Unternehmen mit unermüdlichem Eifer vorantrieb. Meine Wangen waren blass vor Überarbeitung, und mein Körper war ausgemergelt vor Mangel an Bewegung. Manchmal scheiterte ich an der Schwelle des Erfolgs. Doch ich klammerte mich weiterhin an die Hoffnung, die sich in der nächsten oder übernächsten Stunde bewahrheiten konnte. Ein Geheimnis, das ich allein besaß, bestand in der Hoffnung, der ich mich verschworen hatte; und der Mond schien auf meine mitternächtlichen Anstrengungen, während ich mit unermüdlichem und atemlosem Eifer der Natur ihre Geheimnisse abjagte. Wer kann das Grauen meiner verschwiegenen Arbeit ermessen, wenn ich in ungeweihter Grabesfeuchte wühlte oder lebendige Kreaturen marterte, um den unbeseelten Lehm zu beleben? Mir zittern jetzt die Glieder, und meine Augen schwimmen bei der Erinnerung in Tränen, aber damals trieb mich ein unwiderstehlicher und beinahe hemmungsloser Drang voran; ich hatte offenbar für alles außer diesem einen Ziel jede Neigung und Empfindung verloren. Tatsächlich war es nur ein vorübergehender Rausch, der mich umso verletzlicher zurückließ, sobald der unnatürliche Reiz seine Wirkung verloren hatte und ich meine alten Gewohnheiten wiederaufnahm. Ich sammelte Knochen in Beinhäusern und entweihte mit gottlosen Händen die ungeheuerlichen Geheimnisse des menschlichen Körpers. In einer einsamen Kammer oder eher Zelle im Dachgeschoss des Hauses, von all den anderen Zimmern durch eine Galerie und eine Treppe getrennt, hatte ich meine wüste Schöpferwerkstatt eingerichtet; die Augen traten mir aus den Höhlen, wenn ich mit den Kleinarbeiten beschäftigt war. Anatomiesaal und Schlachthof lieferten mir viele meiner Zutaten; und oft wandte ich mich voll innerem Abscheu von meiner Arbeit ab, bis mich die ständig wachsende Unrast zwang, mein Werk der Vollendung entgegenzutreiben.

Die Sommermonate vergingen, während ich mit Leib und Seele nur ein einziges Ziel verfolgte. Es war ein selten schönes Jahr; nie hatten die Felder eine üppigere Ernte oder die Weinberge einen erleseneren Wein hervorgebracht – nur waren meine Augen für den Zauber der Natur blind. Und die gleichen Regungen, die mich meine Umwelt vernachlässigen ließen, waren auch schuld, dass ich die viele

Meilen entfernten Lieben vergaß, die ich seit so langer Zeit nicht gesehen hatte. Ich wusste, dass mein Schweigen sie beunruhigte, und erinnerte mich sehr wohl an die Worte meines Vaters: »Ich weiß, solange du mit dir selbst zufrieden bist, wirst du voller Liebe an uns denken, und wir werden regelmäßig von dir hören. Du wirst verstehen, wenn ich jede Unterbrechung deiner Korrespondenz als Beweis dafür ansehe, dass du deine anderen Pflichten ebenfalls vernachlässigst.«

Ich wusste deshalb genau, was in meinem Vater vorging, aber ich konnte meine Gedanken nicht von meiner Beschäftigung losreißen, die, so abscheulich sie eigentlich war, meine Einbildungskraft unwiderstehlich in Bann geschlagen hatte. Ich wollte gewissermaßen alle Gefühle der Anhänglichkeit verdrängen, bis das große Ziel, das jede andere Gewohnheit verschlang, erreicht war.

Außerdem fand ich damals, es wäre ungerecht von meinem Vater, wenn er mein Schweigen Schwächen oder Unterlassungen meinerseits zuschriebe, aber jetzt bin ich überzeugt, er war zu der Annahme berechtigt, dass ich nicht völlig frei von Schuld war. Ein vollkommener Mensch sollte sich bemühen, immer Ruhe und Gelassenheit zu bewahren, und seinen Seelenfrieden nicht von Leidenschaft oder einer vorübergehenden Laune stören lassen. Ich glaube nicht, dass der Wissensdrang eine Ausnahme von dieser Regel darstellt. Wenn das Studium, dem man sich widmet, dazu führt, das Gefühlsleben zu beeinträchtigen und das Bedürfnis nach den einfachen Freuden des Lebens zu zerstören, die man nur ungetrübt genießen kann, dann ist dieses Studium gewiss unzulässig, das heißt, dem menschlichen Wesen abträglich. Wenn diese Regel immer beachtet würde; wenn niemand den Frieden seiner häuslichen Bindungen von irgendwelchen ehrgeizigen Plänen durchkreuzen ließe, wäre Griechenland nicht versklavt worden, hätte Cäsar sein Land verschont, wären Amerika später entdeckt und die Reiche von Mexiko und Peru nicht zerstört worden.

Aber ich vergesse, dass ich in dem interessantesten Teil meiner Erzählung zu moralisieren beginne, und Ihr Blick mahnt mich fortzufahren.

Mein Vater machte mir in seinen Briefen keine Vorwürfe und spielte nur insofern auf mein Schweigen an, als er sich eingehender als vorher nach meinen Beschäftigungen erkundigte. Winter, Frühling und Sommer vergingen über meinen Anstrengungen, aber ich nahm Blüten und grünendes Laub nicht zur Kenntnis – ein Anblick, der mich sonst immer mit größtem Entzücken erfüllt hatte –, so völlig war ich in meine Arbeit versunken. Das Laub dieses Jahres war verwelkt, ehe meine Arbeit sich ihrem Ende näherte, und nun brachte mich jeder Tag meinem endgültigen Erfolg näher. Aber meine Befürchtungen hielten meine Begeisterung in Grenzen, und ich kam mir eher vor wie ein zu schwerer Bergwerksarbeit oder zu sonst einer unersprießlichen Tätigkeit verdammter Sklave als wie ein Künstler bei seiner Lieblingsbeschäftigung. Jede Nacht drückte mich ein schleichendes Fieber nieder, und mich befiel eine krankhafte Nervosität; jedes fallende Blatt ließ mich auffahren, und ich ging meinen Mitmenschen aus dem Wege, als hätte ich mich eines Verbrechens schuldig gemacht. Manchmal erschrak ich über das menschliche Wrack, das mir aus dem Spiegel entgegenstarrte; nur meine Zielstrebigkeit hielt mich aufrecht. Meine Anstrengungen würden bald vorbei sein, und ich war überzeugt, dass Bewegung und Abwechslung dann jede aufkommende Krankheit vertreiben würden. Ich nahm mir vor, mich beidem mehr zu widmen, sobald meine Schöpfung vollendet war.

Kapitel 5

In einer trüben Novembernacht erblickte ich den Erfolg meiner Mühen. Mit einer Erregung, die ans Unerträgliche grenzte, legte ich mir die lebenspendenden Instrumente zurecht, um der reglosen Masse zu meinen Füßen den Lebensfunken einzuhauchen. Es war bereits ein Uhr morgens; der Regen trommelte eintönig gegen die Scheiben, und meine Kerze war nahezu heruntergebrannt, als ich im Schimmer des halb verlöschenden Lichtes sah, wie sich das glanzlose Auge meines Geschöpfs öffnete; es atmete schwer, und sein Körper wurde von krampfartigen Zuckungen geschüttelt.

Wie soll ich meine Empfindungen beim Anblick dieser Katastrophe beschreiben oder wie das Scheusal schildern, das ich mit so unendlicher Qual und Hingabe zu gestalten unternommen hatte. Seine Gliedmaßen waren richtig proportioniert, und ich hatte ihm auch gefällige Gesichtszüge gegeben. Gefällig! Großer Gott! Die gelbliche Haut bedeckte kaum die darunter arbeitenden Muskeln und Adern; sein Haar war glänzend schwarz und wellig; seine Zähne perlweiß; aber diese Vorzüge bildeten nur einen umso grässlicheren Gegensatz zu den wässrigen Augen, die fast dieselbe Farbe hatten wie die trübweißen Höhlen, in denen sie saßen, zu der runzligen Gesichtshaut und den schmalen schwarzen Lippen.

Die vielerlei Zufälle im Leben sind nicht so unbeständig wie die menschlichen Gefühle. Fast zwei Jahre lang hatte ich hart gearbeitet mit dem einzigen Ziel, einem leblosen Körper Leben einzuhauchen. Dafür hatte ich Erholung und Gesundheit geopfert. Danach hatte ich mit einer alle Mäßigung überschreitenden Inbrunst gestrebt; aber jetzt, da ich fertig war, schwand der schöne Traum dahin, und abgrundtiefer Abscheu und Ekel erfüllten mein Herz. Unfähig, den Anblick des Wesens, das ich geschaffen hatte, zu ertragen, stürzte ich aus dem Zimmer und ging noch lange in meinem Schlafzimmer auf und ab, ohne dass an Schlaf zu denken war. Schließlich siegte Erschöpfung über den Aufruhr in meinem Innern, und ich warf mich angekleidet aufs Bett und versuchte, ein paar Augenblicke Vergessen zu finden. Aber vergeblich. Ich schlief zwar, wurde aber von den wildesten Träumen heimgesucht. Mir war, als sähe ich Elizabeth in blühender Gesundheit durch die Straßen von Ingolstadt gehen. Erfreut und überrascht umarmte ich sie, aber als ich den ersten Kuss auf ihre Lippen drückte, wurde sie leichenblass; ihre Züge schienen sich zu verwandeln, und ich glaubte, die Leiche meiner Mutter in den Armen zu halten. Ihr Körper war in ein Leichentuch gehüllt, und ich sah die Würmer in den Falten des Tuches kriechen. Entsetzt fuhr ich aus dem Schlaf auf; kalter Schweiß bedeckte meine Stirn, meine Zähne klapperten, und mir zitterten die Glieder. Da gewahrte ich im gelben Mondlicht, das spärlich durch die Fensterläden drang, das Monster – das elende Scheusal, das ich geschaffen hatte. Er lüftete den Bettvorhang, und seine Augen – wenn man sie überhaupt so nennen kann – starrten mich an. Seine Kinnladen öffneten sich, und er stieß ein paar unartikulierte Laute aus, wobei ein Grinsen seine faltigen Wangen entstellte. Vielleicht sprach er mich an, aber ich hörte es nicht; die eine Hand war ausgestreckt, offenbar um mich zurückzuhalten, aber ich entfloh und stürzte die Treppe hinab. Ich suchte im Hof des Hauses, wo ich wohnte, Zuflucht, und blieb den Rest der Nacht dort, ging in größter Erregung auf und ab, lauschte angespannt und horchte auf jedes Geräusch in der Furcht, es verrate das Herannahen der dämonischen Gestalt, der ich so stümperhaft das Leben geschenkt hatte.

Ach! Kein Sterblicher könnte den grauenhaften Anblick dieses Gesichts ertragen. Eine wieder zum Leben erweckte Mumie hätte nicht abscheulicher aussehen können als das Monster. Ich hatte ihn in unfertigem Zustand betrachtet; er war abstoßend gewesen, aber als die Muskeln und Gelenke sich bewegen konnten, wurde daraus ein Wesen, das selbst Dante sich nicht hätte ausdenken können.[18]

Ich verbrachte eine elende Nacht. Manchmal schlug mein Puls so schnell und stark, dass ich das Klopfen in allen Adern spüren konnte. Dann wieder sank ich vor Erschöpfung und äußerster Schwäche fast um. Unter das Grauen mischte sich bittere Enttäuschung; Träume, die mir so lange Erquickung und angenehme Entspannung geboten hatten, waren nun zur Hölle für mich geworden; welch plötzlicher Umschwung, welch totale Niederlage!

Schließlich dämmerte ein trüber und feuchter Morgen und ließ vor meinen schlaflosen und schmerzenden Augen die Kirche von Ingolstadt mit ihrem weißen Turm und der Uhr erscheinen, die die sechste Stunde anzeigte. Der Hausmeister öffnete die Tore des Hofes, der mir während der Nacht Zuflucht geboten hatte, und ich trat auf die Straße und lief mit eilenden Schritten davon, als ob ich das Ungeheuer meiden wollte, dem ich an jeder Straßenecke zu begegnen fürchtete. Ich wagte nicht, in meine Wohnung zurückzukehren, sondern fühlte mich weitergetrieben, obwohl der vom schwarzen und trostlosen Himmel strömende Regen mich völlig durchnässt hatte.

So irrte ich eine Zeitlang weiter und versuchte durch körperliche Bewegung die Last zu erleichtern, die mir auf der Seele lag. Ich wanderte durch die Straßen ohne eine klare Vorstellung, wo ich war oder was ich tat. Mein Herz klopfte in krankhafter Furcht, und ich hastete weiter mit unsicheren Schritten, ohne dass ich wagte, mich umzusehen:

Wie einer, der in Angst und Not
Einsame Straße geht
Und gehend einmal schaut zurück
Und sich nie mehr umdreht,
Weil er weiß, wie dicht hinter ihm
Ein Teufel nach ihm späht.[19]

So fand ich mich schließlich vor dem Gasthof, wo die verschiedenen Kutschen und Wagen meist Station machten. Hier blieb ich stehen, ich weiß nicht, warum; aber ich hielt einige Minuten den Blick regungslos auf eine Kutsche gerichtet, die vom anderen Ende der Straße auf mich zufuhr. Als sie näher kam, stellte ich fest, dass es die Schweizer Postkutsche war; sie hielt direkt vor mir an, und als sich der Schlag öffnete, erblickte ich Henry Clerval, der bei meinem Anblick sofort heraussprang. »Mein lieber Frankenstein«, rief er, »wie froh bin ich, dich zu sehen! Was für ein Glück, dich gleich beim Aussteigen zu treffen!«

Meine Freude über das Wiedersehen mit Clerval war grenzenlos; sein Anblick rief mir meinen Vater, Elizabeth und all die heimatlichen Bilder ins Gedächtnis zurück, die mir so lieb waren. Ich ergriff seine Hand, und im Nu hatte ich Grauen und Unglück vergessen; und zum erstenmal seit vielen Monaten erfüllte mich plötzlich eine ruhige, heitere Freude. Ich hieß meinen Freund deshalb aufs herzlichste willkommen, und wir machten uns auf den Weg zu meiner Studentenwohnung. Clerval redete zunächst eine Zeitlang über unsere gemeinsamen Freunde und sein großes Glück, nach Ingolstadt kommen zu dürfen. »Du kannst dir leicht vorstellen«, sagte er, »wie unendlich schwer es war, meinen Vater zu überzeugen, dass sich nicht alles unerlässliche Wissen in der edlen Kunst der Buchführung erschöpft; und ich glaube, ich habe ihn bis zuletzt auch nicht bekehrt, denn auf mein unablässiges Drängen hatte er wie der holländische Schulmeister in ›The Vicar of Wakefield‹ immer nur die eine Antwort: ›Ich verdiene 10 000 Gulden pro Jahr, ohne Griechisch zu können; mir schmeckt's auch ohne Griechisch.‹[20] Aber schließlich siegte seine Liebe zu mir über seine Abneigung gegen das Lernen, und er hat mir gestattet, eine Entdeckungsreise in das Reich des Wissens zu unternehmen.«

»Ich freue mich außerordentlich, dich zu sehen, aber erzähl mir vor allem, wie es meinem Vater, meinen Brüdern und Elizabeth bei deiner Abfahrt ging.«

»Sehr gut, sie sind wohlauf, nur ein bisschen besorgt, dass sie so selten von dir hören. Übrigens muss auch ich dir deswegen die Leviten lesen. – Aber mein lieber Frankenstein«, fuhr er fort, wobei er stehenblieb und mir voll ins Gesicht sah, »jetzt merke ich erst, wie schlecht du aussiehst, so dünn und so blass, als hättest du mehrere Nächte durchwacht.«

»Da hast du recht, ich habe mich in letzter Zeit so intensiv mit einer Sache beschäftigt, dass ich mir, wie du siehst, nicht genügend Ruhe gegönnt habe; aber ich hoffe ernstlich, dass diese Arbeiten nun abgeschlossen sind und ich endlich frei bin.«

Ich zitterte am ganzen Körper; ich konnte es nicht ertragen, an die Vorfälle der letzten Nacht zu denken, geschweige denn darauf anzuspielen. Ich beschleunigte meinen Schritt, und bald erreichten wir mein Quartier. Da fiel mir ein – und der Gedanke ließ mich erschaudern –, dass das Geschöpf, das ich in meiner Wohnung zurückgelassen hatte, noch da sein und lebendig herumlaufen könne. Mir graute vor dem Anblick des Ungeheuers, aber mehr noch fürchtete ich, dass Henry es womöglich erblickte. Ich bat ihn deshalb, einen Augenblick am Fuß der Treppe zu warten, und stürzte nach oben in mein Zimmer. Erst als ich meine Hand schon auf der

Türklinke hatte, konnte ich mich fassen. Ich hielt inne, und ein kalter Schauer überlief mich. Dann stieß ich die Tür mit Gewalt auf, wie Kinder es tun, wenn sie damit rechnen, dass ihnen im Zimmer ein Gespenst auflauert, aber nichts war zu sehen. Ich trat zaghaft ein; das Wohnzimmer war leer, und auch mein Schlafzimmer beherbergte den abscheulichen Gast nicht. Ich konnte kaum glauben, dass mir ein so großes Glück beschert war, aber als ich ganz sicher war, dass mein Widersacher tatsächlich geflohen war, klatschte ich vor Freude in die Hände und lief hinunter zu Clerval.

Wir gingen gemeinsam in mein Zimmer hinauf, und bald brachte der Diener das Frühstück; aber ich war unfähig, mich zu beherrschen. Mich erfüllte nicht nur Freude; ich fieberte förmlich vor Überreiztheit, und mein Puls schlug wie rasend. Ich war unfähig, auch nur einen Augenblick stillzusitzen, sprang über alle Stühle, klatschte in die Hände und lachte laut. Clerval führte meine ungewohnte Ausgelassenheit zunächst auf meine Freude über seine Ankunft zurück, aber als er mich aufmerksamer beobachtete, bemerkte er einen wilden Ausdruck in meinen Augen, den er sich nicht erklären konnte, und mein lautes, unbeherrschtes, herzloses Gelächter beunruhigte ihn und ließ ihn stutzen.

»Mein lieber Victor«, rief er, »was um Gottes willen ist mit dir los? Lach doch nicht so! Du bist ja krank! Was hast du denn nur?«

»Frag mich nicht«, rief ich und hielt mir die Hände vors Gesicht, denn ich glaubte, das gefürchtete Gespenst ins Zimmer schleichen zu sehen, »*er* kann es dir erklären. Ach, rette mich! Rette mich!« Ich bildete mir ein, das Monster packe mich; ich wehrte mich verzweifelt und fiel in einem Anfall zu Boden.

Der arme Clerval! Wie muss ihm zumute gewesen sein! Ein Wiedersehen, auf das er sich so gefreut hatte, nahm eine so unerwartet schmerzliche Wendung. Aber ich wurde nicht Zeuge seines Kummers, denn ich war bewusstlos und kam erst nach sehr, sehr langer Zeit wieder zu mir.

Das war der Beginn eines Nervenfiebers, das mich mehrere Monate lang ans Bett fesselte. Während der ganzen Zeit war Henry mein einziger Pfleger. Wie ich später erfuhr, wollte er meinem Vater und Elizabeth – weil er wusste, dass *er* aufgrund seines fortgeschrittenen Alters einer so langen Reise nicht mehr gewachsen war und wie unglücklich meine Krankheit *sie* machen würde – Kummer ersparen, indem er ihnen das Ausmaß meiner Erkrankung verheimlichte. Er wusste, dass niemand mich liebevoller und aufmerksamer pflegen würde als er; und da er fest an meine Genesung glaubte, zweifelte er keinen Augenblick, dass er ihnen, statt Schaden anzurichten, einen regelrechten Liebesdienst erwies.

Aber ich war wirklich schwer krank, und nur die aufopfernde und unermüdliche Pflege meines Freundes konnte mir das Leben retten. Die Gestalt des Ungeheuers, das ich zum Leben erweckt hatte, schwebte mir ständig vor Augen, und ich phantasierte unablässig von ihm. Meine Worte müssen Henry überrascht haben; zuerst hielt er sie für die Fieberphantasien eines verwirrten Gemüts, aber die Hartnäckigkeit, mit der ich ständig auf dasselbe Thema zurückkam, überzeugte ihn, dass meine Krankheit wohl auf ein außergewöhnliches und schreckliches Erlebnis zurückzuführen sei.

Ganz allmählich und mit häufigen Rückfällen, die meinen Freund beunruhigten und schmerzten, erholte ich mich. Ich erinnere mich, wie ich zum erstenmal meine Umwelt wieder mit einem gewissen Vergnügen wahrnahm; ich merkte, dass das welke Laub verschwunden war und die Bäume, die mein Fenster beschatteten, zarte Knospen trieben. Es war ein herrlicher Frühling, und die schöne Jahreszeit trug erheblich zu meiner Gesundung bei. Ich spürte auch, dass sich Gefühle der Freude und Zuneigung in meiner Brust regten; meine Niedergeschlagenheit schwand, und in kurzer Zeit war ich wieder so heiter wie vor der Zeit meiner verhängnisvollen Leidenschaft.

»Mein lieber Clerval«, rief ich, »wie lieb, wie gut du zu mir bist! Den ganzen Winter hast du, statt wie du es dir vorgenommen hattest, bei deinen Studien, in meinem Krankenzimmer zugebracht. Wie soll ich das je wiedergutmachen? Ich habe ein furchtbar schlechtes Gewissen wegen der Enttäuschung, die ich dir verursacht habe, aber du wirst mir verzeihen.«

»Du kannst es am besten dadurch wiedergutmachen, dass du dich nicht aufregst, sondern so schnell wie möglich gesund wirst; und da du so guter Laune bist, darf ich vielleicht auf ein bestimmtes Thema mit dir zu sprechen kommen, ja?«

Ich zitterte. Ein bestimmtes Thema? Was konnte das sein? Spielte er womöglich auf einen Gegenstand an, an den ich nicht einmal zu denken wagte?

»Beruhige dich«, sagte Clerval, der merkte, wie blass ich wurde, »ich werde nicht davon anfangen, wenn es dich aufregt; aber dein Vater und deine Cousine wären sehr glücklich, wenn sie einen handgeschriebenen Brief von dir bekämen. Sie wissen gar nicht, wie krank du eigentlich warst, und dein langes Schweigen beunruhigt sie.«

»Ist das alles, mein lieber Henry? Wie konntest du annehmen, dass meine Gedanken nicht zuallererst bei meinen lieben, guten Angehörigen sein würden, die ich liebe und die meine Liebe so sehr verdient haben.«

»Wenn dir so zumute ist, mein Freund, wirst du dich vielleicht über einen Brief freuen, der hier seit ein paar Tagen für dich liegt; ich glaube, er ist von deiner Cousine.«

Kapitel 6

Clerval reichte mir den folgenden Brief. Er war von meiner lieben Elizabeth:

Liebster Vetter,
Du bist krank, sehr krank gewesen, und auch die unermüdlichen Briefe unseres lieben, guten Henry haben mich darüber nicht völlig beruhigen können. Du darfst nicht schreiben, keine Feder halten, aber ein Wort von Dir, lieber Victor, ist nötig, unsere Ängste zu beschwichtigen. Schon seit langem warte ich darauf, dass die Post uns ein paar Zeilen bringt, und nur mein Zureden hat meinen Onkel davon abgehalten, eine Reise nach Ingolstadt zu unternehmen. Ich habe verhindert, dass er sich den Unannehmlichkeiten und womöglich Gefahren einer so langen Reise aussetzt, und doch habe ich schon oft bedauert, sie nicht selbst machen zu können! Ich stelle mir vor, dass die Aufgabe, Dich während Deiner Krankheit zu pflegen, einer bezahlten alten Krankenschwester übertragen wurde, die Dir weder Deine Wünsche von den Augen ablesen noch sich mit so viel Liebe und Anteilnahme um sie kümmern kann wie Deine arme Cousine. Aber dafür ist es nun zu spät. Clerval schreibt, dass es Dir jetzt besser geht. Ich hoffe von Herzen, dass Du diese Nachricht bald von eigener Hand bestätigen wirst.

Werde gesund und kehre zu uns zurück. Du wirst ein glückliches, heiteres Zuhause und Freunde finden, die Dich herzlich lieben. Dein Vater ist bei guter Gesundheit, und wenn er Dich nur sieht und die Gewissheit hat, dass es Dir gutgeht, dann wird kein sorgenvoller Schatten über seine gütigen Züge fallen. Wie Du Dich über die Fortschritte freuen würdest, die unser Ernest gemacht hat! Er ist jetzt sechzehn und voller Unternehmungsgeist und Leben. Er möchte sich als echter Schweizer beweisen und in fremde Dienste treten, aber wir können uns nicht von ihm trennen, jedenfalls nicht, bevor sein älterer Bruder zu uns zurückkehrt. Meinem Onkel behagt der Gedanke an eine militärische Karriere in einem fernen Land gar nicht, aber Ernest hat so gar nichts von Deinem Lerneifer. Für ihn ist das Studieren nur ein verhasster Zwang; er verbringt seine Zeit am liebsten im Freien, klettert auf die Berge oder rudert auf dem See. Ich fürchte, dass er ein Müßiggänger wird, wenn wir nicht nachgeben und ihm erlauben, den Beruf zu ergreifen, den er sich erwählt hat.

Wenig hat sich seit Deiner Abreise verändert, außer dass unsere lieben Kleinen gewachsen sind. Der blaue See und die schneebedeckten Berge – sie verändern sich nie, und ich glaube, unser friedliches Heim und unser zufriedenes Gemüt sind denselben unwandelbaren Gesetzen unterworfen. Meine alltäglichen kleinen Beschäftigungen nehmen mich in Anspruch und machen mir Spaß, und ich werde für alle Anstrengungen dadurch belohnt, dass ich nur glückliche, freundliche Gesichter um mich herum sehe. Seit Deiner Abreise ist nur eine Veränderung in unserem kleinen Haushalt eingetreten. Erinnerst Du Dich, unter welchen Umständen Justine Moritz in unsere Familie kam? Vermutlich nicht; ich werde ihre Geschichte deshalb in wenigen Worten berichten. Madame Moritz, ihre Mutter, war eine Witwe mit vier Kindern, von denen Justine das dritte war. Dieses Mädchen war immer der Liebling ihres Vaters gewesen, aber aufgrund einer merkwürdigen Verirrung konnte ihre Mutter sie nicht leiden und behandelte sie nach dem Tod von Herrn Moritz sehr schlecht. Meiner Tante entging das nicht, und als Justine zwölf Jahre alt war, überredete sie ihre Mutter dazu, sie in unserem Hause aufwachsen zu lassen. Aufgrund der demokratischen Institutionen unseres Landes herrscht bei uns ein einfacheres und glücklicheres Leben als in den uns umgebenden Monarchien. Die Unterschiede zwischen den verschiedenen Bevölkerungsgruppen sind weniger ausgeprägt; und da die unteren Schichten weder so arm noch so verachtet sind, ist ihre Lebensweise auch kultivierter und moralischer. Ein Dienstmädchen in Genf ist nicht dasselbe wie ein Dienstmädchen in Frankreich oder England. Justine wurde also in unsere Familie aufgenommen und lernte die Pflichten eines Dienstmädchens, eine Stellung, die in unserem gesegneten Land nicht unbedingt den Verzicht auf Bildung und den Verlust von Menschenwürde bedeutet.

Du hattest für Justine, wie Du Dich vielleicht erinnerst, immer eine besondere Vorliebe, und ich weiß noch, wie Du einmal sagtest, wenn Du schlechte Laune hättest, dann könnte ein Blick von Justine sie aus demselben Grund zerstreuen, den Ariost für die Schönheit Angelicas angibt – dass sie nämlich so offenherzig und glücklich aussieht.[21] Meine Tante schloss sie in ihr Herz und ließ ihr deshalb eine bessere Erziehung als ursprünglich beabsichtigt zukommen. Diese Wohltat wurde voll und ganz belohnt. Justine war das dankbarste Geschöpfchen der Welt; das soll nicht heißen, dass sie je offen darüber sprach. Ich habe nie ein Wort davon über ihre Lippen kommen hören, aber es stand ihr in den Augen geschrieben, dass sie ihre Beschützerin geradezu anbetete. Obwohl sie von Natur ausgelassen und in vieler Hinsicht sorglos war, beobachtete sie doch jede kleinste Geste meiner Tante mit größter Aufmerksamkeit. Sie hielt sie für ein Muster an Vollkommenheit und bemühte sich, die Art, wie sie sprach und sich benahm, nachzuahmen, so dass sie mich noch heute oft an sie erinnert.

Als meine liebe Tante starb, waren alle zu sehr mit ihrem eigenen Schmerz beschäftigt, um sich um die arme Justine zu kümmern, die sie während ihrer Krankheit mit aufopfernder Fürsorge gepflegt hatte. Die arme Justine litt sehr, aber andere Prüfungen standen ihr noch bevor.

Nacheinander starben alle ihre Geschwister; und abgesehen von ihrer vernachlässigten Tochter hatte ihre Mutter nun keine Kinder mehr. Die Frau bekam Gewissensbisse; sie begann sich einzureden, dass der Himmel sie mit dem Tod ihrer Lieblingskinder für ihre Voreingenommenheit strafe. Sie war katholisch, und ich glaube, ihr Beichtvater bestärkte sie in dieser Meinung. Also wurde Justine einige Monate nach Deiner Abreise nach Ingolstadt von ihrer reumütigen Mutter nach Hause gerufen. Das arme Mädchen! Sie weinte, als sie unser Haus verließ; sie hatte sich seit dem Tod meiner Tante sehr verändert; der Schmerz hatte ihrem Benehmen, das sich vorher durch besondere Lebhaftigkeit ausgezeichnet hatte, Weichheit und eine gewinnende Sanftheit verliehen. Und ihr Aufenthalt im Haus ihrer Mutter war nicht dazu angetan, ihre Heiterkeit wiederherzustellen. Die Reue der armen Frau war nicht sehr beständig. Manchmal bat sie Justine, ihr ihre Grausamkeit zu verzeihen, aber viel öfter warf sie ihr vor, den Tod ihrer Geschwister verursacht zu haben. Schließlich untergrub Madame Moritz' ständige Bitterkeit ihre Gesundheit, was ihre Reizbarkeit zuerst noch verstärkte; aber nun hat sie für immer ihren Frieden gefunden. Sie starb mit dem Einsetzen der kalten Jahreszeit Anfang letzten Winters. Justine ist zu uns zurückgekehrt; glaub mir, ich liebe sie von Herzen. Sie ist sehr klug und sanft und ausgesprochen hübsch; wie ich schon schrieb, erinnern mich ihr Mienenspiel und ihre Sprache ständig an meine liebe Tante.

Ich muss Dir, mein lieber Vetter, auch kurz von unserem kleinen Liebling William erzählen. Ich wollte, Du könntest ihn sehen. Er ist groß für sein Alter, hat reizende, lachende blaue Augen, dunkle Augenwimpern und einen Lockenkopf. Wenn er lächelt, hat er zwei kleine Grübchen auf den vor Gesundheit rosigen Wangen. Er hat schon ein oder zwei kleine Freundinnen gehabt, aber Louisa Biron ist seine Auserwählte, ein hübsches kleines Mädchen von fünf Jahren.

Und nun, mein lieber Victor, möchtest Du doch bestimmt mit ein bisschen Klatsch über die guten Genfer Bürger unterhalten werden. Die hübsche Miss Mansfield hat bereits die Gratulationsbesuche zu ihrer bevorstehenden Hochzeit mit einem jungen Engländer, John Melbourne, Wohlgeboren, entgegengenommen. Ihre hässliche Schwester Manon hat letzten Herbst M. Duvillard, den reichen Bankier, geheiratet. Dein geliebter Schulkamerad, Louis Manoir, hat seit Clervals Abreise von Genf allerlei Unglück erlitten. Aber er hat sich bereits wieder erholt und soll im Begriff sein, eine sehr lebhafte, hübsche Französin, Madame Tavernier, zu heiraten. Sie ist Witwe und viel älter als Manoir, aber sie wird sehr bewundert und ist bei allen sehr beliebt.

Das Schreiben hat meiner Stimmung gutgetan, lieber Vetter; aber jetzt, da ich zum Schluss komme, kehrt meine Sorge zurück. Schreib ein paar Zeilen, liebster Victor, ein paar Worte von Dir werden uns eine Wohltat sein. Tausend Dank an Henry für seine Güte, sein Verständnis und seine vielen Briefe; wir sind ihm von Herzen dankbar. Adieu mein lieber Vetter, gib auf Dich acht, und ich bitte Dich, lass von Dir hören!

Elizabeth Lavenza

Genf, 18. März 17–

»Liebe, liebe Elizabeth!« rief ich aus, als ich den Brief gelesen hatte. »Ich will sofort schreiben und sie von der Sorge befreien, die sie sich um mich machen müssen.« Ich schrieb auch, und die Anstrengung ermüdete mich außerordentlich. Aber ich war auf dem Wege der Besserung und machte ständige Fortschritte. Nach weiteren vierzehn Tagen konnte ich mein Zimmer verlassen.

Eine meiner ersten Pflichten nach meiner Gesundung war es, Clerval den verschiedenen Professoren an der Universität vorzustellen. Ich mutete mir dabei allerlei zu und riss Wunden wieder auf, die mein Gemüt erlitten hatte. Seit jener verhängnisvollen Nacht, dem Abschluss meiner Arbeit und dem Anfang meines Unglücks, hatte ich selbst dem Begriff Naturwissenschaft gegenüber eine heftige Abneigung; und obwohl meine Gesundheit sonst völlig wiederhergestellt war, rief der Anblick der chemischen Apparaturen all die quälenden Symptome meiner Nervenkrankheit wieder hervor. Henry merkte das und ließ mir alle meine Apparaturen aus den Augen schaffen. Er ließ auch meine Wohnung umräumen, denn er merkte, dass ich eine Abneigung gegen den Raum hegte, den ich bisher als Labor benutzt hatte. Aber diese Umsicht Clervals nützte nichts, als ich die Professoren besuchte. Herr Waldman bereitete mir Qualen, als er voller Güte und Nachdruck meine erstaunlichen Fortschritte in den Naturwissenschaften lobte. Er merkte bald, dass mir das Thema missfiel, aber da er den wahren Grund nicht kannte, schrieb er mein Unbehagen meiner Bescheidenheit zu und kam von meinen Fortschritten auf die Wissenschaft selbst zu sprechen, offenbar in dem Wunsch, mich auszuhorchen. Was konnte ich machen? Er wollte mir einen Gefallen tun, und er quälte mich. Ich hatte das Gefühl, als führe er mir sorgfältig und eins nach dem anderen die Foltergeräte vor Augen, an denen ich später einen langsamen und qualvollen Tod erleiden sollte. Ich wand mich unter seinen Worten, wagte aber nicht, den Schmerz zu zeigen, den ich empfand. Clerval, der immer sehr schnell sah und spürte, was in anderen Menschen vorging, wechselte das Thema und entschuldigte sich mit seinem völligen Unwissen; das Gespräch wandte sich dann auch allgemeineren Themen zu. Ich dankte meinem Freund von Herzen, sagte aber nichts. Ich sah deutlich, dass ihn das überraschte, aber er machte nie den Versuch, mir mein Geheimnis zu entlocken. Obwohl ich ihn mit einer Mischung aus Anhänglichkeit und Verehrung grenzenlos liebte, konnte ich mich niemals dazu überwinden, ihm das Ereignis anzuvertrauen, das ich selten aus meinen Gedanken verdrängen konnte, das sich mir aber, so fürchtete ich, durch die ausführliche Mitteilung an einen anderen noch viel tiefer einprägen würde.

Herr Krempe war nicht so nachgiebig; und in meiner damaligen Verfassung, meiner fast unerträglichen Empfindlichkeit verletzte mich sein unverblümtes direktes Lob noch mehr als die gutgemeinten Komplimente von Herrn Waldman. »Zum Teufel mit dem Burschen!« rief er. »Ich versichere Ihnen, Herr Clerval, er hat uns alle überholt. Ja, staunen Sie nur, aber es ist die reine Wahrheit. Ein Grünschnabel, der noch vor ein paar Jahren an Cornelius Agrippa wie an die Heilige Schrift glaubte, hat nun die ganze Universität überrundet. Und wenn er nicht bald gebremst wird, dann sind wir alle blamiert. Ja, ja«, fuhr er fort, als er den gequälten Ausdruck auf meinem Gesicht bemerkte, »Herr Frankenstein ist bescheiden, eine lobenswerte Eigenschaft bei einem jungen Mann. Junge Leute sollten schüchtern sein, nicht wahr, Herr Clerval? Ich war auch so in meiner Jugend, aber das gibt sich bald.«

Herr Krempe begann nun, ein Loblied auf sich selbst zu singen, das glücklicherweise das Gespräch von dem mir so verhassten Thema ablenkte.

Clerval hatte meine Vorliebe für die Naturwissenschaften nie geteilt, und seine literarischen Interessen hatten mit meinen nichts gemein. Er kam mit der Absicht an die Universität, sich die orientalischen Sprachen vollständig anzueignen und damit ein Betätigungsfeld für die Verwirklichung seines Lebensplans zu finden. Entschlossen, sich nicht mit einer Durchschnittskarriere zufriedenzugeben, richtete er den Blick nach Osten, wo sich Raum für seinen Unternehmungsgeist bot. Persisch, Arabisch und Sanskrit fesselten ihn, und ich ließ mich leicht dazu bewegen, das gleiche Studium aufzunehmen. Untätigkeit hatte mir nie zugesagt, und jetzt, wo ich dem Grübeln entfliehen wollte und meine früheren Studien hasste, war das gemeinsame Studium mit meinem Freund eine große Erleichterung für mich, und ich fand nicht nur Belehrung, sondern auch Trost in den Werken der Orientalen. Im Gegensatz zu ihm lag mir nichts an einer kritischen Analyse ihrer Dialekte, denn ich betrachtete die Beschäftigung mit ihnen nur als vorübergehenden Zeitvertreib. Ich las nur, um ihren Inhalt zu verstehen, und meine Mühe wurde reich belohnt. Ihre Schwermut ist tröstlich, ihre Freude in einem Maß erhebend, wie ich es bei den Autoren anderer Länder nie erlebt habe. Wenn man ihre Werke liest, scheint sich das Leben unter einer warmen Sonne in einem Rosengarten abzuspielen, unter den lächelnden oder zürnenden Blicken einer schönen Feindin, erwärmt vom Feuer, das das eigene Herz verzehrt. Was für ein Unterschied zur männlichen und heroischen Poesie Griechenlands und Roms!

Der Sommer verging unter diesen Beschäftigungen, und meine Rückkehr nach Genf war für den späteren Herbst vorgesehen; aber da ich durch verschiedene Zwischenfälle aufgehalten wurde, brach der Winter mit Schnee herein, die Straßen galten als unbefahrbar, und meine Reise wurde bis zum nächsten Frühjahr verschoben. Ich litt sehr unter dieser Verzögerung, denn ich sehnte mich nach meiner Heimatstadt und meinen geliebten Freunden. Meine Rückkehr hatte sich nur deshalb so lange verzögert, weil ich Clerval an einem fremden Ort nicht allein lassen wollte, ehe er einige seiner Bewohner näher kennengelernt hatte. Der Winter verging allerdings heiter, und obwohl das Frühjahr ungewöhnlich spät kam, entschädigte uns seine Schönheit schließlich für seine Verspätung.

Der Mai hatte bereits begonnen, und täglich erwartete ich den Brief, der meinen Abreisetag festlegen sollte, als Henry eine Wandertour in die Umgebung von Ingolstadt vorschlug, damit ich Abschied nehmen konnte von der Gegend, in der ich so lange gelebt hatte. Ich willigte mit Vergnügen in diesen Vorschlag ein. Ich verschaffte mir gern Bewegung, und Clerval war auf den Streifzügen durch die heimatliche Natur immer mein liebster Gefährte gewesen.

Wir verbrachten vierzehn Tage auf diesen Wanderungen; meine Gesundheit und meine Stimmung waren längst wiederhergestellt, und sie wurden durch die würzige Luft, die ich atmete, die Erlebnisse unserer Wanderung und die Unterhaltung mit meinem Freund noch gestärkt. Das Studium hatte mich vorher vom Umgang mit meinen Mitmenschen abgehalten und mich ungesellig gemacht, aber Clerval verstand es, meine guten Seiten anzusprechen; er lehrte mich, wieder den Anblick der Natur und die fröhlichen Gesichter von Kindern zu lieben. Großartiger Freund! Wie aufrichtig hast du mich geliebt und dich bemüht, auf meine Gemütsverfassung einzuwirken, bis sie deiner ebenbürtig war. Eine völlig egoistische Beschäftigung hatte mich verkrampft und engstirnig gemacht, bis deine Güte und Zuneigung meine Sinne belebte und aufschloss; und ich wurde wieder derselbe glückliche Mensch, der – wie ein paar Jahre zuvor – liebte und von allen geliebt wurde und weder Kummer noch Sorgen kannte. Wenn ich glücklich war, hatte die unbelebte Natur die Macht, in mir die schönsten Regungen zu wecken. Ein heiterer Himmel und grünende Felder erfüllten mich mit Entzücken. Dieser Frühling war wirklich voller Zauber. Die Frühlingsblumen waren voller Knospen. Ich war frei von Gedanken, die mich im Jahr zuvor trotz meiner Anstrengungen, sie abzuschütteln, mit unwiderstehlicher Gewalt niedergedrückt hatten.

Henry freute sich von Herzen über meine Heiterkeit und nahm an meinen Gefühlen regen Anteil; er gab sich alle Mühe, mich zu unterhalten, und teilte mit mir alle Regungen seines Herzens. Der Reichtum seiner Phantasie war dabei wirklich unerschöpflich; seine Unterhaltung war einfallsreich, und oft ahmte er die persischen und arabischen Dichter nach und erfand Geschichten voller Wunder und Leidenschaft. Dann wieder rezitierte er meine Lieblingsgedichte oder verwickelte mich in Streitgespräche, in denen er großen Scharfsinn bewies.

Wir kehrten an einem Sonntagnachmittag in unser Quartier zurück; die Bauern tanzten, und alle Leute, denen wir begegneten, machten einen glücklichen und ausgelassenen Eindruck. Ich befand mich in bester Stimmung, und mit federnden Schritten ging ich, von unbändiger Heiterkeit und Freude erfüllt, durchs Leben.

Kapitel 7

Bei meiner Rückkehr fand ich folgenden Brief von meinem Vater vor:

Mein lieber Victor,
Du wartest wahrscheinlich schon ungeduldig auf einen Brief mit dem genauen Datum Deiner Rückkehr zu uns, und ich war auch zuerst versucht, Dir in ein paar Zeilen lediglich den Tag mitzuteilen, an dem wir Dich erwarten. Aber damit würde ich Dir einen schlechten Dienst erweisen, und deshalb bringe ich es nicht über mich. Es wäre eine böse Überraschung, mein Sohn, wenn Du ein glückliches, frohes Wiedersehen erwartetest und statt dessen Tränen und Verzweiflung vorfändest. Aber wie, Victor, soll ich unser Unglück in Worte fassen? Deine Abwesenheit wird Dich für unsere Freuden und Sorgen nicht unempfänglich gemacht haben, und wie könnte ich meinem so lange abwesenden Sohn Schmerz zufügen? Ich möchte Dich auf die traurige Nachricht vorbereiten, aber ich weiß, das ist unmöglich; schon jetzt überfliegen Deine Augen die Zeilen, um nach den Worten zu suchen, die Dir die trostlose Mitteilung machen.

William ist tot! Das reizende Kind, das mit seinem Lächeln mein Herz entzückt und erwärmt hat und so sanft und doch so ausgelassen war. Victor – er ist ermordet worden!

Ich will nicht versuchen, Dich zu trösten, sondern einfach die Umstände der Tat schildern.

Am letzten Donnerstag (den 7. Mai) machten ich, meine Nichte und Deine beiden Brüder einen Spaziergang auf dem Plainpalais[22]. Der Abend war milde und heiter, und wir dehnten unseren Gang weiter aus als sonst. Es dämmerte bereits, als wir an die Umkehr dachten, aber da stellten wir fest, dass William und Ernest, die vorausgegangen waren, nicht zu finden waren. Wir setzten uns also auf eine Bank und warteten auf ihre Rückkehr. Bald kam Ernest und fragte, ob wir seinen Bruder gesehen hätten; er sagte, er habe mit ihm gespielt, William sei weggelaufen, um sich zu verstecken, und er habe ihn vergeblich gesucht und anschließend lange auf ihn gewartet; aber er sei nicht wiederaufgetaucht.

Dieser Bericht beunruhigte uns sehr, und wir setzten unsere Suche nach ihm bis zum Einbruch der Dunkelheit fort, als Elizabeth schließlich einfiel, er könne nach Hause gegangen sein. Dort war er aber nicht. Wir kehrten mit Fackeln zurück, denn der Gedanke, dass mein liebes Kind sich verirrt habe und der Kälte und Feuchtigkeit der Nacht ausgesetzt sei, ließ mir keine Ruhe; Elizabeth stand ebenfalls große Ängste aus. Gegen fünf Uhr morgens entdeckte ich mein reizendes Kind, das ich noch am Abend blühend und munter gesehen hatte, bleich und reglos auf dem Rasen ausgestreckt; der Abdruck der Mörderhand war noch an seinem Hals zu sehen.

Er wurde nach Hause gebracht, und die Qual, die sich in meinen Zügen ausdrückte, verriet Elizabeth das Geheimnis. Sie bestand darauf, den Leichnam zu sehen. Zuerst versuchte ich, sie daran zu hindern, aber sie ließ sich nicht davon abbringen, betrat das Zimmer, wo er lag, untersuchte hastig den Hals des Opfers und rief händeringend: »O Gott, ich habe meinen Liebling ermordet!«

Sie fiel in Ohnmacht und konnte nur mit großer Mühe wieder zu sich gebracht werden. Als sie wieder bei Bewusstsein war, weinte und seufzte sie nur. Sie erzählte mir, dass William sie am selben Abend bestürmt hatte, ein sehr kostbares Medaillon tragen zu dürfen, das Deine Mutter ihr hinterlassen hatte. Dieses Bild war verschwunden und hat den

Mörder zweifellos zu seiner Tat verführt. Wir haben bisher keine Spur von ihm, obwohl wir unablässig weiter nach ihm suchen; aber das wird meinen geliebten William nicht wieder lebendig machen!

Komm, liebster Victor, nur Du kannst Elizabeth trösten. Sie weint unaufhörlich und macht sich ungerechte Vorwürfe, seinen Tod verursacht zu haben; ihre Worte schneiden mir ins Herz. Wir sind alle unglücklich, aber ist das nicht ein weiterer Grund für Dich, mein Sohn, nach Hause zu kommen und uns zu trösten? Deine liebe Mutter! Ach, Victor! Jetzt danke ich Gott, dass sie den grausamen, elenden Tod ihres jüngsten Lieblings nicht mehr zu erleben brauchte!

Komm, Victor, nicht mit finsteren Rachegedanken gegen den Mörder, sondern mit friedfertigen und versöhnlichen Gefühlen, um die Wunden unserer Seele zu heilen, statt sie schwären zu lassen. Betritt das Trauerhaus, mein Sohn, aber voller Güte und Zuneigung für alle die, die Dich lieben, und nicht voller Hass auf Deine Feinde.

Dein liebevoller und betrübter Vater

Alphonse Frankenstein

Genf, 12. Mai 17–

Clerval, der mich beim Lesen des Briefes beobachtet hatte, war über die Verzweiflung, die der ersten Freude über die Nachricht von meinen Lieben folgte, erstaunt. Ich warf den Brief auf den Tisch und bedeckte das Gesicht mit den Händen.

»Mein lieber Frankenstein«, rief Henry, als er sah, dass ich bitterlich weinte. »Nimmt denn dein Unglück kein Ende? Mein lieber Freund, was ist geschehen?«

Ich bat ihn mit einer Handbewegung, den Brief zu nehmen, während ich in größter Erregung im Zimmer auf und ab ging. Clerval liefen ebenfalls die Tränen über die Wangen, als er den verhängnisvollen Bericht las.

»Ich kann dir keinen Trost geben«, sagte mein Freund. »Dies ist ein nicht wiedergutzumachender Schicksalsschlag. Was willst du nun tun?«

»Ich fahre umgehend nach Genf. Komm mit, Henry, die Pferde bestellen.«

Auf unserem Wege versuchte Clerval, ein paar tröstliche Worte zu finden. Er konnte mir nur sein herzliches Mitgefühl aussprechen. »Der arme William!« rief er. »Das liebe, reizende Kind, es schläft jetzt bei seiner Mutter im Himmel! Wer ihn sonnig und heiter in kindlicher Schönheit erlebt hat, kann nur über seinen vorzeitigen Verlust weinen. Und so trostlos zu sterben, den Würgegriff des Mörders zu spüren! Es muss ein bestialischer Mörder sein, der imstande ist, solche blühende Unschuld zu vernichten. Der arme kleine Kerl! Uns bleibt nur ein Trost: Unsere Freunde trauern und weinen, aber er ruht in Frieden. Die Qual ist ausgestanden, seine Leiden sind für immer zu Ende. Die Erde deckt seine kindliche Gestalt, und er spürt keine Schmerzen. Er bedarf unseres Mitleids nicht mehr; das gehört nun seiner beklagenswerten Familie.«

Das waren Clervals Worte, als wir durch die Straßen hasteten; sie prägten sich mir tief ein, und ich erinnerte mich später an sie, als ich allein war. Aber zunächst sprang ich, sobald die Pferde gebracht wurden, in den zweirädrigen Wagen und sagte meinem Freund Lebewohl.

Es war eine trübselige Reise. Zuerst hatte ich es eilig, denn ich sehnte mich danach, mit meinen bekümmerten Lieben Trost und Mitleid zu teilen, aber als ich meiner Heimatstadt näher kam, verlangsamte ich das Tempo. Ich konnte mich des Ansturms der verschiedensten Gefühle kaum erwehren. Ich fuhr durch Gegenden, die mir von Jugend her vertraut waren, die ich aber seit fast sechs Jahren nicht mehr gesehen hatte. Wie hatte sich in dieser Zeit wohl alles verändert! Eine einzige schlagartige und verheerende Veränderung hatte stattgefunden, aber vielleicht hatten tausend geringfügige Umstände ganz allmählich Neuerungen mit sich gebracht, die zwar unauffällig, aber nicht weniger entscheidend waren. Angst überfiel mich; ich wagte nicht weiterzufahren aus Furcht vor tausend unbekannten Schrecken, die mich schaudern ließen, obwohl ich sie nicht genauer erklären konnte.

In dieser quälenden seelischen Verfassung verbrachte ich zwei Tage in Lausanne. Ich betrachtete den See; das Wasser war unbewegt, ringsumher war es still, und die schneebedeckten Berge, »die Paläste der Natur«, waren unverändert. Das friedliche und erhabene Naturschauspiel verfehlte seine Wirkung auf mich nicht, und ich setzte meine Reise nach Genf fort.

Die Straße führte direkt am See entlang, der schmaler wurde, als ich mich meiner Heimatstadt näherte. Die schwarze Wand des Jura und der strahlende Gipfel des Montblanc standen nun deutlicher vor mir. Ich weinte wie ein Kind. »Ihr lieben Berge! Mein herrlicher See! Wie empfangt ihr den Wanderer! Eure Gipfel sind klar; Himmel und See sind blau und unbewegt. Deutet all dies auf Frieden, oder spottet ihr meines Unglücks?«

Ich fürchte, mein Freund, dass ich Sie mit diesen einleitenden Ereignissen langweile, aber es waren verhältnismäßig glückliche Tage, und ich denke gern an sie zurück. Meine Heimat, meine geliebte Heimat! Nur ein Einheimischer kann das Entzücken nachempfinden, das mich beim Anblick deiner Flüsse, deiner Berge und vor allem deines lieblichen Sees erfüllte.

Doch als ich mich meinem Vaterhaus näherte, überkamen mich wieder Kummer und Furcht. Auch brach nun die Nacht herein, und als ich die dunklen Berge kaum mehr sehen konnte, wurde mir noch trübsinniger zumute. Die ungeheure, düstere Landschaft hatte etwas Unheilverkündendes, und mich erfüllte eine dunkle Ahnung, dass mir bevorstand, der unglücklichste Mensch auf Erden zu werden. Ach! Meine Prophezeiung sollte sich nur zu sehr bewahrheiten, und ich irrte mich nur in der einen Kleinigkeit, dass ich bei all dem Unheil, das ich voraussah und fürchtete, auch nicht einen Bruchteil der Qualen ahnte, die mir bevorstanden.

Es war völlig dunkel, als ich die Umgebung von Genf erreichte. Die Stadttore waren bereits geschlossen, und ich war gezwungen, die Nacht in Secheron zu verbringen, einem ungefähr drei Meilen vor der Stadt gelegenen Dorf. Der Himmel war sternklar, und da an Schlaf nicht zu denken war, beschloss ich, die Stelle aufzusuchen, wo mein armer William ermordet worden war. Da ich nicht durch die Stadt konnte, war ich gezwungen, den See in einem Boot zu überqueren, um nach dem Plainpalais zu kommen. Während dieser kurzen Überfahrt sah ich Blitze über dem Gipfel des Montblanc in den herrlichsten Figuren spielen. Das Gewitter näherte sich anscheinend mit großer Geschwindigkeit, und bei meiner Landung stieg ich auf einen kleinen Hügel, um seinen Fortgang zu beobachten. Es zog heran, der Himmel bewölkte sich, und bald spürte ich, wie der Regen langsam in großen Tropfen fiel, sich aber schnell verdichtete.

Ich verließ meinen Platz und wanderte weiter, obwohl Dunkelheit und Sturm von Minute zu Minute zunahmen und der Donner sich mit fürchterlichem Krachen über meinem Kopf entlud. Das Echo wurde von Salève, dem Jura und den Savoyer Alpen zurückgeworfen. Zuckende Blitze blendeten mich, erleuchteten den See und verwandelten ihn in eine riesige Feuerfläche. Dann war einen Augenblick lang alles in pechschwarze Dunkelheit getaucht, bis das Auge sich von dem vorhergehenden Blitz erholt hatte. Wie so oft in der Schweiz stand das Gewitter gleichzeitig an verschiedenen Stellen des Himmels. Am heftigsten entlud es sich im Norden der Stadt, genau über dem Teil des Sees, der zwischen der Landzunge von Belrive und dem Dorf Coppet liegt. Ein anderes Gewitter erleuchtete den Jura mit schwachen Blitzen, und wieder ein anderes verdunkelte und enthüllte abwechselnd den Môle, eine Bergspitze östlich des Sees.

Während ich das so herrliche und doch so erschreckende Unwetter beobachtete, wanderte ich mit hastigen Schritten weiter. Dieser großartige Krieg am Himmel berauschte mich. Ich schlug die Hände zusammen und rief laut: »William, geliebter Engel! Dies ist dein Begräbnis, dies deine Totenklage.« Als ich diese Worte ausrief, gewahrte ich in der Finsternis eine Gestalt, die sich von einer Baumgruppe in meiner Nähe davonstahl; ich blieb wie angewurzelt stehen und hielt angestrengt Ausschau; ein Irrtum war ausgeschlossen. Ein Blitz erleuchtete die Gestalt und ließ mich deutlich ihre Konturen erkennen; ihre riesenhafte Statur und Ungeschlachtheit, grässlich in ihrer Unmenschlichkeit, überzeugten mich sofort, dass es das Monstrum war, der widerliche Dämon, dem ich das Leben geschenkt hatte. Was wollte er hier! War er womöglich (ich schauderte bei dem Gedanken) der Mörder meines Bruders? Kaum war mir der Gedanke durch den Kopf geschossen, da war ich von seiner Wahrheit überzeugt. Mir klapperten die Zähne, und ich war gezwungen, Halt an einem Baum zu suchen. Die Gestalt hastete an mir vorüber, und ich verlor sie in der Finsternis.

Kein menschliches Wesen hätte das reizende Kind vernichten können. *Er* war der Mörder. Es gab keinen Zweifel. Dass mir der Gedanke überhaupt gekommen war, war unwiderleglicher Beweis für die Wahrheit. Ich wollte den Teufel zuerst verfolgen, aber es wäre umsonst gewesen, denn beim nächsten Blitz sah ich ihn zwischen den Felsen des nahezu senkrechten Aufstiegs zum Salève hängen, einem Berg, der das Plainpalais nach Süden abgrenzt. Bald hatte er den Gipfel erreicht und verschwand.

Ich blieb regungslos stehen. Der Donner ließ nach, aber der Regen hielt an, und die Landschaft war in undurchdringliche Dunkelheit gehüllt. Ich ließ im Geiste die Ereignisse an mir vorüberziehen, die ich bisher zu vergessen versucht hatte: die ganze Kette von Ereignissen bis zu seiner Erschaffung, das Auftauchen meiner eigenen Kreatur an meinem Bett, sein Verschwinden. Fast zwei Jahre waren nun seit der Nacht vergangen, als er zum Leben erwacht war – und war dies sein erstes Verbrechen? Ach, ich hatte ein verworfenes Ungeheuer auf die Welt losgelassen, das sich an Gemetzel und Elend berauschte; hatte er nicht meinen Bruder ermordet?

Niemand kann sich vorstellen, unter was für Ängsten ich die restliche Nacht kalt und nass im Freien verbrachte. Aber ich spürte die Unannehmlichkeiten des Wetters gar nicht. Meine Phantasie war mit Szenen voller Grausamkeit und Verzweiflung beschäftigt. Ich sah in dem Wesen, das ich unter die Menschen gestoßen und mit dem Willen und der Macht ausgestattet hatte, Schreckenstaten wie das gerade begangene Verbrechen auszuführen, so etwas wie meinen eigenen Vampir, meinen eigenen bösen Geist, der dem Grab entflohen und gezwungen war, alles zu vernichten, was mir lieb war.

Der Tag dämmerte, und ich machte mich auf den Weg

zur Stadt. Die Tore standen offen, und ich eilte zum Haus meines Vaters. Mein erster Gedanke war, zu enthüllen, was ich von dem Mörder wusste, und seine sofortige Verfolgung zu veranlassen. Aber ich zögerte, als ich an die Geschichte dachte, die ich dann erzählen musste. Ein Wesen, das ich selbst geschaffen und zum Leben erweckt hatte, war mir um Mitternacht auf den Felsen eines unzugänglichen Berges begegnet. Mir fiel auch das Nervenfieber ein, das mich genau zu dem Zeitpunkt meiner Schöpfung befallen hatte und das einer ohnehin so unglaubwürdigen Geschichte einen Zug von Phantasterei gegeben hätte. Wenn mir jemand mit einer solchen Erzählung gekommen wäre, hätte ich sie jedenfalls für das Hirngespinst eines Irren gehalten. Außerdem machten die übermenschlichen Kräfte der Bestie jede Verfolgung zwecklos, selbst wenn man mir so weit Glauben schenkte, dass ich meine Verwandten dazu überreden konnte. Und obendrein, was sollte eine Verfolgung nützen? Wer sollte schon ein Wesen fangen, das die senkrechten Wände des Salève erklimmen konnte? Diese Überlegungen bestimmten meinen Entschluss zu schweigen.

Es war ungefähr fünf Uhr morgens, als ich das Haus meines Vaters betrat. Ich bat die Diener, die Familie nicht zu stören, und ging in die Bibliothek, um dort die Zeit bis zum Aufstehen zu verbringen.

Sechs Jahre waren vergangen, bis auf eine unauslöschliche Spur wie ein Traum verschwunden, und ich stand an der gleichen Stelle, wo ich vor meiner Abreise nach Ingolstadt meinen Vater zum letzten Mal umarmt hatte. Geliebter und ehrwürdiger Vater! Er war mir geblieben. Ich betrachtete das Bild meiner Mutter, das über dem Kamin hing. Es war ein auf Wunsch meines Vaters gemaltes historisches Sujet, das Caroline Beaufort darstellte, wie sie in äußerster Verzweiflung am Sarg ihres toten Vaters kniete. Ihr Kleid war einfach und ihre Wange blass, aber es umgab sie eine Aura aus Würde und Schönheit, die Mitleidsgefühle kaum aufkommen ließ. Unter diesem Bild stand eine Miniatur von William, und mir kamen die Tränen, als ich sie betrachtete. Während ich auf diese Weise beschäftigt war, kam Ernest herein; er hatte meine Ankunft gehört und wollte mich gleich begrüßen. Gedämpfte Freude sprach aus seinen ersten Worten. »Willkommen, liebster Victor«, rief er. »Ach, ich wollte, du wärst vor drei Monaten gekommen, dann hättest du uns alle vergnügt und fröhlich angetroffen. Jetzt musst du ein Unglück mit uns teilen, das nichts lindern kann. Doch hoffe ich, dass deine Gegenwart unseren Vater, den das Unglück zu überwältigen droht, aufrichten wird; und durch dein Zureden wird die arme Elizabeth aufhören, sich sinnlose und quälende Vorwürfe zu machen. Armer William! Er war unser Liebling und unser Stolz.«

Mein Bruder weinte fassungslos; ein Gefühl unaussprechlichen Jammers überfiel mich. Vorher hatte ich nur die Trostlosigkeit meines verlassenen Vaterhauses vor Augen gehabt; die Wirklichkeit traf mich wie eine neue und nicht weniger schreckliche Katastrophe. Ich versuchte, Ernest zu beruhigen; ich erkundigte mich eingehender nach meinem Vater und nach ihr, die ich Cousine nannte.

»Sie vor allem«, sagte Ernest, »braucht Trost; sie macht sich Vorwürfe, den Tod meines Bruders verursacht zu haben, und das hat sie sehr unglücklich gemacht. Aber seit der Mordfall geklärt ist …«

»Der Mordfall geklärt! Guter Gott. Wie ist das möglich? Wer hätte den Mörder denn verfolgen sollen? Das ist ausgeschlossen. Eher könnte man hoffen, die Winde zu überholen oder einen Gebirgsfluss mit einem Strohhalm aufzuhalten. Ich habe ihn auch gesehen; gestern abend war er noch auf freiem Fuß.«

»Ich weiß nicht, was du damit sagen willst«, erwiderte mein Bruder völlig verständnislos, »aber uns hat die Entdeckung, die wir gemacht haben, noch tiefer ins Unglück gestürzt. Zuerst wollte es niemand glauben, und Elizabeth weigert sich trotz der überwältigenden Beweise immer noch. Und wer hätte es auch für möglich gehalten, dass Justine Moritz, die so liebevoll an der ganzen Familie hing, plötzlich zu einem so furchtbaren, so abscheulichen Verbrechen imstande sein würde!«

»Justine Moritz! Das arme, arme Mädchen, ist sie die Angeklagte? Zu Unrecht, das muss doch jeder sehen. Daran glaubt doch im Ernst wohl niemand, Ernest.«

»Zuerst nicht, aber es kamen verschiedene Umstände ans Licht, die uns beinahe dazu zwangen; und ihr eigenes Benehmen ist so widersprüchlich, dass es dem Beweismaterial ein Gewicht verleiht, das, fürchte ich, keinen Zweifel erlaubt. Aber der Prozess findet heute statt, und dann wirst du alles hören.«

Er berichtete, dass Justine am Morgen, an dem der Mord des armen William entdeckt wurde, krank geworden sei und einige Tage im Bett gelegen habe. Während dieser Zeit hatte eins der Hausmädchen, das sich zufällig die in der Mordnacht von ihr getragene Kleidung genauer ansah, in ihrer Tasche das Bild meiner Mutter entdeckt, das, wie man glaubte, die Mörderin in Versuchung geführt hatte. Das Hausmädchen zeigte das Bild unverzüglich einem der anderen, die, ohne der Familie ein Wort davon zu sagen, zum Gericht lief. Und auf ihre Anzeige hin wurde Justine festgenommen. Als man sie der Tat bezichtigte, verhärtete sich der Verdacht gegen das arme Mädchen durch ihr äußerst widersprüchliches Verhalten entschieden.

Das war eine merkwürdige Geschichte, aber sie erschütterte meine Überzeugung nicht, und ich erwiderte ernst:

»Ihr irrt euch alle, ich kenne den Mörder. Justine, die arme, liebe Justine ist unschuldig.«

In diesem Augenblick trat mein Vater ein. Der Kummer hatte sich tief in seine Züge gegraben, aber er gab sich Mühe, mich heiter willkommen zu heißen, und wir wären nach unserer schmerzlichen Begrüßung sicher auf etwas anderes als unser Unglück zu sprechen gekommen, hätte Ernest nicht ausgerufen: »Großer Gott, Papa, Victor sagt, er weiß, wer der Mörder des armen William ist!«

»Wir leider auch«, erwiderte mein Vater, »aber ich hätte es lieber nie erfahren, als bei einem Menschen, den ich so hochgeschätzt habe, so viel Verruchtheit und Undank zu entdecken.«

»Mein lieber Vater, du irrst dich. Justine ist unschuldig.«

»Wenn das stimmt, verhüte Gott, dass sie zu Unrecht verurteilt wird. Heute findet der Prozess statt, und ich hoffe – hoffe von ganzem Herzen, dass sie freigesprochen wird.«

Diese Worte beruhigten mich. Ich war fest überzeugt, dass weder Justine noch irgendein anderer Mensch diesen Mord begangen hatte. Ich befürchtete deshalb nicht, dass man Indizien gegen sie vorbringen würde, die stichhaltig genug wären, sie zu verurteilen. Mein Bericht war nicht für die Öffentlichkeit bestimmt. Die grauenhaften Tatsachen würden von der Menge als die Phantasien eines Wahnsinnigen abgetan werden. Gab es außer mir, seinem Schöpfer, überhaupt jemanden, der an diesen lebendigen Beweis von Hybris und Unvernunft, den ich auf die Welt losgelassen hatte, glauben würde, ohne ihn mit eigenen Augen gesehen zu haben?

Bald gesellte sich Elizabeth zu uns. Sie hatte sich verändert, seit ich sie zum letzten Mal gesehen hatte; die Jahre hatten ihr einen Liebreiz verliehen, der die Schönheit ihrer Kinderjahre noch übertraf. Ihre Züge besaßen noch die gleiche Offenheit, die gleiche Lebhaftigkeit, aber verbunden mit einem Ausdruck größerer seelischer und geistiger Reife. Sie begrüßte mich mit größter Zärtlichkeit. »Deine Ankunft, lieber Vetter«, sagte sie, »gibt mir Hoffnung. Vielleicht findest du einen Weg, meine arme, schuldlose Justine zu entlasten. Ach, wer ist noch sicher, wenn *sie* eines Verbrechens überführt wird? Ich vertraue so fest auf ihre Unschuld wie auf meine eigene. Das Unglück trifft uns doppelt hart; wir haben nicht nur unseren kleinen Liebling verloren, sondern das arme Mädchen, das ich von Herzen liebe, soll uns durch ein noch grausameres Schicksal entrissen werden. Wenn sie verurteilt wird, ist für mich alle Freude für immer dahin. Aber dazu, das glaube ich fest, dazu wird es nicht kommen. Und dann werde ich sogar nach dem Tod meines kleinen William wieder glücklich sein.«

»Sie ist unschuldig, meine liebe Elizabeth«, sagte ich, »und das wird sich erweisen. Fürchte nichts, sondern schöpfe Mut und vertraue auf ihren Freispruch.«

»Wie freundlich und gut du bist! Alle anderen glauben an ihre Schuld, und das hat mich so unglücklich gemacht, denn ich halte sie für ausgeschlossen; und dass alle anderen so unbeirrbar voreingenommen sind, hat mich mit Mutlosigkeit und Verzweiflung erfüllt.« Sie weinte.

»Liebste Nichte«, sagte mein Vater, »trockne deine Tränen. Wenn sie, wie du glaubst, unschuldig ist, dann verlass dich auf die Gerechtigkeit unserer Gesetze und die Entschlossenheit, mit der ich jeden Anschein von Voreingenommenheit verhindern werde.«

Kapitel 8

Wir verbrachten bis zum Beginn des Prozesses um elf Uhr ein paar traurige Stunden. Da mein Vater und die restliche Familie als Zeugen auftreten mussten, begleitete ich sie zum Gericht. Ich litt, während dort der Gerechtigkeit hohngesprochen wurde, Höllenqualen. Es sollte darüber entschieden werden, ob die Frucht meiner Neugier und verbotenen Machenschaften am Tod zweier Mitmenschen schuld sein konnte, dem eines lachenden Kindes voller Unschuld und Lebensfreude und dem einer auf weit grausamere Weise Ermordeten, wobei die Niedertracht den Schrecken dieses Mordes noch unvergesslicher machte. Auch Justine war ein vielversprechendes Mädchen und besaß Eigenschaften, die sie im Leben glücklich gemacht hätten; und nun sollte das alles durch einen ehrlosen Tod ausgelöscht werden, und ich die Ursache! Tausendmal lieber hätte ich mich selbst zu dem Justine zur Last gelegten Verbrechen bekannt, aber ich war abwesend, als es begangen wurde, und ein solches Geständnis wäre als Hirngespinst eines Irren aufgefasst worden und hätte Justine, die durch meine Schuld litt, nicht entlastet.

Justine machte einen gefassten Eindruck. Sie trug Trauerkleidung, und der Ernst ihrer Gefühle verlieh ihren ohnehin gewinnenden Zügen eine außerordentliche Schönheit. Doch schien sie auf ihre Unschuld zu vertrauen und zitterte nicht, obwohl sie von Tausenden angestarrt und verabscheut wurde, denn all das Mitleid, das ihre Schönheit in den Gemütern der Zuschauer sonst hervorgerufen hätte, wurde beim Gedanken an die Ungeheuerlichkeit des ihr angelasteten Verbrechens ausgelöscht. Sie wirkte gelassen, hielt diese Gelassenheit aber nur mit Mühe aufrecht; und da ihre Verwirrung vorher als Beweis ihrer Schuld gegolten hatte, zwang sie sich dazu, tapfer zu erscheinen. Als sie den Gerichtssaal betrat, ließ sie den Blick umherschweifen und entdeckte gleich, wo wir saßen. Die Tränen wollten ihr in die Augen steigen, als sie uns sah, aber sie beherrschte sich schnell, und ein Blick voll schmerzlicher Zuneigung schien ihre völlige Schuldlosigkeit zu bestätigen.

Die Verhandlung begann, und nachdem der Staatsanwalt die Anklage erhoben hatte, wurden einige Zeugen aufgerufen. Verschiedene fragwürdige Umstände sprachen gegen sie, die jeden, der nicht solch überwältigenden Beweis ihrer Unschuld besaß wie ich, schwankend gemacht hätten. Sie war während der ganzen Mordnacht außer Haus gewesen und gegen Morgen nicht weit von der Stelle, wo das ermordete Kind später gefunden wurde, von einer Marktfrau gesichtet worden. Die Frau hatte sie gefragt, was sie dort tue, aber sie hatte einen merkwürdigen Eindruck gemacht und nur eine verworrene und unverständliche Antwort gegeben. Sie kehrte gegen acht Uhr nach Hause zurück, und als man sie fragte, wo sie die Nacht verbracht habe, erwiderte sie, sie habe das Kind gesucht, und fragte besorgt, ob man etwas von ihm gehört habe. Als man ihr die Leiche zeigte, bekam sie einen hysterischen Anfall und musste mehrere Tage das Bett hüten. Daraufhin wurde das Bild vorgelegt, das das Hausmädchen in ihrer Tasche gefunden hatte; und als Elizabeth mit versagender Stimme bestätigte, es sei genau das, welches sie dem Kind eine Stunde vor seinem Verschwinden um den Hals gehängt hatte, ging ein Raunen des Abscheus und der Empörung durch den Saal.

Justine wurde zu ihrer Verteidigung aufgerufen. Im Verlauf der Verhandlung hatte sich ihr Gesichtsausdruck gewandelt. Erstaunen, Entsetzen und Verzweiflung spiegelten sich darin unverkennbar wider. Manchmal kämpfte sie mit den Tränen, aber wenn sie zum Sprechen aufgefordert wurde, nahm sie alle Kraft zusammen und sprach mit hörbarer, wenn auch schwankender Stimme.

»Gott weiß«, sagte sie, »dass ich völlig unschuldig bin. Aber ich erwarte nicht, dass meine Beteuerungen mich freisprechen; ich stütze meine Unschuld auf eine einfache und schlichte Darstellung der Tatsachen, die gegen mich angeführt worden sind, und ich hoffe, dass die Ehrlichkeit, die ich immer bewiesen habe, meine Richter zu einer günstigen Auslegung bewegen wird, wo irgendwelche Umstände zweifelhaft oder verdächtig erscheinen.«

Dann berichtete sie, dass sie mit Elizabeths Erlaubnis den Abend der Mordnacht im Haus einer Tante in Chêne verbracht habe, einem Dorf ungefähr drei Meilen von Genf. Bei ihrer Rückkehr gegen neun Uhr hatte sie einen Mann getroffen, der sie fragte, ob sie etwas von dem vermissten Kind gesehen habe. Dieser Bericht hatte sie beunruhigt, und sie hatte mehrere Stunden lang nach ihm gesucht, bis die Stadttore von Genf geschlossen waren und sie gezwungen war, mehrere Stunden der Nacht in der Scheune eines Bauernhofes zu verbringen, weil sie die Bewohner, die sie gut kannte, nicht wecken wollte. Den Großteil der Nacht hatte sie wach gelegen, aber gegen Morgen musste sie ein paar Minuten lang eingeschlafen sein. Schritte hatten sie gestört, und sie war aufgewacht. Der Morgen dämmerte, und sie hatte ihren Unterschlupf verlassen, um die Suche nach meinem Bruder wieder aufzunehmen. Wenn sie in die Nähe der Stelle gekommen war, wo seine Leiche lag, dann war das ohne ihr Wissen geschehen. Dass sie verwirrt gewesen sei, als die Marktfrau sie befragte, sei nicht verwunderlich, denn sie habe eine schlaflose Nacht verbracht und sei über das Schicksal des armen William noch im ungewissen gewesen. Was das Bild betreffe, so habe sie dafür keine Erklärung.

»Ich weiß«, fuhr das unglückliche Opfer fort, »wie schwer

und verhängnisvoll dieser eine Umstand gegen mich spricht, aber ich bin außerstande, eine Erklärung dafür zu geben. Ich kann nur meine völlige Ahnungslosigkeit betonen und bin auf Vermutungen angewiesen, wie es in meine Tasche gekommen ist. Aber auch hier komme ich nicht weiter. Ich glaube nicht, dass ich auf der Welt einen einzigen Feind habe, und niemand kann doch wohl so niederträchtig sein, mich mutwillig zu vernichten. Hat der Mörder es dorthin getan? Ich wüsste nicht, wann er dazu Gelegenheit gehabt hätte; und wenn doch, warum hätte er das Schmuckstück stehlen sollen, nur um sich sofort wieder davon zu trennen?

Ich vertraue auf die Gerechtigkeit meiner Richter, doch ich sehe wenig Anlass zu Hoffnung. Ich bitte um die Erlaubnis, einige Zeugen über meinen Charakter aussagen zu lassen, und wenn ihre Aussage meine angebliche Schuld nicht entkräftet, dann muss ich verurteilt werden, obwohl ich bereit bin, mein Seelenheil für meine Unschuld zu verpfänden.«

Mehrere Zeugen wurden aufgerufen, die sie seit vielen Jahren kannten, und wirklich sagten sie nur Gutes über sie aus. Aber Furcht und Abscheu vor dem Verbrechen, das sie ihr anlasteten, legten ihnen Scheu und Zurückhaltung auf. Als Elizabeth sah, wie selbst die letzte Rettung, nämlich ihre guten Anlagen und ihre einwandfreie Führung, der Angeklagten nicht helfen konnten, bat sie trotz heftiger innerer Erregung darum, einige Worte an das Gericht richten zu dürfen.

»Ich bin«, sagte sie, »die Cousine des unglücklichen Kindes, das ermordet wurde, oder vielmehr seine Schwester, denn ich bin von seinen Eltern erzogen worden und schon lange vor seiner Geburt in ihr Haus gekommen. Vielleicht hält man es deshalb für unangebracht, dass ich bei dieser Gelegenheit das Wort ergreife, aber wenn ich sehe, wie ein

Mensch durch die Feigheit seiner angeblichen Freunde zugrunde geht, dann fühle ich mich verpflichtet zu sprechen, damit ich über seinen Charakter aussagen kann. Ich kenne die Angeklagte sehr gut. Ich habe mit ihr erst fünf Jahre und dann noch einmal beinahe zwei Jahre im selben Haus gewohnt. Während dieser ganzen Zeit habe ich sie nur als außerordentlich liebenswerten und gütigen Menschen kennengelernt. Sie hat Madame Frankenstein, meine Tante, auf ihrem Sterbebett mit der größten Hingabe und Selbstlosigkeit gepflegt und sich später in einer Weise, die bei allen ihren Freunden Bewunderung erregte, während einer langwierigen Krankheit um ihre eigene Mutter gekümmert, und kehrte dann in das Haus meines Onkels zurück, wo sie von der ganzen Familie geliebt wurde. Sie war dem Kind, das nun tot ist, herzlich zugetan und umsorgte es liebevoll wie eine Mutter. Ich persönlich erkläre, ohne zu zögern, dass ich trotz der gegen sie vorgebrachten Beweislast an ihre völlige Unschuld glaube und darauf vertraue. Was hätte sie zu einer solchen Tat veranlassen sollen? Was das Schmuckstück angeht, auf dem die Anklage hauptsächlich beruht: Wenn sie es gern gehabt hätte, hätte ich es ihr bereitwillig geschenkt, so sehr liebe und schätze ich sie.«

Beifälliges Gemurmel folgte Elizabeths schlichtem und eindringlichem Appell, aber es galt eher ihrem mutigen Eingreifen als der armen Justine, gegen die sich die öffentliche Entrüstung mit erneuter Heftigkeit und dem Vorwurf schwärzester Undankbarkeit wandte. Justine selbst weinte bei Elizabeths Worten, erwiderte aber nichts. Ich war während der ganzen Verhandlung in höchster Erregung und Angst. Ich glaubte an ihre Unschuld; für mich stand sie fest. Hatte der Dämon, der meinen Bruder ermordet hatte (woran ich keine Minute zweifelte), bei seinem teuflischen Spiel dieses unschuldige Mädchen womöglich ebenfalls zu Tod und Schande verurteilt? Ich konnte meine grauenhafte Lage nicht ertragen, und als ich merkte, dass die Stimme des Volkes und die Mienen der Richter mein unglückliches Opfer bereits verurteilt hatten, stürzte ich verzweifelt aus dem Gerichtssaal. Die Qualen der Angeklagten waren nichts im Vergleich zu den meinen; sie schöpfte Kraft aus ihrer Unschuld, ich aber wurde von Gewissensbissen gepeinigt, die mein Inneres zerrissen und mich nicht mehr loslassen würden.

Ich verbrachte eine durch und durch trostlose Nacht. Am Morgen ging ich zum Gericht; Lippen und Kehle waren mir wie ausgedörrt. Ich wagte die verhängnisvolle Frage nicht zu stellen, aber man kannte mich, und der Beamte ahnte den Grund meines Besuchs. Jeder hatte die Farbe seiner Kugel gewählt, sie waren alle schwarz, und Justine war zum Tode verurteilt.

Ich bin außerstande zu beschreiben, wie mir damals zumute war. Ich hatte vorher schon Entsetzen empfunden, und ich habe versucht, diesem Gefühl angemessenen Ausdruck zu geben, aber Worte können keine Vorstellung von der herzzerreißenden Verzweiflung vermitteln, die ich damals durchmachte. Der Beamte, an den ich mich wandte, fügte hinzu, dass Justine ihre Schuld bereits gestanden habe. »Dieses Bekenntnis«, bemerkte er, »war in einem so eindeutigen Fall kaum nötig, aber ich bin froh darüber, denn keiner unserer Richter verurteilt einen Verbrecher gern aufgrund von Indizienbeweisen, und seien sie noch so schwerwiegend.«

Das war eine merkwürdige und unerwartete Mitteilung; was mochte sie bedeuten? Hatten meine Augen mich getrogen? Und war ich wirklich so verrückt, wie die ganze Welt glauben würde, wenn ich die Identität des von mir Verdächtigten enthüllte? Ich kehrte auf der Stelle nach Hause zurück, wo Elizabeth ungeduldig nach dem Urteil fragte.

»Liebe Cousine«, erwiderte ich, »die Entscheidung entspricht deinen Erwartungen. Alle Richter nehmen es lieber in Kauf, dass zehn Unschuldige leiden, als dass ein Schuldiger entkommt. Aber sie hat ein Geständnis abgelegt.«

Das war ein schwerer Schlag für die arme Elizabeth, die unerschütterlich an Justines Unschuld geglaubt hatte. »Ach«, sagte sie, »wie soll ich meinen Glauben an das Gute im Menschen je wiederfinden? Justine, die ich wie eine Schwester geliebt und geachtet habe, wie konnte sie ein solches Unschuldslächeln aufsetzen und mich dann so hintergehen? Ihre sanften Augen schienen zu keiner Grausamkeit oder Falschheit fähig, und doch hat sie einen Mord begangen!«

Bald darauf erfuhren wir, dass das arme Opfer den Wunsch geäußert hatte, meine Cousine noch einmal zu sehen. Mein Vater wollte sie nicht gehen lassen, überließ die Entscheidung aber ihrem eigenen Urteil und Feingefühl. »Doch«, sagte Elizabeth, »ich werde gehen, obwohl sie schuldig ist; und du, Victor, sollst mich begleiten. Ich kann nicht allein gehen.« Der bloße Gedanke an einen solchen Besuch war mir eine Qual, aber ich konnte nicht ablehnen.

Wir betraten eine düstere Gefängniszelle und sahen Justine am anderen Ende auf Stroh sitzen. Sie trug Handschellen, und der Kopf ruhte auf den Knien. Als sie uns eintreten sah, stand sie auf, und als wir mit ihr allein waren, warf sie sich Elizabeth zu Füßen und weinte bitterlich. Auch meine Cousine weinte.

»Ach, Justine«, sagte sie. »Warum hast du mir den letzten Trost geraubt? Ich war von deiner Unschuld überzeugt, und obwohl ich dabei sehr unglücklich war, fühlte ich mich doch nicht so elend wie jetzt.«

»Und glauben auch Sie, dass ich so durch und durch böse bin? Ergreifen auch Sie die Partei meiner Feinde, um mich zu vernichten, mich als Mörderin zu verderben?« Sie sprach mit tränenerstickter Stimme.

»Steh auf, mein armes Kind«, sagte Elizabeth, »warum kniest du, wenn du unschuldig bist? Ich gehöre nicht zu deinen Feinden; ich hielt dich für unschuldig, trotz aller Beweise, bis ich hörte, dass du deine Schuld selbst eingestanden hast. Die Behauptung ist also falsch, sagst du, und glaub mir, liebe Justine, nichts als dein eigenes Geständnis kann mein Vertrauen in dich auch nur einen Moment erschüttern.«

»Ich habe gestanden, aber ich habe eine Lüge gestanden. Ich habe gestanden, um die Absolution zu erhalten; aber nun liegt mir diese Unaufrichtigkeit schwerer auf dem Herzen als all meine anderen Sünden. Gott im Himmel möge mir vergeben! Seit meiner Verurteilung hat mein Beichtvater mich bestürmt; er hat mich bedroht und gewarnt, bis ich fast selbst glaubte, ich sei tatsächlich das Scheusal, für das er mich hielt. Er drohte mir mit Exkommunizierung und Fegefeuer in meinen letzten Augenblicken, wenn ich so verstockt bliebe. Liebes Fräulein, ich hatte niemanden, der mir beistand; alle sahen in mir einen Unmenschen, der zu Schande und Untergang verdammt war. Was sollte ich machen? In einer Unglücksstunde habe ich eine Lüge unterschrieben, und jetzt bin ich erst richtig unglücklich.«

Sie hielt weinend inne und fuhr dann fort: »Der Gedanke, mein geliebtes Fräulein, dass Sie Ihrer Justine, die von Ihrer seligen Tante so hochgeschätzt und von Ihnen so geliebt wurde, ein Verbrechen zutrauen würden, das nur der Teufel verübt haben konnte, war mir entsetzlich. Liebster William! Geliebtes seliges Kind! Ich sehe dich bald im Himmel wieder, wo wir alle glücklich sein werden; und das wird mir auf dem Weg in Schande und Tod, den ich nun antreten muss, ein Trost sein.«

»Ach, Justine! Verzeih mir, wenn ich dir auch nur einen

Augenblick misstraut habe. Warum hast du nur gestanden? Aber sei nicht unglücklich, liebes Kind. Fürchte nichts. Ich werde deine Unschuld verkünden, ich werde sie beweisen, ich werde die versteinerten Herzen deiner Feinde mit meinen Tränen und Gebeten erweichen. Du sollst nicht sterben! Du, meine Gespielin, meine Gefährtin, meine Schwester – und auf dem Schafott enden! Nein! Nein! Ich könnte ein so entsetzliches Unglück nicht überleben!«

Justine schüttelte traurig den Kopf. »Ich fürchte mich nicht mehr vor dem Tod«, sagte sie, »die Angst ist vorbei. Gott stärkt mich in meiner Schwäche und gibt mir Mut, das Schlimmste zu ertragen. Ich verlasse eine traurige und grausame Welt; aber wenn Sie sich meiner erinnern und an mich als eine unschuldig Verurteilte denken, dann ergebe ich mich in das Schicksal, das mich erwartet. Lernen Sie von mir, liebes Fräulein, sich dem Willen des Himmels demütig zu beugen.«

Während dieser Unterhaltung hatte ich mich in eine Ecke der Zelle zurückgezogen, wo ich die entsetzlichen Qualen, die ich ausstand, verheimlichen konnte. Verzweiflung! Wer wagte davon zu reden! Das arme Opfer, das am nächsten Tag die schreckliche Schwelle vom Leben zum Tod überschreiten sollte, konnte nicht solch tiefe und bittere Todesangst erleiden wie ich. Ich knirschte mit den Zähnen und presste sie aufeinander, und mir entrang sich ein Stöhnen, das aus tiefster Seele kam. Justine fuhr auf. Als sie sah, wer ich war, trat sie näher und sagte: »Lieber Herr, es ist sehr gütig, dass Sie mich besuchen. Sie halten mich hoffentlich auch nicht für schuldig?«

Ich konnte nicht antworten. »Nein, Justine«, sagte Elizabeth, »er ist noch überzeugter von deiner Unschuld als ich, denn selbst als er hörte, dass du gestanden hattest, wollte er es nicht glauben.«

»Dafür bin ich ihm von Herzen dankbar. In diesen letzten Augenblicken meines Lebens bin ich voll aufrichtiger Dankbarkeit gegenüber allen, die in Güte an mich denken. Wie wohltuend ist die Zuneigung anderer für eine Unglückliche wie mich! Das macht mein Unglück um vieles erträglicher, und ich habe das Gefühl, als könnte ich jetzt, wo Sie, mein liebes Fräulein, und Ihr Vetter an meine Unschuld glauben, in Frieden sterben.«

So versuchte die arme Leidende sich selbst und andere zu trösten, und ihr gelang die gewünschte Ergebung in ihr Schicksal. Aber ich, der eigentliche Mörder, spürte, wie der Wurm des schlechten Gewissens unablässig in meiner Brust nagte und mir weder Hoffnung noch Trost gönnte. Auch Elizabeth weinte und war unglücklich, aber auch ihr Kummer, der wie eine Wolke, wenn sie über den hellen Mond zieht, einen Glanz wohl verbirgt, aber nicht befleckt, war voller Unschuld. Angst und Verzweiflung waren mir tief ins Herz gedrungen. Ich trug ein Höllenfeuer in mir, das nichts auslöschen konnte. Wir verbrachten mehrere Stunden bei Justine, und Elizabeth konnte sich nur mit größter Überwindung von ihr trennen. »Wenn ich doch mit dir sterben könnte«, rief sie. »Ich kann auf dieser elenden Welt nicht mehr leben.«

Justine zwang sich zu einer gewissen Heiterkeit, während sie selbst mit den Tränen kämpfte. Sie umarmte Elizabeth und sagte mit einer Stimme, die ihre Bewegung nur schlecht verbarg: »Leben Sie wohl, mein gütiges Fräulein, liebste Elizabeth, meine geliebte und einzige Freundin; möge der Himmel in seiner Großmut Sie segnen und behüten; möge dies der letzte Schicksalsschlag sein, den Sie erleiden müssen. Leben Sie und werden Sie glücklich, und andere mit Ihnen.«

Am Tag darauf starb Justine. Elizabeths herzzerreißende

Beredsamkeit hatte die Richter nicht in ihrer festen Überzeugung von der verbrecherischen Schuld der frommen Märtyrerin erschüttern können. Meine leidenschaftlichen und empörten Appelle waren an sie verschwendet. Und als ich ihre kühlen Antworten hörte und die strenge, mitleidlose Argumentation dieser Männer vernahm, erstarb mir mein beabsichtigtes Bekenntnis auf den Lippen. Damit hätte ich mich nur als Wahnsinnigen bloßgestellt, das Todesurteil über mein unglückliches Opfer aber nicht rückgängig gemacht. Sie starb als Mörderin auf dem Schafott!

Von meinen eigenen Seelenqualen wandte ich mich dem tiefen, stummen Schmerz Elizabeths zu. Auch er war meine Schuld! Und das Leid meines Vaters, die Trostlosigkeit des noch vor kurzem so fröhlichen Hauses – alles war das Werk meiner dreimal verfluchten Hände! Weint, ihr Unglücklichen, es werden nicht eure letzten Tränen sein! Immer wieder wird sich die Totenklage erheben und der Klang eurer Klagelieder zu hören sein! Frankenstein, euer Sohn, euer Verwandter, euer von Kindheit an über alles geliebter Freund, der jeden Blutstropfen für euch vergießen würde, der Freude nicht kennt oder spürt, wenn sie sich nicht auf euren lieben Gesichtern spiegelt, der die Luft mit Segenswünschen füllen und sein Leben für euch opfern würde – er bittet euch zu weinen, ungezählte Tränen zu vergießen. Glücklich wider Erwarten, wenn sich das unerbittliche Schicksal erweichen und damit die Vernichtung aufhalten ließe, ehe Grabesstille euren herzzerreißenden Jammer verstummen lässt!

So sprach meine prophetische Seele, als ich, von Reue, Schrecken und Verzweiflung zerrissen, zusehen musste, wie meine Lieben vergeblich an den Gräbern von William und Justine trauerten, den ersten unglücklichen Opfern meiner unseligen Künste.

Kapitel 9

Nichts berührt das menschliche Gemüt schmerzlicher, als wenn auf eine heftige, durch eine Reihe von schnell aufeinanderfolgenden Ereignissen hervorgerufene Erregung die Totenstille lähmender Untätigkeit und Gewissheit folgt, die die Seele aller Hoffnung und Furcht beraubt. Justine war tot, sie ruhte in Frieden, ich aber lebte. Das Blut kreiste frei in meinen Adern, aber mir lastete ein Gewicht von Verzweiflung und Reue auf dem Herzen, das mir niemand abnehmen konnte. Meine Augen fanden keinen Schlaf, ich wanderte umher wie ein böser Geist, denn ich hatte entsetzliche, jeder Beschreibung spottende Untaten begangen, und Schlimmeres, viel Schlimmeres, davon war ich überzeugt, stand noch bevor. Und dabei floss mir das Herz über vor Güte und dem Wunsch nach einem tugendhaften Dasein. Ich hatte das Leben mit den besten Vorsätzen begonnen und sehnte mich nach einer Gelegenheit, sie zu verwirklichen und mich meinen Mitmenschen nützlich zu erweisen. Nun war all das zerstört; statt dass mir ein ruhiges Gewissen erlaubte, mit Selbstzufriedenheit auf die Vergangenheit zurückzublicken und Grund zu neuen Hoffnungen daraus zu schöpfen, war ich von Reue und Schuldgefühlen gepeinigt, die mich Höllenqualen aussetzten, wie keine Sprache sie beschreiben kann.

Diese Gemütsverfassung schadete meiner Gesundheit, die sich vermutlich nie ganz von dem ersten Schock erholt hatte. Ich ging den Menschen aus dem Weg; jede Äußerung von Freude oder Zufriedenheit war mir eine Qual; Einsamkeit war mein einziger Trost – tiefe, dunkle, totenstille Einsamkeit.

Mein Vater beobachtete besorgt die offensichtliche Veränderung in meinem Wesen und meinen Gewohnheiten und versuchte durch Zureden, das ihm sein gutes Gewissen und sein einwandfreier Lebenswandel nahelegten, mir Mut zuzusprechen und die Energie in mir zu wecken, um die über mir hängende dunkle Wolke zu vertreiben. »Glaubst du, Victor«, sagte er, »dass ich nicht auch leide? Niemand könnte ein Kind mehr lieben, als ich deinen Bruder geliebt habe« – Tränen traten ihm bei diesen Worten in die Augen –, »aber haben wir den Hinterbliebenen gegenüber nicht die Pflicht, ihr Unglück nicht noch durch den Anblick übertriebener Trauer zu vergrößern? Es ist auch eine Pflicht dir selbst gegenüber, denn maßloser Schmerz verhindert Linderung oder Lebensfreude oder sogar die Erfüllung täglicher Aufgaben, ohne die wir keine nützlichen Mitglieder der Gesellschaft sind.«

Dieser Rat war zwar gut, traf auf meinen Fall aber ganz und gar nicht zu. Ich wäre der erste gewesen, der seinen Gram verborgen und seine Freunde getröstet hätte, wenn sich, abgesehen von meinen anderen Empfindungen, meine Bitterkeit nicht durch Reue und meine Sorge nicht durch Grauen verstärkt hätte. So konnte ich meinem Vater nur mit einem verzweifelten Blick antworten und versuchen, ihm aus dem Wege zu gehen.

Ungefähr zu dieser Zeit zogen wir uns in unser Haus nach Belrive zurück. Dieser Umzug kam mir äußerst gelegen. Das pünktliche Schließen der Stadttore um zehn Uhr und die Unmöglichkeit, sich danach noch am See aufzuhalten, hatten mir unseren Aufenthalt innerhalb der Stadtmauern von Genf sehr lästig gemacht. Jetzt war ich frei. Oft, wenn der Rest der Familie sich zur Nacht zurückgezogen hatte, nahm ich das Boot und verbrachte viele Stunden auf dem Wasser. Manchmal setzte ich die Segel und ließ mich vom Wind treiben; dann wieder ruderte ich das Boot in die

Mitte des Sees, überließ es sich selbst und hing meinen eigenen trübseligen Gedanken nach. Oft war ich in Versuchung, wenn alles um mich herum friedlich dalag und ich als einziger ruhelos in dieser herrlichen, paradiesischen Landschaft umherirrte, wenn in der Nähe des Ufers bei meiner Landung nichts als die Fledermäuse oder das laute und gelegentlich unterbrochene Quaken der Frösche zu hören war – oft, sage ich, war ich in Versuchung, mich in den stillen See zu stürzen, damit das Wasser für immer über mir und meinem Elend zusammenschlug. Aber der Gedanke an die tapfere und leidende Elizabeth, die ich zärtlich liebte und deren Leben unauflöslich mit meinem verbunden war, hielt mich zurück. Ich dachte auch an meinen Vater und meinen noch lebenden Bruder; durfte ich sie durch feige Flucht schutzlos der Heimtücke des Monsters aussetzen, das ich auf sie losgelassen hatte?

In solchen Augenblicken weinte ich bitterlich und wünschte mir meinen Seelenfrieden zurück, nur um sie trösten und glücklich machen zu können. Aber das war ausgeschlossen. Reue erstickte jede Hoffnung im Keim. Ich war der Urheber nicht wiedergutzumachenden Unheils und lebte in ständiger Furcht, dass das Ungeheuer, das ich geschaffen hatte, eine neue Untat begehen würde.

Ich hatte eine dunkle Ahnung, dass noch nicht alles vorbei sei und er ein weiteres unerhörtes Verbrechen begehen würde, das in seiner Ungeheuerlichkeit die Erinnerung an das vergangene noch in den Schatten stellte. Solange einer meiner Lieben noch am Leben war, war diese Furcht berechtigt. Mein Abscheu vor diesem Teufel war unvorstellbar. Wenn ich an ihn dachte, knirschte ich mit den Zähnen, meine Augen flammten, und ich wünschte mit allen Fasern meines Herzens, dieses Leben, das ich so leichtsinnig verliehen hatte, auszulöschen. Wenn ich über seine Vergehen und seine Bosheit nachdachte, kannten mein Hass und meine Rachsucht keine Grenzen. Ich hätte eine Pilgerfahrt auf den höchsten Berg der Anden unternommen, wenn ich ihn dort in den Abgrund hätte stürzen können. Ich wollte ihm begegnen, ihn wiedertreffen, um meinen ganzen Widerwillen an ihm auszulassen und den Tod von William und Justine zu rächen.

Unser Haus war ein Trauerhaus. Die Gesundheit meines Vaters war durch die grauenhaften jüngsten Ereignisse schwer erschüttert. Elizabeth war traurig und niedergeschlagen; sie fand an ihren täglichen Beschäftigungen keine Freude mehr; jedes Vergnügen kam ihr wie ein Sakrileg an den Toten vor. Sie glaubte der sinnlos zerschlagenen und vernichteten Unschuld ewige Klagen und ewige Tränen schuldig zu sein. Sie war nicht mehr das glückliche Wesen, das früher mit mir am Ufer des Sees spazieren gegangen war und begeistert Zukunftspläne geschmiedet hatte. Der erste dieser Schicksalsschläge, die uns der Erde entfremden, hatte sie getroffen, und unter seiner niederschmetternden Wirkung verging ihr das liebliche Lächeln.

»Wenn ich über den elenden Tod von Justine Moritz nachdenke, mein lieber Vetter«, sagte sie, »dann sehe ich die Welt und ihr Treiben in einem ganz anderen Licht. Früher habe ich die Berichte von Laster und Ungerechtigkeit, die ich in Büchern las oder von anderen hörte, für Geschichten aus alten Zeiten oder für erfundene Greuel gehalten; jedenfalls waren sie weit entfernt und beschäftigten eher den Verstand als die Einbildungskraft. Aber nun haben wir das Unglück am eigenen Leibe erfahren, und die Menschen kommen mir wie blutrünstige Ungeheuer vor. Aber sicher bin ich ungerecht. Alle hielten das arme Mädchen für schuldig, und wenn sie zu dem Verbrechen fähig gewesen wäre, für das sie büßen musste, wäre sie zweifellos das verruchteste Geschöpf der ganzen Welt gewesen. Um eines bloßen Schmuckstücks willen den Sohn ihres Wohltäters und Freundes zu ermorden – ein Kind, das sie von Geburt an aufgezogen hatte und offenbar wie ihr eigenes liebte! Ich könnte einem Todesurteil niemals zustimmen, aber ich glaube auch nicht, dass ein solches Geschöpf einen Platz in der menschlichen Gesellschaft verdient. Aber sie war unschuldig. Ich weiß es, ich fühle, dass sie unschuldig war; du bist derselben Meinung, und das bestärkt mich. Ach, Victor! Wenn Irrtum so der Wahrheit ähnelt, wer kann dann seines Glückes gewiss sein? Ich habe das Gefühl, als wanderte ich am Rand einer Klippe, auf die sich Tausende drängen und versuchen, mich in den Abgrund zu stürzen. William und Justine sind umgebracht worden, und der Mörder entkommt. Er wandert unbehelligt und womöglich angesehen durch die Welt. Aber selbst wenn ich für genau dieselben Verbrechen auf dem Schafott büßen müsste, möchte ich mit dem Unseligen nicht tauschen.«

Ihre Worte trafen mich im Innersten. Ich war zwar nicht der eigentliche Täter, aber doch der Urheber des Mordes. Elizabeth sah mir meine Qualen an, sie nahm liebevoll meine Hand und sagte: »Mein lieber Freund, du musst dich fassen. Diese Ereignisse haben auch mich erschüttert, Gott weiß, wie sehr, aber ich bin nicht so unglücklich wie du. Es liegt ein Ausdruck von Verzweiflung, ja, manchmal sogar von Rachsucht in deinem Blick, der mich ängstigt. Lieber Victor, beherrsche diese finstere Leidenschaft. Denk an deine engsten Angehörigen, deren ganze Hoffnung du bist. Haben wir verlernt, dich glücklich zu machen? Ach, solange wir uns in diesem friedvollen und schönen Land, in einer Heimat lieben, solange wir uns vertrauen, wird uns heiteres Glück beschieden sein – was kann unseren Frieden stören?«

Reichten diese Worte von ihr, die mir mehr galt als alles

Glück der Welt, nicht aus, den bösen Geist zu vertreiben, der in meinem Herzen lauerte? Noch während sie sprach, rückte ich aus Angst, der Böse könne in unmittelbarer Nähe sein, um sie mir zu rauben, schützend näher an sie heran.

So konnten weder zärtliche Freundschaft noch irdische oder himmlische Schönheit meine Seele von ihren Qualen erlösen; selbst die Sprache der Liebe war wirkungslos. Ich war von einer Wolke umgeben, die auch wohltätige Worte nicht durchdringen konnten. Ich glich dem verwundeten Hirsch, der sich mit versagender Kraft ins einsame Dickicht schleppt, um dort, die Augen auf den Pfeil gerichtet, der ihn durchbohrt hat, zu sterben.

Manchmal war ich der düsteren Verzweiflung, die mich überfiel, gewachsen, aber manchmal trieb mich der schwindelerregende Aufruhr in meiner Seele dazu, in körperlicher Bewegung und mit neuen Eindrücken Erholung von den unerträglichen Gefühlen zu suchen. Während eines solchen Anfalls verließ ich mein Zuhause und wanderte auf die nahen Alpentäler zu, um in der Großartigkeit, der Ewigkeit dieser Landschaft mich und meinen vergänglichen, weil menschlichen Schmerz zu vergessen. Das Ziel meiner Wanderung war das Tal von Chamonix. Ich hatte es während meiner Kindheit oft besucht. Sechs Jahre waren seitdem vergangen; *ich* war ein Wrack, aber in dieser wilden und zeitlosen Landschaft hatte sich nichts verändert.

Ich legte den ersten Teil meiner Reise zu Pferd zurück. Später mietete ich einen Maulesel, da sie sicherer ausschreiten und sich auf den rauhen Bergpfaden nicht so leicht verletzen. Das Wetter war schön; es war ungefähr Mitte August, beinahe zwei Monate nach dem Tod von Justine, dieser trostlosen Episode, auf die ich all mein Unglück zurückführte. Die Last auf meiner Seele wurde spürbar leichter, als ich tiefer in die Arveschlucht vordrang. Die gewaltigen Berge und Felsvorsprünge, die zu beiden Seiten emporragten, das Rauschen des Gebirgsbaches zwischen den Felsen und das überall gegenwärtige Brausen des Wasserfalls kündeten von einer Kraft, die der Allmacht glich – und ich hörte auf, mich vor einem Wesen zu fürchten oder zu beugen, das weniger allmächtig war als das, von dem die Elemente geschaffen und beherrscht wurden, die sich hier in furchterregender Erhabenheit entfalteten. Je höher ich kam, desto großartiger und überwältigender wirkte das Tal. Burgruinen auf den Felsvorsprüngen bewaldeter Berge, die ungestüme Arve und vereinzelt durch die Bäume schimmernde Hütten boten ein Bild einzigartiger Schönheit. Seine Erhabenheit wurde noch gesteigert durch die gewaltigen Alpen, deren weiß glänzende Pyramiden und Kuppeln alles überragten, als gehörten sie einem anderen Stern an, Wohnstätte eines anderen Geschlechts.

Ich überquerte die Brücke von Pélessier, wo die vom Fluss gebildete Schlucht sich vor mir öffnete, und begann den Berg zu besteigen, der sie überragt. Bald darauf gelangte ich ins Tal von Chamonix. Dieses Tal ist herrlicher und erhabener, aber nicht so lieblich und romantisch wie das von Servox, das ich gerade durchquert hatte. Hohe, schneebedeckte Berge begrenzten es zu beiden Seiten, aber ich sah keine Burgruinen und fruchtbaren Almen mehr. Ungeheure Gletscher traten bis an den Pfad heran; ich hörte den grollenden Donner der fallenden Lawinen und verfolgte den stäubenden Schnee auf ihrem Weg. Der Montblanc, der alles überragende und majestätische Montblanc, erhob sich aus den umgebenden Aiguilles, und seine gewaltige Kuppel beherrschte das Tal.

Ein erregendes, längst vergessenes Gefühl der Freude überkam mich auf dieser Reise. Eine Wegbiegung, ein unvermutet auftauchender und wiedererkannter Anblick erinnerten mich an vergangene Zeiten und riefen mir die unbeschwerte Fröhlichkeit meiner Kindheit ins Gedächtnis zurück. Selbst der Wind flüsterte mir beruhigende Laute zu, und die mütterliche Natur riet mir, meine Tränen zu trocknen. Dann wieder verlor die wohltuende Umgebung ihre Wirkung – der Schmerz überkam mich erneut, und ich verlor mich in düsteres Grübeln. In dem Wunsch, die Welt, meine Ängste und mehr noch mich selbst zu vergessen, gab ich meinem Tier die Sporen – oder wenn ich ganz verzweifelt war, stieg ich ab und warf mich, von Grauen und Verzweiflung überwältigt, ins Gras.

Schließlich erreichte ich das Dorf Chamonix. Erschöpfung folgte auf die körperlichen und seelischen Strapazen, die ich durchgemacht hatte. Eine Weile blieb ich am Fenster stehen und beobachtete das schwache Wetterleuchten über dem Montblanc und horchte auf das Rauschen der Arve, die lärmend dahinfloss. Diese beruhigenden Geräusche wirkten wie ein Wiegenlied auf meine überreizten Sinne. Als ich meinen Kopf aufs Kissen legte, überfiel mich der Schlaf; ich spürte ihn kommen, und ich segnete den Vergessen schenkenden Wohltäter.

Kapitel 10

Ich verbrachte den folgenden Tag auf Streifzügen durch das Tal. Ich stand an den Quellen der Arveiron, die einem Gletscher entspringen, der sich langsam vom Gipfel der Berge ins Tal hinunterschiebt und es versperrt. Die schroffen Wände riesiger Berge erhoben sich vor mir; die eisige Mauer des Gletschers überragte mich, ein paar zerschmetterte Kiefern lagen vereinzelt umher, und die feierliche Stille in diesen heiligen Hallen der erhabenen Natur wurde nur durch das Brausen des Wassers oder den Aufschlag eines schweren Felsbrockens, das Donnern einer Lawine oder das von den Bergen widerhallende Krachen des aufgetürmten Eises unterbrochen, das durch das schweigende Wirken unveränderlicher Naturgesetze immer wieder birst und bricht, als sei es ein bloßes Spielzeug in ihren Händen. Diese großartige Landschaft hätte mir keine größere Linderung verschaffen können. Sie hob mich über alle kleinlichen Regungen hinaus, und obwohl sie meinen Kummer nicht beseitigte, trug sie doch zu seiner Linderung und Besänftigung bei. In gewissem Maße lenkte sie meine Gedanken doch von den Grübeleien der letzten Wochen ab. Ich zog mich für die Nacht in mein Quartier zurück, und mein Schlummer wurde von der Runde gigantischer Gestalten behütet und bewacht, die ich am Tag betrachtet hatte. Sie umstanden mich; die unberührten, schneebedeckten Berggipfel, die glitzernden Zinnen, die Kiefernwälder, die nackte, zerklüftete Schlucht, der Adler, der sich über die Wolken erhob – sie alle versammelten sich um mich, damit ich in Ruhe schlafen konnte.

Wohin waren sie entschwunden, als ich am nächsten Morgen aufwachte? Alles, was die Seele beflügelt hatte, war mit dem Schlaf dahin, und dunkle Schwermut verdüsterte jeden Gedanken. Es goss in Strömen, und dichter Nebel verhüllte die Berggipfel, so dass ich die Gesichter meiner mächtigen Freunde nicht sehen konnte. Doch ich würde ihren Nebelschleier durchdringen und sie in ihrem Wolkenversteck aufsuchen. Was bedeuteten mir Regen und Sturm? Mein Maulesel wurde zur Tür gebracht, und ich beschloss, zum Gipfel des Montanvert aufzusteigen. Ich erinnerte mich an den Eindruck, den der Anblick des ungeheuren und rastlosen Gletschers auf mein Gemüt gemacht hatte, als ich ihn zum ersten Mal sah. Er hatte mich damals mit einem erhabenen Rausch erfüllt, der meiner Seele Flügel verlieh und ihr erlaubte, sich über die düstere Welt zu Licht und Freude aufzuschwingen. Der Anblick des Ehrfurchtgebietenden und Majestätischen in der Natur hatte mich immer in feierliche Stimmung versetzt und mich die flüchtigen Sorgen des Lebens vergessen lassen. Ich beschloss, ohne Führer aufzubrechen, denn ich kannte den Weg gut, und die Gegenwart eines Fremden würde die erhabene Einsamkeit der Landschaft nur zerstören.

Der Hang ist steil, aber der Pfad verläuft in ständigen, kurzen Serpentinen, die den senkrechten Aufstieg ermöglichen. Es ist eine Szenerie von unvorstellbarer Verlassenheit. Überall sieht man die Spuren der Winterlawinen, zerbrochene, am Boden verstreute Bäume, manche völlig zerschmettert, andere geknickt, gegen die scharfen Felsbrocken lehnend oder kreuz und quer übereinandergeworfen. Der Pfad wird, wenn man höher hinaufsteigt, von Schneewehen unterbrochen, über die ständig Steine von oben ins Tal rollen; eine von ihnen ist besonders gefährlich, da der geringste Laut, schon ein laut gesprochenes Wort eine Lufterschütterung erzeugt, die genügt, um dem Sprechenden zum Verhängnis zu werden. Die Kiefern sind nicht groß oder üppig, aber sie sind dunkel und geben der Landschaft einen Zug von Strenge. Ich blickte ins Tal hinunter; dichte Nebelschwaden stiegen aus den Flüssen, die es durchschnitten, und legten sich in dicken Ringen um die gegenüberliegenden Berge, deren Gipfel sich in den Wolkenmassen verbargen, während der Regen vom dunklen Himmel strömte und den schwermütigen Eindruck, den die Landschaft auf mich machte, noch unterstrich. Ach, warum tut sich der Mensch etwas auf seine Empfindsamkeit zugute, die ihn dem Tier überlegen macht? Das macht ihn nur zu einem lebensuntüchtigen Geschöpf. Wenn unsere Bedürfnisse sich auf Hunger, Durst und Begierde beschränkten, wären wir beinahe frei. Aber so werden wir von jedem Wind, der weht, und von einem zufälligen Wort oder einer Situation, die dieses Wort in uns wachruft, bewegt.

> Wir ruhen; unsern Schlaf vergiften Träume.
> Wir wachen; flücht'ger Sinn trübt unsern Tag.
> Wir fühlen, denken, lachen oder weinen,
> Umarmen Sorgen und verwerfen Liebe;
> Es bleibt sich gleich: denn Freude oder Schmerz,
> Der Aufbruch bleibt uns immer unbenommen.
> Des Menschen Gestern gleicht nicht seinem Morgen;
> Nichts ist beständig als der Wandel![23]

Es war beinahe Mittag, als ich die Spitze erreichte. Eine Weile saß ich auf dem Felsen, der das Eismeer überblickt. Nebel lag darauf und bedeckte die umliegenden Berge. Plötzlich zerriss ein Windstoß die Wolke, und ich stieg auf den Gletscher hinab. Die Oberfläche ist uneben, hebt und senkt sich wie Wellen auf unruhiger See und wird von tiefen Gletscherspalten durchschnitten. Die Eisfläche ist kaum drei Meilen breit, aber ich brauchte fast zwei Stunden, um sie zu überqueren. Der gegenüberliegende Berg ist ein nackter, senkrechter Felsen. Meinem Standort direkt gegenüber lag der

Montanvert, drei Meilen entfernt, und darüber erhob sich der Montblanc in ehrfurchtgebietender Majestät. Ich blieb im Schatten des Felsens ganz in den großartigen und erstaunlichen Anblick versunken. Das Meer oder eher der breite Strom von Eis bahnte sich einen Weg durch die Berge hindurch, deren luftige Gipfel über seinen Tiefen aufragten. Ihre funkelnden Eiskappen glitzerten im Sonnenlicht über den Wolken. Mein Herz, das bisher schwer gewesen war, schwoll beinahe vor Freude. Ich rief: »Ihr flüchtigen Geister, wenn ihr mich wirklich umfliegt und nicht in euren schmalen Betten ruht, gönnt mir dies bescheidene Glück, oder nehmt mich als euren Gefährten hinweg von den Freuden des Lebens!«

Bei diesen Worten bemerkte ich in einiger Entfernung plötzlich die Gestalt eines Mannes, der mit übermenschlicher Geschwindigkeit auf mich zukam. Er setzte im Sprung über die Eisspalten, die ich vorsichtig umgangen hatte. Während er sich näherte, kam es mir vor, als übertreffe auch seine Größe jedes menschliche Maß. Mich packte Angst, mir wurde schwarz vor Augen, und ich fühlte, wie mich Schwäche überkam, aber der kalte Bergwind brachte mich schnell wieder zu mir. Ich erkannte, als die Gestalt näher kam (ungeheuerlicher und grässlicher Anblick!), dass es das Ungeheuer war, das ich geschaffen hatte. Ich zitterte vor Wut und Abscheu und beschloss, ihn herankommen zu lassen und dann zum Kampf auf Leben und Tod herauszufordern. Er kam heran. In seinen Zügen lag bittere, mit Verachtung und Bosheit verbundene Qual, während seine unmenschliche Hässlichkeit seinen Anblick für menschliche Augen beinahe zu grauenhaft machte. Aber das bemerkte ich kaum. Wut und Hass verschlugen mir zuerst die Sprache, und ich erholte mich davon nur, um ihn mit desto heftigeren Worten des Abscheus und Widerwillens zu überschütten.

»Teufel«, rief ich, »wagst du, dich mir zu nähern? Fürchtest du nicht, dass die wütende Rache meines Arms dein erbärmliches Haupt trifft? Hebe dich hinweg, widerliches Geschmeiß! Oder vielmehr, bleib, damit ich dich zu Staub zertreten kann. Ach! könnte ich durch die Vernichtung deiner erbärmlichen Existenz die Opfer wieder zum Leben erwecken, die du auf so teuflische Weise ermordet hast!«

»Ich habe diesen Empfang erwartet«, sagte der Dämon. »Alle Menschen hassen die vom Unglück Geschlagenen; wie müssen sie dann erst mich hassen, der ich unglücklicher bin als alle Lebewesen. Und selbst du, mein Schöpfer, verachtest mich und trittst mich mit Füßen, dein eigenes Geschöpf, an das du gekettet bist, bis dass der Tod uns scheidet. Du willst mich töten? Wie kannst du es wagen, so mit dem Leben zu spielen? Tu du deine Schuldigkeit mir gegenüber, und ich tue dir und der ganzen Menschheit gegenüber meine Schuldigkeit. Wenn du auf meine Bedingungen eingehst, werde ich sie und dich in Frieden lassen. Aber wenn du dich weigerst, werde ich das gefräßige Maul des Todes füllen, bis es vom Blut deiner noch lebenden Lieben gesättigt ist.«

»Du abscheuliche Bestie! Du Satan! Die Qualen der Hölle sind eine zu milde Vergeltung für deine Verbrechen. Erbärmlicher Teufel! Du wirfst mir vor, dich geschaffen zu haben! Komm her, dass ich den Funken auslösche, den ich so leichtsinnig entzündet habe.«

Ich war außer mir vor Wut. Ich warf mich auf ihn, getrieben von all den Empfindungen, die einen Menschen gegen die Existenz eines anderen aufbringen können.

Er wich mir mühelos aus und sagte: »Beruhige dich! Ich bitte dich, hör mich an, bevor du deinen Hass an mir, deinem ergebenen Diener, auslässt. Habe ich nicht genug erlitten, musst du mein Unglück noch vergrößern? Vielleicht ist das Leben nichts als eine Reihe von Schicksalsschlägen, aber ich hänge daran und werde es verteidigen. Vergiss nicht, du hast mich stärker geschaffen, als du selbst bist, ich bin dir an Größe überlegen, meine Glieder sind geschmeidiger. Aber ich lasse mich nicht dazu hinreißen, mich dir zu widersetzen. Ich bin dein Geschöpf, und ich will mich meinem angestammten Herrn und König demütig und widerspruchslos fügen, wenn auch du tun willst, was du mir schuldig bist. Ach, Frankenstein, warum lässt du allen anderen Gerechtigkeit widerfahren und trittst mich allein mit Füßen, der ich doch auf deine Billigkeit und sogar deine Nachsicht und Zuneigung am meisten Anspruch habe. Vergiss nicht, dass ich dein Geschöpf bin; ich müsste dein Adam sein, aber statt dessen bin ich der gefallene Engel, den du grundlos aus dem Paradies verstößt. Überall sehe ich Glückseligkeit, von der ich allein unwiderruflich ausgeschlossen bin. Ich war friedfertig und gut; das Unglück hat mich zum Teufel gemacht. Mach mich glücklich, dann bin ich auch wieder tugendhaft.«

»Hinweg! Ich will dich nicht hören. Zwischen dir und mir kann es keine Gemeinsamkeit geben, wir sind Feinde. Hinweg, oder lass uns unsere Kräfte im Kampf messen, in dem einer fallen muss!«

»Wie kann ich dich erweichen? Kann kein Flehen dich bewegen, auf dein Geschöpf, das deine Güte und Barmherzigkeit anfleht, ein mitleidiges Auge zu werfen? Glaub mir, Frankenstein, ich war gutherzig, Liebe und Menschlichkeit erfüllten meine Seele, aber bin ich nicht allein, jämmerlich allein? Du, mein Schöpfer, verabscheust mich. Was habe ich dann von deinen Mitmenschen zu erwarten, die mir nichts schuldig sind? Sie verachten und hassen mich. Wüstengebirge und öde Gletscher sind meine Zuflucht. Seit vielen Tagen wandere ich hier umher; Eishöhlen, die nur ich nicht fürchte, sind meine Wohnung, die einzige, die die Menschen mir nicht missgönnen. Ich grüße diesen trostlosen Himmel, denn er ist gütiger zu mir als deine Mitmenschen. Wenn die gesamte Menschheit von meiner Existenz wüsste, würden sie es nicht anders machen als du und sich zu meiner Vernichtung wappnen. Wie soll ich da nicht die hassen, die mich verabscheuen? Ich werde meine Feinde nicht schonen. Ich bin unglücklich, und sie sollen meinen Jammer teilen. Aber es steht in deiner Macht, mich zu entschädigen und sie von einem Übel zu befreien, bei dem du allein entscheidest, ob es so groß wird, dass nicht nur du und deine Familie, sondern noch Tausende anderer vom Wirbelsturm seiner Rache verschlungen werden. Lass dich zu Mitleid rühren und verstoße mich nicht. Hör meine Geschichte an; danach sollst du beurteilen, ob ich verdiene, verstoßen oder bemitleidet zu werden. Aber hör mich an. Den Schuldigen ist es nach menschlichen Gesetzen, so blutrünstig sie auch sind, erlaubt, zu ihrer eigenen Verteidigung zu sprechen, bevor sie verurteilt werden. Hör mich an, Frankenstein. Du klagst mich des Mordes an, und dabei würdest du selbst mit ruhigem Gewissen dein eigenes Geschöpf vernichten. Ach, gepriesen sei die enge Gerechtigkeit des Menschen! Dabei bitte ich dich gar nicht, mich zu schonen. Hör mich an, und wenn du kannst und wenn du willst, dann vernichte das Werk deiner Hände!«

»Warum rufst du mir Umstände ins Gedächtnis zurück«, entgegnete ich, »die mich mit Schaudern daran erinnern, dass ich ihr jämmerlicher Ursprung und Urheber war? Verflucht sei der Tag, abscheulicher Teufel, an dem du zuerst das Licht erblicktest. Verflucht (obwohl der Fluch mir selbst gilt) die Hände, die dich geformt haben. Du hast mir das Leben gänzlich vergällt. Du lässt mir keine Wahl zu entscheiden, ob ich dir Unrecht tue oder nicht. Hinweg! Erlöse mich von dem Anblick deiner verhassten Gestalt.«

»Ich werde dich davon erlösen, mein Schöpfer«, sagte er und legte dabei seine verhassten Hände über meine Augen, aber ich riss sie angewidert weg. »Ich erspare dir den Anblick, den du verabscheust. Aber erst musst du mich anhören und mir dein Mitleid gönnen. Bei den Tugenden, die ich einmal besaß, bestehe ich darauf. Hör meine Geschichte an, sie ist lang und sonderbar, und die Temperaturen an diesem Ort bekommen deinem empfindlichen Organismus nicht. Komm mit in die Hütte auf dem Berg. Die Sonne steht noch hoch am Himmel; ehe sie untergeht und sich hinter jenen schneebedeckten Gipfeln verbirgt, um eine andere Welt zu beleuchten, wirst du meine Geschichte gehört haben und ein Urteil fällen können. Es liegt bei dir, ob ich die Nähe der Menschen für immer meide und ein harmloses Leben führe oder die Geißel deiner Mitmenschen werde und der Urheber deines eigenen rapiden Untergangs.«

Bei diesen Worten ging er über das Eis voran. Ich folgte ihm. Mir war das Herz schwer, und ich antwortete ihm nicht, aber im Gehen bedachte ich die verschiedenen Argumente, die er vorgebracht hatte, und beschloss, mir seine Geschichte wenigstens anzuhören. Es geschah zum Teil aus Neugier, und Mitleid bestärkte mich in meinem Entschluss. Ich hatte ihn bisher für den Mörder meines Bruders gehalten und brannte darauf, dass er diese Vermutung bestätigte oder abstritt. Außerdem begriff ich zum ersten Mal die Pflichten eines Schöpfers gegenüber seinem Geschöpf und dass ich ihn glücklich zu machen hatte, ehe ich mich über seine Bosheit beklagte. Diese Motive veranlassten mich, seiner Forderung nachzugeben. Wir überquerten also das Eis und erstiegen den gegenüberliegenden Felsen. Die Luft war kalt, und der Regen begann wieder zu fallen. Wir betraten die Hütte, das Scheusal mit einem Ausdruck des Triumphs, ich mit schwerem Herzen und in niedergeschlagener Stimmung. Aber ich war bereit zuzuhören, und während ich mich ans Feuer setzte, das mein verhasster Gefährte entzündet hatte, begann er seine Erzählung:

Kapitel 11

»Nur mit erheblicher Mühe erinnere ich mich an die Anfänge meines Daseins, alle Ereignisse jener Zeit kommen mir verschwommen und undeutlich vor. Eine sonderbare Fülle von Sinneswahrnehmungen stürzte auf mich ein, ich sah, fühlte, hörte und roch gleichzeitig, und es dauerte denn auch lange, ehe ich lernte, die Funktion meiner verschiedenen Sinne auseinanderzuhalten. Allmählich, so erinnere ich mich, wirkte ein stärkeres Licht auf meine Nerven ein, so dass ich gezwungen war, die Augen zu schließen. Dann umgab mich Dunkelheit und ängstigte mich, aber gleich darauf muss ich, wie ich jetzt weiß, die Augen geöffnet haben, und das Licht blendete mich wieder. Ich bewegte mich vorwärts, und zwar, wie ich glaube, abwärts. Plötzlich nahm ich völlig andere Dinge wahr. Vorher hatten mich dunkle und undurchsichtige Gegenstände umgeben, die meinen Händen oder meinen Augen Widerstand boten. Aber jetzt stellte ich fest, dass ich nach Belieben umhergehen konnte, ohne dass sich mir Hindernisse in den Weg stellten, die ich nicht übersteigen oder umgehen konnte. Das Licht wurde mir immer unerträglicher, und da die Hitze mich beim Gehen ermüdete, suchte ich eine Stelle, wo ich im Schatten ausruhen konnte. Das war der Wald in der Nähe von Ingolstadt, und hier lag ich am Ufer eines Baches und erholte mich von meiner Erschöpfung, bis Hunger und Durst mich quälten. Dieses Gefühl riss mich aus meinem Dämmerzustand, und ich aß ein paar Beeren, die ich an den Bäumen oder auf dem Boden fand. Ich löschte meinen Durst im Bach, und als ich mich niederlegte, überkam mich der Schlaf.

Es war dunkel, als ich aufwachte. Mir war kalt, und ich fürchtete mich instinktiv, als ich mich so verlassen fand. Ehe ich deine Wohnung verließ, war mir kalt geworden, und ich hatte mir ein paar Kleidungsstücke angezogen, aber sie reichten nicht, um mich vor dem Nachttau zu schützen. Ich war ein armes, hilfloses, unglückliches Geschöpf. Ich wusste nichts und konnte nichts beurteilen. Aber da ich am ganzen Körper Schmerz empfand, setzte ich mich hin und weinte.

Bald erschien ein verstohlenes Licht am Himmel und ließ mein Herz höher schlagen. Ich sprang auf und sah eine leuchtende Scheibe zwischen den Bäumen aufsteigen. Ihr Anblick erfüllte mich mit Staunen. Sie bewegte sich langsam, erhellte aber meinen Weg, und ich machte mich wieder auf die Suche nach Beeren. Es war noch kalt, als ich unter einem Baum einen riesigen Mantel fand, mit dem ich mich zudeckte und auf den Boden setzte. Ich konnte keinen klaren Gedanken fassen, alles war verworren. Licht und Hunger und Durst und Dunkelheit drangen auf mich ein, unzählige Geräusche klangen mir im Ohr, und von allen Seiten begrüßten mich die verschiedensten Gerüche. Der einzige Gegenstand, den ich klar unterscheiden konnte, war der helle Mond, und ich starrte ihn voller Entzücken an.

Tag und Nacht hatten sich mehrmals abgewechselt, und die nächtliche Scheibe hatte erheblich abgenommen, als ich anfing, meine Sinneswahrnehmungen voneinander zu unterscheiden. Allmählich erkannte ich deutlich den klaren Bach, der mir zu trinken gab, und die Bäume, die mir mit ihrem Laub Schatten spendeten. Ich war entzückt, als ich zum ersten Mal entdeckte, dass ein angenehmes Geräusch, das oft an mein Ohr drang, aus den Kehlen kleiner geflügelter Tiere kam, die ich oft gegen das Licht ausmachen konnte. Ich begann die Formen, die mich umgaben, ebenfalls genauer wahrzunehmen, und erkannte die Grenzen des leuchtenden Daches, das sich über mir spannte.

Manchmal versuchte ich den lieblichen Gesang der Vögel nachzuahmen, aber es gelang mir nicht. Manchmal wollte ich meine Empfindungen auf meine Weise ausdrücken, aber die unbeholfenen und unartikulierten Laute, die ich hervorbrachte, ließen mich verschreckt verstummen.

Der Mond war während meines Aufenthalts in dem Wald vom Nachthimmel verschwunden und in veränderter Gestalt wiederaufgetaucht. Meine Empfindungen waren inzwischen sehr viel deutlicher, und täglich wurde mein Geist durch neue Ideen bereichert. Meine Augen gewöhnten sich an das Licht und lernten, Gegenstände in ihrer jeweiligen Gestalt wahrzunehmen. Ich unterschied Insekten und Pflanzen, und nach und nach eine Pflanze von der anderen. Ich entdeckte, dass Spatzen nur krächzende, Amsel und Drossel aber liebliche Laute hervorbrachten.

Eines Tages, als die Kälte mir zusetzte, fand ich ein Feuer, das ein paar Landstreicher zurückgelassen hatten, und das Gefühl der Wärme, das davon ausging, erfüllte mich mit Behagen. In meiner Freude steckte ich die Hände in die glühende Asche, zog sie aber mit einem Schmerzensschrei schnell wieder zurück. Wie merkwürdig, dachte ich, dass die gleiche Ursache so gegensätzliche Wirkungen hervorbringen kann! Ich untersuchte die Bestandteile des Feuers und stellte zu meiner Freude fest, dass es nichts als Holz enthielt. Schnell sammelte ich ein paar Zweige, aber sie waren feucht und wollten nicht brennen. Ich war enttäuscht darüber und saß still, um die Glut zu beobachten. Inzwischen war das feuchte Holz, das in der Wärme gelegen hatte, getrocknet und entzündete sich. Das machte mich stutzig, und als ich verschiedene Zweige anfasste, entdeckte ich die Ursache und machte mich schnell daran, einen großen Vorrat Holz zu sammeln, damit ich es trocknen und ein ordentliches Feuer unterhalten konnte. Als die Nacht hereinbrach und ich schläfrig wurde, war ich in größter Angst, dass mein Feuer ausgehen könne. Ich bedeckte es sorgfältig mit trockenem Holz und Blättern und legte feuchte Zweige darüber. Dann breitete ich meinen Mantel aus, legte mich auf den Boden und sank in Schlaf.

Es war Morgen, als ich erwachte, und meine erste Sorge galt dem Feuer. Ich deckte es auf, und eine sanfte Brise ließ es schnell auflodern. Das entging mir nicht, und ich machte einen Fächer aus Zweigen, der die Glut wieder anfachte, wenn sie zu erlöschen drohte. Als die Nacht wieder hereinbrach, stellte ich voll Freude fest, dass das Feuer gleichzeitig Licht und Hitze ausstrahlte und die Entdeckung dieses Elements auch meiner Nahrung zugutekam, denn ich merkte, dass die von den Landstreichern zurückgelassenen Essensreste geröstet und nun viel schmackhafter waren als die Beeren, die ich von den Bäumen gepflückt hatte. Ich versuchte deshalb, meine Nahrung, indem ich sie in die glühende Asche legte, auch so zuzubereiten. Ich stellte fest, dass den Beeren diese Behandlung nicht guttat, dass Nüsse und Wurzeln aber sehr viel besser schmeckten.

Nahrung allerdings wurde knapp, und oft verbrachte ich den ganzen Tag damit, vergeblich nach ein paar Eicheln zu suchen, um meinen knurrenden Magen zu besänftigen. Daraufhin beschloss ich, meinen bisherigen Aufenthaltsort zu verlassen und nach einer Gegend zu suchen, wo die wenigen Bedürfnisse, die ich hatte, sich leichter befriedigen ließen. Was mir bei diesem Ortswechsel am meisten Sorge machte, war der Verlust des Feuers, auf das ich zufällig gestoßen war und das ich selbst nicht wieder entzünden konnte. Ich zerbrach mir einige Stunden lang den Kopf über dieses Problem, musste aber schließlich jeden Versuch, es am Leben zu halten, aufgeben, und machte mich, eng in meinen Mantel gehüllt, der untergehenden Sonne entgegen auf den Weg durch den Wald. Drei Tage irrte ich umher, bis ich schließlich auf freies Feld stieß. Es hatte in der vorherigen Nacht stark geschneit, und die Landschaft war gleichmäßig weiß. Der Anblick war entmutigend, und mir erstarrten die Füße in der kalten feuchten Substanz, die den Boden bedeckte.

Es war ungefähr sieben Uhr morgens, und ich suchte verzweifelt nach Nahrung und Obdach. Schließlich entdeckte ich eine kleine Hütte auf einer Anhöhe, die zweifellos einem Schäfer als Unterkunft diente. Das war ein ganz neuer Anblick für mich, und ich untersuchte die Behausung voller Neugier. Da die Tür offenstand, trat ich ein. Ein alter Mann saß darin, dicht bei einem Feuer, über dem er sein Frühstück zubereitete. Er drehte sich bei dem Geräusch um, schrie bei meinem Erscheinen laut auf, lief aus der Hütte und rannte mit einer Geschwindigkeit über die Felder, die ich ihm bei seiner Gebrechlichkeit kaum zugetraut hätte. Sein Anblick, der sich von allem unterschied, was ich bisher gesehen hatte, und seine Flucht überraschten mich. Aber der Anblick der Hütte erschien mir sehr verlockend, hier konnten Schnee und Regen nicht eindringen, der Fußboden war trocken, und sie erschien mir als eine ebenso herrliche und paradiesische Zuflucht wie das Pandämonium den Verdammten der Hölle nach den Qualen des Feuersees. Gierig verschlang ich die Reste des Hirtenfrühstücks, das aus Brot, Käse, Milch und Wein bestand; der allerdings schmeckte mir gar nicht. Dann legte ich mich, von Müdigkeit überwältigt, ins Stroh und schlief ein.

Es war Mittag, als ich erwachte, und angelockt von der warmen Sonne, die hell auf den weißen Boden schien, beschloss ich, meine Wanderung fortzusetzen. Ich steckte die Reste des Frühstücks in eine Tasche, die ich fand, und wanderte mehrere Stunden lang über die Felder, bis ich bei Sonnenuntergang ein Dorf erreichte. Der Anblick erschien mir wie ein Wunder! Die Hütten, die adretten Häuschen und stattlichen Gebäude erregten eins nach dem anderen meine Bewunderung. Das Gemüse in den Gärten, Milch und Käse, die ich in einigen Häusern auf den Fensterbrettern stehen sah, weckten meinen Appetit. In eins der schönsten Häuser trat ich ein, aber kaum hatte ich meinen Fuß über die Schwelle gesetzt, da kreischten die Kinder, und eine der Frauen fiel in Ohnmacht. Das ganze Dorf war in Aufruhr; manche ergriffen die Flucht, andere fielen mit Steinen und allen möglichen anderen Wurfgeschossen über mich her, bis ich schwer getroffen aufs offene Feld entkam und verängstigt Zuflucht in einem niedrigen, völlig kahlen Schuppen suchte, der, verglichen mit den Palästen, die ich im Dorf gesehen hatte, wenig einladend war. Dieser Schuppen allerdings grenzte an ein adrettes und gefälliges Häuschen, aber nach dem letzten, teuer bezahlten Zwischenfall traute ich mich nicht, einzutreten. Mein Unterschlupf war aus Holz, aber so niedrig, dass ich nur mit Mühe aufrecht darin sitzen konnte. Der Boden war zwar nicht mit Holz bedeckt, sondern bestand aus bloßer Erde, war aber wenigstens trocken; und obwohl der Wind durch unzählige Ritzen drang, fand ich doch sicheren Schutz vor Schnee und Regen.

Dorthin also zog ich mich zurück und legte mich mit dem erleichterten Gefühl nieder, eine wenn auch dürftige Zuflucht vor der ungemütlichen Jahreszeit und mehr noch vor der Grausamkeit der Menschen gefunden zu haben.

Sobald der Morgen dämmerte, kroch ich aus meinem Loch, um mir das angrenzende Häuschen genauer anzusehen und herauszufinden, ob ich in meiner neuen Behausung bleiben konnte. Sie lag an der Rückseite des Hauses und grenzte zur einen Seite an einen offenen Schweinestall und zur anderen an einen klaren Wassertümpel. Eine Seite war offen, und durch sie war ich hineingekrochen; aber nun verstopfte ich jeden Spalt, durch den man mich hätte entdecken können, mit Steinen und Holz – aber so, dass ich sie jederzeit entfernen konnte, um hinauszuschlüpfen; Licht fiel nur durch den Schweinestall herein, aber das genügte mir.

Nachdem ich so meine Behausung hergerichtet und mit frischem Stroh ausgelegt hatte, zog ich mich darin zurück, denn ich bemerkte in einiger Entfernung die Gestalt eines Mannes, und ich erinnerte mich zu gut an die Behandlung am vorigen Abend, um mich ihm anzuvertrauen. Vorher hatte ich mir allerdings meine Verpflegung für den Tag besorgt in Form eines gestohlenen Brotlaibs und eines Bechers, aus dem ich das klare Wasser, das neben meinem Unterschlupf floss, bequemer als aus den Händen trinken konnte. Der Boden lag etwas erhöht, so dass ich völlig trocken war und durch die Nähe zum Schornstein des Hauses auch einigermaßen gewärmt wurde.

Versorgt, wie ich war, beschloss ich, in diesem Loch zu hausen, bis etwas geschehen würde, was mich womöglich zur Änderung meiner Absichten veranlasste. Verglichen mit meiner früheren Behausung, dem düsteren Wald, den regennassen Zweigen und der feuchten Erde, war es das reinste Paradies. Ich aß mein Frühstück mit Genuss und wollte gerade eine Planke entfernen, um mir einen Schluck Wasser zu holen, als ich einen Schritt hörte und durch einen schmalen Spalt ein junges Mädchen erblickte, das mit einem Eimer auf dem Kopf an meinem Verschlag vorbeiging. Das Mädchen war jung und von ansprechendem Äußeren, ganz anders als die Dorfmädchen und Bauernmägde, die ich seitdem kennengelernt habe. Aber sie war ärmlich gekleidet, ein grober blauer Rock und eine Leinenjacke waren ihre einzige Bekleidung; ihr blondes Haar war in schmucklosen Zöpfen geflochten; sie sah geduldig, aber traurig aus. Sie entschwand meinem Blick, aber ungefähr eine Viertelstunde später kehrte sie mit dem Eimer zurück, der nun zum Teil mit

Milch gefüllt war. Während sie dahinging und offenbar schwer an der Last zu tragen hatte, trat ein junger Mann zu ihr, dessen Antlitz eine noch tiefere Niedergeschlagenheit verriet. Er sagte in schwermütigem Tonfall ein paar Worte zu ihr, nahm ihr den Eimer vom Kopf und trug ihn selbst ins Haus. Sie folgte, und beide verschwanden. Gleich darauf sah ich den jungen Mann mit einigen Geräten in der Hand das Feld hinter dem Haus überqueren; und das Mädchen war ebenfalls beschäftigt, manchmal im Haus und manchmal im Hof.

Bei genauerer Untersuchung meiner Behausung stellte ich fest, dass die eine Seite früher einmal ein Fenster des Hauses gewesen war, die Fensteröffnungen aber mit Holz verkleidet worden waren. In einer befand sich ein schmaler, kaum wahrnehmbarer Spalt, durch den das Auge gerade hindurchsehen konnte. Durch diese Ritze war ein reines Zimmer sichtbar, weißgekalkt und sauber, aber sehr sparsam möbliert. In einer Ecke saß an einem kleinen Feuer ein alter Mann und hatte wie in Verzweiflung den Kopf in die Hände gestützt. Das junge Mädchen war mit dem Aufräumen beschäftigt; aber bald nahm sie aus einer Schublade etwas, woran sie mit den Händen arbeitete, und setzte sich neben den alten Mann, der ein Instrument zur Hand nahm, darauf zu spielen begann und Laute hervorzauberte, die süßer klangen als die Stimme der Drossel oder der Nachtigall. Es war ein lieblicher Anblick, selbst für mich Unglücklichen, der noch nie etwas so Schönes gesehen hatte. Das silberne Haar und das gütige Antlitz des alten Mannes erregten meine Ehrfurcht, während die anmutige Art des Mädchens meine Zuneigung gewann. Er spielte eine süße, klagende Weise, die, wie ich sah, seine liebenswürdige Gefährtin zu Tränen rührte, von denen der alte Mann aber keine Notiz nahm, bis sie hörbar schluchzte; da sagte er ein paar Worte zu ihr, und das schöne Mädchen ließ ihre Handarbeit im Stich und kniete zu seinen Füßen nieder. Er hob sie auf, und sein Lächeln verriet eine solche Güte und Zuneigung, dass mich Regungen ganz merkwürdiger und überwältigender Natur überkamen; es war eine Mischung aus Schmerz und Freude, wie ich sie nie zuvor empfunden hatte, weder durch Hunger oder Kälte noch durch Wärme oder Nahrung; und ich zog mich, unfähig, meiner Rührung Herr zu werden, vom Fenster zurück.

Bald darauf kehrte der junge Mann mit einer Ladung Holz auf der Schulter heim. Das Mädchen empfing ihn an der Tür, half ihm, seine Bürde abzusetzen, trug ein paar Holzscheite in die Hütte und legte sie auf das Feuer; dann zogen sie und der junge Mann sich in eine Ecke der Hütte zurück, und er zeigte ihr ein großes Brot und ein Stück Käse. Sie freute sich anscheinend und ging in den Garten, um ein paar Wurzeln und Pflanzen zu holen, die sie in Wasser legte und dann aufs Feuer stellte. Darauf kehrte sie zu ihrer Handarbeit zurück, während der junge Mann in den Garten ging und eifrig damit beschäftigt schien, zu graben und Wurzeln zu ziehen. Nachdem er damit ungefähr eine Stunde zugebracht hatte, kam das junge Mädchen zu ihm nach draußen, und sie gingen gemeinsam in die Hütte zurück.

Der alte Mann hatte inzwischen nachdenklich dagesessen, aber beim Erscheinen seiner Gefährten machte er ein vergnügteres Gesicht, und sie setzten sich zum Essen nieder. Das Mahl war schnell verzehrt. Die junge Frau war wieder mit dem Aufräumen der Hütte beschäftigt, und der alte Mann wanderte, auf den Arm des jungen gestützt, ein paar Minuten in der Sonne vor der Hütte auf und ab. Nichts konnte an Schönheit den Gegensatz zwischen diesen beiden vortrefflichen Menschen übertreffen. Der eine war alt, mit silbernem Haar und einem von Güte und Liebe strahlenden

Antlitz; der jüngere war schlank und anmutig von Gestalt und hatte feine, ebenmäßige Züge, doch seine Augen und seine Haltung verrieten äußerste Traurigkeit und Niedergeschlagenheit. Der alte Mann kehrte in die Hütte zurück, und der junge machte sich mit anderen Geräten als am Morgen auf den Weg über die Felder.

Die Nacht brach schnell herein, aber zu meinem größten Erstaunen stellte ich fest, dass die Hüttenbewohner imstande waren, das Tageslicht mithilfe von Wachskerzen zu verlängern, und ich war entzückt, dass der Untergang der Sonne dem Vergnügen, das ich dabei empfand, meine menschlichen Nachbarn zu beobachten, kein Ende machte. Abends waren das junge Mädchen und ihr Gefährte mit allerlei Tätigkeiten beschäftigt, die ich nicht verstand; und der alte Mann nahm wieder das Instrument zur Hand, auf dem er die himmlischen Laute hervorzauberte, die mich schon am Vormittag entzückt hatten. Kaum hatte er geendigt, da begann der Junge nicht etwa zu spielen, sondern Laute hervorzubringen, die in ihrer Monotonie weder den harmonischen Klängen des Instruments noch dem Gesang der Vögel ähnelten. Ich weiß inzwischen, dass er laut vorlas, aber damals wusste ich nichts von der Kunst der Worte und der Buchstaben.

Nachdem die Familie so eine Weile zugebracht hatte, löschten sie das Licht und legten sich, wie ich vermute, zur Ruhe.

Kapitel 12

Ich lag auf meinem Stroh, konnte aber nicht schlafen. Ich dachte über die Ereignisse des Tages nach. Was mich besonders beeindruckte, war die liebevolle Art dieser Leute, und ich hätte mich so gern zu ihnen gesellt, wagte es aber nicht. Ich erinnerte mich nur zu gut, wie ich am Abend zuvor unter der Behandlung der grausamen Dorfbewohner gelitten hatte, und beschloss, unabhängig davon, welche Schritte ich später für richtig hielt, vorerst unauffällig in meinem Verschlag zu bleiben, um meine Nachbarn zu beobachten und zu versuchen, eine Erklärung für ihr Verhalten zu finden.

Die Hüttenbewohner waren am nächsten Morgen vor Sonnenaufgang auf den Beinen. Die junge Frau räumte die Hütte auf und machte das Frühstück, und der Bursche verließ das Haus nach der ersten Mahlzeit.

Dieser Tag verlief auf die gleiche Weise wie der vorhergehende. Der junge Mann war ständig im Freien beschäftigt, und das Mädchen arbeitete unermüdlich im Haus. Der alte Mann verbrachte seine Zeit mit seinem Instrument oder in Nachdenken versunken, und ich merkte bald, dass er blind war. Die Liebe und Achtung, mit der die jungen Leute ihren ehrwürdigen Gefährten behandelten, hätte nicht größer sein können. Sie erwiesen ihm jeden Liebesdienst und jeden Gefallen, und er belohnte sie mit nie versagender Freundlichkeit durch sein gütiges Lächeln.

Sie waren nicht vollkommen glücklich. Oft saßen der junge Mann und seine Gefährtin abseits und schienen zu weinen. Ich sah keinen Grund für ihren Kummer, aber er rührte mich tief. Wenn so anziehende Menschen unglücklich waren, war es weniger verwunderlich, dass ich bei all meiner Unzulänglichkeit und Einsamkeit verzweifelt war.

Aber warum waren diese liebevollen Menschen unglücklich? Sie besaßen ein herrliches Haus – denn so erschien es mir – und allen Luxus; sie hatten ein wärmendes Feuer, wenn sie froren, und köstliche Nahrung, wenn sie hungrig waren; sie trugen ausgezeichnete Kleidung und, was wichtiger war, hatten sich gegenseitig zur Gesellschaft und Unterhaltung und tauschten täglich Blicke voller Zuneigung und Güte. Was bedeuteten ihre Tränen? Drückten sie wirklichen Schmerz aus? Ich war zunächst außerstande, diese Fragen zu beantworten, aber ständige Beobachtung erklärte mir mit der Zeit viele Verhaltensweisen, die mir zunächst ein Rätsel waren.

Es dauerte einige Zeit, bis ich eine der Ursachen für die Betrübnis dieser liebenswürdigen Familie entdeckte; es war Armut, und sie litten erheblich darunter. Ihre Nahrung beschränkte sich auf das Gemüse aus ihrem Garten und die Milch einer Kuh, die im Winter, wenn ihre Besitzer kaum das Futter für sie aufbringen konnten, nur sehr wenig Milch gab. Ich glaube, sie mussten oft bitteren Hunger leiden, besonders die beiden jungen Leute, denn mehrmals setzten sie dem alten Mann etwas zu essen vor, wenn sie selbst leer ausgingen.

Diese Selbstlosigkeit beeindruckte mich tief. Ich hatte mir angewöhnt, ihnen nachts einen Teil ihrer Vorräte für meinen eigenen Bedarf zu stehlen, aber als ich merkte, dass ich ihnen damit schadete, unterließ ich es und begnügte mich mit Beeren, Nüssen und Wurzeln, die ich in einem Wald in der Nähe sammelte.

Ich entdeckte auch, dass ich ihnen ihre Arbeit durch einen anderen Gefallen erleichtern konnte. Ich merkte, dass der junge Mann einen Großteil des Tages damit verbrachte, Holz für die häusliche Feuerstelle zu sammeln, und daher nahm ich nachts oft sein Werkzeug, mit dem ich schnell umzugehen lernte, und brachte Feuerholz nach Hause, das mehrere Tage reichte.

Ich erinnere mich, wie überrascht die junge Frau beim erstenmal war, als sie morgens die Tür öffnete und einen großen Stapel Holz davor fand. Sie rief mit lauter Stimme ein paar Worte, und der junge Mann kam hinzu und zeigte ebenfalls Überraschung. Ich stellte mit Vergnügen fest, dass er an dem Tag nicht in den Wald ging, sondern statt dessen Reparaturen am Haus ausführte und im Garten arbeitete.

Nach und nach machte ich eine Entdeckung von noch größerer Bedeutung. Ich fand heraus, dass diese Menschen eine Methode besaßen, sich ihre Erlebnisse und Gefühle in artikulierten Worten mitzuteilen. Ich beobachtete, dass die Wörter, die sie sagten, im Gemüt oder auf dem Antlitz des Zuhörers Freude oder Schmerz, Lächeln oder Traurigkeit hervorriefen. Das war wirklich eine Gottesgabe, und ich hatte den sehnlichsten Wunsch, damit vertraut zu werden. Aber alle meine Versuche, sie zu lernen, schlugen fehl. Sie sprachen zu schnell, und da die Worte, die sie äußerten, offenbar nichts mit den sichtbaren Gegenständen zu tun hatten, war ich außerstande, den Schlüssel zu finden, mit dem ich das Geheimnis ergründen könnte, worauf sie sich bezogen. Allerdings enträtselte ich durch größte Ausdauer und nachdem ich mehrere Mondwechsel in meinem Verschlag zugebracht hatte, die Namen für einige der gängigsten Gesprächsgegenstände; ich lernte und verstand die Wörter ›Feuer‹, ›Milch‹, ›Brot‹ und ›Holz‹. Ich lernte auch die Namen der Hüttenbewohner selbst. Der junge Mann und seine Gefährtin hatten beide mehrere Namen, aber der alte Mann hatte nur einen, und zwar ›Vater‹. Das Mädchen hieß ›Schwester‹ oder ›Agatha‹ und der junge Mann ›Felix‹, ›Bruder‹ oder ›Sohn‹. Unbeschreiblich war mein Entzücken, als ich den Sinn all dieser Laute begriff und sie aussprechen konnte. Ich unterschied mehrere andere Wörter, ohne sie aber verstehen oder anwenden zu können, und zwar ›gut‹, ›liebste‹, ›unglücklich‹.

Auf diese Weise verbrachte ich den Winter. Die Liebenswürdigkeit und Schönheit der Hüttenbewohner ließ sie mir ans Herz wachsen; wenn sie unglücklich waren, fühlte ich mich niedergeschlagen; wenn sie sich freuten, nahm ich an ihrer Freude teil. Außer ihnen bekam ich nur wenige Menschen zu Gesicht, und wenn jemand zufällig die Hütte betrat, dann überzeugte mich dessen ungehobeltes Benehmen und plumper Gang umso mehr von der überlegenen Lebensart meiner Freunde. Der alte Mann, so merkte ich, versuchte oft, seine Kinder, wie er sie nannte, aufzumuntern, den Mut nicht sinken zu lassen. In seinen Worten lagen Zuversicht und ein Ausdruck von Güte, die selbst auf mich Eindruck machten. Agatha hörte voller Ehrfurcht zu, und ihre Augen füllten sich manchmal mit Tränen, die sie verstohlen abwischte; aber ich stellte fest, dass ihr Antlitz und Ton im allgemeinen größere Heiterkeit verrieten, wenn sie den Ermahnungen ihres Vaters zugehört hatte. Das war bei Felix nicht so. Von den dreien war er immer der Traurigste, und selbst ich in meiner Unerfahrenheit merkte, dass er anscheinend stärker gelitten hatte als seine Freunde. Aber wenn seine Züge auch bekümmerter waren, war seine Stimme doch zuversichtlicher als die seiner Schwester, besonders wenn er mit dem alten Mann sprach.

Ich könnte unzählige Beispiele anführen, die, so unbedeutend sie sind, für das Wesen dieser liebenswürdigen Hüttenbewohner typisch sind. Trotz Armut und Not brachte Felix seiner Schwester voller Freude die erste kleine weiße Blume, die aus dem schneebedeckten Boden hervorlugte. Frühmorgens, bevor sie aufstand, fegte er den Schnee fort, der ihr den Weg zum Kuhstall versperrte, schöpfte Wasser aus dem Brunnen und holte Holz aus dem Schuppen, wo er zu seinem unablässigen Erstaunen den Vorrat immer wieder von unsichtbarer Hand aufgefüllt fand. Tagsüber arbeitete er, glaube ich, bei einem Bauern in der Nachbarschaft, denn er ging oft fort und kam erst zum Abendessen wieder, ohne aber Holz mitzubringen. An anderen Tagen arbeitete er im Garten; da es dort in der kalten Jahreszeit aber wenig zu tun gab, las er dem alten Mann und Agatha etwas vor.

Dieses Vorlesen war für mich zuerst ein großes Rätsel gewesen, aber allmählich begriff ich, dass er beim Lesen weitgehend dieselben Laute hervorbrachte wie beim Sprechen. Ich schloss daraus also, dass auf dem Papier eine Zeichensprache stand, die ihm geläufig war, und ich brannte darauf, sie auch zu verstehen. Aber wie war das möglich, wenn ich nicht einmal die Laute verstand, für die diese Zeichen standen? Ich machte zwar merkliche Fortschritte in dieser Kunst, aber doch nicht genug, um einem Gespräch zu folgen, obwohl ich mich intensiv darauf konzentrierte; denn bei all meiner Ungeduld, mich den Hüttenbewohnern zu erkennen zu geben, war mir doch klar, dass ich diesen Schritt erst unternehmen durfte, wenn ich ihre Sprache beherrschte, was sie vielleicht dazu veranlassen würde, über meine Missgestalt hinwegzusehen, die ich mir durch den ständigen Kontrast, den ich vor Augen hatte, nicht verhehlen konnte.

Ich hatte das ansprechende Äußere meiner Nachbarn immer bewundert, ihre Anmut, ihre Schönheit und ihren zarten Teint; aber wie entsetzt war ich jedesmal, wenn ich mein Spiegelbild im klaren Wasser sah! Zuerst prallte ich zurück; ich konnte nicht fassen, dass ich es war, der sich im Wasser spiegelte; und als mir schließlich unabweislich aufging, was für ein Scheusal ich bin, da überkamen mich bitterste Niedergeschlagenheit und Verzweiflung. Ach, ich ahnte nicht, welch verhängnisvolle Wirkung diese unglückselige Verunstaltung noch haben würde.

Als die Sonne wärmer und die Tage länger wurden, verschwand der Schnee, und ich sah die kahlen Bäume und die schwarze Erde. Von nun an hatte Felix mehr zu tun, und die herzzerreißenden Anzeichen drohender Hungersnot verschwanden. Ihre Nahrung war, wie ich später erkannte, einfach, aber bekömmlich, und es fehlte ihnen an nichts. Nun wuchsen im Garten mehrere neue Arten von Pflanzen, die sie zubereiteten, und mit fortschreitender Jahreszeit ging es ihnen von Tag zu Tag besser.

Auf seinen Sohn gestützt, machte der alte Mann täglich einen Mittagsspaziergang, wenn es nicht ›regnete‹ – wie sie es nannten, wenn der Himmel sein Wasser ausschüttete. Das geschah häufig, aber ein frischer Wind trocknete die Erde schnell, und die Jahreszeit wurde sehr viel angenehmer als bisher.

Das Leben in meinem Verschlag war eintönig. Vormittags verfolgte ich das Treiben der Hüttenbewohner, und wenn sie an verschiedenen Orten ihren Beschäftigungen nachgingen, schlief ich; den Rest des Tages verbrachte ich damit, meine Freunde zu beobachten. Bei Mondschein oder in sternklaren Nächten ging ich, wenn sie sich zur Ruhe begeben hatten, in den Wald und sammelte Nahrung für mich und Brennholz für die Hütte. Wenn ich zurückkehrte, räumte ich, sofern es nötig war, den Schnee vom Weg und erledigte die Arbeiten, bei denen ich Felix beobachtet hatte. Später erlebte ich mit, wie diese von unsichtbarer Hand geleisteten Dienste ihr Erstaunen hervorriefen; und ein- oder zweimal hörte ich sie bei diesen Gelegenheiten Wörter wie ›guter Geist‹ oder ›Wunder‹ ausrufen, Wörter, deren Bedeutung ich damals allerdings noch nicht verstand.

Ich machte mir nun mehr Gedanken und wollte die Beweggründe und Gefühle dieser liebenswerten Menschen unbedingt kennenlernen; ich zerbrach mir den Kopf, warum Felix so niedergeschlagen und Agatha so traurig aussah. Ich glaubte (ich einfältiger Tor!), dass es in meiner Macht stand, diese rechtschaffenen Menschen wieder glücklich zu machen. Wenn ich schlief oder unterwegs war, hatte ich die Gestalten des ehrwürdigen blinden Vaters, der sanften Agatha und des tüchtigen Felix immer vor Augen. Ich sah in ihnen vollkommene Geschöpfe, die über mein künftiges Schicksal entscheiden würden. Tausendmal malte ich mir in Gedanken aus, wie ich mich ihnen zeigen und sie mich aufnehmen würden. Ich stellte mir vor, dass ich zwar ihren Abscheu, aber durch mein zurückhaltendes Auftreten und meine versöhnlichen Worte zunächst ihre Anteilnahme und später ihre Liebe erregen würde.

Diese Überlegungen beflügelten mich, die Kunst des Sprechens mit doppeltem Eifer zu erlernen. Meine Sprechorgane waren rauh, aber geschmeidig; und wenn meine Stimme auch nichts von dem sanften Wohlklang meiner Freunde hatte, fiel es mir doch verhältnismäßig leicht, die Wörter, die ich verstand, auszusprechen. Es war wie mit dem Esel und dem Schoßhund[24], und gewiss hätten doch die guten Absichten des sanftmütigen Esels trotz seines ungehobelten Benehmens eine bessere Belohnung verdient als Schläge und Verwünschungen.

Die milden Schauer und die angenehme Wärme des Frühlings veränderten den Anblick der Erde völlig. Die Menschen, die sich vorher in Höhlen verkrochen hatten, kamen ins Freie und waren auf verschiedenste Weise mit der Bestellung ihres Landes beschäftigt. Die Vogelstimmen klangen fröhlicher, und die Blätter an den Bäumen begannen zu sprießen. Glückliche, glückliche Erde! Vor kurzem noch so düster, feucht und unwohnlich, war sie nun wie für Götter geschaffen. Meine Stimmung hob sich beim Anblick der bezaubernden Natur; die Vergangenheit verblasste, die Gegenwart schenkte mir Frieden, und Strahlen der Hoffnung und der Vorfreude vergoldeten die Zukunft.

Kapitel 13

Ich komme nun unverzüglich zum ergreifenderen Teil meiner Geschichte. Ich werde von Ereignissen berichten, die ganz neue Regungen in mir geweckt haben und mich von dem, der ich war, zu dem gemacht haben, der ich bin.

Der Frühling schritt unaufhaltsam voran; das Wetter wurde schön und der Himmel wolkenlos. Ich staunte, wie alles, was vorher kahl und düster gewesen war, nun in voller Pracht grünte und blühte. Eine Vielfalt von verführerischen Düften und herrlichen Anblicken berauschte und erfrischte meine Sinne.

An einem dieser Tage, an denen die Hüttenbewohner regelmäßig von der Arbeit ausruhten – der alte Mann spielte auf seiner Gitarre, und seine Kinder hörten ihm zu –, fiel mir auf, dass Felix' Züge eine unbeschreibliche Trauer verrieten; er seufzte häufig, und einmal unterbrach sein Vater die Musik, und aus seiner Haltung schloss ich, dass er sich nach dem Grund für den Kummer seines Sohnes erkundigte. Felix antwortete in heiterem Ton, und der alte Mann nahm gerade seine Musik wieder auf, als jemand an die Tür klopfte.

Es war eine Dame zu Pferd in Begleitung eines Bauern als Führer. Die Dame trug ein schwarzes Reitkleid und war in einen dichten schwarzen Schleier gehüllt. Agatha stellte eine Frage, auf die die Fremde in wohlklingendem Ton nur mit dem Namen Felix antwortete. Ihre Stimme klang melodisch, aber anders als die meiner Freunde. Als er seinen Namen hörte, kam Felix eilig herbeigelaufen, und als ihn die Dame sah, schlug sie ihren Schleier zurück, und ich erblickte ein Antlitz von engelhafter Schönheit und Ausdruckskraft. Ihr Haar war von glänzendem Schwarz und apart geflochten, ihre Augen waren dunkel und sanft, dabei aber lebhaft; ihre Züge waren ebenmäßig und ihr Teint wunderbar klar, die Wangen von einem rosigen Schimmer überzogen.

Felix schien außer sich vor Freude, als er sie sah; aller Kummer war aus seinem Gesicht verschwunden, und es spiegelte sich darauf eine überschwengliche Freude, wie ich sie ihm kaum zugetraut hätte; seine Augen strahlten, während seine Wangen sich vor Glück röteten, und in dem Augenblick fand ich ihn ebenso anziehend wie die Fremde. Sie wurde offenbar von anderen Gefühlen überwältigt; sie wischte ein paar Tränen aus ihren liebreizenden Augen, reichte Felix die Hand, der sie leidenschaftlich küsste und die Dame, soweit ich es verstehen konnte, seine schöne Araberin nannte. Sie verstand ihn offenbar nicht, lächelte aber. Er half ihr vom Pferd und geleitete sie, als er ihren Führer entlassen hatte, in die Hütte. Er wechselte ein paar Worte mit seinem Vater, und die junge Fremde kniete zu Füßen des alten Mannes nieder und hätte seine Hand geküsst, wenn er sie nicht aufgehoben und liebevoll umarmt hätte.

Ich merkte bald, dass die Fremde zwar artikulierte Laute von sich gab und eine eigene Sprache zu besitzen schien, aber die Hüttenbewohner weder verstand noch von ihnen verstanden wurde. Sie verständigten sich durch viele Zeichen, die ich nicht begriff, aber ich merkte, dass ihre Anwesenheit Fröhlichkeit in der Hütte verbreitete und den Kummer vertrieb, wie die Sonne die Morgennebel auflöst. Vor allem Felix schien glücklich und hieß seine Araberin mit entzücktem Lächeln willkommen. Agatha, die immer sanfte Agatha küsste die Hände der lieblichen Fremden und machte, indem sie auf ihren Bruder deutete, Zeichen, die mir zu besagen schienen, dass er bekümmert gewesen sei, bis sie kam. So vergingen einige Stunden, und die ganze Zeit verrieten ihre Gesichter eine Freude, deren Ursache ich nicht verstand. Schließlich erkannte ich an der häufigen Wiederholung desselben Wortes, das die Fremde ihnen nachsprach, dass sie ihre Sprache zu lernen versuchte; und mir kam sofort der Gedanke, dass ich mir diesen Unterricht mit dem gleichen Ziel zunutze machen sollte. Die Fremde lernte ungefähr zwanzig Wörter in der ersten Stunde; die meisten davon verstand ich zwar schon, aber der Rest war mir neu.

Als es Abend wurde, begaben sich Agatha und die Araberin früh zur Ruhe. Als sie sich trennten, küsste Felix der Fremden die Hand und sagte: ›Gute Nacht, liebste Safie.‹ Er blieb noch lange auf, unterhielt sich mit seinem Vater, und aus der häufigen Wiederholung ihres Namens schloss ich, dass von ihrem reizenden Gast die Rede war. Ich hätte sie liebend gerne verstanden und gab mir alle Mühe, aber es gelang mir nicht.

Am nächsten Morgen brach Felix zu seiner Arbeit auf, und als Agatha mit ihren täglichen Beschäftigungen fertig war, setzte sich die Araberin dem alten Mann zu Füßen, nahm seine Gitarre und spielte ein paar Lieder von solch berückender Schönheit, dass sie mich zu Tränen der Freude und des Schmerzes rührten. Sie sang, und ihre Stimme, anschwellend und verklingend wie die einer Nachtigall im Wald, floss melodisch und voll dahin.

Als sie fertig war, reichte sie die Gitarre Agatha, die sie zunächst nicht nehmen wollte. Sie spielte eine schlichte Weise, und ihre Stimme begleitete sie mit lieblichen Klängen, die aber mit dem exotischen Gesang der Fremden nicht zu vergleichen waren. Der alte Mann schien ergriffen und sagte einige Worte, die Agatha Safie zu erklären versuchte und mit denen er ihr offenbar zu verstehen geben wollte, welche außerordentliche Freude sie ihm mit ihrer Musik bereitet hatte.

Die Tage vergingen nun ebenso friedlich wie vorher, mit dem einzigen Unterschied, dass die Gesichter meiner Freunde Freude statt Trauer ausdrückten. Safie war immer heiter und glücklich; sie und ich machten so rasche Fortschritte im Erlernen der Sprache, dass ich innerhalb von zwei Monaten die meisten Wörter verstand, die meine Beschützer benutzten.

In der Zwischenzeit hatte sich auch die schwarze Erde mit Pflanzenwuchs überzogen, und die grünen Hänge waren mit unzähligen duftenden und lieblich anzusehenden Blumen, schwach leuchtenden Sternen in den mondhellen Wäldern, übersät. Die Sonne wurde wärmer, die Nächte klar und milde, und ich genoss die nächtlichen Streifzüge, obwohl der späte Untergang und zeitige Aufgang der Sonne sie erheblich verkürzten, denn ich wagte mich aus Angst, die gleiche Behandlung zu erfahren, die ich in dem ersten von mir betretenen Dorf erlitten hatte, nie bei Tageslicht ins Freie.

Meine Tage vergingen mit angestrengtem Zuhören, damit ich die Sprache schneller beherrschte; und ich darf sagen, dass ich raschere Fortschritte machte als die Araberin, die sehr wenig begriff und sich gebrochen ausdrückte, während ich fast jedes Wort, das ausgesprochen wurde, verstand und nachsprechen konnte.

Während ich mich im Sprechen vervollkommnete, lernte ich auch die Kunst des Schreibens, die der Fremden ebenfalls beigebracht wurde, und damit öffnete sich meinem Staunen und Entzücken ein weites Feld.

Das Buch, aus dem Felix Safie unterrichtete, war Volneys ›Ruinen alter Reiche‹[25]. Ich hätte den Sinn des Buches nicht verstanden, hätte Felix bei der Lektüre nicht sehr ausführliche Erklärungen gegeben. Er habe dieses Werk gewählt, sagte er, weil der rhetorische Stil den der orientalischen Autoren nachahme. Dieses Werk vermittelte mir eine oberflächliche Geschichtskenntnis und einen Überblick über die verschiedenen Reiche, die es derzeit auf der Welt gibt; es gab mir einen Einblick in die Bräuche, Regierungsformen und Religionen der verschiedenen Völker der Erde. Ich hörte von den trägen Asiaten, von der erstaunlichen Genialität und geistigen Regsamkeit der Griechen, von den Kriegen und den herrlichen Tugenden der alten Römer – von ihrem allmählichen Verfall, vom Untergang ihres mächtigen Reiches –, von Rittertum, Christentum und Königen. Ich hörte von der Entdeckung der Neuen Welt und weinte mit Safie über das unselige Schicksal ihrer Ureinwohner.

Diese wunderbaren Berichte erfüllten mich mit bisher ungekannten Empfindungen. War der Mensch wirklich so mächtig, so tugendhaft und großartig und gleichzeitig doch so bösartig und gemein? Mal kam er mir wie ein bloßer Spross des Bösen, mal wie die Verkörperung alles Edlen und Göttlichen vor. Ein großer und tugendhafter Mann zu werden, schien mir die höchste Würde, die ein denkendes Wesen erringen konnte; bösartig und gemein zu sein dagegen, wie es den Zeugnissen nach viele Menschen gewesen sind, schien die allertiefste Erniedrigung zu sein, verächtlicher als das Dasein des blinden Maulwurfs oder des harmlosen Wurms. Lange Zeit konnte ich nicht begreifen, wie ein Mensch so weit gehen konnte, seinen Nächsten zu töten, oder warum es überhaupt Gesetze und Regierungen gab. Aber als ich Berichte über Laster und Blutvergießen hörte, ließ mein Erstaunen nach, und ich wandte mich voller Abscheu und Widerwillen ab.

Jedes Gespräch der Hüttenbewohner eröffnete mir nun neue Welten. Dadurch dass ich dem Unterricht lauschte, den Felix der Araberin erteilte, wurde mir der merkwürdige Aufbau der menschlichen Gesellschaft klar. Ich hörte von der Verteilung des Eigentums, von ungeheurem Reichtum und erbärmlicher Armut, von Rang, Herkunft und blauem Blut.

Diese Worte veranlassten mich, über mich selbst nachzudenken. Ich erfuhr, dass deine Mitmenschen Reichtum, vereint mit einer hohen und makellosen Abstammung, als das höchste Gut betrachten. Mit einem dieser Vorzüge mochte ein Mensch vielleicht noch etwas gelten; aber wenn beides fehlte, wurde er – mit ganz wenigen Ausnahmen – entweder als Vagabund oder als Sklave betrachtet und war dazu verurteilt, seine Kräfte zum Wohl von ein paar Auserwählten zu vergeuden! Und was war ich? Über meine Erschaffung und meinen Schöpfer war ich völlig im dunkeln, wusste aber genau, dass ich weder Geld noch Freunde noch irgendwelches Hab und Gut besaß. Außerdem war ich mit einem grässlich missgestalteten und abscheulichen Körper belastet; ich gehörte nicht einmal zur selben Gattung wie der Mensch. Ich war behender als er und konnte mich von einfacherer Nahrung ernähren; mein Körper litt weniger unter extremer Hitze und Kälte, und ich überragte alle an Größe. Wenn ich mich umblickte, sah und hörte ich von niemandem, der mir glich. War ich also ein Monstrum, ein Schandfleck auf Erden, vor dem alle Menschen flohen und dem alle Menschen aus dem Weg gingen?

Ich kann dir nicht beschreiben, wie mich diese Überlegungen quälten; ich versuchte, sie zu verdrängen, aber mein Kummer vergrößerte sich nur mit wachsendem Wissen. Ach, wäre ich nur für immer in meinem Heimatwald geblieben und hätte nichts gekannt und empfunden als Hunger, Durst und Hitze!

Wie eigenartig es doch um die menschliche Erkenntnis bestellt ist! Sie lässt den Menschen nicht los, wenn sie erst einmal Besitz von ihm ergriffen hat wie eine Flechte von einem Felsen. Manchmal hätte ich alle Gedanken und Gefühle gern abgeschüttelt, doch ich erfuhr, dass es nur ein Mittel gab, die Empfindung von Schmerz zu überwinden, und das war der Tod – ein Zustand, den ich fürchtete, aber nicht begriff. Ich bewunderte Tugend und großherzige Gefühle und liebte die herzliche Art und die liebenswerten Eigenschaften meiner Hüttenbewohner, aber ich war vom Umgang mit ihnen ausgeschlossen – außer wenn ich heimlich vorging und ungesehen und unerkannt blieb, was aber mein Bedürfnis, zu ihnen zu gehören, eher steigerte als befriedigte. Die herzlichen Worte Agathas und das anregende Lächeln der reizenden Araberin galten nicht mir. Die nachsichtigen Ermahnungen des alten Mannes und das lebhafte Gespräch des verliebten Felix galten nicht mir. Ich armes, unglückliches Geschöpf!

Andere Lektionen prägten sich mir noch tiefer ein. Ich hörte von dem Unterschied der Geschlechter und von Geburt und Wachstum der Kinder, wie Väter in das Lächeln des Kleinkinds und den Übermut des älteren Kindes vernarrt sind, wie Mütter sich mit Leib und Seele diesem anvertrauten kostbaren Pfand widmen, wie der Heranwachsende an Wissen und Verstand zunimmt; ich hörte von Bruder und Schwester und all den Verwandtschaftsbeziehungen, die die Menschen durch Blutsbande aneinanderbinden.

Aber wo waren meine Freunde und Verwandten? Kein Vater hatte über meine frühe Kindheit gewacht, keine Mutter mich mit Lächeln und Zärtlichkeit überschüttet; oder wenn sie es getan hatten, war mein früheres Leben nun ein blinder Fleck, eine Leere, in der ich nichts unterscheiden konnte. Seit meiner frühesten Erinnerung war ich in Größe und Körperbildung immer gleichgeblieben. Ich hatte nie ein Wesen gesehen, das mir ähnelte oder sich mir verbunden fühlte. Was war ich? Die Frage tauchte wieder auf und ließ sich nur mit einem stummen Seufzer beantworten.

Ich werde bald erklären, was diese Empfindungen bewirkten, aber lass mich erst zu den Hüttenbewohnern zurückkehren, deren Geschichte in mir so verschiedene Empfindungen wie Empörung, Entzücken und Staunen hervorrief, aber immer auf größere Liebe und Verehrung für meine Beschützer hinauslief (so nannte ich sie gern in unschuldiger, beinahe schmerzlicher Selbsttäuschung).

Kapitel 14

Es verging einige Zeit, bis ich die Lebensgeschichte meiner Freunde erfuhr. Aber da sie eine ganze Reihe von Begebenheiten enthielt, die für ein so unerfahrenes Wesen wie mich allesamt interessant und unerhört waren, musste sie einen außerordentlich tiefen Eindruck bei mir hinterlassen.

Der Name des alten Mannes war De Lacey. Er stammte aus einer angesehenen Familie in Frankreich, wo er, geachtet vom höheren Adel und geliebt von seinesgleichen, viele Jahre lang im Überfluss lebte. Sein Sohn durchlief eine Ausbildung im Militärdienst seines Landes, und Agatha verkehrte mit Damen der höchsten Gesellschaft. Ein paar Monate vor meiner Ankunft hatten sie in einer großen und luxuriösen Stadt namens Paris gelebt, wo sie von ihren Freunden umgeben waren und alle Vergnügungen genossen, die Tugend, Bildung und Geschmack in Verbindung mit einem bescheidenen Vermögen gewähren konnten.

Safies Vater war der Urheber ihres Ruins gewesen. Er war ein türkischer Kaufmann und wohnte schon seit vielen Jahren in Paris, als er aus einem Grund, den ich nicht erfuhr, Anstoß bei der Regierung erregte. Er wurde verhaftet und an genau dem Tag, an dem Safie aus Konstantinopel bei ihm eintraf, ins Gefängnis geworfen. Er wurde vor Gericht gestellt und zum Tode verurteilt. Aber bei dem Urteil handelte es sich um eine schreiende Ungerechtigkeit; ganz Paris war empört, und man behauptete, dass seine Verurteilung eher auf seiner Religion und seinem Reichtum als dem ihm vorgeworfenen Verbrechen beruhte.

Felix war zufällig bei dem Prozess zugegen gewesen; bei der Urteilsverkündung des Gerichts waren sein Abscheu und seine Empörung grenzenlos. Er schwor auf der Stelle einen feierlichen Eid, ihn zu befreien, und sah sich nach den Mitteln dazu um. Nach vielen erfolglosen Versuchen, Zugang zu dem Gefängnis zu erhalten, entdeckte er ein stark vergittertes Fenster in einem unbewachten Teil des Gebäudes, das dem Kerker des unglückseligen Mohammedaners Licht gab, der mit Ketten beladen verzweifelt auf die Ausführung des grausamen Urteils wartete. Felix begab sich nachts zu dem Gitter und teilte dem Gefangenen mit, was er zu seinen Gunsten unternehmen wollte. Überrascht und begeistert versuchte der Türke, den Eifer seines Befreiers durch das Versprechen von Belohnung und Reichtum anzufeuern. Felix lehnte dieses Angebot voller Verachtung ab, aber als er die reizende Safie sah, die ihren Vater besuchen durfte und ihm durch Gesten ihre lebhafte Dankbarkeit ausdrückte, konnte der junge Mann nicht umhin, sich insgeheim einzugestehen, dass der Gefangene einen Schatz besaß, der ihn für seine Mühen und Gefahren voll und ganz entschädigen würde.

Dem Türken entging der Eindruck nicht, den seine Tochter auf Felix' Herz gemacht hatte, und er versuchte, ihn ganz für sich zu gewinnen, indem er ihm die Hand seiner Tochter versprach, sobald er ihn an einen sicheren Zufluchtsort gebracht habe. Felix war zu taktvoll, um dieses Angebot anzunehmen, aber die Möglichkeit kam ihm wie die Erfüllung seines Glücks vor.

An den folgenden Tagen wurde Felix' Eifer, während die Vorbereitungen für die Flucht des Kaufmanns getroffen wurden, durch mehrere Briefe wachgehalten, die er von dem reizenden jungen Mädchen erhielt; sie fand eine Möglichkeit, ihre Gedanken mithilfe eines alten Mannes, eines französisch sprechenden Dieners ihres Vaters, in der Sprache ihres Geliebten auszudrücken. Sie dankte ihm in zärtlichen Worten für den Dienst, den er ihrem

Vater erweisen wolle, und rührte dabei diskret an ihr eigenes Schicksal.

Ich habe Kopien dieser Briefe, denn ich fand während meines Aufenthalts in dem Verschlag Gelegenheit, mir Schreibzeug zu besorgen; und Felix und Agatha hatten die Briefe öfter in der Hand. Bevor ich aufbreche, will ich sie dir geben; sie werden die Wahrheit meiner Erzählung bestätigen. Aber vorerst habe ich, da die Sonne schon tief gesunken ist, nur noch Zeit, dir den Inhalt in großen Zügen wiederzugeben.

Safie berichtete, dass ihre Mutter eine christliche Araberin war, die von den Türken gefangen genommen und zur Sklavin gemacht worden war. Aufgrund ihrer Schönheit hatte sie das Herz von Safies Vater erobert, der sie heiratete. Das junge Mädchen sprach in den höchsten und begeistertsten Tönen von ihrer Mutter, die als in Freiheit Geborene die Fesseln verabscheute, in denen man sie hielt. Sie unterrichtete ihre Tochter in den Grundsätzen ihrer Religion und lehrte sie, mehr Bildung und geistige Unabhängigkeit anzustreben, als die Anhänger Mohammeds den Frauen zugestanden. Diese Dame starb, aber ihre Lehren hatten sich Safie unauslöschlich eingeprägt, die, gewohnt, selbständig zu denken und der Tugend hochherzig nachzueifern, bei dem Gedanken ganz unglücklich wurde, wieder nach Asien zurückzukehren und in die Mauern eines Harems eingeschlossen zu werden, wo sie sich nur mit kindischen Beschäftigungen abgeben konnte, die zu ihren seelischen Anlagen schlecht passten. Die Aussicht, einen Christen zu heiraten und in dem Land zu bleiben, wo Frauen in der Gesellschaft eine Rolle spielen durften, faszinierte sie.

Der Tag für die Hinrichtung des Türken war festgesetzt, aber in der Nacht zuvor brach er aus seinem Gefängnis aus und war schon vor Tagesanbruch viele Meilen von Paris entfernt. Felix hatte Pässe auf seinen eigenen Namen und den seines Vaters und seiner Schwester besorgt. Er hatte den Plan vorher seinem Vater mitgeteilt, der ihn unterstützte, indem er sein Haus verließ und sich unter dem Vorwand einer Reise mit seiner Tochter in einem abgelegenen Teil von Paris versteckte.

Felix leitete die Flüchtlinge durch Frankreich nach Lyon und über den Mont Cenis nach Livorno, wo der Kaufmann auf eine günstige Gelegenheit warten wollte, irgendwo die türkische Grenze zu erreichen.

Safie beschloss, bis zum Augenblick seines Aufbruchs bei ihrem Vater zu bleiben, denn zuvor hatte der Türke sein Versprechen erneuert, sie mit seinem Befreier zu vereinigen; und Felix blieb in Erwartung dieses Ereignisses bei ihnen und genoss in der Zwischenzeit die Gesellschaft der Araberin, die ihn mit der natürlichsten und herzlichsten Zuneigung behandelte. Sie sprachen miteinander mittels eines Dolmetschers und manchmal auch durch vielsagende Blicke; und Safie sang ihm die göttlichen Lieder ihrer Heimat vor.

Der Türke duldete diese Vertraulichkeit und bestärkte die jungen Liebenden in ihren Hoffnungen, aber insgeheim hatte er ganz andere Entschlüsse gefasst. Er verabscheute den Gedanken, seine Tochter mit einem Christen zu verbinden, doch er fürchtete Felix' Empörung, falls er halbherzig erscheinen sollte, denn er wusste, dass er sich noch in der Gewalt seines Befreiers befand, wenn dieser sich einfallen ließe, ihn an den italienischen Staat zu verraten, in dem sie sich aufhielten. Er entwarf tausend Pläne, die ihm erlaubten, die Täuschung so lange aufrechtzuerhalten, bis sie nicht mehr nötig war, und seine Tochter mitzunehmen, wenn er aufbrach. Seine Pläne wurden durch die Nachrichten erleichtert, die von Paris eintrafen.

Die französische Regierung war über die Flucht ihres Opfers außerordentlich erbost und ließ nichts unversucht, seinen Befreier zu finden und zu bestrafen. Felix' Anschlag war bald entdeckt, und De Lacey und Agatha wurden ins Gefängnis geworfen. Diese Nachricht erreichte Felix und riss ihn aus seinen Liebesträumen. Sein blinder, greiser Vater und seine sanfte Schwester lagen in einem feuchten Kerker, während er sich der freien Luft und der Gesellschaft derer erfreute, die er liebte. Dieser Gedanke war eine Qual für ihn. Er vereinbarte schnell mit dem Türken, falls sich diesem vor Felix' Rückkehr nach Italien eine günstige Gelegenheit bieten würde, sollte Safie als Gast in einem Nonnenkloster in Livorno bleiben; dann verließ er die reizende Araberin, eilte auf dem schnellsten Weg nach Paris und überlieferte sich der Rache des Gesetzes in der Hoffnung, durch dieses Vorgehen De Lacey und Agatha die Freiheit wiederzugeben.

Er hatte keinen Erfolg. Sie blieben fünf Monate lang eingesperrt, bis endlich der Prozess stattfand, dessen Ausgang sie ihres Vermögens beraubte und sie zu ewiger Verbannung aus ihrer Heimat verdammte.

Sie fanden in der Hütte in Deutschland, wo ich sie entdeckte, einen elenden Unterschlupf. Felix erfuhr bald, dass der betrügerische Türke, für den er und seine Familie so unsägliches Elend ausgestanden hatten, bei der Entdeckung, dass sein Befreier von Armut und Ruin heimgesucht war, Vertrauen und Ehre verraten und Italien mit seiner Tochter verlassen hatte, wobei er Felix auf beleidigende Weise eine kleine Geldsumme schickte, um etwas, wie er sagte, zu seinem künftigen Lebensunterhalt beizusteuern.

Das waren die Ereignisse, die an Felix' Herz nagten und ihn, als ich ihn zum erstenmal erblickte, als den Elendesten seiner Familie erscheinen ließen. Er hätte Armut ertragen können, und solange dieses harte Schicksal der Lohn seiner Tugend war, war er stolz darauf. Aber die Undankbarkeit des Türken und der Verlust seiner geliebten Safie waren ein bitteres und unabänderliches Unglück. Die Ankunft der Araberin gab ihm neuen Lebensmut.

Als die Nachricht in Livorno eintraf, dass Felix seinen Wohlstand und gesellschaftlichen Rang verloren hatte, befahl der Kaufmann seiner Tochter, nicht mehr an ihren Geliebten zu denken, sondern sich auf die Rückkehr in ihr Heimatland vorzubereiten. Safies edelmütige Seele empörte sich gegen diesen Befehl; sie versuchte, bei ihrem Vater zu protestieren, aber er verließ sie im Zorn und wiederholte seine tyrannische Anordnung.

Ein paar Tage darauf trat der Türke in das Zimmer seiner Tochter und berichtete ihr überstürzt, er habe Grund zu der Annahme, dass sein Aufenthalt in Livorno bekannt geworden sei und er unverzüglich der französischen Regierung ausgeliefert werden solle; er habe daher ein Schiff gemietet, das ihn nach Konstantinopel bringen solle, wohin er in ein paar Stunden zu segeln gedenke. Er beabsichtige, seine Tochter in der Obhut einer treuen Dienerin zurückzulassen, damit sie ihm mit dem größeren Teil seines Besitzes, der noch nicht in Livorno eingetroffen war, in Ruhe folgen könne.

Als sie wieder allein war, legte sich Safie insgeheim ihren Plan zurecht, wie sie sich in dieser Notlage am besten verhalten solle. Der Gedanke, in der Türkei zu leben, war ihr unerträglich; ihre Religion und ihre Gefühle waren gleichermaßen dagegen. Aus einigen Papieren ihres Vaters, die ihr in die Hände fielen, erfuhr sie von der Verbannung ihres Geliebten und auch den Namen des Ortes, wo er sich zu der Zeit aufhielt. Sie zögerte eine Zeitlang, aber schließlich fasste sie ihren Entschluss. Sie nahm einige ihr gehörende Juwelen und eine Summe Geld mit, verließ Italien mit einer Dienerin, einer Einwohnerin von Livorno, die aber Türkisch verstand, und brach nach Deutschland auf.

Sie traf wohlbehalten in einer ungefähr zwanzig Meilen von der Hütte De Laceys entfernten Stadt ein, als ihre Begleiterin gefährlich krank wurde. Safie pflegte sie mit aufopfernder Hingabe, aber das arme Mädchen starb, und die Araberin blieb nun, ohne die Landessprache zu kennen und irgendetwas von den Bräuchen der Welt zu wissen, allein zurück. Sie kam allerdings in gute Hände. Die Italienerin hatte den Namen des Ortes erwähnt, zu dem sie unterwegs waren, und nach deren Tod sorgte die Besitzerin des Hauses, in dem sie wohnten, dafür, dass Safie die Hütte ihres Geliebten wohlbehalten erreichte.

Kapitel 15

Das war die Lebensgeschichte meiner geliebten Hüttenbewohner. Sie beeindruckte mich tief. Ich lernte aus den Einblicken, die man dabei in das soziale Leben tat, ihre Tugenden bewundern und die Laster der Menschheit verachten.

Bis dahin erschienen mir Verbrechen wie ein mich nicht betreffendes Übel; Güte und Großmut standen mir immer unmittelbar vor Augen und erregten in mir den Wunsch, ein Mitspieler auf der belebten Bühne zu werden, wo so viele lobenswerte Eigenschaften gefragt und zu bewundern waren. Aber wenn ich einen Bericht von meiner geistigen Entwicklung gebe, darf ich ein Ereignis nicht vergessen, das Anfang August desselben Jahres stattfand.

Eines Nachts fand ich während eines meiner regelmäßigen Ausflüge in den benachbarten Wald, wo ich meine eigene Nahrung sammelte und von wo ich das Feuerholz für meine Beschützer mitbrachte, auf der Erde einen Lederkoffer, der verschiedene Kleidungsstücke und einige Bücher enthielt. Ich stürzte mich begierig auf die unerwartete Beute und kehrte damit in meinen Verschlag zurück. Glücklicherweise waren die Bücher in der Sprache geschrieben, deren Grundzüge ich mir in der Hütte angeeignet hatte. Es handelte sich um ›Das verlorene Paradies‹, einen Band von Plutarchs ›Leben‹ und ›Die Leiden des jungen Werthers‹.[26] Der Besitz dieser Schätze bereitete mir die größte Freude; ich konnte nun ständig lernen und meinen Geist an diesen Geschichten üben, während meine Freunde ihren alltäglichen Beschäftigungen nachgingen.

Ich kann dir die Wirkung dieser Bücher kaum beschreiben. Sie weckten in mir eine Fülle neuer Bilder und Gefühle, die mich manchmal in einen Glückstaumel versetzten, aber häufiger in tiefe Niedergeschlagenheit stürzten. Außer dem Interesse, das die einfache und rührende Handlung hervorrief, wurden in den ›Leiden des jungen Werthers‹ so viele Ideen vorgetragen und so viel Licht auf Dinge geworfen, die mir bisher unverständlich erschienen waren, dass mir das Buch als unerschöpfliche Quelle des Denkens und Staunens diente. Die darin beschriebenen milden und häuslichen Sitten in Verbindung mit hochfliegenden Gedanken und Gefühlen, die sich immer wieder mit dem eigenen Ich beschäftigten, stimmten mit meinen Erfahrungen bei meinen Beschützern und mit den Wünschen, die sich allezeit in meinem Herzen regten, genau überein. Aber Werther erschien mir göttlicher als alle Wesen, die ich bisher gesehen oder mir vorgestellt hatte. Er war nicht anmaßend, doch er sank tief. Die Abhandlungen über Tod und Selbstmord waren dazu angetan, mich mit Erstaunen zu erfüllen. Ich beanspruchte nicht, die Berechtigung seiner Klagen beurteilen zu können, aber ich sympathisierte mit den Ansichten des Helden, über dessen Untergang ich weinte, ohne dass ich sie genau verstand.

Bei der Lektüre bezog ich jedoch vieles auf meine eigenen Gefühle und meine eigene Lage. Ich kam mir ähnlich und gleichzeitig so merkwürdig anders vor als die Wesen, von denen ich las und deren Gesprächen ich zuhörte. Sie hatten mein vollstes Mitgefühl, und teilweise verstand ich sie auch, aber mein Geist war ungeprägt; ich war von niemandem abhängig und mit niemandem verwandt. ›Mein Aufbruch war mir unbenommen‹, und niemand hätte meine Vernichtung bemerkt. Mein Äußeres war abschreckend und meine Figur riesig. Was bedeutete das? Wer war ich? Was war ich? Woher kam ich? Was war meine Bestimmung? Diese Fragen stellten sich mir immer wieder, aber ich war unfähig, sie zu beantworten.

Der Band von Plutarchs ›Leben‹ in meinem Besitz enthielt die Lebensgeschichten der Gründer der antiken Republiken. Dieses Buch hatte eine ganz andere Wirkung auf mich als ›Die Leiden des jungen Werthers‹. Aus Werthers Phantasien lernte ich Niedergeschlagenheit und Trübsinn kennen, Plutarch aber lehrte mich erhabene Gedanken; er erhob mich aus der trostlosen Sphäre meiner eigenen Vorstellungen zu der Bewunderung und Liebe für die Helden vergangener Zeiten. Viele Dinge, die ich las, überstiegen mein Verständnis und meine Erfahrung. Ich hatte nur sehr verworrene Kenntnisse von Königreichen, ausgedehnten Ländern, mächtigen Strömen und endlosen Meeren. Doch Städte und große Ansammlungen von Menschen waren mir vollkommen unbekannt. Die Hütte meiner Beschützer war die einzige Schule, in der ich die menschliche Natur studiert hatte, aber dieses Buch entwarf neue und größere Handlungsschauplätze. Ich las von Männern, die sich mit öffentlichen Angelegenheiten beschäftigten, die herrschten oder ihre Mitmenschen hinmetzelten. Ich spürte, wie lebhaftes Bedürfnis nach Tugend und Abscheu vor dem Laster in mir entstand – jedenfalls soweit ich die Bedeutung dieser beiden Begriffe als relativ verstand, solange ich sie ausschließlich auf Vergnügen oder Schmerz anwandte. Von solchen Gefühlen bewegt, drängte sich mir die Bewunderung friedliebender Gesetzgeber – Numa, Solon und Lykurg – gegenüber Romulus und Theseus auf.[27] Das patriarchalische Leben meiner Beschützer verankerte diese Eindrücke fester in meinem Herzen; vielleicht hätten sich mir andere Empfindungen eingeprägt, wenn der erste Repräsentant der Menschheit, dem ich begegnete, ein junger, nach Ruhm und Schlacht dürstender Krieger gewesen wäre.

Aber ›Das verlorene Paradies‹ rief andere und weit tiefere Regungen in mir hervor. Ich las es, wie ich die anderen

Bände gelesen hatte, die mir in die Hände gefallen waren – nämlich als eine wahre Geschichte. Es weckte in mir all die Gefühle von Staunen und Schaudern, die ein allmächtiger, mit seinen Geschöpfen zürnender Gott hervorrufen kann. Ich bezog die verschiedenen Situationen häufig auf meine eigene, wenn mir Ähnlichkeiten auffielen. Wie Adam verband mich anscheinend nichts mit irgendeinem anderen Lebewesen; aber in jeder anderen Hinsicht unterschied sich seine Lage sehr von der meinen. Er war als vollkommenes Geschöpf, glücklich und gesegnet, beschützt von der ganz besonderen Fürsorge seines Schöpfers, aus der Hand Gottes hervorgegangen; er durfte mit Wesen einer höheren Ordnung sprechen und von ihnen Kenntnisse erwerben, aber ich war elend, hilflos und allein. Oftmals erschien mir Satan als passendes Sinnbild meines Zustands, denn wie in ihm stieg häufig, wenn ich das Glück meiner Beschützer sah, auch in mir die bittere Galle des Neides auf.

Noch ein anderer Umstand bestärkte und bestätigte diese Empfindungen. Bald nach meiner Ankunft in dem Verschlag entdeckte ich einige Papiere in der Tasche der Jacke, die ich aus deinem Laboratorium entwendet hatte. Anfangs hatte ich sie nicht beachtet, aber nun, da ich imstande war, die Buchstaben zu entziffern, in denen sie geschrieben waren, fing ich an, sie eifrig zu lesen. Es war dein Tagebuch der vier Monate, die meiner Schöpfung vorausgingen. Du beschriebst in diesen Papieren eingehend und Schritt für Schritt deine Arbeit; diese Geschichte war mit häuslichen Ereignissen vermischt. Du erinnerst dich sicher an diese Papiere. Hier sind sie. Alles, was sich auf meinen verfluchten Ursprung bezieht, ist darin festgehalten; jedes Detail in der Serie von widerlichen Ereignissen, die dazu führten, ist darin ausgebreitet. Meine abscheuliche und widerwärtige Person wird aufs genaueste und in einer Sprache beschrieben, die dein eigenes Entsetzen ausmalte und meines unauslöschlich machte. Es ekelte mich, als ich es las. ›Verhasster Tag, an dem ich zum Leben erweckt wurde‹, rief ich in meiner Verzweiflung aus. ›Verfluchter Schöpfer! Warum hast du ein so abscheuliches Monster geschaffen, dass sogar du selbst dich mit Widerwillen davon abwandtest! Gott machte in seiner Barmherzigkeit den Menschen schön und anziehend nach seinem eigenen Bilde, aber meine Gestalt ist ein scheußliches Abbild von dir, und gerade durch die Ähnlichkeit noch widerwärtiger. Satan hatte seine Gefährten, seine Mitteufel, die ihn bewundern und ermutigen konnten, aber ich bin allein und verabscheut.‹

Das waren die Überlegungen meiner verzweiflungsvollen und einsamen Stunden. Aber als ich über die Tugenden der Hüttenbewohner, über ihr liebenswertes und gütiges Naturell nachdachte, redete ich mir ein, dass sie Mitleid mit mir und meiner Missgestalt haben würden, wenn sie von meiner Bewunderung für ihre Tugenden wüssten. Konnten sie jemanden von ihrer Tür weisen, der ihr Mitleid und ihre Freundschaft suchte – auch wenn er noch so grässlich aussah? Ich beschloss jedenfalls, nicht zu verzweifeln, sondern mich in jeder Hinsicht und auf jede mögliche Weise auf das Gespräch vorzubereiten, das mein Schicksal entscheiden würde. Ich zögerte diesen Versuch um ein paar Monate hinaus; da von seinem Erfolg so viel abhing, erfüllte er mich mit der Angst zu versagen. Außerdem merkte ich, dass meine Einsicht durch die täglich dazugewonnene Erfahrung so zunahm, dass ich das Unternehmen nicht wagen wollte, bevor mein Scharfsinn sich nicht noch einige Monate lang geübt hatte.

Inzwischen fanden in der Hütte verschiedene Änderungen statt. Safies Gegenwart erfüllte ihre Bewohner mit Glück, und ich nahm auch wahr, dass nun dort größerer

Wohlstand herrschte. Felix und Agatha hatten mehr Zeit für Abwechslung und Unterhaltung und wurden bei ihrer Arbeit von Dienern unterstützt. Sie waren anscheinend nicht reich, aber zufrieden und glücklich. Ihre Gefühle waren heiter und friedlich, während meine täglich aufgeregter wurden. Mein zunehmendes Wissen machte mir nur umso klarer, was für ein unglückseliger Ausgestoßener ich war. Zwar hegte ich Hoffnung, aber sie schwand, sobald ich meine Gestalt, wenn auch als verschwommenes Abbild, im Wasser gespiegelt oder meinen Schatten, wenn auch als bloße Andeutung, im Mondlicht sah.

Ich versuchte, dieser Ängste Herr zu werden und mich für den Versuch zu stählen, den ich in ein paar Monaten unternehmen wollte; und manchmal erlaubte ich meiner Einbildungskraft gegen alle Vernunft, sich auf den Wiesen des Paradieses zu tummeln, und wagte es, mir liebenswerte und reizende Geschöpfe auszumalen, die meine Gefühle verstanden und meinen Trübsinn verjagten. Ihre engelhaften Gesichter strahlten ein tröstliches Lächeln aus. Aber es war alles nur ein Traum; keine Eva vertrieb meine Sorgen oder teilte meine Gedanken – ich war allein. Ich erinnerte mich an Adams Bitte an seinen Schöpfer. Aber wo war meiner? Er hatte mich verlassen, und in der Bitterkeit meines Herzens verfluchte ich ihn.

So verging der Herbst. Mit Staunen und Bedauern sah ich die Blätter fallen und die Natur wieder das kahle und trübe Aussehen annehmen, das sie gehabt hatte, als ich zum erstenmal die Wälder und den lieblichen Mond betrachtet hatte. Doch ich machte mir nichts aus dem trüben Wetter; ich war durch meine Beschaffenheit besser imstande, Kälte zu ertragen als Hitze. Aber mein besonderes Vergnügen war der Anblick der Blumen, der Vögel und die ganze fröhliche Erscheinung des Sommers. Als sie dahin war, wandte ich mich mit größerer Aufmerksamkeit den Hüttenbewohnern zu. Ihrem Glück tat das Hinschwinden des Sommers keinen Abbruch. Sie liebten sich und hatten Verständnis füreinander; und da ihre Freude in der Gemeinsamkeit bestand, wurde sie nicht von dem Sterben der Natur beeinträchtigt, das rund um sie her stattfand. Je besser ich sie kennenlernte, umso größer wurde mein Bedürfnis, sie um Schutz und Verständnis zu bitten. Mein Herz sehnte sich danach, von diesen liebenswerten Geschöpfen gekannt und geliebt zu werden; ihre zärtlichen Blicke mit Liebe auf mich gerichtet zu sehen, war das höchste Ziel meiner Wünsche. Ich wagte nicht zu glauben, dass sie sich mit Verachtung und Abscheu von mir abwenden würden. Bettler, die an ihre Tür klopften, wurden nie davongejagt. Ich bat zwar um größere Schätze als ein bisschen Nahrung und Ruhe; ich brauchte Verständnis und Mitgefühl, aber ich hielt mich ihrer nicht für völlig unwürdig.

Der Winter schritt voran, und das Jahr hatte seinen Kreislauf einmal vollendet, seit ich zum Leben erwacht war. Zu dieser Zeit war meine Aufmerksamkeit ausschließlich auf den Plan gerichtet, mich meinen Beschützern in der Hütte zu erkennen zu geben. Ich entwarf viele Pläne, entschied mich aber schließlich dafür, ihre Wohnung zu betreten, wenn der blinde alte Mann allein war. Ich war einsichtig genug zu erkennen, dass die unnatürliche Scheußlichkeit meiner Person der Hauptabschreckungsgrund für diejenigen gewesen war, die mich bisher gesehen hatten. Meine Stimme hatte, wenn sie auch rauh war, durchaus nichts Beängstigendes. Ich dachte deshalb, wenn ich das Wohlwollen und die Vermittlung des alten De Lacey während der Abwesenheit seiner Kinder gewinnen könnte, würden mich mit seiner Hilfe auch meine jüngeren Beschützer dulden.

Eines Tages, als die Sonne, die keine Wärme mehr ausstrahlte, auf die roten Blätter schien, die über den Boden verstreut waren und Heiterkeit verbreiteten, brachen Safie, Agatha und Felix zu einem langen Spaziergang auf, und der alte Mann blieb entsprechend seinem eigenen Wunsch allein in der Hütte zurück. Als seine Kinder aufgebrochen waren, nahm er seine Gitarre und spielte verschiedene traurige, aber melodische Weisen – melodischer und trauriger, als ich ihn je zuvor hatte spielen hören. Zuerst leuchtete sein Gesicht vor Freude, aber je länger er spielte, umso nachdenklicher und trauriger wurde es. Schließlich legte er das Instrument beiseite und saß in Gedanken versunken da.

Mein Herz schlug schnell; dies waren Zeit und Stunde für das Unternehmen, das alle meine Hoffnungen erfüllen oder alle meine Befürchtungen Wirklichkeit werden lassen sollte. Die Diener waren zu einem Jahrmarkt in der Nähe gegangen. In der Hütte und um sie herum herrschte tiefe Stille; es war eine ausgezeichnete Gelegenheit. Doch als ich darangehen wollte, meinen Plan auszuführen, versagten mir die Glieder, und ich sank zu Boden. Ich stand wieder auf und entfernte, indem ich alle Kraft zusammennahm, deren ich Herr werden konnte, die Planken, die ich vor meinen Verschlag gestellt hatte, um mein Versteck unauffällig zu machen. Die frische Luft belebte mich, und mit wiederkehrender Entschlossenheit näherte ich mich dem Eingang der Hütte.

Ich klopfte. ›Wer ist da?‹ fragte der alte Mann. ›Herein.‹

Ich trat ein. ›Verzeihen Sie mein Eindringen‹, sagte ich, ›ich bin ein Wanderer, der ein bisschen Ruhe sucht. Sie täten mir einen großen Gefallen, wenn ich mich ein paar Minuten am Feuer ausruhen dürfte.‹

›Treten Sie näher‹, sagte De Lacey, ›dann werde ich sehen, auf welche Weise ich Ihnen behilflich sein kann; aber unglücklicherweise sind meine Kinder nicht zu Hause, und da ich blind bin, fürchte ich, wird es nicht ganz einfach für mich sein, etwas zu essen für Sie zu finden.‹

›Bemühen Sie sich nicht, mein freundlicher Gastgeber, ich habe etwas zu essen; ich brauche nur Wärme und Ruhe.‹

Ich setzte mich, und es herrschte zunächst Schweigen. Ich wusste, dass jede Minute kostbar für mich war, doch ich blieb unschlüssig, auf welche Weise ich das Gespräch beginnen sollte, als der alte Mann mich anredete. ›Ihrer Sprache, Fremder, entnehme ich, dass Sie ein Landsmann von mir sind. Sind Sie Franzose?‹

›Nein, aber ich bin von einer französischen Familie erzogen worden und verstehe keine andere Sprache. Ich habe nun vor, den Schutz einiger Freunde in Anspruch zu nehmen, die ich herzlich liebe und auf deren Wohlwollen ich einige Hoffnung setze.‹

›Sind es Deutsche?‹

›Nein, es sind Franzosen. Aber sprechen wir von etwas anderem. Ich bin ein unglücklicher und verlassener Mensch und habe auf der ganzen Welt keinen Verwandten oder Freund. Die liebenswerten Leute, zu denen ich gehe, haben mich nie gesehen und wissen kaum etwas von mir. Ich habe große Angst, denn wenn ich hier erfolglos bleibe, werde ich auf der Welt für immer ein Ausgestoßener sein.‹

›Verzweifeln Sie nicht. Keine Freunde zu haben ist zwar ein Unglück, aber solange die Herzen der Menschen nicht von nacktem Eigennutz bewegt werden, sind sie voll brüderlicher Liebe und Barmherzigkeit. Ihre Hoffnungen werden Sie schon nicht enttäuschen; und wenn diese Freunde gut und liebenswert sind, brauchen Sie nicht zu verzweifeln.‹

›Sie sind gütig – sie sind die großartigsten Menschen auf der Welt, aber unglücklicherweise sind sie gegen mich voreingenommen. Ich habe gute Anlagen; mein Leben ist bisher friedfertig und in gewisser Weise sogar nützlich gewesen, aber ein verhängnisvolles Vorurteil verblendet sie, und wo sie einen mitfühlenden und gütigen Freund sehen sollten, erkennen sie nur ein verabscheuungswürdiges Monster.‹

›Das tut mir wirklich leid, aber wenn Sie tatsächlich so rechtschaffen sind, können Sie ihnen dann nicht die Augen öffnen?‹

›Ich bin im Begriff, genau das zu versuchen, und deshalb werde ich von so fürchterlichen Ängsten geplagt. Ich liebe diese Freunde von ganzem Herzen; ich habe ihnen, ohne dass sie mich kennen, schon viele Monate lang täglich Gutes getan, aber sie glauben, dass ich ihnen etwas antun will, und dieses Vorurteil möchte ich gern beseitigen.‹

›Wo wohnen diese Freunde?‹

›Hier in der Nähe.‹

Der alte Mann hielt inne und fuhr dann fort: ›Wenn Sie mich über die Einzelheiten Ihrer Geschichte rückhaltlos ins Vertrauen ziehen wollen, kann ich vielleicht nützlich dabei sein, ihnen die Augen zu öffnen. Ich bin blind und kann Ihre äußere Erscheinung nicht beurteilen, aber etwas in Ihren Worten sagt mir, dass Sie es ehrlich meinen. Ich bin arm und verbannt, aber es macht mir große Freude, mich einem Mitmenschen auf jede Weise nützlich zu erweisen.‹

›Wie verständnisvoll von Ihnen. Ich danke Ihnen und nehme Ihr großzügiges Angebot an. Sie richten mich durch diese Güte auf, und ich vertraue darauf, dass ich aufgrund Ihrer Hilfe nicht aus der Gesellschaft und der Liebe Ihrer Mitmenschen verstoßen werde.‹

›Gott bewahre! Selbst wenn Sie ein Verbrecher wären, denn das würde Sie lediglich zur Verzweiflung treiben und Sie nicht zur Tugend ermutigen. Auch ich bin unglücklich;

ich und meine Familie sind trotz unserer Unschuld verdammt worden. Urteilen Sie deshalb selbst, ob ich nicht Mitleid mit Ihrem Unglück habe.‹

›Wie soll ich Ihnen danken, mein bester, mein einziger Wohltäter? Aus Ihrem Mund richtet sich zum erstenmal die Stimme der Güte an mich; ich werde ewig dankbar dafür sein, und Ihre Menschlichkeit lässt den Erfolg bei den Freunden, die ich im Begriff bin zu treffen, gewiss erscheinen.‹

›Darf ich den Namen und den Wohnort dieser Freunde erfahren?‹

Ich zögerte. Dies, dachte ich, ist der entscheidende Augenblick, der mir mein Lebensglück auf immer gewähren oder versagen wird. Ich rang vergebens um genügend Beherrschung, um ihm zu antworten, aber die Anstrengung raubte mir alle mir verbliebene Kraft. Ich sank auf einen Stuhl und schluchzte laut. In dem Augenblick hörte ich die Schritte meiner jüngeren Beschützer. Ich durfte keinen Augenblick verlieren und rief daher, die Hand des alten Mannes fassend: ›Jetzt ist es so weit! Retten und schützen Sie mich! Sie und Ihre Familie sind die Freunde, deren Hilfe ich suche. Verlassen Sie mich nicht in der Stunde der Prüfung!‹

›Großer Gott!‹ rief der alte Mann, ›wer sind Sie?‹

In diesem Augenblick öffnete sich die Hüttentür, und Felix, Safie und Agatha traten ein. Wer kann ihr Entsetzen und ihre Fassungslosigkeit beschreiben, als sie mich erblickten? Agatha wurde ohnmächtig, und Safie, außerstande, ihrer Freundin beizustehen, stürzte aus der Hütte. Felix sprang vorwärts und riss mich mit übermenschlicher Kraft von seinem Vater, an dessen Knien ich hing. In einem Wutanfall schmetterte er mich zu Boden und schlug heftig mit einem Stock auf mich ein. Ich hätte ihn in Stücke reißen können, wie ein Löwe eine Antilope zerreißt. Aber mich verließ vor bitterer Übelkeit der Mut, und ich tat es nicht. Ich sah, dass er im Begriff war, noch einmal zuzuschlagen, und so verließ ich, von Schmerz und Angst überwältigt, die Hütte und entfloh bei dem allgemeinen Tumult unbemerkt in meinen Verschlag.

Kapitel 16

Dreimal verfluchter Schöpfer! Warum habe ich weitergelebt? Warum habe ich damals nicht den Lebensfunken ausgelöscht, den du mir leichtsinnig eingehaucht hattest? Ich weiß es nicht. Noch hatte mich Verzweiflung nicht überwältigt; ich empfand Wut und Rachebedürfnis. Ich hätte mit Vergnügen die Hütte und ihre Bewohner zerstören und mich an ihren Schreien und ihrem Elend weiden können.

Als die Nacht anbrach, verließ ich mein Versteck und zog mich in den Wald zurück; und nun, wo ich durch die Furcht, entdeckt zu werden, nicht mehr gehemmt war, gab ich meinem Schmerz durch fürchterliches Geheul Ausdruck. Ich war wie ein wildes Tier, das die Schlinge zerrissen hat, zerstörte alles, was mir in den Weg kam, und rannte durch den Wald mit der Geschwindigkeit eines Hirsches. Ach, was für eine elende Nacht ich verbrachte! Die kalten Sterne schienen, als wollten sie mich narren, und die kahlen Bäume schwangen ihre Äste über mir; hin und wieder unterbrach die liebliche Stimme eines Vogels die allgemeine Stille. Alles außer mir ruhte in Frieden oder freute sich seines Lebens. Ich trug wie der Böse die Hölle in mir und hätte gern, da niemand Mitgefühl mit mir hatte, die Bäume entwurzelt, Verwüstung und Zerstörung rund um mich angerichtet und mich dann niedergesetzt und mich an den Ruinen berauscht.

Aber das war ein Gefühlsüberschwang, der nicht anhalten konnte; die übermäßigen körperlichen Anstrengungen hatten mich erschöpft, und ich sank in dem verzweifelten, ekelerregenden Gefühl der Ohnmacht in das feuchte Gras. Nicht einen gab es unter den Myriaden von Menschen, der mich bedauerte oder mir helfen wollte; und sollte ich meinen Feinden gegenüber etwa Nachsicht empfinden? Nein, von dem Augenblick an erklärte ich der ganzen Menschheit einen immerwährenden Krieg, und ganz besonders ihm, der mich geschaffen und mich in dieses unerträgliche Elend hinausgeschickt hatte.

Die Sonne ging auf; ich hörte Menschenstimmen und wusste, dass ich an diesem Tag unmöglich in mein Versteck zurückkehren konnte. Daher verbarg ich mich im tiefen Unterholz, entschlossen, die folgenden Stunden zum Nachdenken über meine Lage zu benutzen.

Der angenehme Sonnenschein und die reine Luft des Tages gaben mir zu einem gewissen Grad meine Ruhe wieder; und als ich überlegte, was in der Hütte vorgefallen war, musste ich mir eingestehen, dass meine Folgerungen voreilig gewesen waren. Ich hatte zweifellos unklug gehandelt. Es war offensichtlich, dass das Gespräch den Vater für mich eingenommen hatte, und es war töricht von mir gewesen, mich seinen Kindern zu ihrem Grauen zu erkennen zu geben. Ich hätte den alten De Lacey an mich gewöhnen und mich nach und nach dem Rest seiner Familie erst entdecken sollen, wenn sie schon auf mein Erscheinen vorbereitet war. Aber ich hielt meinen Fehler nicht für unkorrigierbar, und nach langem Nachdenken beschloss ich, zur Hütte zurückzukehren, den alten Mann aufzusuchen und durch meine Darlegungen für mich zu gewinnen.

Diese Gedanken beruhigten mich, und am Nachmittag sank ich in einen tiefen Schlaf; aber das Fieber in meinen Adern gestattete mir keine friedlichen Träume. Die fürchterliche Szene von gestern spielte sich immer wieder vor meinem inneren Auge ab: Die Frauen flohen, und der wütende Felix riss mich von den Füßen seines Vaters. Ich wachte erschöpft auf, und als ich merkte, dass es schon Nacht war, kroch ich aus meinem Versteck und machte mich auf die Suche nach Nahrung.

Als mein Hunger gestillt war, richtete ich meine Schritte nach dem wohlbekannten Pfad, der zur Hütte führte. Alles dort war still. Ich kroch in meinen Verschlag und wartete schweigend auf die Stunde, zu der die Familie gewöhnlich aufstand. Die Stunde verging, die Sonne stand schon hoch am Himmel, aber die Hüttenbewohner erschienen nicht. Ich zitterte heftig, da ich irgendein schreckliches Unglück befürchtete. Das Innere der Hütte war dunkel, und ich hörte keinerlei Bewegung. Ich kann diese nervenzerreißende Spannung nicht beschreiben.

Dann gingen zwei Bauern vorbei, blieben aber in der Nähe der Hütte stehen und begannen ein Gespräch, wobei sie heftig gestikulierten. Aber ich verstand nicht, was sie sagten, da sie die Landessprache benutzten, die sich von der meiner Beschützer unterschied. Bald darauf allerdings näherte sich Felix mit einem anderen Mann. Ich war überrascht, da ich wusste, dass er am Morgen die Hütte nicht verlassen hatte, und wartete ungeduldig darauf, dem Gespräch die Bedeutung dieser ungewöhnlichen Ereignisse entnehmen zu können.

›Sie sind sich darüber im klaren‹, sagte sein Gefährte, ›dass Sie gezwungen sind, für drei Monate Miete zu zahlen, und obendrein die Erzeugnisse Ihres Gartens verlieren? Ich möchte Sie nicht übervorteilen und bitte Sie daher, sich einige Tage Bedenkzeit zu nehmen.‹

›Das ist völlig überflüssig‹, erwiderte Felix, ›wir können auf keinen Fall länger in Ihrer Hütte wohnen. Mein Vater schwebt aufgrund des furchtbaren Vorfalls, von dem ich Ihnen berichtet habe, in Lebensgefahr. Meine Frau und meine Schwester werden sich niemals von ihrem Schock erholen. Ich bitte Sie, nicht weiter in mich zu dringen. Nehmen Sie Ihre Hütte wieder in Besitz und lassen Sie mich diesen Ort fliehen.‹

Felix zitterte heftig, als er dies sagte. Er und sein Gefährte betraten die Hütte, wo sie ein paar Minuten blieben, und gingen dann wieder. Ich habe nie jemanden von der Familie De Lacey wiedergesehen.

Ich blieb den Rest des Tages im Zustand völliger und verzweifelter Betäubung in meinem Verschlag. Meine Beschützer waren weggezogen und hatten das einzige Band zerrissen, das mich mit der Welt verband. Zum erstenmal war mein Herz mit Gefühlen der Rache und des Hasses erfüllt, und ich bemühte mich nicht, ihrer Herr zu werden, sondern ließ mich, indem ich mich von dem Strom forttreiben ließ, zu Unrechts- und Todesgedanken hinreißen. Als ich an meine Freunde dachte, an De Laceys sanfte Stimme, Agathas gütige Augen und die außerordentliche Schönheit der Araberin, verschwanden diese Gedanken, und eine Tränenflut tröstete mich ein wenig. Aber als ich mir dann wieder überlegte, dass sie mich verschmäht und verlassen hatten, kehrte mein Zorn zurück, ein rasender Zorn, und in meiner Ohnmacht, meine Wut an einem Menschen auszulassen, richtete ich sie auf unbelebte Gegenstände. Während die Nacht voranschritt, legte ich allerlei brennbares Material rund um die Hütte, und nachdem ich jedes Zeichen von Kultivierung im Garten zerstört hatte, wartete ich gespannt, bis der Mond untergegangen war, um meine Pläne auszuführen.

Als die Nacht voranschritt, erhob sich ein kräftiger Wind vom Wald her und zerstreute bald die Wolken, die reglos am Himmel gestanden hatten. Der Sturm fegte vorüber wie eine mächtige Lawine und erzeugte in meinem Gemüt eine Art Wahnsinn, der alle Bande der Vernunft und Überlegung zerriss. Ich zündete den trockenen Zweig eines Baumes an und tanzte wie rasend rund um die geliebte Hütte, wobei meine Augen immer noch auf den westlichen Horizont gerichtet waren, dessen Linie der Mond beinahe berührte. Ein

Teil der Scheibe war schließlich verschwunden, und ich schwang meinen Feuerbrand; sie ging ganz unter, und mit einem lauten Schrei setzte ich das Stroh, das Heidekraut und die Zweige in Brand, die ich gesammelt hatte. Der Wind fachte das Feuer an, und bald stand die Hütte ganz und gar in Flammen, die sie einhüllten und sich züngelnd daran emporfraßen.

Sobald ich überzeugt war, dass durch Hilfe an dem Haus nichts mehr zu retten war, verließ ich den Ort und suchte Unterschlupf im Wald.

Und nun, da die Welt offen vor mir lag – wohin sollte ich meine Schritte lenken? Ich beschloss, weit von diesem Unglücksort zu fliehen; aber für mich, gehasst und verachtet, wie ich war, waren alle Länder gleich schrecklich. Schließlich verfiel ich auf dich. Ich wusste aus deinen Papieren, dass du mein Vater, mein Schöpfer bist; und an wen sollte ich mich mit größerem Recht wenden als an denjenigen, der mir das Leben geschenkt hatte? Bei dem Unterricht, den Felix Safie gegeben hatte, hatte auch Geographie nicht gefehlt; ich hatte dadurch die Lage der verschiedenen Länder der Erde zueinander gelernt. Du hattest Genf als deine Heimatstadt erwähnt, und dorthin beschloss ich mich zu begeben.

Aber wie sollte ich mich orientieren? Ich wusste, dass ich in südwestlicher Richtung wandern musste, um mein Ziel zu erreichen, aber die Sonne war mein einziger Anhaltspunkt. Ich kannte die Namen der Städte nicht, die ich passieren musste, und konnte auch kein einziges Menschenwesen um Auskunft bitten; aber ich verzweifelte nicht. Nur von dir konnte ich Hilfe erhoffen, obwohl ich für dich nichts als Hass empfand. Gefühlloser, herzloser Schöpfer! Du hattest mich mit Wahrnehmungen und Leidenschaften begabt und mich dann als Gegenstand des Spottes und des Grauens unter die Menschen gestoßen. Doch nur an dich hatte ich

Ansprüche auf Mitleid und Wiedergutmachung zu stellen, und von dir beschloss ich die Gerechtigkeit zu fordern, die ich von allen anderen Wesen, die menschliches Antlitz trugen, umsonst zu erhalten versucht hatte.

Meine Wanderungen waren lang, und die Leiden, die ich ausstand, groß. Es war spät im Herbst, als ich die Gegend verließ, wo ich so lange gelebt hatte. Ich wanderte aus Furcht, einer menschlichen Erscheinung zu begegnen, nur nachts. Die Natur um mich herum starb ab, und die Sonne wurde kalt. Regen und Schnee fielen, mächtige Ströme waren zugefroren, das Antlitz der Erde war hart und kalt und kahl, und ich fand keinen Unterschlupf. Ach, Erde! Wie oft stieß ich Flüche gegen meine Entstehung aus! Mit meiner Sanftmut war es vorbei, und mein Inneres war nur noch von Galle und Bitterkeit erfüllt. Je näher ich deiner Heimat kam, umso intensiver spürte ich den Geist der Rache, der in meinem Herzen schwelte. Schnee fiel, und die Gewässer waren erstarrt, aber ich rastete nicht. Gelegentliche Hinweise wiesen mir die Richtung, und ich besaß eine Karte der Gegend, aber ich kam oft weit von meinem Weg ab. Meine Seelenqual gönnte mir keine Ruhe, aber es geschah nichts, woraus meine Wut und mein Elend nicht neue Nahrung gezogen hätten. *Ein* Vorkommnis allerdings, das sich ereignete, als ich die Grenze der Schweiz erreichte, als die Sonne ihre Wärme wiedergewonnen hatte und die Erde wieder grün auszusehen begann, bekräftigte die Bitterkeit und den Abscheu meiner Empfindungen ganz besonders.

Ich ruhte mich meist während des Tages aus und wanderte nur, wenn die Nacht mich vor den Blicken der Menschen verbarg. Als ich eines Morgens aber merkte, dass mein Weg mitten durch einen dichten Wald führte, wagte ich es, meine Reise fortzusetzen, nachdem die Sonne aufgegangen war. Der Tag – es handelte sich um einen der ersten Frühlingstage – heiterte durch den wohltuenden Sonnenschein und die linde Luft sogar mich auf. Ich spürte, wie sich in mir Empfindungen von Zärtlichkeit und Freude regten, die lange in mir erstorben schienen. Einigermaßen von der Neuheit dieser Empfindungen überrascht, ließ ich mich von ihnen hinreißen und wagte es, meine Einsamkeit und Unförmigkeit vergessend, glücklich zu sein. Sanfte Tränen liefen mir über die Wangen, und ich erhob sogar meine tränenfeuchten Augen dankbar zur gesegneten Sonne auf, die mir solche Freude bereitete.

Ich ging auf den gewundenen Wegen weiter, bis ich an den Waldrand kam, an dem ein tiefer und reißender Fluss entlanglief, zu dem sich die schon frühlingshaft knospenden Zweige niedersenkten. Hier hielt ich an, weil ich nicht recht wusste, welchem Weg ich folgen sollte, als ich Stimmenklang hörte, der mich veranlasste, mich im Schatten einer Zypresse zu verbergen. Kaum hatte ich mich versteckt, als ein kleines Mädchen auf die Stelle, wo ich kauerte, zugelaufen kam und dabei lachte, als ob sie aus Spaß vor jemandem floh. Sie lief das steile Ufer des Flusses entlang, als sie plötzlich ausrutschte und in den reißenden Strom fiel. Ich stürzte aus meinem Versteck, rettete sie wegen der starken Strömung unter unendlicher Mühe und zog sie ans Ufer. Sie war bewusstlos, und ich bemühte mich auf jede erdenkliche Weise, sie wieder zum Leben zu erwecken, als ich plötzlich durch das Erscheinen eines einfachen Mannes unterbrochen wurde, bei dem es sich wahrscheinlich um die Person handelte, vor der sie im Spiel davongelaufen war. Als er mich sah, stürzte er auf mich los, riss mir das Mädchen aus den Armen und eilte tiefer in den Wald hinein. Ich folgte eilig, ohne zu wissen warum, aber als der Mann mich näher kommen sah, richtete er ein Gewehr, das er bei sich hatte, auf mich und feuerte. Ich sank zu Boden, und der Verbrecher floh nur umso schneller in den Wald.

Das also war die Belohnung für meine Hilfsbereitschaft! Ich hatte ein menschliches Wesen vor dem Untergang gerettet, und als Dank dafür krümmte ich mich nun vor elenden Schmerzen von einer Wunde, die Fleisch und Knochen zerschmettert hatte. Die zärtlichen und freundlichen Gefühle, die ich nur ein paar Augenblicke vorher empfunden hatte, wichen nun höllischer Wut und Zähneknirschen. Vor Schmerz wie von Sinnen, schwor ich der ganzen Menschheit ewigen Hass und ewige Rache. Aber die Qual meiner Wunde überwältigte mich; mein Puls setzte aus, und ich wurde ohnmächtig.

Einige Wochen lang führte ich in den Wäldern ein elendes Leben und versuchte, die Wunde auszuheilen, die ich empfangen hatte. Die Kugel war in meine Schulter gedrungen, und ich wusste nicht, ob sie noch darin steckte oder an der anderen Seite wieder ausgetreten war; sie herauszuholen, hatte ich ohnehin keine Möglichkeit. Meine Leiden wurden noch durch das niederschmetternde Gefühl der Ungerechtigkeit und Herzlosigkeit verstärkt, denen ich sie verdankte. Täglich aufs neue schwor ich Rache – eine tiefe, tödliche Rache, die mich allein für die Misshandlungen und Ängste, die ich ausgestanden hatte, entschädigen konnte.

Nach einigen Wochen war meine Wunde verheilt, und ich setzte meine Reise fort. Die Mühen, die ich auf mich nahm, wurden nun nicht mehr durch die helle Frühlingssonne oder die milden Frühlingswinde erleichtert; alle Freude kam mir wie ein Spott und eine Beleidigung meines trostlosen Zustands vor und ließ mich schmerzlich empfinden, dass ich nicht zum Genuss von Vergnügen geschaffen war.

Aber meine Anstrengungen gingen nun dem Ende entgegen, und zwei Monate später erreichte ich die Umgebung von Genf.

Es war Abend, als ich ankam, und ich zog mich in ein Versteck auf den Feldern zurück, um nachzudenken, auf welche Weise ich mich dir nähern sollte. Erschöpfung und Hunger setzten mir zu, und ich war viel zu unglücklich, um den milden Abendwind oder den Anblick des Sonnenuntergangs hinter den ungeheuren Bergen des Jura zu genießen.

In dieser Situation erlöste mich ein leichter Schlummer von schmerzlichen Überlegungen, aber er wurde durch das Nahen eines lieblichen Knaben gestört, der mit dem ganzen Übermut der Jugend in den Schlupfwinkel gelaufen kam, den ich mir ausgesucht hatte. Plötzlich, als ich ihn betrachtete, schoss mir der Gedanke durch den Kopf, dass dieses kleine Geschöpf unvoreingenommen war und erst zu kurze Zeit gelebt hatte, um Abscheu vor körperlichen Missbildungen zu entwickeln. Wenn ich ihn deshalb entführen und mir zum Gefährten und Freund heranziehen könnte, wäre ich auf dieser bevölkerten Erde nicht mehr so einsam.

Von diesem Impuls getrieben, griff ich nach dem Jungen, während er vorbeilief, und zog ihn an mich. Sobald er aber meine Gestalt sah, bedeckte er seine Augen mit den Händen und stieß einen schrillen Schrei aus; ich zog ihm die Hände mit Gewalt vom Gesicht und sagte: ›Kind, was soll das? Ich will dir nicht weh tun. Hör mir zu.‹

Er wehrte sich mit aller Kraft. ›Lass mich gehen‹, rief er, ›Monster! Hässliches Biest! Du willst mich fressen und mich in Stücke reißen. Du bist ein Menschenfresser. Lass mich los, oder ich sag es meinem Papa.‹

›Junge, du wirst deinen Vater nie wiedersehen, du musst mit mir kommen.‹

›Grässliches Monster! Lass mich los. Mein Papa ist Richter – er ist Herr Frankenstein – er wird dich bestrafen. Wag es nicht, mich festzuhalten.‹

›Frankenstein! Dann gehörst du zu meinem Feind – zu ihm, dem ich ewige Rache geschworen habe. Du wirst mein erstes Opfer.‹

Das Kind wehrte sich immer noch und überschüttete mich mit Beschimpfungen, die mein Herz mit Verzweiflung erfüllten. Ich packte ihn an der Kehle, um ihn zum Schweigen zu bringen, und einen Augenblick später lag er tot zu meinen Füßen.

Ich starrte mein Opfer an, und mein Herz jauchzte vor Freude und höllischem Triumph; ich klatschte in die Hände und rief: ›Auch ich kann Verwüstung anrichten; mein Feind ist nicht unverwundbar; dieser Tod wird ihm zeigen, was Verzweiflung ist, und noch tausend weitere Qualen sollen ihm bereitet werden und ihn vernichten.‹

Als ich meine Augen auf das Kind richtete, sah ich etwas auf seiner Brust blitzen. Ich nahm es an mich. Es war das Porträt einer äußerst reizenden Frau. Trotz meiner Feindseligkeit besänftigte es mich und übte eine anziehende Wirkung auf mich aus. Ein paar Augenblicke lang betrachtete ich entzückt ihre dunklen, von langen Wimpern umrahmten Augen und ihre reizenden Lippen. Aber sogleich kehrte meine Wut zurück. Es fiel mir ein, dass ich für immer von dem Entzücken ausgeschlossen war, das solche schönen Geschöpfe bereiten konnten, und dass der Ausdruck von himmlischer Güte auf dem Antlitz der Frau, die ich betrachtete, sich bei meinem Anblick in Ekel und Angst verwandelt hätte.

Wunderst du dich darüber, dass solche Gedanken mich zu Wutausbrüchen hinrissen? Ich wundere mich nur, dass ich mich in dem Augenblick nicht, anstatt meine Empfindungen im lauten Ausdruck meiner Seelenqualen abzureagieren, unter die Menschheit stürzte und bei dem Versuch, sie zu vernichten, umkam.

Während ich von diesen Gefühlen heimgesucht wurde, verließ ich die Stelle, wo ich den Mord begangen hatte, und betrat auf der Suche nach einem noch besser verborgenen Versteck eine Scheune, die mir leer vorkam. Eine Frau schlief dort auf Stroh; sie war jung, zwar nicht so schön wie die, deren Porträt ich besaß, aber von angenehmem Äußeren und blühend vor anmutiger Jugend und Gesundheit. Hier, dachte ich, ist jemand, dessen glückverheißendes Lächeln allen gilt, nur nicht mir. Und dann beugte ich mich über sie und flüsterte: ›Wach auf, du Schöne, dein Geliebter ist nah – er, der sein Leben für einen liebevollen Blick aus deinen Augen hingäbe. Meine Geliebte, wach auf!‹

Die Schläferin regte sich; Entsetzen packte mich. Würde sie womöglich aufwachen und mich sehen und verfluchen und den Mörder anzeigen? Das würde sie zweifellos tun, wenn sie ihre dunklen Augen öffnete und mich erblickte. Der Gedanke war Wahnsinn; er erregte den Teufel in mir – nicht ich, sie sollte leiden; sie sollte für den Mord büßen, den ich begangen hatte, weil man mich auf immer alles dessen beraubt hatte, was sie mir geben könnte. Das Verbrechen hatte seinen Ursprung in ihr; mochte sie dafür bestraft werden! Dank Felix' Unterricht und der grausamen Gesetze der Menschen hatte ich jetzt gelernt, Böses zu tun. Ich beugte mich über sie und versteckte das Porträt sicher in einer der Falten ihres Kleides. Sie bewegte sich wieder, und ich floh.

Einige Tage lang trieb ich mich an der Stelle herum, wo diese Ereignisse stattgefunden hatten, wobei ich manchmal wünschte, dich zu treffen, und manchmal beschloss, die Welt und ihr Elend auf immer zu verlassen. Schließlich wanderte ich auf diese Berge zu und bin seither in ihren zerklüfteten Weiten, von einer brennenden Leidenschaft verzehrt, die nur du befriedigen kannst, umhergestreift. Wir dürfen uns nicht trennen, bevor du versprichst, meine Forderung zu erfüllen. Ich bin einsam und elend; Menschen wollen nichts mit mir zu tun haben, aber jemand, der ebenso missgebildet und grauenhaft wäre wie ich, würde mich nicht zurückweisen. Meine Gefährtin müsste mir ganz und gar gleichen und dieselben Missbildungen haben. Dieses Wesen musst du schaffen.«

Kapitel 17

Das Geschöpf hielt inne und richtete in Erwartung einer Antwort seine Blicke auf mich. Aber ich war zu verwirrt, überrascht und unfähig, meine Gedanken zu ordnen, als dass ich die ganze Bedeutung seines Vorschlags ermessen konnte. Er fuhr fort: »Du musst eine Frau für mich schaffen, die mir mit der für meine Existenz nötigen Sympathie begegnet. Nur du bist dazu imstande, und ich verlange es von dir als ein Recht, das du mir nicht verweigern darfst.«

Der letzte Teil seiner Geschichte hatte in mir wieder den Zorn erregt, der nachgelassen hatte, während er sein friedliches Leben bei den Hüttenbewohnern erzählte; und als er dies sagte, konnte ich die Wut, die in mir brannte, nicht länger unterdrücken.

»Ich weigere mich trotzdem«, erwiderte ich, »und auch auf der Folter werde ich mich nie zur Zustimmung erpressen lassen. Du kannst mich ins schlimmste Unglück stürzen, aber du wirst mich nie dazu bringen, mich selbst zu verachten. Soll ich noch ein Monster wie dich schaffen, damit eure gemeinsame Verworfenheit die Welt verwüstet? Hinweg! Ich habe dir eine Antwort gegeben. Du kannst mich martern, aber ich werde niemals nachgeben.«

»Du irrst dich«, entgegnete der Böse, »und anstatt zu drohen, gebe ich mich damit zufrieden, dir meine Gründe auseinanderzusetzen. Ich bin böse, weil ich unglücklich bin. Werde ich nicht von der ganzen Menschheit gemieden und gehasst? Du, mein Schöpfer, möchtest mich in Stücke reißen und triumphieren. Das bedenke, und sage mir, warum ich die Menschen mehr bemitleiden soll als sie mich? Du würdest es nicht einmal Mord nennen, wenn du mich in eine dieser Eisspalten stürzen und mich zerschmettern könntest – mich, das Werk deiner eigenen Hände. Soll ich die Menschen achten, wenn sie mich verachten? Sie sollen mir mit Güte begegnen, dann würde ich, statt ihnen zu schaden, mit Tränen der Dankbarkeit für ihre Gnade ihnen jede Wohltat erweisen. Aber das ist unmöglich; die menschlichen Sinne sind eine unüberwindliche Barriere für unser Zusammenleben. Ich werde mich jedoch nicht gehorsam in ein elendes Sklavendasein fügen. Ich werde das mir angetane Unrecht rächen. Wenn ich nicht Liebe einflößen kann, werde ich Furcht verbreiten, und vor allem dir, mein Erzfeind, weil mein Schöpfer, schwöre ich unauslöschlichen Hass. Sieh dich vor; ich werde deinen Untergang betreiben und nicht ablassen, bis ich dich zur Verzweiflung getrieben habe, so dass du die Stunde deiner Geburt verfluchst.«

Teuflische Wut malte sich auf seinen Zügen, als er dies sagte; sein Gesicht verzerrte sich aufs fürchterlichste, so dass das menschliche Auge es kaum ertragen konnte; aber dann beruhigte er sich wieder und fuhr fort: »Ich hatte vor, dir meine Gründe auseinanderzusetzen. Diese Leidenschaft schadet mir nur, denn du machst dir nicht klar, dass *du* der Grund für ihre Exzesse bist. Wenn ein Lebewesen gütige Gefühle gegen mich hegte, würde ich sie hundert- und tausendfach vergelten, denn um eines einzigen Lebewesens willen würde ich mit der ganzen Gattung Frieden schließen. Doch ich gebe mich nur schönen Träumen hin, die sich nicht verwirklichen lassen. Was ich von dir erbitte, ist berechtigt und bescheiden; ich verlange ein Wesen des anderen Geschlechts, aber so widerwärtig wie ich selbst. Die Genugtuung darüber ist gering, aber sie ist alles, was ich erlangen kann, und ich werde mich damit zufriedengeben. Zwar werden wir Monstren sein, ausgestoßen von der Welt, aber gerade deshalb wird das Band zwischen uns umso enger sein. Unser Leben wird nicht glücklich, aber es wird arglos und frei von dem Elend sein, das ich jetzt durchmache. Ach, mein Schöpfer, mach mich glücklich; lass mich Dankbarkeit für dich empfinden um einer Wohltat willen! Lass mich erleben, dass ich die Sympathie eines einzigen Lebewesens hervorrufe; versage mir diese Bitte nicht.«

Ich war bewegt. Ich schauderte, wenn ich an die möglichen Folgen meiner Zustimmung dachte, aber ich sah ein, dass sein Argument eine gewisse Berechtigung hatte. Seine Geschichte und die dabei ausgedrückten Gefühle bewiesen, dass er ein empfindsames Seelenleben hatte – und schuldete ich als sein Schöpfer ihm nicht all das Glück, das ihm zu geben in meiner Macht stand? Er bemerkte den Wandel meiner Gefühle und fuhr fort: »Wenn du zustimmst, werden weder du noch irgendeiner deiner Mitmenschen mich je wiedersehen. Ich werde mich in die riesigen Einöden Südamerikas zurückziehen. Meine Nahrung ist nicht Menschennahrung, ich töte nicht Lamm und Kitz, um meinen Hunger zu stillen; Eicheln und Beeren werden mir genug Nahrung liefern. Meine Gefährtin wird mir gleichen und mit derselben Kost zufrieden sein. Wir werden uns ein Bett aus getrockneten Blättern bereiten; die Sonne wird auf uns wie auf die Menschen scheinen und unsere Nahrung reifen lassen. Das Bild, das ich dir male, ist friedlich und menschlich, und du musst einsehen, dass du seine Verwirklichung nur aus unverantwortlich ausgeübter Macht oder aus Grausamkeit ablehnen kannst. So herzlos du mir gegenüber auch gewesen bist, jetzt sehe ich Mitgefühl in deinen Augen. Lass mich den günstigen Augenblick ergreifen und dich zu dem Versprechen überreden, um das ich dich anflehe.«

»Du versprichst«, erwiderte ich, »dich von den menschlichen Behausungen fernzuhalten und in Einöden zu leben, wo die Tiere der Steppe deine einzige Gesellschaft sind. Wie willst du, der du dich nach menschlicher Liebe und Sympathie sehnst, es in dieser Verbannung aushalten? Du wirst zurückkehren und dich wieder um ihre Freundlichkeit bewerben, und du wirst wieder nur auf Abscheu stoßen; deine bösen Leidenschaften werden wiedererwachen, und dann wirst du eine Gefährtin haben, die dich bei deinem Zerstörungswerk unterstützt. Das darf nicht sein; besteh nicht weiter darauf, denn ich kann nicht zustimmen.«

»Wie wankelmütig du bist! Vor nur einem Augenblick warst du von meiner Schilderung bewegt, und warum verhärtest du dich nun wieder gegen meine Klagen? Ich schwöre dir bei der Erde, auf der ich lebe, und bei dir, der mich gemacht hat, dass ich mit der Gefährtin, die du mir gewährst, die Nähe der Menschen fliehen und, wie es der Zufall ergibt, in den unzivilisiertesten Gegenden leben werde. Meine bösen Leidenschaften werden mich verlassen, denn ich werde Sympathie begegnen. Mein Leben wird still vergehen, und im Augenblick des Todes werde ich meinen Schöpfer nicht verfluchen.«

Seine Worte hatten eine merkwürdige Wirkung auf mich. Ich hatte Mitleid mit ihm und spürte manchmal das Bedürfnis, ihn zu trösten, aber wenn ich ihn ansah, wenn ich die widerliche Masse sah, die sich da bewegte und sprach, spürte ich Ekel im Herzen, und meine Gefühle wandelten sich in Entsetzen und Hass. Ich versuchte, diese Empfindungen zu unterdrücken; ich dachte, wenn ich schon kein Mitgefühl mit ihm hatte, so hätte ich doch kein Recht, ihm das bisschen Glück vorzuenthalten, das zu gewähren in meiner Macht stand.

»Du schwörst«, sagte ich, »arglos zu sein; aber hast du nicht schon ein solches Maß an Bösartigkeit bewiesen, dass ich allen Grund habe, dir zu misstrauen? Kann nicht sogar all dies nur vorgetäuscht sein, damit du deinen Triumph durch eine bessere Möglichkeit zur Rache vergrößern kannst?«

»Was heißt das? Ich lasse mich nicht zum Narren halten, sondern verlange Antwort. Wenn ich keine Bindungen und keine Zuneigung habe, müssen Hass und Laster mein Schicksal sein; die Liebe eines anderen Wesens wird die Ursache meiner Verbrechen beseitigen und aus mir ein Geschöpf machen, von dessen Existenz niemand weiß. Meine Laster sind die Auswüchse einer erzwungenen Einsamkeit, die ich verabscheue, und meine Tugenden werden zwangsläufig zum Vorschein kommen, wenn ich mit einem mir ähnlichen Wesen zusammenlebe. Ich werde die Zuneigung eines empfindsamen Geschöpfes erfahren und ein Glied in der Kette des Lebens und der Ereignisse werden, von denen ich jetzt ausgeschlossen bin.«

Ich schwieg eine Weile, um all das, was er erzählt, und die verschiedenen Argumente, die er vorgebracht hatte, zu überdenken. Ich dachte an die vielversprechenden Tugenden, die er zu Anfang seiner Existenz gezeigt hatte, und an den anschließenden Schaden, den seine Beschützer bei all seinen freundlichen Gefühlen durch ihren Ekel und ihre Verachtung angerichtet hatten. Auch seine Gewalttätigkeit und seine Drohungen vergaß ich bei meinen Überlegungen nicht; ein Geschöpf, das in den Eishöhlen von Gletschern leben und sich im Gebüsch unzugänglicher Felsvorsprünge der Verfolgung entziehen konnte, besaß offenbar Fähigkeiten, denen niemand gewachsen war. Nach einer langen Überlegungspause entschied ich mich, dass es die Gerechtigkeit ihm und meinen Mitmenschen gegenüber von mir verlangte, dass ich seiner Forderung nachgab. Ich wandte mich ihm deshalb wieder zu und sagte: »Ich werde deine Bitte auf deinen heiligen Eid hin erfüllen, dass du Europa und jede andere von Menschen bewohnte Gegend für immer verlässt, sobald ich dir ein weibliches Wesen anvertraut habe, das dich in deine Verbannung begleiten wird.«

»Ich schwöre«, rief er, »bei der Sonne und dem blauen Himmel und der Liebesglut, die in meinem Herzen brennt, dass du mich, falls du mein Flehen erhörst, niemals wiedersehen wirst, solange die Welt besteht. Geh nach Hause und beginn deine Arbeit; ich werde ihren Fortschritt mit unaussprechlicher Spannung verfolgen; und hab keine Angst, ich werde erst erscheinen, wenn du fertig bist.«

Mit diesen Worten verließ er mich ganz plötzlich, vielleicht aus Furcht, dass ich meine Einstellung ändern würde. Ich sah ihn den Berg mit größerer Geschwindigkeit als ein Adler im Flug hinabeilen und bald in den Wellen des Eismeers verschwinden.

Seine Geschichte hatte den ganzen Tag in Anspruch genommen, und die Sonne stand schon dicht über dem Horizont, als er aufbrach. Ich wusste, dass ich meinen Abstieg ins Tal beschleunigen musste, wenn die Dunkelheit mich nicht überraschen sollte; aber mein Herz war schwer, und meine Schritte waren langsam. Ich fand es mühsam, den Windungen des schmalen Bergpfades zu folgen und festen Tritt zu fassen, während ich weiterging, da ich in Gedanken noch ganz und gar mit den Ereignissen des Tages beschäftigt war. Die Nacht war weit vorgeschritten, als ich zu dem Rastplatz auf halbem Weg kam und mich neben die Quelle setzte. Die Sterne schienen hin und wieder, wenn die Wolken nicht über sie hinwegzogen; die dunklen Kiefern ragten vor mir auf, und hier und da lag ein gestürzter Baum auf dem Boden; es war eine Szene von wunderbarer Feierlichkeit, und sie erregte eigenartige Gedanken in mir. Ich weinte bitterlich, und vor Verzweiflung die Hände ringend, rief ich: »Ach, Sterne und Wolken und Winde, ihr alle wollt mich nur zum Narren halten; wenn ihr mich ehrlich bedauert, so zerstört Empfindung und Erinnerung; lasst mich ganz zunichtewerden – aber wenn nicht, dann zieht weiter – immer weiter, und lasst mich in der Dunkelheit allein zurück.«

Das waren sinnlose und unselige Gedanken, aber ich kann Ihnen nicht beschreiben, wie mich das ewige Funkeln der Sterne bedrückte und wie ich jedem Windstoß zuhörte, als wäre es ein stickiger, unangenehmer Schirokko, im Begriff, mich zu verschlingen.

Der Morgen dämmerte, bevor ich im Dorf Chamonix ankam; ich ruhte mich nicht aus, sondern kehrte direkt nach Genf zurück. Sogar im eigenen Herzen konnte ich für meine Empfindungen keinen Ausdruck finden – sie lasteten wie das Gewicht eines Berges auf mir und vergrößerten mit ihrer Schwere meine Seelenqual. So kehrte ich nach Hause zurück, trat ein und begrüßte meine Familie. Meine verstörte und wilde Erscheinung erregte ernste Sorge, aber ich antwortete auf keine Frage, sprach überhaupt kaum. Ich hatte den Eindruck, als stünde ich unter einem Bann – als hätte ich kein Recht auf ihr Mitgefühl –, als dürfe ich niemals wieder ihre Gesellschaft genießen. Aber trotz alledem liebte ich sie grenzenlos; und um sie zu retten, beschloss ich, mich meiner abscheulichen Aufgabe zu widmen. Die Aussicht auf eine solche Beschäftigung ließ alle anderen Ereignisse meines Lebens wie einen Traum erscheinen, und nur dieser eine Gedanke besaß für mich Wirklichkeit.

Kapitel 18

Tag um Tag, Woche um Woche verging nach meiner Rückkehr nach Genf, und ich fand nicht den Mut, meine Arbeit zu beginnen. Ich fürchtete die Rache des enttäuschten Bösewichts, und doch war ich unfähig, meinen Widerwillen gegen die Aufgabe, die mir auferlegt war, zu überwinden. Mir wurde klar, dass ich eine Frau nicht schaffen konnte, ohne noch einmal mehrere Monate auf intensives Studium und mühsame Forschung zu verwenden. Ich hatte von einigen Entdeckungen eines englischen Naturwissenschaftlers gehört, deren Kenntnis entscheidend für meinen Erfolg war, und manchmal dachte ich daran, zu diesem Zweck die Zustimmung meines Vaters zu einer Reise nach England zu erbitten; aber ich klammerte mich an jeden Vorwand, sie hinauszuschieben, und schreckte davor zurück, den ersten Schritt zu einem Unternehmen zu tun, dessen Dringlichkeit mir immer weniger zwingend erschien. Tatsächlich hatte ich mich innerlich verändert; mein Gesundheitszustand, der sich bisher verschlechtert hatte, war weitgehend wiederhergestellt, und dementsprechend stieg auch meine Stimmung, wenn sie nicht durch die Erinnerung an mein unglückseliges Versprechen beeinträchtigt wurde. Mein Vater beobachtete diese Veränderung mit Freude und überlegte, wie er am besten den letzten Rest von Schwermut ausrotten konnte, die hin und wieder in Anfällen den nahenden Sonnenschein durch eine alles verschlingende Finsternis überschattete. In solchen Augenblicken nahm ich Zuflucht zu völliger Einsamkeit. Ich verbrachte, allein in einem Boot auf dem See, ganze Tage damit, schweigend und teilnahmslos die Wolken zu beobachten und dem Plätschern der Wellen zu lauschen. Aber der frischen Luft und dem hellen Sonnenschein gelang es meist, mein inneres Gleichgewicht wenigstens teilweise wiederherzustellen, und bei meiner Rückkehr sah ich der Begrüßung meiner Lieben mit einem gefassteren Lächeln und einem fröhlicheren Herzen entgegen.

Nach meiner Rückkehr von einem dieser Streifzüge nahm mein Vater mich beiseite und sagte folgendes zu mir: »Ich freue mich, mein lieber Sohn, dass du deine früheren Freizeitbeschäftigungen wiederaufgenommen hast und wieder ganz du selbst bist. Und doch bist du immer noch unglücklich und meidest immer noch unsere Gesellschaft. Eine Zeitlang tappte ich über die Ursache im dunkeln, aber gestern kam mir ein Gedanke, und wenn etwas daran ist, beschwöre ich dich, es nicht zu leugnen. Zurückhaltung in diesem Punkt wäre nicht nur nutzlos, sondern würde uns alle drei unglücklich machen.«

Ich zitterte heftig bei dieser Einleitung, und mein Vater fuhr fort: »Ich gestehe, mein Sohn, dass ich mich immer auf deine Heirat mit unserer lieben Elizabeth als ein Band unserer häuslichen Behaglichkeit und eine Stütze meines kommenden Alters gefreut habe. Ihr hängt seit eurer frühesten Kindheit aneinander; ihr habt gemeinsam gelernt und seid offenbar in euren Anlagen und Vorlieben wie füreinander geschaffen. Aber auch der erfahrenste Mensch kann sich täuschen, und das, was meinem Plan zugutekommen sollte, hat ihn womöglich völlig zerstört. Du betrachtest sie vielleicht nur als deine Schwester und ohne den Wunsch, sie zu heiraten. Ja, womöglich hast du sogar eine andere getroffen, die du liebst; und da du dich Elizabeth gegenüber gebunden fühlst, leidest du offenbar an diesem schmerzlichen Dilemma.«

»Mein lieber Vater, du kannst beruhigt sein. Ich liebe meine Cousine zärtlich und aufrichtig. Ich bin nie einer Frau begegnet, die so sehr wie Elizabeth meine innigste Bewunderung und Zuneigung geweckt hat. Meine Hoffnungen und Aussichten für die Zukunft knüpfen sich ausschließlich an die Erwartung unserer Verbindung.«

»Das Bekenntnis deiner Gefühle, mein lieber Victor, macht mir mehr Freude, als ich seit langer Zeit erfahren habe. Wenn das deine Empfindungen sind, werden wir bestimmt glücklich sein, wie sehr auch die jüngsten Ereignisse unser Leben verdüstern mögen. Aber diese Verdüsterung hat anscheinend große Macht über dein Gemüt, die ich zerstreuen möchte. Sag mir deshalb, ob du Einwände gegen eure sofortige Eheschließung hast. Wir sind vom Unglück heimgesucht, und die Ereignisse der letzten Zeit haben uns die tägliche Ruhe geraubt, die ich bei meinen Jahren und meinem Gesundheitszustand verdient habe. Du bist jünger, und doch nehme ich, da du ja ein angemessenes Vermögen hast, nicht an, dass eine frühe Heirat deine womöglich gemachten Pläne, dir Anerkennung zu erwerben und Leistungen zu vollbringen, irgendwie durchkreuzen würde. Glaub aber nicht, dass ich dir dein Glück vorschreiben möchte oder mir ein Aufschub deinerseits ernsthafte Sorgen bereiten würde. Nimm meine Worte unvoreingenommen auf und antworte mir, darum bitte ich dich, in allem Vertrauen und aller Offenheit.«

Ich hörte meinem Vater schweigend zu und war eine Zeitlang außerstande, ihm eine Antwort zu geben. Mir gingen blitzschnell alle möglichen Gedanken durch den Kopf, und ich versuchte, zu einem Schluss zu kommen. Aber ach, mir verursachte die Aussicht auf eine sofortige Verbindung mit meiner Elizabeth Entsetzen und Abscheu. Ich war durch ein heiliges Versprechen gebunden, das ich noch nicht erfüllt hatte und nicht zu brechen wagte – und wenn ich es tat, was für unsägliches Elend würde dadurch nicht womöglich über mich und meine verständnisvolle Familie hereinbrechen! Konnte ich mich mit diesem tödlichen Gewicht um den Hals, das mich zu Boden drückte, auf einen solchen Festtag einlassen? Ich musste mein Versprechen einhalten und das Monster mit seiner Gefährtin davonziehen lassen, bevor ich es mir gönnte, mich der Freude über die Verbindung hinzugeben, von der ich Frieden erwartete.

Ich erinnerte mich auch an die unumgängliche Notwendigkeit, entweder nach England zu reisen oder mich auf eine lange Korrespondenz mit den Naturwissenschaftlern dieses Landes einzulassen, deren Kenntnisse und Entdeckungen für mein gegenwärtiges Unternehmen unerlässlich waren. Die letztere Methode, die begehrten Informationen zu bekommen, war mühsam und unbefriedigend; und außerdem hatte ich eine unüberwindliche Abneigung dagegen, mich meiner abscheulichen Aufgabe im Haus meines Vaters zu unterziehen, während des täglichen ungezwungenen Umgangs mit denen, die ich liebte. Ich wusste, dass tausend schreckliche Zwischenfälle passieren konnten, von denen schon der kleinste allen mir Nahestehenden eine Geschichte enthüllen würde, die sie mit Entsetzen erfüllen musste. Mir war auch klar, dass ich oft jede Selbstbeherrschung, jede Fähigkeit verlieren würde, die quälenden Empfindungen zu verbergen, die mich während des Fortgangs meiner schaurigen Aufgabe überwältigen würden. Während dieser Beschäftigung musste ich mich von allen, die ich liebte, absondern. Einmal begonnen, wäre sie schnell vollendet, und ich konnte mich friedlich und glücklich wieder in den Schoß meiner Familie zurückbegeben. Wenn mein Versprechen erfüllt war, würde das Monster auf immer verschwinden. Oder (so malte ich es mir in meiner lebhaften Phantasie aus) in der Zwischenzeit würde ein Unglück passieren, das ihn zerstören und meine Sklaverei auf immer beenden würde.

Von diesen Gefühlen war meine Antwort an meinen Vater bestimmt. Ich teilte ihm meinen Wunsch mit, England zu besuchen, verschwieg aber die wahren Gründe für diese Bitte und verbarg meine Wünsche unter einem Vorwand, der kein Misstrauen erregte, während ich sie zugleich mit einem Nachdruck vortrug, der meinen Vater dazu veranlasste, einzuwilligen. Nach einer so langen Periode ausgesprochener Melancholie, die in ihrer Intensität und ihren Wirkungen an Wahnsinn grenzte, war er froh, dass ich dem Gedanken an eine solche Reise Vergnügen abgewinnen konnte, und hoffte, dass ein Szenenwechsel und Abwechslung bis zu meiner Rückkehr mich völlig wiederhergestellt haben würden.

Die Dauer meiner Abwesenheit wurde mir selbst überlassen; von ein paar Monaten oder höchstens einem Jahr war die Rede. Mein Vater hatte die gutgemeinte Vorsichtsmaßnahme getroffen, mir einen Gefährten zu besorgen. Ohne mich vorher einzuweihen, hatte er in Absprache mit Elizabeth vereinbart, dass Clerval sich in Straßburg zu mir gesellen sollte. Dies schloss die Einsamkeit aus, an der mir für die Ausführung meiner Aufgabe so sehr lag; und doch würde die Gesellschaft meines Freundes zu Anfang meiner Reise keineswegs störend für mich sein, und ich war von Herzen froh darüber, dass mir auf diese Weise viele Stunden einsamen, nervenaufreibenden Nachdenkens erspart blieben. Ja, Henry würde sich schützend zwischen mich und meinen zudringlichen Feind stellen. Wenn ich allein wäre – würde dieser mir womöglich seine widerwärtige Gegenwart aufzwingen, um mich an meine Aufgabe zu gemahnen oder ihren Fortschritt zu verfolgen?

England also war mein Ziel, und es galt als abgemacht, dass meine Verbindung mit Elizabeth unmittelbar nach meiner Rückkehr stattfinden sollte. Wegen seines Alters war meinem Vater die Verzögerung gar nicht lieb. Mir selbst versprach ich *eine* Belohnung für meine widerwärtige Arbeit – *einen* Trost für mein beispielloses Leiden: Es war die Aussicht auf den Tag, an dem ich, von meiner elenden Sklaverei befreit, meinen Anspruch auf Elizabeth erheben und die Vergangenheit in der Verbindung mit ihr vergessen würde.

Ich traf nun Vorbereitungen für meine Reise, aber eine Sorge quälte mich, die mich mit Angst und Unruhe erfüllte. Während meiner Abwesenheit würde ich meine Lieben ahnungslos über die Existenz ihres Feindes und schutzlos seinen Angriffen ausgesetzt zurücklassen – denn er konnte über meinen Aufbruch durchaus erbittert sein. Aber er hatte versprochen, mir, wohin auch immer ich gehen mochte, zu folgen – würde er mich daher nicht nach England begleiten? Diese Vorstellung war eigentlich entsetzlich, aber insofern auch tröstlich, als sie vermutlich die Sicherheit meiner Lieben gewährleistete. Der Gedanke an die Möglichkeit, dass das Gegenteil eintreten würde, quälte mich, aber während der ganzen Zeit, in der ich der Sklave meines Geschöpfes war, ließ ich mich von den Eingebungen des Augenblicks leiten; und meine gegenwärtigen Empfindungen legten mir nahe, dass der Feind mir folgen und meine Familie vor der Gefahr seiner Anschläge verschonen würde.

Spät im September verließ ich meine Heimat zum zweitenmal. Meine Reise war mein eigener Vorschlag, und Elizabeth fügte sich deshalb, aber der Gedanke, dass ich fern von ihr Anfälle von Niedergeschlagenheit und Schwermut erleiden würde, erfüllte sie mit Unruhe. Dass ich Clerval als Gefährten hatte, war ihr zu verdanken, und doch ist ein Mann blind für die tausend kleinen Einzelheiten, die die konzentrierte Aufmerksamkeit einer Frau in Anspruch nehmen. Sie hätte mich so gern gebeten, meine Rückkehr zu beschleunigen; tausend sich widersprechende Empfindungen machten sie stumm, als sie mir tränenreich und schweigend Lebewohl sagte.

Ich warf mich in die Kutsche, die mich entführen sollte, kaum wissend, wohin ich fuhr, und ohne wahrzunehmen, was um mich herum vorging: Ich dachte lediglich daran – und dies mit einem Gefühl bitterer Beklemmung –, anzuordnen, dass meine chemischen Instrumente eingepackt werden sollten, um mich zu begleiten. Während ich von trüben Vorstellungen geplagt wurde, zogen viele schöne und majestätische Landschaften an mir vorbei, aber mein Blick war starr und abwesend. Ich konnte nur an das Ziel meiner Reisen und an das Werk denken, das mich beschäftigen sollte, solange sie dauerten.

Nach einigen in teilnahmsloser Untätigkeit verbrachten Tagen, während deren ich viele Meilen zurücklegte, traf ich in Straßburg ein, wo ich zwei Tage auf Clerval wartete. Er kam. Aber ach, was für ein Unterschied zwischen uns herrschte! Er gab sich jedem neuen Eindruck hin, freudig bewegt, wenn er die Schönheit des Sonnenuntergangs beobachtete, und noch glücklicher, wenn er die Sonne aufgehen und einen neuen Tag beginnen sah. Er wies mich auf die vielfältigen Farben der Landschaft und die Veränderungen am Himmel hin. »Das heißt Leben«, rief er, »nun genieße ich mein Dasein! Aber du, mein lieber Frankenstein, weshalb bist du nur so bekümmert und niedergeschlagen!« Tatsächlich war ich mit düsteren Gedanken beschäftigt und sah weder das Verschwinden des Abendsterns noch den goldenen Sonnenaufgang, der sich im Rhein spiegelte. Und Sie, mein Freund, hätten viel mehr Freude an dem Tagebuch Clervals, der die Szenerie mit empfindsamem und begeistertem Auge sah, als daran, meinen Gedanken zuzuhören. Ich, ein armer Teufel, geschlagen mit einem Fluch, der mir jeden Zugang zum Lebensgenuss verschloss!

Wir waren übereingekommen, den Rhein von Straßburg bis Rotterdam zu Schiff hinunterzufahren, von wo aus wir dann eine Passage nach England nehmen konnten. Während dieser Reise kamen wir an vielen mit Weiden bestandenen Inseln vorüber und sahen allerlei schöne Städte. Wir blieben einen Tag in Mannheim und trafen am fünften Tag nach unserer Abreise von Straßburg in Mainz ein. Der Lauf des Rheins unterhalb von Mainz wird entschieden malerischer. Der Strom fließt nun reißender und windet sich zwischen Bergen hindurch, die nicht hoch, aber steil und pittoresk sind. Wir sahen viele Burgruinen, die hoch und unzugänglich, von dunklen Wäldern umgeben, über Abgründen standen. Dieser Teil des Rheins stellt eine einzigartig vielfältige Landschaft dar. An einer Stelle sieht man schroffe Felsen, Burgruinen, die furchterregende Abgründe überblicken, wo der dunkle Rhein tief unten dahinrauscht; und beim plötzlichen Zurücktreten eines Felsvorsprungs nehmen üppige Weinberge an sanften grünen Abhängen und ein sich windender Strom und bevölkerte Städte den Blick gefangen.

Wir reisten zur Zeit der Weinlese und hörten die Lieder der Landarbeiter, während wir den Strom hinunterglitten. Sogar ich in meinem niedergeschlagenen Zustand und mit meinem ständig von düsteren Empfindungen beunruhigten Gemüt – sogar ich genoss den Anblick. Ich lag auf dem Boden des Schiffes, und während ich in den wolkenlosen blauen Himmel starrte, sog ich offenbar eine Seelenruhe ein, die ich lange nicht mehr gekannt hatte. Und wenn dies schon meine Empfindungen waren – wer kann Henrys beschreiben? Es kam ihm vor, als wäre er in ein Märchenland versetzt und erführe ein Glück, wie es selten ein Mensch genossen hat. »Ich habe in meinem eigenen Land die denkbar schönsten Landschaftsbilder gesehen«, sagte er, »ich habe den Luzerner und den Urner See besucht, wo die schneebedeckten Berge fast senkrecht zum Wasser abfallen und schwarze und undurchdringliche Schatten werfen, die einen düsteren und trostlosen Anblick hervorrufen würden, wenn es nicht die üppig grünen Inseln gäbe, die das Auge durch ihren heiteren Anblick entlasten; ich habe diesen See vom Sturm aufgewühlt gesehen, wenn der Wind Wasserwirbel hochpeitschte und man eine Vorstellung bekam, wie die Gischt auf dem großen Ozean schäumen muss; und wenn die Wellen sich wütend gegen den Fuß der Berge werfen, wo der Priester und seine Geliebte von einer Lawine verschüttet wurden und man angeblich noch heute ihre sterbenden Stimmen in den Ruhepausen des nächtlichen Winds hören kann; ich habe die Berge von La Valais und die Pays de Vaud gesehen, aber diese Landschaft, Victor, gefällt mir besser als all die anderen Wunder. Die Berge der Schweiz sind majestätischer und unnahbarer, aber die Ufer dieses göttlichen Flusses haben einen Charme, dem bisher nichts gleichkommt. Sieh dir die Burg an, die dort über dem Abgrund hängt, und auch die dort auf der Insel, die vom Laubwerk dieser lieblichen Bäume fast ganz verborgen ist; und jetzt dort den Trupp von Arbeitern, die aus ihrem Weinberg kommen, und das Dorf, das halb in der Senke verborgen ist. Ach, ganz bestimmt hat der Geist, der diese Gegend bewohnt und bewacht, eine Seele, die mit dem Menschen in größerer Harmonie lebt als jene, welche Gletscher auftürmen oder sich auf die unzugänglichen Bergspitzen in unserer Heimat zurückziehen.«

Clerval, geliebter Freund! Auch jetzt macht es mir noch große Freude, deine Worte wiederzugeben und dein Lob zu singen, das du so außerordentlich verdienst. Er war ein Geschöpf, das »dem poetischen Geist der Natur« ganz entsprach. Seine ungezähmte, begeisterte Einbildungskraft war durch die Empfindsamkeit seines Herzens gedämpft. Seine

Seele floss von feurigen Empfindungen über und seine ergebene und wunderbare Freundschaft erfüllte die Ansprüche, die wir, wie die Welterfahrenen lehren, nur in der Einbildung erwarten dürfen. Aber nicht einmal menschliche Sympathien genügten, um seinen lebhaften Geist zu befriedigen. Die Szenen der äußeren Natur, die andere nur mit Bewunderung betrachten, liebte er glühend:

> Ihn ließ der tosende Katarakt
> Wie eine Leidenschaft nicht los: der steile Fels,
> Der Berg und auch der tiefe, düstre Wald;
> Die Farben und die Formen machten ihn
> Ganz hungrig: ein Gefühl und eine Liebe,
> Die gar nicht nach dem mittelbaren Reiz,
> Den die Idee hervorbringt, oder nach
> Der Anregung, die nicht dem Aug entspringt,
> Verlangten.[28]

Und wo ist er jetzt? Ist dieses sanfte und liebenswerte Geschöpf auf immer verschwunden? Ist dieser Geist, der so von Ideen und schwärmerischen und großartigen Vorstellungen überfloss, die eine Welt bildeten, deren Existenz von dem Leben seines Schöpfers abhing – ist dieser Geist untergegangen? Existiert er jetzt nur noch in meiner Erinnerung? Nein, so ist es nicht. Deine so göttlich geformte und mit strahlender Schönheit gesegnete Gestalt ist verfallen, aber dein Geist besucht und tröstet deinen unglücklichen Freund noch immer.

Verzeihen Sie diesen Schmerzensausbruch; diese unzulänglichen Worte sind nur unwürdige Huldigung an Henrys unvergleichlichen Wert, aber sie besänftigen mein Herz, das von dem Kummer überfließt, den die Erinnerung an ihn heraufbeschwört. Ich fahre mit meiner Erzählung fort.

Hinter Köln fuhren wir ins holländische Flachland hinein, und wir beschlossen, den Rest unseres Weges mit der Postkutsche zurückzulegen, denn wir hatten Gegenwind, und die Strömung des Flusses war zu schwach, als dass sie uns hätte vorantreiben können.

Hier verlor unsere Reise den Reiz, den sie der schönen Landschaft verdankte, und nach ein paar Tagen kamen wir in Rotterdam an, von wo wir nach England übersetzten. An einem klaren Morgen spät im Dezember sah ich die weißen Klippen von Britannien zum erstenmal. Die Ufer der Themse boten eine neue Szenerie; sie waren flach, aber fruchtbar, und fast alle Städte gewannen durch die Erinnerung an irgendein historisches Ereignis an Charakter. Wir sahen Tilbury Fort und erinnerten uns an die spanische Armada, Gravesend, Woolwich und Greenwich[29] – Orte, von denen ich sogar in meiner Heimat gehört hatte.

Schließlich sahen wir die zahllosen Kirchtürme von London, den alles überragenden von St. Paul und den in der englischen Geschichte berühmten Tower.

Kapitel 19

Wir machten zunächst in London Station; wir beschlossen, einige Monate in dieser wunderbaren und berühmten Stadt zu bleiben. Clerval lag an dem Umgang mit den genialen und talentierten Männern, die zu dieser Zeit Ansehen genossen, aber das war nicht meine dringendste Sorge; ich war vor allem damit beschäftigt, die für die Erfüllung meines Versprechens nötige Information zu erlangen, und machte sogleich von den an die ausgezeichnetsten Naturwissenschaftler gerichteten Empfehlungsschreiben Gebrauch, die ich mitgebracht hatte.

Hätte diese Reise während meiner sorglosen Studienzeit stattgefunden, so hätte sie mir unaussprechliches Vergnügen bereitet. Aber ein schrecklicher Schatten lag über meinem Leben, und ich besuchte diese Leute nur um der Information willen, die sie mir über das Forschungsgebiet geben konnten, an dem ich so brennend interessiert war. Menschliche Gesellschaft war mir lästig; nur allein gelang es mir, den Anblick von Himmel und Erde auf mich wirken zu lassen; Henrys Stimme wirkte beruhigend auf mich, und daher konnte ich mir in seiner Gesellschaft vorübergehenden Seelenfrieden einreden. Aber geschäftige, uninteressante, heitere Gesichter füllten mein Herz wieder mit Verzweiflung. Ich spürte zwischen mir und meinen Mitmenschen eine unüberwindliche Barriere; diese Barriere war durch Williams und Justines Blut besiegelt, und über die mit diesen Namen verbundenen Ereignisse nachzudenken bereitete mir Seelenqualen.

Aber in Clerval sah ich das Spiegelbild meines früheren Selbst; er war wissbegierig und brannte darauf, Erfahrung und Belehrung zu erhalten. Der Unterschied in der Lebensart, den er wahrnahm, war für ihn eine unerschöpfliche Quelle von Belehrung und Unterhaltung. Auch er verfolgte einen Plan, den er schon lange im Sinn hatte: nämlich Indien zu besuchen, um durch seine Kenntnis verschiedener Sprachen und die Einsichten, die er von der dortigen Gesellschaft gewonnen hatte, den Prozess der europäischen Kolonialisierung und des Handels vorantreiben zu helfen. Nur in Großbritannien konnte er die Durchführung dieses Plans fördern. Er war ständig beschäftigt, und die einzige Beeinträchtigung seiner Vergnügungen war mein sorgenvolles und niedergeschlagenes Gemüt. Ich versuchte, meinen Zustand so gut wie möglich zu verbergen, um ihm nicht die Freude zu verderben, die für jemanden, der ungestört von Sorgen oder bitteren Erinnerungen einen neuen Schauplatz des Lebens betritt, so natürlich war. Ich weigerte mich oft, ihn zu begleiten, indem ich eine andere Verabredung vorschützte, damit ich allein bleiben konnte. Ich fing nun auch an, das für meine neue Schöpfung notwendige Material zu sammeln, und das kam mir wie eine Folter vor, bei der einem ständig einzelne Wassertropfen auf den Kopf fallen. Jeder Gedanke, den ich daran verschwendete, war ausgesprochen qualvoll, und jedes Wort, mit dem ich darauf anspielte, ließ meine Lippen zittern und mein Herz schneller schlagen.

Nach einem mehrmonatigen Aufenthalt in London erhielten wir einen Brief von einem Herrn in Schottland, der früher unser Gast in Genf gewesen war. Er erwähnte die Schönheiten seiner Heimat und fragte uns, ob sie nicht als Anreiz genügten, unsere Reise nach Norden bis Perth fortzusetzen, wo er wohnte. Clerval lag außerordentlich daran, die Einladung anzunehmen, und obwohl ich Gesellschaft verabscheute, wollte ich gern einmal Berge und Ströme und all die Wunderwerke wiedersehen, mit denen die Natur ihre erwählten Aufenthaltsplätze schmückt.

Wir waren Anfang Oktober in England angekommen,[30] und nun war Februar. Wir beschlossen deshalb, unsere Reise nach Norden nach einem weiteren Monat anzutreten. Bei diesem Abstecher hatten wir nicht die Absicht, der großen Straße nach Edinburgh zu folgen, sondern Windsor, Oxford, Matlock und die Seen in Cumberland zu besuchen, wobei wir beabsichtigten, diese Tour gegen Ende Juli abzuschließen. Ich packte meine chemischen Instrumente und die Materialien ein, die ich gesammelt hatte und beschloss, meine mühsame Arbeit in irgendeinem abgelegenen Winkel im nördlichen Hochland Schottlands abzuschließen.

Wir verließen London am 27. März, hielten uns ein paar Tage in Windsor auf und streiften durch seine schönen Wälder. Das war für uns Bergsteiger eine ganz neue Landschaft; die majestätischen Eichen, das viele Wild und die Rudel von stattlichem Rotwild – alles war neu für uns.

Von dort fuhren wir nach Oxford weiter. Als wir diese Stadt betraten, nahm die Erinnerung an Ereignisse, die hier vor mehr als anderthalb Jahrhunderten stattgefunden hatten, uns ganz gefangen. Hier hatte Karl I. seine Truppen gesammelt. Diese Stadt war ihm treu geblieben, nachdem die ganze Nation ihm abtrünnig geworden war, um sich der Standarte des Parlaments und der Freiheit anzuschließen. Die Erinnerung an den unglückseligen König und seine Gefährten, den liebenswerten Falkland, den anmaßenden Goring, seine Königin und seinen Sohn gaben jedem Teil der Stadt, in dem sie sich vielleicht aufgehalten hatten, eine besondere Anziehungskraft.[31] Hier war der Geist alter Zeiten lebendig, und wir gingen seinen Spuren mit großem Vergnügen nach. Aber selbst wenn dieses Interesse unsere Phantasie nicht gefangen gehalten hätte, hätte das Stadtbild noch genügend Schönheit besessen, um unsere Bewunderung zu erregen. Die Universitätsgebäude sind alt und malerisch; die Straßen sind geradezu prachtvoll, und der liebliche Isis, der durch Wiesen von üppigem Grün an der Stadt vorbeifließt, erweitert sich zu einem ruhigen Gewässer, in dem sich die von alten Bäumen eingerahmte majestätische Ansammlung von Türmen, Kirchturmspitzen und Kuppeln spiegelt.

Ich genoss die Szenerie, und doch war mir dieser Genuss sowohl durch die Erinnerung an die Vergangenheit als auch durch die Befürchtungen für die Zukunft vergällt. Ich war für ruhiges Glück geschaffen. Während meiner Jugendzeit war mir Missvergnügen völlig fremd, und wenn mich je Lebensüberdruss überkam, konnten der Anblick des Schönen in der Natur oder die Beschäftigung mit den gewaltigen und erhabenen Werken der menschlichen Kultur mir immer das Herz erheben und die geistige Spannkraft wiedergeben. Aber ich bin ein zerschmetterter Baum; der Blitz hat meine Seele getroffen, und mir wurde nun bewusst, dass ich überleben müsse, um als Beispiel für das zu wirken, was ich bald zu sein aufhören werde – das elende Schauspiel eines menschlichen Wracks, mitleiderregend für andere und mir selbst unerträglich.

Wir verbrachten ziemlich viel Zeit in Oxford, durchstreiften die Umgebung der Stadt und versuchten jedes Fleckchen Erde zu identifizieren, das vielleicht mit der aufregendsten Epoche der englischen Geschichte zu tun hatte. Durch die endlose Reihe von Sehenswürdigkeiten zogen sich unsere kleinen Entdeckungsreisen oft in die Länge. Wir besuchten das Grabmal des erlauchten Hampden[32] und das Schlachtfeld, auf dem dieser Patriot fiel. Einen Augenblick lang erhob sich meine Seele über die entwürdigenden und erbärmlichen Ängste, um den göttlichen Ideen von Freiheit und Selbstaufopferung nachzuhängen, für die diese Sehenswürdigkeiten Denkmäler und Erinnerungsstätten waren. Einen Augenblick lang wagte ich es, meine Ketten abzuschütteln und mit freiem und stolzem Geist um mich zu blicken, aber das Eisen hatte sich schon in mein Fleisch gefressen, und ich sank zitternd und ohne Hoffnung in mein elendes Selbst zurück.

Wir verließen Oxford mit Bedauern und fuhren weiter nach Matlock, unserer nächsten Station. Die Landschaft in der Umgebung dieses Dorfes erinnerte stärker an die Szenerie der Schweiz, nur alles in kleinerem Maßstab, und die grünen Hügel entbehren der Krönung durch die weißen Alpen in der Ferne, die immer den Hintergrund der kiefernbestandenen Berge meiner Heimat bilden. Wir besichtigten die erstaunliche Höhle und die kleinen Vitrinen, wo die naturwissenschaftlichen Sehenswürdigkeiten ganz ähnlich wie in den Sammlungen von Servox und Chamonix ausgestellt sind. Dieser letztere Name, der mich an die schreckliche Szene erinnerte, ließ mich erzittern, als Henry ihn aussprach, und ich beeilte mich, Matlock hinter mir zu lassen.

Von Derby aus, immer noch auf dem Weg nach Norden, verbrachten wir zwei Monate in Cumberland und Westmorland. Hier konnte ich mir fast einbilden, in den Schweizer Bergen zu sein. Die kleinen Schneeflecken, die noch auf den nördlichen Hängen der Berge lagen, die Seen und reißenden Bergbäche waren mir ein lieber und vertrauter Anblick. Auch hier machten wir einige Bekanntschaften, die es fast fertigbrachten, mich in der Illusion von Unbeschwertheit zu wiegen. Clervals Entzücken war wesentlich größer als meins; sein Horizont erweiterte sich in der Gesellschaft talentierter Männer, und er entdeckte größere Fähigkeiten und Reichtümer in sich, als er sich selbst zugetraut hätte, solange er nur mit ihm Unterlegenen umging. »Ich könnte mein Leben hier verbringen«, sagte er zu mir, »und in diesen Bergen würde ich die Schweiz und den Rhein kaum vermissen.«

Aber er merkte bald, dass das Leben eines Reisenden bei allem Vergnügen auch viel Schmerzliches mit sich bringt: er befindet sich in ständiger seelischer Anspannung; und wenn er sich gerade zu entspannen beginnt, ist er gezwungen, wieder zu verlassen, wobei er mit Vergnügen verweilt hat, und sich etwas Neuem zuzuwenden, das wieder seine Anteilnahme weckt und das er anderen Neuigkeiten zuliebe wiederum hinter sich lässt.

Wir hatten kaum die verschiedenen Seen von Cumberland und Westmorland besichtigt und einige ihrer Anwohner liebgewonnen, als die Verabredung mit unserem schottischen Freund herannahte und wir sie verlassen mussten, um weiterzureisen. Ich meinerseits war darüber nicht traurig. Ich hatte nun mein Versprechen schon eine ganze Zeitlang vernachlässigt und fürchtete die Folgen der Enttäuschung des Dämons. Er war vielleicht in der Schweiz geblieben und ließ seine Rache womöglich an meinen Verwandten aus. Dieser Gedanke verfolgte mich und quälte mich in jedem Augenblick, dem ich sonst vielleicht Ruhe und Frieden abgewonnen hätte. Ich wartete mit fieberhafter Ungeduld auf meine Post; wenn die Briefe sich verspäteten, war ich unglücklich und von tausend Befürchtungen geplagt; und wenn sie ankamen und ich die von Elizabeth oder meinem Vater geschriebene Anschrift sah, wagte ich kaum, den Inhalt zu lesen und mein Schicksal zu erfahren. Manchmal dachte ich, der Böse folge mir und werde mein Säumen durch den Mord an meinem Gefährten rächen. Wenn diese Gedanken Besitz von mir ergriffen, ließ ich Henry nicht einen Augenblick allein, sondern folgte ihm wie sein Schatten, um ihn vor der eingebildeten Wut seines Zerstörers zu schützen. Ich kam mir vor, als hätte ich irgendein großes Verbrechen begangen, und der Gedanke daran verfolgte mich. Ich war schuldlos, aber ich hatte tatsächlich einen grauenhaften Fluch, vernichtend wie ein Verbrechen, auf mein Haupt geladen.

Ich besichtigte Edinburgh mit teilnahmslosem Blick und stumpfem Sinn; und dabei hätte gerade diese Stadt den unglücklichsten Menschen interessieren können. Clerval gefiel sie nicht so gut wie Oxford, dessen Altertümlichkeit ihm mehr lag. Aber die Schönheit und regelmäßige Anlage der neuen Stadt von Edinburgh, ihr romantisches Schloss und ihre Umgebung, die ihresgleichen sucht, Artus' Thron, die St.-Bernhards-Quelle und die Pentland-Hügel entschädigten ihn für den Wechsel und erfüllten ihn mit Heiterkeit und Bewunderung. Ich aber wartete nur darauf, das Ziel meiner Reise zu erreichen.

Wir verließen Edinburgh nach einer Woche und fuhren über Cupar, St. Andrews und am Ufer des Tay entlang nach Perth, wo unser Freund uns erwartete. Aber ich war nicht in der richtigen Stimmung, um zu lachen und mich mit Fremden zu unterhalten oder mich für ihr Besuchsprogramm mit der Begeisterung zu interessieren, die man von einem Gast erwartet; und deshalb erzählte ich Clerval, dass ich die Tour durch Schottland lieber allein machen wolle. »Amüsier dich unterdessen«, sagte ich, »hier treffen wir uns wieder. Ich werde vermutlich ein oder zwei Monate abwesend sein; aber kümmere dich nicht um meine Reisepläne; ich bitte dich; gönne mir ruhig eine kurze Zeit Frieden und Abgeschiedenheit, und wenn ich zurückkehre, geschieht es hoffentlich in einer Stimmung, die deiner Unbeschwertheit besser entspricht.«

Henry wollte mich davon abbringen, aber als er meine Entschlossenheit sah, drang er nicht länger in mich. Er bat mich, ihm oft zu schreiben. »Ich bliebe lieber bei dir«, sagte er, »auf deinen einsamen Streifzügen, als bei diesen Schotten, die ich nicht kenne; komm also schnell wieder, mein lieber Freund, damit ich mich wieder etwas behaglicher fühle, was mir während deiner Abwesenheit schwerfallen wird.«

Nach der Trennung von meinem Freund beschloss ich, irgendeinen abgelegenen Ort in Schottland aufzusuchen und dort meine Arbeit in Abgeschiedenheit zu beenden. Ich zweifelte nicht daran, dass das Ungeheuer mir folgte und, sobald ich die Aufgabe beendet hätte, sich mir entdecken würde, um seine Gefährtin in Empfang zu nehmen.

Mit diesem Entschluss durchquerte ich das Hochland im Norden und bestimmte eine der abgelegensten Orkney-Inseln zu meinem Arbeitsplatz. Sie war ein gut geeigneter Ort für ein solches Unternehmen, da sie aus kaum mehr als einem Felsen bestand, dessen Steilküste ständig von den Wellen gepeitscht wurde. Der Boden war karg und bot kaum genug Weide für ein paar armselige Kühe und Hafer für die Einwohner, die aus fünf Personen bestanden, deren hagere und ausgemergelte Körper von ihrer armseligen Kost zeugten. Gemüse und Brot – wenn sie sich solchen Luxus gönnten – und sogar frisches Wasser mussten vom Festland beschafft werden, das ungefähr fünf Meilen entfernt war.

Auf der ganzen Insel gab es nur drei armselige Hütten, und eine davon war unbewohnt, als ich ankam. Hier mietete ich mich ein. Sie enthielt nur zwei Räume, und sie verrieten deutlich die ganze Erbärmlichkeit äußerster Armut. Das Strohdach war eingefallen, die Wände waren unverputzt, und die Tür war aus den Angeln. Ich ließ sie reparieren, kaufte ein paar Möbelstücke dafür und nahm sie in Besitz – ein Vorgang, der zweifellos einige Überraschung hervorgerufen hätte, hätten Mangel und jämmerliche Armut die Sinne der Hüttenbewohner nicht abgestumpft. Aber *so* wohnte ich unbeobachtet und unbelästigt dort und erhielt kaum Dank für das bisschen, das ich zu ihrer Nahrung und Kleidung beitrug – so lässt Leiden auch die primitivsten Empfindungen der Menschen verkümmern.

In dieser Zurückgezogenheit widmete ich meine Tage der Arbeit; aber am Abend ging ich, wenn das Wetter es zuließ, am steinigen Strand spazieren, um zuzuhören, wie die Wellen tosten und sich zu meinen Füßen überschlugen. Es war eine eintönige, jedoch immer wechselnde Szenerie. Ich dachte an die Schweiz; sie war so ganz anders als diese öde und abstoßende Landschaft. Ihre Hügel sind mit Wein bedeckt, und in den Tälern stehen dicht an dicht ihre Hütten. In den klaren Seen spiegelt sich der blaue und sanfte Himmel, und wenn der Wind sie aufrührt, ist ihr Toben nur wie das Spiel eines lebhaften Kindes, wenn man es mit dem Brausen des riesigen Ozeans vergleicht.

So teilte ich zunächst meinen Tag ein, aber während ich mit meiner Arbeit voranschritt, wurde sie mir täglich schrecklicher und lästiger. Manchmal konnte ich mich tagelang nicht dazu durchringen, mein Laboratorium zu betreten, und dann wieder mühte ich mich Tag und Nacht, mein Werk zu vollenden. Wirklich, es war ein widerliches Unternehmen, auf das ich mich eingelassen hatte. Während meines ersten Experiments hatte eine Art von rasender Begeisterung mich für das abscheuliche Schauspiel meiner Arbeit blind gemacht; mein Geist war ganz auf den Abschluss meiner Beschäftigung fixiert, und ich verschloss die Augen vor den Greueln meiner Unternehmung. Aber diesmal machte ich mich kaltblütig daran, und meine Seele schauderte oft bei der Arbeit meiner Hände.

In dieser Lage, bei dieser höchst abscheulichen Beschäftigung, in dieser völligen Einsamkeit, wo nichts meine Aufmerksamkeit auch nur einen Augenblick von der eigentlichen Tätigkeit, der ich mich widmete, ablenken konnte, verlor ich mein inneres Gleichgewicht völlig; ich wurde ruhelos und nervös. Jeden Augenblick befürchtete ich, meinem Verfolger zu begegnen. Manchmal saß ich mit starr auf den Boden gerichteten Augen da und wagte nicht, den Blick zu heben, aus Angst, die Gestalt zu erblicken, vor der mir so graute. Ich fürchtete mich davor, außer Sichtweite meiner Mitmenschen zu gehen, damit er nicht etwa, wenn ich allein war, seine Gefährtin von mir forderte.

Inzwischen arbeitete ich weiter, und meine Unternehmung war schon weit fortgeschritten. Ich sah ihrer Vollendung mit zitternder und gieriger Hoffnung entgegen, an der ich mich nicht zu zweifeln traute, die aber mit dunklen Ahnungen einer bevorstehenden Katastrophe vermischt war und mir das Herz in der Brust sinken ließ.

Kapitel 20

Eines Abends saß ich in meinem Labor; die Sonne war untergegangen, und der Mond stieg gerade aus dem Meer auf. Es war nicht mehr hell genug für meine Tätigkeit, und ich blieb eine Weile müßig und überlegte, ob ich meine Arbeit für heute ruhen lassen oder ihren Abschluss durch erneute Konzentration auf die Materie beschleunigen sollte. Während ich so dasaß, gingen mir Gedanken durch den Kopf, die mich veranlassten, die Folgen dessen, was ich tat, zu überdenken. Vor drei Jahren war ich auf dieselbe Weise beschäftigt gewesen und hatte ein Ungeheuer geschaffen, dessen beispiellose Roheit mein Herz verwüstet und für immer mit der bittersten Reue erfüllt hatte. Nun war ich im Begriff, noch ein Wesen zu erschaffen, dessen Anlagen ich ebenso wenig kannte. Womöglich würde sie tausendmal bösartiger werden als ihr Gefährte und auf eigene Faust in Mordlust und Verruchtheit schwelgen. *Er* hatte geschworen, die Nähe der Menschen zu fliehen und sich in der Einöde zu verbergen, aber nicht *sie*; und womöglich würde sie, die aller Wahrscheinlichkeit nach ein denkendes und ausdrucksfähiges Lebewesen sein würde, sich weigern, den vor ihrer Erschaffung geschlossenen Vertrag anzuerkennen. Es war sogar möglich, dass sie sich hassten; das schon lebende Geschöpf verabscheute seine eigene Missgestalt und würde vielleicht einen noch größeren Schauder davor empfinden, wenn sie in weiblicher Gestalt vor seinen Augen stand. *Sie* wandte sich womöglich auch von ihm mit Abscheu ab und der überlegenen Schönheit der Menschen zu; sie würde ihn womöglich verlassen, und er wäre, voller Wut über diese neue Provokation, von seiner Artgenossin gemieden zu werden, wieder allein.

Selbst wenn sie Europa verließen und in den Einöden der Neuen Welt lebten: eine der ersten Folgen der Zuneigung, nach der sich der Dämon sehnte, wären Kinder, und ein Geschlecht von Teufeln würde sich auf der Erde fortpflanzen, das die Existenz des Menschengeschlechts gefährden und Schrecken verbreiten würde. Hatte ich das Recht, um meines eigenen Vorteils willen diesen Fluch allen künftigen Geschlechtern aufzuladen? Ich hatte mich schon einmal von den spitzfindigen Argumenten des von mir geschaffenen Wesens bewegen, ich hatte mich lähmen lassen durch seine teuflischen Drohungen. Jetzt aber drängte sich mir die Verworfenheit meines Versprechens zum erstenmal mit voller Gewalt auf; ich schauderte bei dem Gedanken, dass künftige Zeitalter mich als die Geißel verfluchen würden, die in ihrem Egoismus nicht gezögert hatte, den eigenen Frieden auf Kosten der Existenz des gesamten Menschengeschlechts zu erkaufen.

Ich zitterte, und das Herz sank mir in der Brust, als ich beim Aufblicken den Dämon im Mondschein im Fensterrahmen sah. Er verzog seine Lippen zu einem scheußlichen Grinsen, während er zusah, wie ich dasaß und die Aufgabe erfüllte, die er mir angewiesen hatte. Ja, er war mir auf meinen Reisen gefolgt; er hatte sich in Wäldern herumgetrieben, in Höhlen verborgen oder Zuflucht auf der weiten und verlassenen Heide gesucht; und nun war er da, um zu sehen, wie weit ich gekommen war, und um die Erfüllung meines Versprechens zu fordern.

Als ich ihn ansah, drückte sich in seinen Zügen äußerste Bosheit und Niedertracht aus. Ich erkannte den Wahnsinn meines Versprechens, noch ein solches Wesen wie ihn zu erschaffen, und vor innerer Erregung zitternd, riss ich den Körper, mit dem ich beschäftigt war, in Stücke. Der Unglückselige sah mich das Geschöpf zerstören, von dessen Existenz sein künftiges Glück abhing, und zog sich mit einem teuflischen, von Verzweiflung und Rachebedürfnis gespeisten Geheul zurück.

Ich verließ den Raum, verschloss ihn und schwor mir insgeheim feierlich, meine Arbeit nie wiederaufzunehmen. Dann begab ich mich mit zitternden Schritten in mein Schlafzimmer. Ich war allein; niemand war in meiner Nähe, um meine Trübsal zu vertreiben und mich von dem widerlichen Alp höchst erschreckender Tagträume zu befreien.

Mehrere Stunden vergingen, und ich blieb nahe beim Fenster sitzen und blickte auf das Meer; es war fast bewegungslos, denn der Wind hatte sich gelegt, und die ganze Natur ruhte still unter dem Auge des friedlichen Mondes. Nur ein paar Fischerboote sprenkelten das Wasser, und hin und wieder trieb die leichte Brise den Klang von Stimmen herüber, wenn die Fischer sich etwas zuriefen. Ich spürte die Stille, obwohl ich mir ihrer ganzen Tiefe kaum bewusst war, bis das Geräusch von Rudern in der Nähe des Ufers meine Aufmerksamkeit erregte und jemand dicht bei meiner Hütte anlegte.

Ein paar Minuten später hörte ich meine Tür quietschen, als ob jemand sie leise zu öffnen versuchte. Ich zitterte von Kopf bis Fuß; ich ahnte, wer es war, und wollte einen der Bauern wecken, die in einer Hütte in der Nähe wohnten, aber mich überkam ein Gefühl der Hilflosigkeit, wie man es so gut aus schrecklichen Träumen kennt, wenn man vergeblich vor einer bevorstehenden Gefahr zu fliehen versucht, aber wie angewurzelt auf der Stelle bleibt.

Nun hörte ich den Klang von Schritten im Flur, die Tür öffnete sich, und der Unselige, vor dem mir graute, erschien. Er schloss die Tür hinter sich, kam näher und sagte mit erstickter Stimme: »Du hast das Werk zerstört, das du begonnen hast – was hast du vor? Willst du etwa dein Versprechen brechen? Ich habe Mühe und Elend erlitten; ich habe mit dir die Schweiz verlassen; ich habe mich an den Ufern des Rheins und auf seinen mit Weiden bestandenen Inseln und über seine Höhen entlanggeschleppt. Ich habe Monate auf der Heide Englands und den Einöden Schottlands verbracht. Ich habe unermessliche Anstrengungen und Kälte und Hunger erlitten. Willst du etwa meine Hoffnungen zerstören?«

»Hinweg! Ja, ich breche mein Versprechen. Niemals werde ich ein Wesen schaffen, das dir an Missbildung und Verworfenheit gleicht.«

»Sklave, ich habe schon einmal vernünftig mit dir zu reden versucht, aber du hast dich meiner Großmut als unwürdig erwiesen. Bedenke, dass ich Macht habe. Du hältst dich für unglücklich, aber ich kann dich so zur Verzweiflung treiben, dass du das Tageslicht verfluchst. Du bist mein Schöpfer, aber ich bin dein Herr; gehorche!«

»Die Zeit meiner Unentschlossenheit ist vorüber, und das Ende deiner Macht ist gekommen. Deine Drohungen können mich nicht dazu bewegen, eine verworfene Tat zu begehen, aber sie stärken meinen Entschluss, dir nicht auch noch eine Gefährtin zu schaffen, die dir an Niedertracht gleicht. Soll ich kaltblütig einen Dämon auf die Erde loslassen, dessen größtes Vergnügen in Tod und Bosheit besteht? Hinweg! Ich bleibe fest, und deine Worte steigern nur meine Wut.«

Das Ungeheuer sah meinem Gesicht meine Entschlossenheit an und knirschte vor ohnmächtigem Zorn mit den Zähnen. »Soll jeder Mann«, rief er, »eine Frau nach seinem Herzen und jedes Tier seine Gefährtin haben dürfen und nur ich allein sein? Ich hatte liebevolle Empfindungen, und sie wurden mit Abscheu und Verachtung vergolten. Mensch! Hasse mich, aber sieh dich vor! Deine Tage werden in Furcht und Elend vergehen, und bald wird der Schlag dich treffen, der dir auf immer dein Glück raubt. Sollst du glücklich sein, während mich mein unerträgliches Elend zu Boden drückt? Du kannst all meine Empfindungen zerstören, aber die Rache bleibt – Rache, von jetzt an wohltätiger als Licht oder Nahrung! Ich mag sterben, aber zuerst sollst du, mein Tyrann und Peiniger, die Sonne verfluchen, die auf dein Elend herabblickt. Sieh dich vor, denn ich bin furchtlos und deshalb mächtig. Ich werde dich mit der List einer Schlange verfolgen, damit ich dich mit ihrem Gift stechen kann. Mensch, du sollst den Schaden bereuen, den du anderen antust.«

»Schweig, du Teufel, und vergifte nicht die Luft mit diesen boshaften Worten. Ich habe dir meinen Entschluss mitgeteilt und bin kein Feigling, der sich von Worten einschüchtern lässt. Lass mich zufrieden, ich bin unerbittlich.«

»Wie du willst. Ich gehe, aber vergiss nicht, ich werde in deiner Hochzeitsnacht bei dir sein.«

Ich fuhr auf und rief: »Schurke! Bevor du mein Todesurteil unterzeichnest, sieh zu, dass du selbst mit dem Leben davonkommst.«

Ich wollte ihn packen, aber er wich mir aus und verließ überstürzt die Hütte. Ein paar Augenblicke später sah ich ihn in seinem Boot, das mit Pfeilgeschwindigkeit übers Wasser schoss und bald in den Wellen verschwunden war.

Nun herrschte wieder Stille, aber seine Worte klangen mir noch in den Ohren. Ich schäumte vor Wut und hätte den Mörder meines Friedens am liebsten verfolgt und in den Ozean gestürzt. Rastlos und verwirrt ging ich in meinem Zimmer auf und ab, während meine Einbildungskraft tausend Bilder schuf, die mich peinigten und quälten. Warum war ich ihm nicht gefolgt und hatte mich mit ihm auf einen Kampf auf Leben und Tod eingelassen? Aber ich hatte ihn entkommen lassen, und er war auf das Festland zugerudert. Ich schauderte bei dem Gedanken, wer ihm bei seinem unersättlichen Rachedurst als nächster zum Opfer fallen würde. Und dann dachte ich wieder an seine Worte: »Ich werde in deiner Hochzeitsnacht bei dir sein.« Dann also sollte sich mein Schicksal erfüllen. In *der* Stunde sollte ich sterben, damit seine Bosheit befriedigt war und zum Erlöschen kam. Die Aussicht jagte mir keine Angst ein; doch als ich an meine geliebte Elizabeth dachte, an ihre Tränen und ihre nie versiegende Trauer, wenn sie ihren Bräutigam so grausam von sich gerissen sähe, da strömten mir die ersten Tränen die Wangen hinunter, die ich seit vielen Monaten vergossen hatte, und ich beschloss, meinem Feind nicht ohne heftigen Widerstand zum Opfer zu fallen.

Die Nacht verging, und die Sonne erhob sich aus dem Ozean; meine Gefühle beruhigten sich, sofern man es Ruhe nennen kann, wenn rasende Wut zu tiefer Verzweiflung abstumpft. Ich verließ die Hütte, den grauenhaften Schauplatz des nächtlichen Streits, und lief am Meeresstrand entlang, den ich als beinahe unüberwindliche Barriere zwischen mir und meinen Mitmenschen ansah, ja, ein Wunsch, der dies bewahrheiten sollte, überkam mich. In mir entstand das Bedürfnis, mein Leben auf diesem kahlen Felsen zu verbringen – zwar mühselig, aber ungestört von unerwarteten Schicksalsschlägen. Wenn ich aufs Festland zurückkehrte, dann, um mich zu opfern oder um die, die ich am meisten liebte, durch den Zugriff eines Dämons sterben zu sehen, den ich selbst geschaffen hatte.

Ich wanderte wie ein ruheloser Geist auf der Insel umher, getrennt von allen, die ich liebte, und unglücklich über die Trennung. Als es Mittag wurde und die Sonne höher stieg, legte ich mich ins Gras und wurde von tiefem Schlaf übermannt. Ich hatte die ganze vorherige Nacht gewacht, meine Nerven waren überreizt und meine Augen vor Übermüdung und Verzweiflung entzündet. Der Schlaf, in den ich sank, erfrischte mich, und als ich erwachte, fühlte ich mich wieder zur menschlichen Gattung gehörig und begann, mit größerer Gefasstheit über das Vorgefallene nachzudenken. Doch immer noch klangen mir die Worte des Bösewichts wie Totenglocken in den Ohren. Sie kamen mir wie ein Traum vor und waren doch deutlich und bedrückend wie die Wirklichkeit.

Die Sonne war schon tief hinabgesunken, und ich saß noch immer am Strand und stillte meinen unerträglich gewordenen Hunger gerade mit einem Stück Brot, als ich ein Fischerboot in meiner Nähe landen sah und einer der Seeleute mir ein Paket brachte; es enthielt Briefe aus Genf und einen von Clerval, der mich inständig bat, wieder zu ihm zu stoßen. Er schrieb, dass er seine Zeit in Schottland sinnlos vergeude, dass seine in London gewonnenen Freunde ihn bäten, zurückzukommen, um die begonnenen Verhandlungen über seine Reise nach Indien abzuschließen. Er könne seinen Aufbruch nicht länger hinauszögern; aber da sich seine weitere Seereise dem Londoner Aufenthalt womöglich schneller, als bisher angenommen, anschließen würde, bat er mich inständig, ihm so lange wie möglich Gesellschaft zu leisten. Er ersuchte mich deshalb, meine einsame Insel zu verlassen und ihn in Perth zu treffen, damit wir zusammen nach Süden weiterreisen konnten. Dieser Brief gab mich gewissermaßen dem Leben zurück, und ich beschloss, der Insel nach weiteren zwei Tagen den Rücken zu kehren.

Doch bevor ich aufbrach, musste ich eine Arbeit verrichten, an die ich nur mit Grauen denken konnte. Ich musste meine chemischen Instrumente einpacken und zu diesem Zweck das Zimmer betreten, das der Schauplatz meiner verhassten Arbeit gewesen war, und ich musste die Werkzeuge anfassen, vor deren Anblick ich mich ekelte. Am nächsten Morgen bei Tagesanbruch nahm ich allen Mut zusammen und öffnete die Tür zu meinem Laboratorium. Die Überreste des halbfertigen Geschöpfs, das ich zerstört hatte, lagen verstreut auf dem Boden, und es kam mir fast vor, als ob ich das Fleisch eines menschlichen Wesens zerstückelt hätte. Ich hielt inne, um mich zu sammeln, und betrat dann den Raum. Mit zitternden Händen trug ich die Instrumente hinaus, aber ich überlegte mir, dass ich, um nicht Schrecken und Verdacht bei den Bauern zu erregen, die Überbleibsel meiner Arbeit lieber nicht hinterlassen sollte; und deshalb legte ich sie zusammen mit einer Menge Steine sorgfältig in einen Korb und beschloss, alles in derselben Nacht im Meer zu versenken; und bis dahin saß ich am Strand und war damit beschäftigt, meine chemischen Apparaturen zu reinigen und einzupacken.

Seit der nächtlichen Erscheinung des Dämons hatte sich eine grundlegende Wandlung in mir vollzogen. Vorher hatte ich mein Versprechen mit düsterer Hoffnungslosigkeit als etwas angesehen, das trotz aller möglichen fürchterlichen Folgen erfüllt werden müsse, aber jetzt war mir, als ob ein Schleier von meinen Augen gefallen wäre und ich zum erstenmal klar sähe. Der Gedanke, meine mühevolle Arbeit wiederaufzunehmen, kam mir nicht ein einziges Mal; die Drohung, die ich hatte anhören müssen, belastete mich, aber ich glaubte nicht, dass eine vorbeugende Tat meinerseits sie abwenden könnte. Ich war mir darüber klargeworden, dass es eine Tat von niedrigster und verabscheuenswürdigster Selbstsucht sein würde, noch ein weiteres, dem schon geschaffenen gleiches Ungeheuer herzustellen, und ich verbannte aus meinem Sinn jeden Gedanken, der zu einer anderen Schlussfolgerung führen konnte.

Zwischen zwei und drei Uhr morgens ging der Mond

auf; und als ich meinen Korb auf einen kleinen Kahn geschafft hatte, segelte ich bis ungefähr vier Meilen weit vom Ufer. Der Schauplatz war vollkommen still, ein paar Boote kehrten zum Land zurück, aber ich segelte in umgekehrter Richtung. Ich hatte das Gefühl, als ob ich ein schreckliches Verbrechen auszuführen hätte, und vermied mit ängstlichem Schaudern jede Begegnung mit meinen Mitmenschen. Einmal wurde der Mond, der vorher sichtbar gewesen war, von einer dunklen Wolke verdeckt, und ich nahm den Augenblick der Finsternis wahr und warf meinen Korb ins Meer. Ich lauschte dem gurgelnden Geräusch, als er versank, und segelte dann weiter. Der Himmel bewölkte sich, aber die Luft war klar, wenn sich auch ein kühler Nordostwind erhoben hatte. Doch er erfrischte mich und bereitete mir so angenehme Empfindungen, dass ich beschloss, meinen Aufenthalt auf dem Wasser zu verlängern; und als ich das Steuerruder in einer bestimmten Position befestigt hatte, streckte ich mich auf dem Boden des Boots aus. Wolken verhüllten den Mond, alles war düster, und ich hörte nur das Geräusch des Bootes, dessen Kiel durch das Wasser schnitt. Das Gemurmel schläferte mich ein, und in kurzer Zeit schlief ich fest.

Ich weiß nicht, wie lange ich in dieser Lage blieb, aber als ich erwachte, stellte ich fest, dass die Sonne bereits ziemlich hoch stand. Der Wind hatte aufgefrischt, und die Wellen gefährdeten die Sicherheit meines kleinen Kahns ständig. Ich merkte, dass der Wind von Nordost wehte und mich weit von der Küste abgetrieben haben musste, von der ich aufgebrochen war. Ich versuchte, den Kurs zu ändern, merkte aber bald, dass das Boot, wenn ich den Versuch wiederholte, sich auf der Stelle mit Wasser füllen würde.

In dieser Lage hatte ich nur die Wahl, vor dem Wind zu segeln. Ich gestehe, dass mich ein Gefühl der Angst beschlich. Ich hatte keinen Kompass bei mir und war nur so vage mit der Geographie dieses Teils der Welt vertraut, dass der Stand der Sonne mir wenig nützte. Ich wurde womöglich auf den weiten Atlantik hinausgetrieben und müsste Hungerqualen erleiden oder wurde von den unermesslichen Wassern verschlungen, die um mich herum brüllten und tobten. Ich war schon viele Stunden unterwegs und spürte, wie brennender Durst mich quälte – ein Vorspiel meiner weiteren Leiden. Ich sah zum Himmel hinauf, der von Wolken bedeckt war, die der Wind vor sich hertrieb und denen weitere folgten; ich sah aufs Meer hinaus; es würde mein Grab werden. »Scheusal«, rief ich, »deine Aufgabe ist schon erfüllt.« Ich dachte an Elizabeth, an meinen Vater und an Clerval – sie alle blieben zurück, und an ihnen konnte das Ungeheuer seine mörderische und gnadenlose Besessenheit austoben. Dieser Gedanke stürzte mich in so verzweifelte und fürchterliche Wachträume, dass ich noch jetzt, da der letzte Akt des Stücks seinem Ende entgegengeht, schaudere, wenn ich daran denke.

So vergingen einige Stunden, aber allmählich flaute der Wind, während die Sonne sich langsam dem Horizont näherte, zu einer leichten Brise ab, und die Brecher ließen nach. Aber nun kam schwere See auf; mir wurde übel, und ich war kaum imstande, das Ruder zu halten, als ich plötzlich im Süden eine Steilküste erblickte.

In der fast völligen, durch Ermüdung und die mehrere Stunden anhaltende fürchterliche Spannung bewirkten Erschöpfung durchbebte diese plötzliche Gewissheit zu überleben mein Herz wie ein Strom von Freude, und Tränen sprangen mir aus den Augen.

Wie wandelbar sind unsere Gefühle, und wie eigenartig ist die Liebe, mit der wir sogar in der tiefsten Verzweiflung am Leben hängen! Ich stellte aus einem Kleidungsstück ein zweites Segel her und steuerte erwartungsvoll auf das Land zu. Sein Anblick war wild und felsig, aber als ich näher kam, entdeckte ich bald Spuren menschlicher Besiedlung. Ich sah Schiffe in Küstennähe und fand mich plötzlich wieder im Umkreis zivilisierter Menschen. Ich beobachtete die geschwungene Küstenlinie sorgfältig und begrüßte den Kirchturm mit Freuden, den ich schließlich hinter einem Vorgebirge herausragen sah. Da ich im Zustand völliger Entkräftung war, beschloss ich, direkt auf die Stadt zuzusegeln, wo ich am ehesten Nahrung finden würde. Zum Glück hatte ich Geld bei mir. Als ich das Vorgebirge umsegelte, erblickte ich eine kleine saubere Stadt und einen guten Hafen, in den ich einlief, wobei mir das Herz vor Freude über die unerwartete Rettung heftig schlug.

Während ich damit beschäftigt war, das Boot festzumachen und die Segel einzuziehen, sammelten sich mehrere Leute um mich. Sie waren anscheinend über mein Auftauchen außerordentlich überrascht, aber anstatt mir ihre Hilfe anzubieten, flüsterten sie miteinander und machten Gesten, die mich bei anderer Gelegenheit einigermaßen stutzig gemacht hätten. Wie die Dinge lagen, fiel mir lediglich auf, dass sie Englisch sprachen, und ich redete sie daher in dieser Sprache an. »Meine guten Freunde«, sagte ich, »würden Sie so freundlich sein, mir zu sagen, wie diese Stadt heißt, und mir mitzuteilen, wo ich bin?«

»Das werden Sie schon früh genug erfahren«, erwiderte ein Mann mit heiserer Stimme. »Vielleicht sind Sie an einen Ort gekommen, der Ihrem Geschmack ganz und gar nicht entspricht, aber Ihr Quartier wird man Sie nicht selber aussuchen lassen, das verspreche ich Ihnen.«

Ich war außerordentlich überrascht, von einem Fremden eine so unhöfliche Antwort zu bekommen, und auch beunruhigt, als ich die missbilligenden und zornigen Gesichter seiner Gefährten bemerkte. »Warum geben Sie mir eine so grobe Antwort?« erwiderte ich. »Es ist doch keineswegs Sitte bei den Engländern, Fremde so ungastlich zu empfangen.«

»Ich weiß nicht«, sagte der Mann, »was bei den Engländern Sitte ist, aber bei den Iren ist es Sitte, Schurken zu verabscheuen.«

Während dieser seltsame Dialog weiterging, bemerkte ich, dass die Menschenmenge sich rapide vergrößerte. Ihre Gesichter drückten eine Mischung von Neugier und Zorn aus, was mich ärgerte und zu einem gewissen Grad beunruhigte. Ich fragte nach dem Weg zum Gasthof, aber niemand antwortete. Dann bewegte ich mich vorwärts, und ein murmelndes Geräusch erhob sich in der Menge, als sie mir folgte und mich umringte, woraufhin ein übel aussehender Mann zu mir trat, mir auf die Schulter klopfte und sagte: »Kommen Sie, Sir, Sie müssen mir zu Mr. Kirwin folgen und Auskunft über sich geben.«

»Wer ist Mr. Kirwin? Warum soll ich Auskunft über mich geben? Ist dies nicht ein freies Land?«

»Doch, Sir, für ehrliche Leute schon. Mr. Kirwin ist der Richter, und Sie sollen ihm Auskunft über den Tod eines Herrn geben, der gestern nacht hier ermordet aufgefunden wurde.«

Diese Antwort ließ mich auffahren, aber ich beruhigte mich gleich wieder. Ich war unschuldig; das ließ sich leicht beweisen. Daher folgte ich meinem Führer schweigend und wurde zu einem der vornehmsten Häuser in der Stadt geführt. Ich war im Begriff, jeden Augenblick vor Erschöpfung und Hunger umzusinken, aber da ich von einer Menschenmenge umringt war, hielt ich es für angebracht, all meine Kraft zusammenzunehmen, damit mir nicht körperliche Schwäche als Furcht oder Schuldbewusstsein ausgelegt wurde. Wie konnte ich die Katastrophe ahnen, die mich innerhalb weniger Minuten überfallen und alle Angst vor Schande oder Tod in Schrecken und Verzweiflung verwandeln würde.

Ich muss hier eine Pause machen, denn es erfordert all meine Kraft, die Erinnerung an die fürchterlichen Ereignisse heraufzurufen, die ich in aller Ausführlichkeit schildern will, so gut ich kann.

Kapitel 21

Ich wurde sogleich dem Richter vorgeführt, einem alten, gütigen Mann von ruhigem und zuvorkommendem Benehmen. Er sah mich allerdings mit einer gewissen Strenge an und fragte dann, sich an meine Begleiter wendend, wer in diesem Fall als Zeuge auftrete.

Ungefähr ein halbes Dutzend Männer traten vor, und der vom Richter ausgewählte gab an, er sei in der letzten Nacht mit seinem Sohn und seinem Schwager Daniel Nugent fischen gewesen, als sie etwa um zehn Uhr bemerkten, dass sich ein starker Nordwind erhob, und deshalb das Land angesteuert hätten. Es sei eine ausgesprochen dunkle Nacht gewesen, da der Mond noch nicht aufgegangen war. Sie seien nicht im Hafen gelandet, sondern wie üblich in einer Bucht ungefähr zwei Meilen unterhalb davon. Er sei mit einem Teil des Angelzeugs unterm Arm vorangegangen, und seine Gefährten seien ihm in einiger Entfernung gefolgt. Auf seinem Weg den Strand entlang sei er mit dem Fuß gegen etwas gestoßen und in voller Länge hingefallen. Seine Gefährten hätten ihm gleich helfen wollen und im Licht der Laterne festgestellt, dass er über den Körper eines Mannes gefallen sei, der allem Anschein nach tot war. Sie hätten zuerst vermutet, dass es sich um die Leiche eines Ertrunkenen handelte, den die Wellen auf den Strand geworfen hätten, aber bei genauerer Prüfung hätten sie festgestellt, dass die Kleidung nicht nass und der Körper zu dieser Zeit noch nicht einmal kalt gewesen sei. Sie hätten ihn sofort zur Hütte einer alten, in der Nähe wohnenden Frau getragen und versucht, ihn zum Leben zu erwecken – aber umsonst. Es habe sich um einen gutaussehenden jungen Mann gehandelt, ungefähr 25 Jahre alt. Er sei offenbar erwürgt worden, denn außer schwarzen Fingerabdrücken am Hals sei an ihm kein Zeichen von Gewalttätigkeit zu entdecken gewesen.

Der erste Teil dieser Angaben interessierte mich nicht im geringsten, aber als die Fingerabdrücke erwähnt wurden, erinnerte ich mich des Mordes an meinem Bruder und geriet in außerordentliche Erregung. Meine Glieder zitterten, und ein Schleier legte sich über meine Augen, der mich zwang, mich auf einen Stuhl zu stützen. Der Richter beobachtete mich mit scharfem Blick und zog natürlich aus meinem Benehmen ungünstige Schlüsse.

Der Sohn bestätigte den Bericht seines Vaters, aber als Daniel Nugent aufgerufen wurde, schwor er mit größtem Nachdruck, dass er unmittelbar vor dem Fall seines Gefährten in geringer Entfernung vom Strand ein Boot mit einem einzigen Menschen darin gesehen habe; und soweit er bei dem Licht der wenigen Sterne habe urteilen können, sei es das gleiche Boot gewesen, mit dem ich gerade gelandet sei.

Eine Frau gab an, sie wohne dicht beim Strand und habe ungefähr eine Stunde, bevor sie von der Entdeckung der Leiche gehört habe, in der Tür ihrer Hütte gestanden, um auf die Rückkehr der Fischer zu warten, als sie gesehen habe, wie ein Boot mit nur einem Menschen darin von der Stelle an der Küste abgestoßen sei, wo man die Leiche später gefunden habe.

Eine andere Frau bestätigte den Bericht, dass die Fischer den Körper in ihr Haus gebracht hätten; er sei noch nicht kalt gewesen. Sie hätten ihn in ein Bett gelegt und gerieben, und Daniel sei in die Stadt gegangen, um einen Apotheker zu holen, aber er habe kein Leben mehr in sich gehabt.

Mehrere andere Männer wurden noch zu meiner Landung verhört, und sie stimmten überein, dass ich bei dem starken, über Nacht aufgekommenen Wind wahrscheinlich viele Stunden lang umhergetrieben und schließlich gezwungen gewesen war, wieder zur selben Stelle zurückzukehren, von der ich aufgebrochen war. Außerdem wiesen sie darauf hin, dass ich die Leiche anscheinend von woanders herbeigeschafft hatte und, da ich vermutlich die Küste nicht kannte, in meiner Ahnungslosigkeit, wie weit die Stadt *** von dem Ort entfernt war, wo ich die Leiche abgelegt hatte, in den Hafen eingelaufen war.

Als Mr. Kirwin diese Zeugenaussagen angehört hatte, bat er, mich in den Raum zu führen, wo die Leiche aufgebahrt lag, damit man beobachten könne, welche Wirkung ihr Anblick auf mich haben würde. Auf diesen Gedanken hatte ihn wahrscheinlich die außerordentliche Erregung gebracht, die ich zeigte, als die Todesart beschrieben wurde. Ich wurde deshalb von dem Richter und verschiedenen anderen Personen in den Gasthof geführt. Ich konnte über die merkwürdigen Zufälle, die während der ereignisreichen Nacht stattgefunden hatten, nur bestürzt sein, aber da ich wusste, dass ich während der Zeit, als die Leiche gefunden worden war, mit verschiedenen Personen auf der Insel, wo ich wohnte, gesprochen hatte, war ich über die Folgen der Angelegenheit völlig unbesorgt.

Ich betrat den Raum, wo die Leiche aufgebahrt war, und wurde zu dem Sarg geführt. Wie soll ich meine Empfindungen beschreiben, als ich Clerval erblickte? Noch heute lähmt mich Entsetzen, und ohne Schaudern und Qualen kann ich mir den furchtbaren Anblick nicht vergegenwärtigen. Die Untersuchung der Leiche, die Gegenwart des Richters und der Zeugen zogen wie ein Traum an mir vorüber, als ich den leblosen Körper Henry Clervals vor mir ausgestreckt liegen sah. Ich rang nach Luft, warf mich über die Leiche und rief: »Haben meine mörderischen Machenschaften auch dir das

Leben geraubt, mein liebster Henry? Zwei habe ich schon auf dem Gewissen; andere Opfer erwartet ihr Schicksal, aber du, mein Freund Clerval, mein Wohltäter ...«

Der menschliche Körper war den Qualen nicht länger gewachsen; ich wurde, mich in Krämpfen windend, aus dem Raum getragen.

Danach setzte ein Fieber ein. Zwei Monate lang rang ich mit dem Tod. Meine Ausbrüche waren, wie ich nachher hörte, fürchterlich; ich bezeichnete mich als Mörder von William, von Justine und von Clerval. Manchmal bat ich meine Pfleger flehentlich, mir bei der Zerstörung des Ungeheuers zu helfen, von dem ich gemartert wurde; dann wieder spürte ich, wie die Finger des Monsters meinen Hals schon umklammerten, und schrie laut vor Todesangst und Schrecken. Da ich mich in meiner Muttersprache ausdrückte, verstand mich zum Glück nur Mr. Kirwin; aber meine Gesten und meine herzzerreißenden Schreie genügten, um den anderen Zeugen Angst einzujagen.

Warum starb ich nicht? Elender als je ein Mensch zuvor – warum sank ich nicht in Vergessenheit und Ruhe? Der Tod rafft viele blühende Kinder, einzige Hoffnung der in sie vernarrten Eltern, dahin; wie viele Bräute und jugendliche Liebhaber bieten heute noch ein Bild von Gesundheit und Hoffnung und sind morgen schon eine Beute der Würmer und nichts als Verwesende im Grab! Aus was für Stoff war ich gemacht, dass ich so viele Erschütterungen ertragen konnte, die wie die Streckfolter die Marter immer wieder erneuerten?

Aber ich war dazu verurteilt zu leben und erwachte nach zwei Monaten im Gefängnis von einem Traum, hingestreckt auf ein jämmerliches Lager, umgeben von Wärtern, Schließern und Riegeln und all dem elenden Zubehör eines Kerkers. Es war morgens, erinnere ich mich, als ich das Bewusstsein wiedererlangte; ich hatte vergessen, was im einzelnen geschehen war, und hatte nur das Gefühl, dass ein großes Unglück mich plötzlich heimgesucht hatte; aber als ich um mich blickte und die vergitterten Fenster und die Verkommenheit der Zelle sah, in der ich mich befand, erinnerte ich mich schlagartig und stöhnte bitterlich.

Dieses Geräusch schreckte eine alte Frau auf, die auf einem Stuhl neben mir schlief. Sie war die Frau eines der Schließer und als Pflegerin angestellt, und ihr Ausdruck verriet all die üblen Eigenschaften, die diese Gruppe von Menschen oft charakterisieren. Die Züge ihres Gesichts waren hart und grob wie bei Menschen, die gewöhnt sind, Elend ohne Mitleid anzusehen. Ihr Ton drückte ihre völlige Gleichgültigkeit aus; sie sprach mich auf Englisch an, und ich erkannte ihre Stimme als eine derjenigen, die ich während meiner Leidenszeit gehört hatte. »Geht es Ihnen besser, Sir?« fragte sie.

Ich antwortete mit schwacher Stimme in derselben Sprache. »Ich glaube ja, aber wenn das alles wahr ist, wenn ich tatsächlich nicht geträumt habe, dann tut es mir leid, dass ich noch lebe und dieses Elend und diesen Schrecken durchmachen muss.«

»Na ja«, erwiderte die alte Frau, »wenn Sie von dem Herrn reden, den Sie ermordet haben, dann glaube ich, wäre es besser, wenn Sie tot wären, denn ich stell mir vor, Sie werden dafür büßen müssen. Aber das geht mich nichts an, ich bin hier, um Sie gesund zu pflegen; ich tue mit gutem Gewissen meine Pflicht. Ich wollte, das täten alle.«

Ich wandte mich angewidert von der Frau ab, die einem Menschen, der gerade knapp dem Tode entronnen war, so herzlose Worte sagte, aber ich fühlte mich matt und außerstande, über all das nachzudenken, was geschehen war. Der ganze Ablauf meines Lebens erschien mir wie ein Traum;

manchmal zweifelte ich regelrecht, ob alles eigentlich wahr sei, denn es nahm vor meinem geistigen Auge nie lebenskräftige Wirklichkeit an.

Als die Bilder, die mir vorschwebten, deutlicher wurden, stieg mein Fieber wieder; Dunkelheit drang auf mich ein; niemand war bei mir, der mich mit liebender Stimme besänftigt hätte; keine freundliche Hand stützte mich. Der Arzt kam und verschrieb Heilmittel, und die alte Frau bereitete sie mir zu, aber dem ersteren stand die völlige Gleichgültigkeit im Gesicht geschrieben, und in den Zügen der letzteren war der Ausdruck von Brutalität deutlich zu erkennen. Wer außer dem Henker, der dafür seinen Lohn erhalten würde, konnte schon an dem Schicksal eines Mörders interessiert sein?

Das ging mir zunächst durch den Kopf, aber bald erfuhr ich, dass Mr. Kirwin mich mit außerordentlicher Freundlichkeit behandelt hatte. Er hatte die beste Zelle des Gefängnisses für mich herrichten lassen (so schrecklich auch diese noch war), und auch der Arzt und die Pflegerin waren ihm zu verdanken. Er besuchte mich allerdings nur selten, denn obwohl ihm daran lag, die Leiden jedes Menschen nach Möglichkeit zu lindern, wollte er doch nicht bei den Qualen und dem trostlosen Delirium eines Mörders anwesend sein. Er kam also manchmal, um sich zu vergewissern, dass ich nicht vernachlässigt wurde, aber seine Besuche waren kurz und erfolgten in großen Abständen.

Eines Tages saß ich, während ich mich langsam erholte, mit halbgeöffneten Augen und todesbleichen Wangen auf einem Stuhl. Mir war elend und kläglich zumute, und ich überlegte, ob ich nicht lieber den Tod suchen als in einer Welt bleiben sollte, die für mich voller Leiden war. Manchmal fragte ich mich, ob ich, der ich immerhin weniger unschuldig war als die arme Justine, mich nicht schuldig erklären und die Strafe des Gesetzes auf mich nehmen sollte. Das ging mir durch den Kopf, als die Tür sich öffnete und Mr. Kirwin eintrat. Seine Züge drückten Sympathie und Mitleid aus; er rückte einen Stuhl dicht zu mir heran und sprach mich auf Französisch an: »Ich fürchte, dieser Raum ist wie ein Alptraum für Sie; kann ich etwas für Sie tun, damit Sie sich wohler fühlen?«

»Ich danke Ihnen, aber Bequemlichkeit bedeutet mir nichts; es gibt auf der ganzen Welt keinen Ort, an dem ich mich wohl fühlen könnte.«

»Ich weiß, dass das Mitgefühl eines Fremden jemandem wie Ihnen, der von so merkwürdigem Missgeschick heimgesucht wird, nur wenig Erleichterung verschaffen kann. Aber Sie werden, hoffe ich, diese trübselige Unterkunft bald verlassen, denn es ist zweifelsfreies Beweismaterial vorhanden, um Sie von der Anklage des Verbrechens freizusprechen.«

»Das ist meine geringste Sorge; ich bin durch eine Reihe von merkwürdigen Ereignissen zum Elendesten unter den Sterblichen geworden. Verfolgt und gemartert, wie ich es war und bin – kann der Tod für mich Schrecken haben?«

»Nichts könnte unseliger und qualvoller sein als die merkwürdigen Zufälle, die sich in letzter Zeit ereignet haben. Sie sind durch unbegreifliche Fügung an diese für ihre Gastfreundschaft bekannte Küste verschlagen, sofort verhaftet und des Mordes bezichtigt worden. Der erste Anblick, der sich Ihnen bot, war die Leiche Ihres Freundes, der auf so unerklärliche Weise ermordet und Ihnen von einem Bösewicht gewissermaßen in den Weg gelegt wurde.«

Als Mr. Kirwin dies sagte, empfand ich bei aller Erregung durch das erneute Erleben meiner Leiden doch erhebliche Überraschung über die Kenntnisse, die er anscheinend von mir hatte. Ich vermute, ein gewisses Erstaunen drückte sich in meinen Zügen auch aus, denn Mr. Kirwin beeilte sich hinzuzufügen: »Unmittelbar nachdem Sie krank geworden waren, ließ ich mir alle Papiere bringen, die Sie bei sich trugen, und prüfte sie, um irgendeinen Hinweis zu finden, wie ich Ihre Verwandten von Ihrem Unglück und Ihrer Krankheit benachrichtigen konnte. Ich fand verschiedene Briefe und unter anderem einen, der seinem Anfang nach von Ihrem Vater sein musste. Ich schrieb sofort nach Genf; fast zwei Monate sind seit der Sendung meines Briefes vergangen. Aber Sie sind krank, sogar jetzt zittern Sie; Sie sind Aufregungen nicht gewachsen.«

»Diese Spannung ist tausendmal schlimmer als das fürchterlichste Ereignis. Sagen Sie mir, welche neuen Todesanschläge nun stattgefunden haben und wessen Ermordung ich nun zu beklagen habe?«

»Ihrer Familie geht es ausgezeichnet«, sagte Mr. Kirwin teilnahmsvoll, »und jemand, ein Freund, ist gekommen, um Sie zu besuchen.«

Ich weiß nicht, wie ich darauf kam, aber mir ging sofort der Gedanke durch den Kopf, dass der Mörder gekommen war, um sich über mein Elend lustig zu machen und mich wegen Clervals Tod zu verhöhnen – als neuen Anreiz für mich, seinen höllischen Wünschen nachzugeben. Ich hielt mir die Hand vor die Augen und rief verzweifelt: »Oh, schicken Sie ihn weg! Ich kann seinen Anblick nicht ertragen. Um Gottes willen, lassen Sie ihn nicht herein!«

Mr. Kirwin sah mich besorgt an. Er konnte nicht umhin, meinen Ausruf als Schuldbekenntnis anzusehen, und sagte in ziemlich strengem Ton: »Ich hätte gedacht, junger Mann, dass die Anwesenheit Ihres Vaters Ihnen willkommen sein würde, statt Ihnen heftigen Widerwillen einzuflößen.«

»Mein Vater!« rief ich, während die Verkrampftheit all meiner Gesichtszüge und Muskeln freudiger Entspannung wich. »Ist mein Vater wirklich gekommen? Wie außerordentlich freundlich von ihm! Und wo ist er, warum eilt er nicht zu mir?«

Mein verändertes Benehmen überraschte und beruhigte den Richter; vielleicht dachte er, dass mein vorheriger Ausruf eine vorübergehende Rückkehr meines Deliriums darstellte, und er nahm gleich sein früheres gütiges Verhalten wieder an. Er erhob sich und verließ das Zimmer mit meiner Pflegerin, und einen Augenblick später trat mein Vater ein.

In diesem Moment hätte mir nichts größere Freude bereiten können als die Ankunft meines Vaters. Ich streckte ihm die Hand entgegen und rief: »So bist du also wohlbehalten – und Elizabeth, und Ernest?«

Mein Vater beruhigte mich mit Versicherungen ihres Wohlergehens und versuchte, indem er bei diesem für meinen Gemütszustand so interessanten Thema ausführlich verweilte, meine niedergeschlagene Stimmung zu heben. Aber er merkte bald, dass ein Gefängnis keine Stätte der Heiterkeit sein kann. »An was für einem Ort bist du gelandet, mein Sohn!« sagte er und sah betrübt die vergitterten Fenster und den trostlosen Zustand der Zelle an. »Du bist aufgebrochen, um Glück zu suchen, aber das Unglück scheint dich zu verfolgen. Und der arme Clerval!«

Den Namen meines unglücklichen und ermordeten Freundes zu hören versetzte mich in eine Erregung, der ich in meinem schwachen Zustand nicht gewachsen war; ich brach in Tränen aus.

»Ach, mein Vater«, erwiderte ich, »ein grauenhaftes Schicksal hängt über mir, und ich muss leben, um es zu erfüllen, sonst wäre ich bestimmt an Henrys Sarg gestorben.«

Es war uns nicht gestattet, länger miteinander zu sprechen, denn mein prekärer Gesundheitszustand ließ jede Vorsichtsmaßnahme notwendig erscheinen, die meine Ruhe gewährleistete. Mr. Kirwin trat ein und bestand darauf, dass meine Kräfte durch Anstrengung nicht zu sehr beansprucht wurden. Doch die Ankunft meines Vaters kam mir wie die meines Schutzengels vor, und nach und nach stellte sich meine Gesundheit wieder her.

Als ich meine Krankheit überwunden hatte, hielt mich eine trübe, düstere Stimmung umfangen, die durch nichts zerstreut werden konnte. Das Bild Clervals, grässlich und entstellt, stand mir immer vor Augen. Mehr als einmal ließ die Erschütterung, in die mich diese Bilder versetzten, meine Freunde einen gefährlichen Rückfall befürchten. Ach! Warum verlängerten sie ein so elendes und verabscheutes Leben? Sicher nur, damit ich mein Schicksal erfüllen konnte, das nun seinem Ende entgegengeht. Bald, ach, sehr bald wird der Tod diese Herzschläge zum Erlöschen bringen und mich von dem schweren Gewicht der Angst befreien, das mich in den Staub niederdrückt; und indem ich den Urteilsspruch ausführe, werde auch ich Ruhe finden. Damals wollte der Tod mich nicht aufsuchen, obwohl der Wunsch danach mich nie verließ; und oft saß ich stundenlang reglos und stumm und wünschte ein schweres Erdbeben herbei, das mich und meinen Verfolger in seinen Ruinen begraben würde.

Die Gerichtstage rückten heran. Ich war schon drei Monate im Gefängnis, und obwohl ich noch immer schwach und in ständiger Gefahr eines Rückfalls war, sah ich mich gezwungen, beinahe hundert Meilen zu der Kreisstadt zu reisen, wo der Prozess stattfand. Mr. Kirwin übernahm es selbst, die Auswahl der Zeugen und die Berufung meines Verteidigers sorgfältig vorzubereiten. Mir blieb die Schande erspart, öffentlich als Verbrecher vorgeführt zu werden, da der Fall nicht vor ein Gericht kam, das über Leben und Tod entscheidet. Die Jury wies die Anklage ab, da erwiesen war, dass ich zu der Zeit, als die Leiche meines Freundes gefunden wurde, auf den Orkney-Inseln war; und vierzehn Tage nach meiner Verlegung wurde ich aus dem Gefängnis entlassen.

Bei der Nachricht, dass die Anklage nicht mehr bedrohlich über mir schwebte, dass ich wieder frische Luft atmen und in mein Heimatland zurückkehren durfte, war mein Vater grenzenlos erleichtert. Ich konnte diese Empfindungen nicht teilen, denn mir waren die Wände eines Kerkers und die eines Palastes gleich verhasst. Der Trank des Lebens war mir auf immer vergiftet, und obwohl die Sonne auf mich noch herabschien wie auf die Glücklichen und Heiteren, sah ich mich nur von dichter und schrecklicher Finsternis umgeben, die kein Licht, sondern nur der Schimmer zweier Augen durchdrang, die mich anstarrten. Manchmal waren es die ausdrucksvollen Augen Henrys, die nun dem Tod verfallen waren, die dunklen Pupillen, die fast ganz von den Lidern und den langen schwarzen Wimpern verdeckt wurden; dann wieder waren es die wässrigen, trüben Augen des Monsters, wie ich sie zuerst in meinem Zimmer in Ingolstadt gesehen hatte.

Mein Vater versuchte, die Gefühle der Liebe wieder in mir zu erwecken. Er sprach von Genf, das ich bald besuchen würde, von Elizabeth und Ernest; aber diese Worte entlockten mir nur schwere Seufzer. Ja, manchmal hatte ich das Bedürfnis nach Glück und dachte mit wehmütiger Freude an meine geliebte Cousine oder sehnte mich mit verzehrender »maladie du pays«[33] danach, den blauen See und die reißende Rhône noch einmal zu sehen, die mir in meiner frühen Kindheit so lieb gewesen waren. Aber mein allgemeiner Gemütszustand war eine seelische Stumpfheit, in der ein Gefängnis ein ebenso willkommener Aufenthaltsort wie die göttlichste Naturszene war, und diese Anfälle wurden außer durch Ausbrüche von Schmerz und Verzweiflung selten unterbrochen. In solchen Augenblicken versuchte ich öfter, der Existenz, die ich verabscheute, ein Ende zu machen, und unablässige Aufmerksamkeit und Wachsamkeit war nötig, mich davon abzuhalten, irgendeinen gewalttätigen Akt zu begehen.

Doch eine Pflicht vergaß ich nie, und die Erinnerung an sie ließ mich schließlich über meine egoistische Verzweiflung triumphieren. Es war nötig, ohne Verzögerung nach Genf zurückzukehren, um dort über das Leben derjenigen zu wachen, die ich so zärtlich liebte, und dem Mörder aufzulauern, damit ich, falls irgendein Zufall mir sein Versteck enthüllen oder er es wagen sollte, mich durch seine Gegenwart wieder in Schrecken zu versetzen, mit unfehlbarer Zielsicherheit der Existenz des ungeheuerlichen Wesens ein Ende machen konnte, das ich mit dem Zerrbild einer noch ungeheuerlicheren Seele ausgestattet hatte. Mein Vater wollte unseren Aufbruch in der Befürchtung, dass ich den Anstrengungen einer Reise nicht gewachsen sei, noch aufschieben, denn ich war ein zerschmettertes Wrack – der Schatten eines menschlichen Wesens. Meine Kraft war dahin. Ich war ein bloßes Skelett, und das Fieber setzte bei Tag und Nacht meinem ausgemergelten Körper weiter zu.

Und doch hielt mein Vater es schließlich, weil ich mit solcher Unruhe und Ungeduld darauf drang, Irland zu verlassen, für am besten, nachzugeben. Wir buchten eine Passage auf einem Schiff nach Havre-de-grâce[34] und segelten unter frischem Wind von der irischen Küste ab. Es war Mitternacht. Ich lag an Deck und sah zu den Sternen auf und lauschte dem Rauschen der Wellen. Ich segnete die Dunkelheit, die Irland meinem Anblick entzog, und mein Puls schlug mit fieberhafter Freude, wenn ich daran dachte, dass ich bald Genf wiedersehen würde. Die Vergangenheit erschien mir wie ein fürchterlicher Traum; und doch prägten mir das Schiff, auf dem ich mich befand, der Wind, der mich von der verhassten Küste Irlands hinwegtrieb, und das Meer, das mich umgab, nachdrücklich ein, dass mich nicht Halluzinationen trogen und dass Clerval, mein Freund und treuester Gefährte, tatsächlich mir und dem von mir geschaffenen Monster zum Opfer gefallen war. Ich durchlief in Gedanken mein ganzes Leben; mein stilles Glück, solange ich bei meiner Familie in Genf wohnte, den Tod meiner Mutter und meinen Aufbruch nach Ingolstadt. Ich erinnerte mich mit Schaudern an die wahnwitzige Begeisterung, die mich zur Erschaffung meines grässlichen Feindes antrieb, und ich rief in Gedanken die Nacht herauf, als er zum Leben erwachte. Ich war außerstande, diesen Gedankengang weiter zu verfolgen; tausend Empfindungen drangen auf mich ein, und ich weinte bitterlich.

Seit meiner Wiederherstellung von dem Fieber war ich daran gewöhnt, jeden Abend eine kleine Menge Opium zu nehmen, denn nur mithilfe dieser Droge gelang es mir, den zur Erhaltung des Lebens nötigen Schlaf zu bekommen. Von den Erinnerungen an mein vielfältiges Unglück überwältigt, schluckte ich diesmal die doppelte Menge und sank auch bald in tiefen Schlaf. Aber der Schlaf gewährte mir keine Erholung von quälenden Gedanken und Elend; meine Träume gaukelten mir tausend Dinge vor, die mich erschreckten. Gegen Morgen überfiel mich eine Art Alptraum. Ich spürte den Griff des Ungeheuers um meinen Hals und konnte mich nicht von ihm befreien; Stöhnen und Schreien drangen an mein Ohr. Als mein Vater, der bei mir wachte, meine Unruhe bemerkte, weckte er mich; das Plätschern der Wellen war da, der bewölkte Himmel, das Ungeheuer aber war nicht hier. Ein Gefühl der Sicherheit, die Vorstellung, dass ein Waffenstillstand zwischen der gegenwärtigen Stunde und der unaufhaltsamen, verheerenden Zukunft hergestellt war, erfüllte mich mit einem gewissen ruhigen Vergessen, für das das menschliche Gemüt seiner Beschaffenheit nach besonders empfänglich ist.

Kapitel 22

Die Seereise ging zu Ende. Wir landeten und fuhren nach Paris weiter. Bald merkte ich, dass ich meine Kräfte überschätzt hatte und mich ausruhen musste, bevor ich die Reise fortsetzen konnte. Fürsorge und Aufmerksamkeit meines Vaters waren unermüdlich, aber er kannte den Ursprung meiner Leiden nicht und versuchte mit falschen Methoden, mich von meiner unheilbaren Krankheit zu befreien. Er riet mir, Abwechslung in menschlicher Gesellschaft zu suchen. Ich verabscheute Menschengesichter. Ach nein, verabscheuen tat ich sie nicht! Sie waren meine Brüder, meine Mitmenschen, und ich fühlte mich sogar zu den widerlichsten unter ihnen wie zu Geschöpfen von engelhafter Natur und Ebenbildern Gottes hingezogen. Aber ich spürte, dass ich kein Recht hatte, an ihrem Umgang teilzunehmen. Ich hatte einen Feind auf sie losgelassen, der sich ein Vergnügen daraus machte, ihr Blut zu vergießen und sich an ihrem Stöhnen zu ergötzen. Wie sie alle miteinander mich verabscheuen und aus der Welt vertreiben würden, wenn sie meine heillosen Taten und die Verbrechen kennten, für die ich verantwortlich war!

Schließlich gab mein Vater meinem Verlangen nach, die Gesellschaft zu meiden, und bemühte sich mit den verschiedensten Argumenten, meine Niedergeschlagenheit zu vertreiben. Manchmal glaubte er, dass mir die Erniedrigung durch eine Mordanklage sehr nahegeging, und er versuchte, mir zu beweisen, wie sinnlos solcher Hochmut sei.

»Ach, Vater«, sagte ich, »wie wenig kennst du mich. Die Menschen, ihre Gefühle und Leidenschaften würden wahrhaftig erniedrigt, wenn ein Elender wie ich Hochmut empfände. Justine, die arme, unglückliche Justine, war so unschuldig wie ich, und sie traf die gleiche Anklage; sie musste dafür sterben, und ich bin die Ursache – ich habe sie ermordet. William, Justine und Henry – sie alle starben durch meine Hand.«

Mein Vater hatte während meiner Haft öfter gehört, wie ich mir denselben Vorwurf machte; wenn ich mich auf diese Weise anklagte, schien er manchmal um eine Erklärung bitten zu wollen, dann wieder hielt er es wohl eher für eine Folge des Deliriums und nahm an, dass ich mir diese Dinge während meiner Krankheit eingebildet hatte, die sich mir nun auch während meiner Gesundung immer wieder aufdrängten. Ich vermied Erklärungen und wahrte im Hinblick auf das Monster, das ich geschaffen hatte, völliges Schweigen. Ich war überzeugt, dass man mich für wahnsinnig halten würde, und das allein hätte mir auf immer die Lippen versiegelt. Aber darüber hinaus konnte ich mich nicht überwinden, ein Geheimnis zu enthüllen, das meinen Zuhörer mit Schrecken erfüllen und Furcht und einen ganz unnatürlichen Abscheu in seine Brust senken würde. Ich zügelte deshalb mein kaum bezwingbares Verlangen nach Mitgefühl und schwieg, während ich alles dafür gegeben hätte, jemandem das unheilvolle Geheimnis anzuvertrauen. Und trotzdem entfuhren mir unkontrollierbar Worte, wie ich sie berichtet habe. Ich konnte keine Erklärung für sie geben, aber ihre Wahrheit erleichterte wenigstens teilweise die Bürde meines geheimnisvollen Leidens.

Bei dieser Gelegenheit sagte mein Vater mit einem Ausdruck völliger Verständnislosigkeit: »Mein geliebter Victor, was sind denn das für Hirngespinste? Mein lieber Sohn, ich bitte dich inständig, dir solche Vorwürfe nicht noch einmal zu machen.«

»Ich bin nicht wahnsinnig«, rief ich mit Nachdruck.

»Himmel und Erde, denen meine Taten nicht verborgen sind, können für die Wahrheit meiner Worte zeugen. Ich bin der Mörder all der völlig unschuldigen Opfer; sie starben durch meine Machenschaften. Tausendmal hätte ich Tropfen für Tropfen mein Blut vergossen, wenn ich ihr Leben hätte retten können, aber ich konnte es nicht, mein Vater, ich konnte nicht die ganze Menschheit opfern.«

Das Ende dieser Rede überzeugte meinen Vater vollends, dass ich den Verstand verloren hatte, und er wechselte sofort das Thema unserer Unterhaltung und versuchte, mich auf andere Gedanken zu bringen. Er wollte so weit wie möglich die Erinnerung an die Szenen, die in Irland stattgefunden hatten, auslöschen und spielte nie darauf an und duldete auch nicht, dass ich von meinem Unglück sprach.

Mit der Zeit wurde ich ruhiger; mein Herz war noch voll von den ausgestandenen Leiden, aber ich sprach von meinen Verbrechen nicht mehr auf dieselbe unzusammenhängende Weise; mir genügte es, dass ich mir ihrer bewusst war. Durch äußerste Selbstbeherrschung unterdrückte ich die gebieterische Stimme in mir, die mein Elend manchmal in die ganze Welt hinausschreien wollte, und mein Betragen wurde ruhiger und gefasster, als es seit meinem Ausflug zum Gletscher je gewesen war.

Ein paar Tage, bevor wir Paris auf unserem Weg in die Schweiz verließen, erhielt ich folgenden Brief von Elizabeth:

Mein lieber Freund,
Mit großer Freude habe ich den in Paris datierten Brief meines Onkels erhalten; Du bist nicht mehr so schrecklich weit entfernt, und ich werde Dich in weniger als vierzehn Tagen wiedersehen. Mein armer Vetter, was musst Du gelitten haben! Ich bin darauf gefasst, dass Du noch kränker aussiehst

als bei Deiner Abreise aus Genf. Geplagt von furchtbaren Ängsten, habe ich diesen Winter nur mit Mühe überstanden, doch hoffe ich, Frieden in Deinen Zügen zu lesen und zu erkennen, dass äußeres und inneres Behagen Dir nicht völlig fehlt.

Nur fürchte ich, dass die Empfindungen, die Dich vor einem Jahr plagten, Dir vielleicht jetzt noch mehr zusetzen. Ich würde Dich augenblicklich nicht belästigen, wo so viel Unglück Dich niederdrückt, aber ein vor Deiner Abreise mit meinem Onkel geführtes Gespräch macht eine Erklärung nötig, bevor wir uns wiedersehen.

Eine Erklärung! Du sagst vielleicht, was kann Elizabeth schon zu erklären haben? Wenn das so ist, sind alle meine Fragen beantwortet und alle meine Zweifel beseitigt. Aber Du bist fern von mir, und möglicherweise fürchtest Du diese Erklärung und bist doch froh darüber; und in der Annahme, dass dies der Fall ist, wage ich nicht länger aufzuschieben, Dir zu schreiben, was ich Dich während Deiner Abwesenheit oft wissen lassen wollte, aber nie den Mut hatte zu gestehen.

Du weißt recht gut, Victor, dass unsere Verbindung seit unserer Kindheit der Lieblingsplan Deiner Eltern ist. Mit diesem Gedanken wuchsen wir auf; dieses Ereignis wurde uns als sichere zukünftige Tatsache dargestellt. Wir waren während der Kindheit einander herzlich zugetane Spielgefährten und, glaube ich, liebe und vertraute Freunde, als wir heranwuchsen. Aber könnten nicht auch wir, wie es so oft zwischen Bruder und Schwester der Fall ist, eine lebhafte Zuneigung zueinander empfinden, ohne eine intimere Vereinigung zu wünschen? Antworte mir, liebster Victor. Sag mir, ich flehe Dich an, bei unserem gemeinsamen Glück, die schlichte Wahrheit – liebst Du eine andere?

Du bist gereist; Du hast mehrere Jahre Deines Lebens in Ingolstadt verbracht; und ich gestehe Dir ganz offen, lieber Freund, als ich im letzten Herbst sah, wie unglücklich Du warst und wie Du aus der Gesellschaft aller in die Einsamkeit flohst, da konnte ich nicht umhin zu vermuten, dass Du womöglich unsere Verbindung bedauerst und Dich nur ehrenhalber gebunden fühltest, die Wünsche Deiner Eltern zu erfüllen, obwohl sie Deinen eigenen Neigungen widersprachen. Aber das sind Ausflüchte. Ich gestehe Dir, mein Freund, dass ich Dich liebe und dass Du in meinen hochfliegenden Träumen von der Zukunft mein ständiger Freund und Gefährte bist. Doch mir liegt an Deinem Glück ebenso sehr wie an meinem, und so erkläre ich, dass unsere Heirat mich für immer unglücklich machen würde, wenn sie nicht Deinem eigenen freien Willen entspränge. Auch jetzt kommen mir die Tränen bei dem Gedanken, dass Du womöglich, vom grausamsten Unglück heimgesucht, dem Wort »Ehre« zuliebe all die Liebe und das Glück opferst, durch die allein Du wieder zu Dir selbst kommen kannst. Ich, die ich so selbstlose Liebe für Dich empfinde, verschlimmere Dein Unglück womöglich noch ums Zehnfache, indem ich ein Hindernis für Deine Wünsche bilde. Ach, Victor, glaube mir, dass Deine Cousine und Spielgefährtin Dich zu ernsthaft liebt, um nicht unter dieser Annahme außerordentlich zu leiden. Sei glücklich, mein Freund, und wenn Du mir diese eine Bitte erfüllst, sei unbesorgt: Nichts auf Erden wird es vermögen, meinen Seelenfrieden zu stören.

Lass Dich durch diesen Brief nicht beunruhigen; beantworte ihn nicht morgen oder übermorgen oder auch bevor Du kommst, wenn es Dir schmerzlich ist. Mein Onkel wird mir Nachricht von Deinem gesundheitlichen Zustand geben, und wenn ich bei unserem Wiedersehen auch nur das kleinste Lächeln auf Deinen Lippen sehe und weiß, dass diese oder irgendeine andere Anstrengung meinerseits dazu beigetragen hat, dann brauche ich kein anderes Glück.

Elizabeth Lavenza

Genf, 18. Mai 17–

Dieser Brief frischte meine Erinnerung an das auf, was ich ganz vergessen hatte, nämlich an die Drohung des Ungeheuers: »Ich werde in deiner Hochzeitsnacht bei dir sein!« Diese Drohung schwebte über mir, und in dieser Nacht würde der Dämon auf jede Weise versuchen, mich zu zerstören und mir den Hoffnungsschimmer, der mir bei meinem Leiden ein gewisses Glück versprach, wieder zu rauben. Er hatte beschlossen, in dieser Nacht seine Verbrechen durch meinen Tod zu krönen. Gut, mochte es so sein; ein Kampf auf Leben und Tod würde dann zweifellos stattfinden, in dem ich, wenn er siegen sollte, meinen Frieden hätte und seine Macht über mich enden würde. Wenn er aber unterliegen sollte, wäre ich ein freier Mann. Aber ach! Was wäre das für eine Freiheit? Diejenige, die der Bauer genießt, wenn seine Familie vor seinen Augen ermordet, seine Hütte verbrannt, seine Ländereien verwüstet worden sind und er davongejagt, heimatlos, mittellos und einsam, aber frei ist. So würde meine Freiheit aussehen – außer dass ich in Elizabeth einen Schatz besaß, der aber, ach!, entwertet würde durch die schrecklichen Reue- und Schuldgefühle, die mich bis in den Tod verfolgen würden.

Reizende und geliebte Elizabeth! Ich las ihren Brief immer wieder, und zärtlichere Gefühle stahlen sich mir ins Herz und wagten es, mir paradiesische Träume von Liebe und Freude vorzugaukeln; aber der Apfel war schon verzehrt, und der Engel hatte das Schwert gezückt, um mich aus dem Garten der Hoffnung zu vertreiben. Und doch war ich bereit zu sterben, um sie glücklich zu machen. Wenn das Monster seine Drohung wahr machte, war der Tod unvermeidlich, und doch überlegte ich immer wieder, ob meine Hochzeit mein Schicksal beschleunigen würde. Mein Untergang würde vielleicht dadurch um ein paar Monate früher stattfinden, aber wenn mein Peiniger mich verdächtigen sollte, diesen aufgrund seiner Drohungen hinauszuzögern, würde er sicherlich andere und womöglich schlimmere Mittel, sich zu rächen, finden. Er hatte geschworen, in meiner Hochzeitsnacht bei mir zu sein, doch betrachtete er sich durch die Drohung bis dahin gewiss nicht an einen Waffenstillstand gebunden, denn als ob er mir zeigen wollte, dass seine Mordlust noch nicht gestillt war, hatte er unmittelbar nach der Äußerung seiner Drohungen Clerval ermordet. So machte ich mir klar, dass meine sofortige Verbindung mit meiner Cousine ihr Glück oder das meines Vaters wohl befördern, die Anschläge meines Widersachers auf mein Leben aber nicht um eine einzige Stunde hinauszögern würde.

In dieser Verfassung schrieb ich an Elizabeth. Mein Brief klang ruhig und zärtlich. »Ich fürchte, mein geliebtes Mädchen«, schrieb ich, »uns bleibt nur noch wenig Glück auf Erden; aber das bisschen, das ich vielleicht eines Tages noch genießen darf, beruht auf Dir. Schlag Dir die müßigen Befürchtungen aus dem Kopf; Dir ganz allein weihe ich mein Leben und meine Suche nach Seelenfrieden. Ich habe ein Geheimnis, Elizabeth, ein fürchterliches Geheimnis; wenn ich es Dir enthülle, wird Dir vor Entsetzen das Blut in den Adern stocken, und dann wirst Du Dich, weit davon entfernt, über mein Elend überrascht zu sein, fragen, wie ich mein Leiden überstanden habe. Ich werde Dir diese Geschichte von Elend und Schrecken am Tage nach unserer

Hochzeit anvertrauen, denn, meine reizende Cousine, zwischen uns muss völliges Vertrauen herrschen. Aber ich beschwöre Dich, rühre bis dahin nicht daran und spiele nicht darauf an. Dies ist meine dringende Bitte, und ich weiß, Du wirst sie mir erfüllen.«

Ungefähr eine Woche nach dem Empfang von Elizabeths Brief kehrten wir nach Genf zurück. Das reizende Mädchen begrüßte mich mit großer Innigkeit, und doch standen Tränen in ihren Augen, als sie meine ausgemergelte Gestalt und meine fiebrigen Wangen wahrnahm. Auch ich fand sie verändert. Sie war magerer und hatte viel von der herrlichen Lebhaftigkeit verloren, die mich früher so an ihr entzückt hatte; aber ihre Zärtlichkeit und ihr milder, mitleidvoller Blick machten sie zu einer geeigneteren Gefährtin für jemanden, der so verdammt und elend war wie ich.

Die Ruhe, die ich nun genoss, hielt nicht an. Die Erinnerung brachte Anfälle von Geistesgestörtheit mit sich, und wenn ich mir klarmachte, was eigentlich geschehen war, erfasste mich regelrechter Wahnsinn. Manchmal war ich außer mir und tobte vor Wut, dann wieder niedergeschlagen und verzweifelt. Ich sprach mit niemandem und sah niemanden an, sondern saß reglos da, überwältigt von dem unendlichen Elend, das mich heimsuchte.

Nur Elizabeth hatte es in ihrer Macht, diese Anfälle zu vertreiben; ihre sanfte Stimme beruhigte mich, wenn ich von unkontrollierbaren Ausbrüchen heimgesucht wurde, und weckte menschliche Empfindungen in mir, wenn ich in Stumpfsinn versank. Sie weinte mit mir und um mich. Wenn ich wieder zu mir kam, redete sie mir gut zu und versuchte, mich zur Ergebenheit in mein Schicksal zu überreden. Ach! Die Unglücklichen haben es leicht, ergeben zu sein, aber für die Schuldigen gibt es keinen Frieden. Die Qualen der Reue vergiften den Genuss, den man sonst manchmal in der Hingabe an den übermäßigen Schmerz empfindet.

Bald nach meiner Ankunft sprach mein Vater von meiner baldigen Hochzeit mit Elizabeth. Ich schwieg.

»Bist du denn anderweitig gebunden?«

»Nein, durchaus nicht. Ich liebe Elizabeth und freue mich außerordentlich auf unsere Verbindung. Wir können daher den Tag ruhig festlegen; und an ihm will ich mich, in Leben oder Tod, dem Glück meiner Cousine weihen.«

»Mein lieber Victor, sprich nicht so. Großes Unglück hat uns heimgesucht, aber wir wollen uns enger an das anschließen, was uns geblieben ist, und unsere Liebe von denen, die wir verloren haben, denen zuwenden, die noch leben. Unser Kreis wird kleiner, aber von den Banden der Liebe und des gemeinsamen Unglücks umso fester zusammengehalten werden. Und wenn sich mit der Zeit deine Verzweiflung gelegt hat, wird unsere Fürsorge und Liebe den Nachkommen gehören, die uns auf grausame Weise geraubt worden sind.«

Das waren die Ratschläge meines Vaters. Aber mir gelang es nicht, die Erinnerung an die Drohung zu vertreiben; und es wird Sie auch nicht wundern, dass ich den Feind bei seiner ganzen unmenschlichen Blutgier für beinahe unbesiegbar hielt und das angedrohte Schicksal, seit er die Worte »Ich werde in deiner Hochzeitsnacht bei dir sein« aussprach, als unvermeidlich erachtete. Aber der Tod war für mich kein Übel, wenn der Verlust Elizabeths dadurch aufgewogen wurde, und ich stimmte deshalb meinem Vater mit zufriedener und heiterer Miene zu, dass die Zeremonie, wenn Elizabeth einverstanden war, in zehn Tagen stattfinden sollte, und besiegelte damit, wie ich annahm, mein Schicksal.

Großer Gott! Wenn ich auch nur einen Augenblick erwogen hätte, was die teuflischen Absichten meines höllischen Gegners waren, hätte ich mich lieber für immer aus meinem Heimatland verbannt und wäre als ungeliebter Verstoßener auf der Erde umhergewandert, als dieser unseligen Heirat zuzustimmen. Aber als ob es magische Kräfte besäße, hatte mich das Monster über seine wahren Absichten getäuscht; und während ich glaubte, nur meinen eigenen Tod beschleunigt zu haben, beschwor ich nur den eines viel teureren Opfers herauf.

Als der für unsere Hochzeit festgesetzte Termin heranrückte, sank mir, sei es aus Feigheit, sei es aus prophetischer Ahnung, der Mut. Aber ich verbarg meine Gefühle hinter einer Fassade von Ausgelassenheit, die das Gesicht meines Vaters vor Freude strahlen ließ, das aufmerksame und tiefer blickende Auge Elizabeths aber kaum täuschte. Sie sah unserer Vereinigung mit Gelassenheit und nicht ohne einen Anflug von Furcht entgegen, die ihr die frühere unglückselige Erfahrung einflößte, dass das, was jetzt wie sicheres und greifbares Glück erscheint, sich bald in einen flüchtigen Traum verwandelt und nichts als ein tiefes und unauslöschliches Bedauern zurücklässt.

Vorbereitungen für das Ereignis wurden getroffen, Gratulationsbesuche empfangen, und alle trugen beständig ein Lächeln auf den Lippen. Ich begrub, so gut ich konnte, in meinem Herzen die Befürchtungen, die dort nagten, und ging scheinbar ernsthaft auf die Pläne meines Vaters ein, obwohl sie lediglich als Kulisse meiner Tragödie dienen mochten. Durch die Bemühungen meines Vaters war Elizabeth ein Teil ihres Vermögens von der österreichischen Regierung zurückerstattet worden. Ein kleiner Besitz am Ufer des Comer Sees gehörte ihr. Wir waren uns einig, unmittelbar nach unserer Hochzeitsfeier zur Villa Lavenza aufzubrechen und die ersten Tage unseres Glücks am Ufer des schönen Sees, wo sie stand, zu verbringen.

Inzwischen traf ich alle möglichen Vorsichtsmaßnahmen

für den Fall, dass der Teufel mich offen angreifen sollte. Ich trug ständig Pistolen und einen Dolch bei mir, war immer auf der Hut, um Anschläge zu verhindern, und erlangte auf diese Weise allmählich größere Ruhe. Ja, als die Zeit herannahte, erschien mir die Drohung mehr wie eine Täuschung, von der eine Störung meines Friedens nicht zu erwarten war, während das Glück, auf das ich in meiner Ehe hoffte, umso mehr den Anschein von Gewissheit annahm, je näher der Tag ihrer feierlichen Einsegnung rückte, und ich hörte davon ständig als von einem Ereignis sprechen, das kein Missgeschick verhindern konnte.

Elizabeth war anscheinend glücklich; mein ruhiges Verhalten trug wesentlich zu ihrem Seelenfrieden bei. Aber an dem Tag, der meine Wünsche und mein Schicksal erfüllen sollte, war sie niedergeschlagen und wurde von Vorahnungen böser Ereignisse heimgesucht; und vielleicht dachte sie auch an das grauenhafte Geheimnis, das ich versprochen hatte, ihr am nächsten Tag zu enthüllen. Mein Vater dagegen war währenddessen überglücklich und deutete in der Aufregung der Hochzeitsvorbereitungen die Niedergeschlagenheit seiner Nichte nur als Schüchternheit einer Braut.

Als die Zeremonie vollzogen war, versammelte sich eine große Gesellschaft im Haus meines Vaters; es war aber abgemacht, dass Elizabeth und ich unsere Reise zu Schiff antreten, die Nacht in Evian verbringen und unsere Fahrt am folgenden Tag fortsetzen sollten. Der Tag war schön, der Wind günstig; alles lächelte bei unserer bräutlichen Einschiffung.

Das waren die letzten Augenblicke meines Lebens, in denen ich ein Gefühl von Glück erlebte. Wir fuhren schnell dahin; die Sonne war heiß, aber wir schützten uns vor ihren Strahlen durch eine Art Baldachin, während wir die schöne Szenerie genossen – manchmal auf der einen Seite des Sees, wo wir den Mont Salève, die lieblichen Ufer von Montalègre und in der Ferne, alles überragend, den schönen Montblanc und die Spitzen all der schneebedeckten Berge sahen, die vergebens versuchten, es ihm gleichzutun –, und uns dann wieder dem gegenüberliegenden Ufer nähernd, wo wir den mächtigen Jura erblickten, welcher seine dunkle Seite dem Ehrgeizigen zukehrt, der die Heimat verlassen will, und dem Eindringling, der sie versklaven will, eine fast unüberwindliche Barriere entgegenstellt.

Ich nahm Elizabeths Hand. »Du machst dir Sorgen, mein Schatz. Ach, wenn du wüsstest, was ich gelitten habe und was ich vielleicht noch durchmachen muss, würdest du versuchen, mich die Ruhe und Freiheit von Verzweiflung genießen zu lassen, die mir wenigstens dieser eine Tag gewährt.«

»Sei glücklich, mein lieber Victor«, erwiderte Elizabeth, »es gibt, hoffe ich, nichts, was dich bekümmert; und glaub mir, auch wenn mein Gesicht nicht vor Freude strahlt, bin ich innerlich ganz ruhig. Eine Stimme flüstert mir zu, der Aussicht, die sich uns eröffnet, nicht zu sehr zu trauen, aber auf eine so finstere Stimme werde ich nicht hören. Sieh nur, wie schnell wir fahren und wie die Wolken, die die Spitze des Montblanc bald verdunkeln, bald überfliegen, die schöne Szenerie noch interessanter machen. Und beobachte auch die zahllosen Fische, die im klaren Wasser schwimmen, wo man jeden Kiesel sehen kann, der auf dem Grund liegt. Was für ein himmlischer Tag! Wie glücklich und heiter die Natur erscheint!«

So versuchte Elizabeth sich und mich von all den melancholischen Gedanken abzulenken. Aber ihre Stimmung wechselte; einen Augenblick lang strahlten ihre Augen vor Freude, doch immer wieder wich diese der Unruhe und Nachdenklichkeit.

Die Sonne sank tiefer am Himmel; wir ließen den Fluss Drance hinter uns und beobachteten, wie er seinen Weg durch die Klüfte der höheren und die engen Täler der flacheren Erhebungen nahm. Die Alpen treten hier dichter an den See heran, und wir näherten uns dem Amphitheater der Berge, die seine östliche Begrenzung bilden. Der Turm von Evian schimmerte inmitten des Waldes, der ihn umgab, und unterhalb der sich stufenden Berge, die ihn überragten.

Der Wind, der uns bisher mit so erstaunlicher Geschwindigkeit dahingetrieben hatte, flaute gegen Abend zu einer leichteren Brise ab; die milde Luft kräuselte nur das Wasser und versetzte die Bäume in leichte Schwingung, als wir uns dem Ufer näherten, von dem der köstlichste Duft von Blumen und Heu herüberwehte. Die Sonne sank hinter dem Horizont, während wir landeten; und als ich das Ufer betrat, spürte ich, wie die Sorgen und Ängste in mir wiedererwachten, die mich bald auf immer ergreifen und festhalten sollten.

Kapitel 23

Es war acht Uhr, als wir landeten; wir gingen ein Weilchen am Ufer spazieren, genossen die Dämmerstunde und zogen uns dann in den Gasthof zurück, wo wir in Ruhe die von Wasser, Wald und Bergen beherrschte schöne Landschaft betrachteten, die schon von Dunkelheit umfangen war, aber noch ihre schwarzen Umrisse erkennen ließ.

Der Südwind hatte sich gelegt, aber statt dessen erhob sich nun ein starker Westwind. Der Mond hatte seine höchste Stellung am Himmel erreicht und begann zu sinken; die Wolken jagten schneller darüber hinweg als fliegende Geier und verdunkelten seinen Schein, während der See die bewegte Szene am Himmel spiegelte, die durch die aufkommenden Wellen noch bewegter erschien. Plötzlich brach ein Platzregen los.

Ich war während des Tages ruhig gewesen, aber sobald die Nacht die Umrisse der Gegenstände auflöste, erhoben sich tausend Ängste in meiner Brust. Ich war besorgt und wachsam, während meine rechte Hand eine Pistole umklammert hielt, die ich an der Brust verbarg; jeder Laut erschreckte mich, aber ich beschloss, mein Leben teuer zu verkaufen und den Kampf nicht aufzugeben, ehe nicht mein eigenes Leben oder das meines Gegners ausgelöscht war.

Elizabeth beobachtete meine Unruhe eine Zeitlang mit ängstlichem und sorgenvollem Schweigen, aber etwas in meinem Blick jagte ihr Schrecken ein, und zitternd fragte sie: »Was beunruhigt dich, mein lieber Victor? Wovor fürchtest du dich?«

»Ach! Frieden, Frieden, mein Schatz«, erwiderte ich, »diese Nacht noch, dann ist es ausgestanden; aber diese Nacht ist grauenhaft, ganz grauenhaft.«

In dieser Verfassung verbrachte ich eine Stunde, als mir plötzlich einfiel, wie fürchterlich der Kampf, den ich jeden Augenblick erwartete, für meine Frau sein würde; ich bat sie deshalb inständig, sich zurückzuziehen, und beschloss, nicht zu ihr zu gehen, bevor ich Kenntnis von dem Verbleib meines Feindes hatte.

Sie verließ mich, und ich ging eine Zeitlang weiter die Korridore des Hauses auf und ab und untersuchte jede Ecke, die meinem Gegner als Versteck dienen konnte. Aber ich entdeckte nicht die geringste Spur von ihm und begann zu überlegen, ob womöglich ein glücklicher Zufall eingegriffen hatte, um seine angedrohten Untaten zu verhindern, als ich plötzlich einen schrillen und fürchterlichen Schrei hörte. Er kam aus dem Zimmer, in das sich Elizabeth zurückgezogen hatte. Als ich ihn hörte, durchzuckte mich blitzartig die ganze Wahrheit, meine Arme sanken herab, die Bewegung jedes Muskels und jeder Faser erstarrte; ich konnte spüren, wie das Blut in meinen Adern pulsierte und in meinen Händen und Füßen prickelte. Dieser Zustand dauerte aber nur einen Augenblick; der Schrei wiederholte sich, und ich stürzte in das Zimmer.

Großer Gott! Warum habe ich damals nicht mein Leben ausgehaucht! Warum bin ich hier und muss die Zerstörung der schönsten Hoffnung und des reinsten Wesens auf der ganzen Welt berichten? Dort lag sie, leblos und unbeseelt, hingeworfen auf das Bett mit hängendem Kopf und bleichem, von ihrem Haar halb bedecktem, verzerrtem Gesicht. Wohin ich mich auch wende, überall sehe ich dieselbe Gestalt – ihre blutleeren Arme und ihren erschlafften Körper, von dem Mörder auf das Brautbett geschleudert. Konnte ich diesen Anblick ertragen und weiterleben? Aber ach! Das Leben ist zäh und erweist sich gerade dann am stärksten, wenn man es am meisten hasst. Nur einen Augenblick verlor ich die Besinnung; ich fiel bewusstlos zu Boden.

Als ich wieder zu mir kam, war ich von den Leuten des Gasthofes umgeben; ihre Gesichter drückten atemlosen Schrecken aus, aber das Grauen der anderen kam mir nur wie ein Spott, wie ein bloßer Schatten der Gefühle vor, die *mich* niederschmetterten. Ich entfloh ihnen in das Zimmer, wo der Körper Elizabeths, meiner Geliebten, meiner Frau lag, die eben noch gelebt hatte und mir so lieb und teuer war. Die Stellung, in der ich sie zuerst gefunden hatte, war verändert worden, und wie sie mit dem Kopf auf dem Arm und einem Taschentuch über Gesicht und Hals dalag, hätte ich glauben können, dass sie schlief. Ich stürzte zu ihr und umarmte sie leidenschaftlich, aber die Todesschlaffheit und -kälte der Glieder bedeuteten mir unmissverständlich, dass das, was ich nun in den Armen hielt, aufgehört hatte, die Elizabeth zu sein, die ich geliebt und geschätzt hatte. Das mörderische Zeichen von dem Würgegriff des Teufels war an ihrem Hals zu erkennen, und ihr Mund hatte aufgehört zu atmen.

Während ich mich noch in panischem Schrecken über sie beugte, sah ich zufällig auf. Die Fenster des Zimmers waren bisher dunkel gewesen, und mich packte eine Art Panik, als ich sah, dass der blasse gelbe Schein des Mondes das Zimmer erleuchtete. Die Fensterläden waren aufgestoßen, und mit Empfindungen des Grauens, die man nicht beschreiben kann, sah ich im offenen Fenster eine Gestalt, über die Maßen grässlich und abscheulich. Ein Grinsen lag auf dem Gesicht des Dämons; er schien zu spotten, als er mit seinem teuflischen Finger auf die Leiche meiner Frau deutete. Ich stürzte auf das Fenster zu, riss meine Pistole aus der Brust und feuerte; aber er wich mir aus, sprang von seinem Platz, lief blitzschnell davon und stürzte sich in den See.

Der Pistolenschuss lockte eine Menschenmenge in das Zimmer. Ich deutete auf die Stelle, wo er verschwunden war, und wir folgten mit Booten der Spur. Netze wurden ausgeworfen, aber vergeblich. Nach Verlauf mehrerer Stunden kehrten wir unverrichteter Dinge zurück, wobei die meisten meiner Gefährten glaubten, es habe sich nur um eine von meiner Phantasie heraufbeschworene Gestalt gehandelt. Nach der Landung machten sie sich an Land auf die Suche, wobei Gruppen in verschiedener Richtung durch die Wälder und Weinberge streiften.

Ich versuchte sie zu begleiten und entfernte mich ein Stück vom Haus, aber mir schwindelte, meine Schritte waren wie die eines Betrunkenen, und schließlich stürzte ich im Zustand völliger Erschöpfung zu Boden; ein Schleier bedeckte meine Augen, und meine Haut war von der Fieberhitze ausgedörrt. In diesem Zustand wurde ich, während ich mir des Vorgefallenen kaum bewusst war, zurückgetragen und auf ein Bett gelegt; meine Augen wanderten im Zimmer umher, als ob sie etwas suchten, was ich verloren hatte.

Nach einiger Zeit stand ich auf und kroch wie im Traum in das Zimmer, wo die Leiche meiner Geliebten lag. Weinende Frauen standen um sie herum; ich beugte mich über die Leiche und mischte meine traurigen Tränen mit ihren; die ganze Zeit über ging mir nichts Bestimmtes durch den Kopf, sondern meine Gedanken sprangen von Thema zu Thema und umkreisten verwirrt mein Unglück und seine Ursache. Ich war verstört, eingehüllt in eine Wolke von Ungläubigkeit und Grauen. Williams Tod, Justines Hinrichtung, Clervals Ermordung und schließlich die meiner Frau; sogar in diesem Augenblick wusste ich nicht, ob die einzigen mir verbliebenen Freunde vor der Bösartigkeit des Teufels sicher waren; womöglich wand sich mein Vater gerade jetzt unter seinem Griff, und Ernest lag tot zu seinen Füßen. Diese Befürchtung ließ mich schaudern und rief mich zum Handeln auf. Ich sprang auf und beschloss, mit größtmöglicher Geschwindigkeit nach Genf zurückzukehren.

Es ließen sich aber keine Pferde auftreiben, und ich musste über den See zurück; doch der Wind war ungünstig, und der Regen strömte nur so vom Himmel. Allerdings war der Tag kaum angebrochen, und ich hatte Anlass zu der Hoffnung, gegen Abend anzukommen. Ich heuerte Männer zum Rudern an und nahm selbst ein Ruder in die Hand, denn körperliche Tätigkeit hatte meine seelischen Qualen immer erleichtert. Aber der unbeschreibliche Kummer, den ich empfand, und die übermäßige Erregung, in der ich mich befand, machten mich zu jeder Anstrengung unfähig. Ich warf das Ruder hin, stützte meinen Kopf in die Hände und überließ mich meinen düsteren Gedanken. Wenn ich aufblickte, sah ich Szenen, die mir von glücklicheren Zeiten her vertraut waren und die ich noch am Tag vorher in Gesellschaft derjenigen, die nun ein bloßer Schatten und eine Erinnerung war, betrachtet hatte. Tränen strömten mir über die Wangen. Der Regen hatte einen Augenblick aufgehört, und ich sah die Fische im Wasser spielen, wie sie es auch vor ein paar Stunden getan hatten, als Elizabeth sie beobachtet hatte. Nichts berührt das menschliche Gemüt so schmerzlich wie ein großer und plötzlicher Umschwung. Mochte die Sonne scheinen oder die Wolken tiefer sinken – mir konnte nichts so erscheinen wie am Tag zuvor. Mir hatte ein Teufel jede Hoffnung auf künftiges Glück entrissen; kein Geschöpf war je so elend wie ich; ein so entsetzliches Ereignis ist einzigartig in der Geschichte der Menschheit.

Aber warum soll ich mich bei den Ereignissen aufhalten, die diesem überwältigenden Erlebnis folgten? Mein Leben ist nichts als eine Geschichte des Grauens; ich habe seinen Höhepunkt erreicht, und was ich nun berichten muss, kann

Ihnen nur langweilig vorkommen. Erfahren Sie also, dass mir meine Lieben einer nach dem anderen entrissen wurden; ich blieb verlassen zurück. Meine eigene Kraft ist erschöpft, und ich muss Ihnen in wenigen Worten erzählen, was von meiner entsetzlichen Geschichte noch zu erzählen übrigbleibt.

Ich kam in Genf an. Mein Vater und Ernest lebten noch, aber der erstere brach unter den Nachrichten, die ich brachte, zusammen. Ich sehe ihn vor mir, den integren und verehrungswürdigen alten Mann! Sein Blick irrte haltlos umher, denn er suchte seine Augenweide und sein Entzücken – seine Elizabeth, mehr als eine Tochter, die er vergötterte mit all der Liebe, die ein Mann empfindet, der bei zunehmendem Alter und abnehmenden menschlichen Bindungen an den ihm Verbleibenden umso intensiver hängt. Verflucht, verflucht sei der Teufel, der das Elend über seine grauen Haare brachte und ihn dazu verurteilte, sich in tiefer Verzweiflung zu verzehren. Er konnte unter den sich um ihn türmenden Schrecken nicht weiterleben. Sein Lebenswille ließ schlagartig nach; er war außerstande, sich von seinem Bett zu erheben, und ein paar Tage später starb er in meinen Armen.

Was aber wurde aus mir? Ich weiß es nicht; ich verlor jede Empfindung, und Ketten und Dunkelheit waren alles, was sich mir einprägte. Manchmal träumte ich zwar, dass ich mit den Freunden meiner Jugend über blühende Wiesen und durch liebliche Täler wanderte, aber wenn ich erwachte, fand ich mich in einem Kerker. Schwermut überfiel mich, doch allmählich bekam ich eine klare Vorstellung von meinem Elend und meiner Lage und wurde dann aus dem Gefängnis entlassen. Denn man hatte mich für wahnsinnig erklärt, und viele Monate lang, so wurde mir klar, war eine Einzelzelle mein Aufenthaltsort gewesen.

Die Freiheit allerdings wäre ein nutzloses Geschenk für

mich gewesen, wäre nicht, sobald ich meiner Sinne wieder mächtig war, auch mein Rachebedürfnis wiedererwacht. Während die Erinnerung an vergangene Leiden mich bedrückte, begann ich über ihre Ursache nachzudenken – das Monster, das ich geschaffen hatte, den grässlichen Dämon, den ich zu meiner eigenen Zerstörung in die Welt gesandt hatte. Eine wahnsinnige Wut ergriff mich, wenn ich an ihn dachte, und ich wünschte und betete inbrünstig, dass ich seiner habhaft würde, um ein für allemal grausam und wirksam meinen Rachedurst an diesem verfluchten Wesen zu stillen.

Aber mein Hass beschränkte sich nicht lange auf ohnmächtige Wünsche; ich begann über die beste Möglichkeit nachzudenken, ihn zu fassen, und zu diesem Zweck begab ich mich ungefähr einen Monat nach meiner Entlassung zu einem Richter in der Stadt und teilte ihm mit, dass ich eine Anklage zu erheben hätte, dass ich den Mörder meiner Familie kennte und ihn bäte, seine ganze Autorität zu seiner Erfassung einzusetzen.

Der Richter hörte mir aufmerksam und freundlich zu. »Seien Sie versichert, Sir«, sagte er, »dass ich weder Mühe noch Anstrengung scheuen werde, um den Schurken dingfest zu machen.«

»Ich danke Ihnen«, erwiderte ich. »Hören Sie deshalb bitte das Bekenntnis, das ich abzulegen habe. Es ist tatsächlich eine so merkwürdige Geschichte, dass ich fürchten müsste, Sie würden sie nicht glauben, hätte die Wahrheit es nicht an sich, überzeugend zu wirken, wie unglaubwürdig sie auch klingen mag. Die Geschichte ist zu folgerichtig, um als Traum missverstanden zu werden, und ich habe keinen Grund zu lügen.« Mein Auftreten, während ich mich so an ihn richtete, war selbstbewusst, aber ruhig; ich hatte innerlich den Entschluss gefasst, meinen Peiniger bis in den Tod zu verfolgen, und dieser Vorsatz linderte meine Leiden und versöhnte mich vorübergehend mit dem Leben. Ich erzählte nun meine Geschichte kurz, aber bestimmt und genau, wobei ich die Daten präzise beachtete und nie beleidigend oder ausfällig wurde.

Der Richter machte zunächst einen völlig ungläubigen Eindruck, aber als ich fortfuhr, wurde er aufmerksamer und interessierter; ich sah, wie er manchmal vor Grauen schauderte, und dann wieder malte sich lebhafte Überraschung, frei von Skepsis, auf seinem Gesicht.

Als ich meine Erzählung beendet hatte, sagte ich: »Das ist das Geschöpf, das ich anklage und zu dessen Ergreifung und Bestrafung ich Sie auffordere, alles in Ihrer Macht Stehende zu tun. Es ist Ihre Pflicht als Richter, und ich glaube und hoffe, dass Ihre Empfindungen als Mensch Sie nicht davon abhalten, der Verantwortung in diesem Fall auch nachzukommen.«

Diese Worte verursachten eine erhebliche Wandlung in den Zügen meines Zuhörers. Er hatte meine Geschichte mit der Mischung aus Neugier und Zweifel angehört, die man Geschichten von Geistern und übernatürlichen Ereignissen gegenüber zeigt, aber als er aufgefordert wurde, infolgedessen nun offiziell zu handeln, kehrte seine Ungläubigkeit mit aller Macht zurück. Er antwortete allerdings freundlich: »Ich würde Sie bei Ihrer Verfolgung gerne auf jede erdenkliche Weise unterstützen, aber das Geschöpf, von dem Sie sprechen, scheint Kräfte zu haben, die alle meine Anstrengungen zunichtemachen würden. Wer kann ein Tier verfolgen, das den Gletscher überquert und in Höhlen und Erdlöchern haust, in die kein Mensch einzudringen wagen würde? Außerdem sind einige Monate seit der Ausführung seiner Verbrechen vergangen, und niemand ahnt, wohin er gewandert ist oder in welcher Gegend er nun haust.«

»Ich zweifle nicht daran, dass er in der Nähe des Ortes lauert, wo ich wohne, und wenn er tatsächlich in den Alpen Zuflucht gesucht hat, kann er wie eine Gemse gejagt und wie ein Raubtier erledigt werden. Aber ich weiß, worauf Sie hinauswollen. Sie glauben meine Geschichte nicht und beabsichtigen daher auch nicht, meinen Feind der Strafe zuzuführen, die er verdient.«

Während ich sprach, glitzerten meine Augen vor Wut; der Richter war eingeschüchtert. »Sie irren sich«, sagte er. »Ich werde mir alle Mühe geben, und wenn es in meiner Macht steht, das Monster zu fassen, dann, seien Sie versichert, wird es die seinen Verbrechen angemessene Strafe erleiden. Aber ich fürchte nach Ihrer Beschreibung seiner Eigenschaften, dass sich das als undurchführbar erweisen wird; und daher sollten Sie sich, während alle angemessenen Maßnahmen ergriffen werden, auf eine Enttäuschung gefasst machen.«

»Das darf nicht sein; aber alles, was ich sagen kann, wird wenig nützen. Meine Rache spielt bei Ihren Überlegungen keine Rolle. Doch obwohl ich zugebe, dass sie schändlich ist, gestehe ich, dass sie meine einzige und alles verschlingende Leidenschaft ist. Meine Wut ist unaussprechlich groß, wenn ich bedenke, dass der Mörder, den ich auf die Gesellschaft losgelassen habe, noch lebt. Sie weisen meine gerechte Forderung zurück; dann bleibt mir nur eine Zuflucht, ich weihe mich auf Leben und Tod seiner Vernichtung.«

Ich zitterte bei diesen Worten vor unbezähmbarer Erregung. Mein Betragen artete in Raserei aus und hatte, daran zweifle ich nicht, etwas von der hochmütigen Besessenheit, die angeblich die alten Märtyrer angetrieben haben soll. Aber für einen Genfer Richter, dessen Sinn von ganz anderen Dingen als Hingabe und Heldenmut erfüllt war, hatte dieser Gefühlsausbruch eher den Anschein von Wahnsinn.

Er versuchte, mich zu beruhigen wie eine Amme ein Kind und meine Geschichte nun wieder als die Folge von Geistesgestörtheit darzustellen.

»Mann«, schrie ich, »wie ahnungslos Sie mit all Ihrer stolzen Weisheit sind! Schweigen Sie, Sie wissen ja nicht, wovon Sie reden!«

Ich stürzte zornig und verstört aus dem Haus und zog mich zurück, um darüber nachzudenken, was ich nun unternehmen sollte.

Kapitel 24

In meiner gegenwärtigen Lage war an ruhiges Überlegen gar nicht zu denken. Ich wurde von maßloser Wut getrieben; Rachedurst allein verlieh mir Kraft und Selbstbeherrschung; er bestimmte mein Handeln und erlaubte mir, listig und gelassen zu sein, wo ich sonst dem Delirium oder dem Tod verfallen wäre.

Zunächst einmal beschloss ich, Genf auf immer zu verlassen; meine Heimat, die mir in meinem Glück und meiner Geborgenheit teuer gewesen, wurde mir jetzt in meinem Unglück verhasst. Ich versorgte mich mit Geld und einigen Schmuckstücken, die meiner Mutter gehört hatten, und brach auf.

Und nun begannen meine Wanderungen, die erst mit meinem Tod enden werden. Ich habe einen großen Teil der Erde durchstreift und alle Entbehrungen ausgestanden, die den Reisenden in Wüsten und barbarischen Ländern gewöhnlich erwarten. Wie ich gelebt habe, weiß ich kaum; oftmals habe ich meine versagenden Glieder auf sandigem Boden ausgestreckt und um den Tod gebetet. Aber die Rache hielt mich am Leben; ich wagte nicht zu sterben und meinen Feind am Leben zu lassen.

Als ich Genf verließ, war es meine erste Aufgabe, einen Anhaltspunkt zu finden, der mich auf die Spur meines teuflischen Feindes bringen würde. Aber ich hatte keinen festen Plan und wanderte viele Stunden lang um die Stadtmauern, unentschlossen, in welche Richtung ich gehen sollte. Als es Nacht wurde, fand ich mich am Eingang des Friedhofes, wo William, Elizabeth und mein Vater ruhten. Ich trat ein und näherte mich dem Grabstein, der ihre Gräber kennzeichnete. Alles war still außer dem Laub der Bäume, das leicht vom Wind bewegt wurde; die Nacht war beinahe ganz dunkel, und auch für einen unbeteiligten Beobachter wäre die Szene feierlich und ergreifend gewesen. Die Geister der Verstorbenen schienen hin und her zu huschen und Schatten zu werfen, die der Trauernde um sich herum spüren, aber nicht sehen konnte.

Der tiefe Schmerz, den diese Szene zunächst hervorrief, wich schnell der Wut und Verzweiflung. Sie waren tot, und ich lebte; auch der Mörder lebte, und um ihn zu vernichten, musste ich mein trostloses Leben dahinschleppen. Ich kniete im Gras nieder, küsste die Erde und rief mit zitternden Lippen: »Bei der heiligen Erde, auf der ich kniee, bei den Schatten, die mich umgeben, bei dem tiefen und ewigen Schmerz, den ich empfinde, und bei dir, o Nacht, und den Geistern, die über dich herrschen, schwöre ich, den Dämon, der dieses Elend verursacht hat, zu verfolgen, bis er oder ich in diesem Kampf auf Leben und Tod auf der Strecke bleibt. Zu diesem Zweck will ich mein Leben erhalten; um diese süße Rache auszuführen, will ich von neuem die Sonne erblicken und auf dem grünen Saum der Erde wandeln, die sonst für immer meinem Blick entschwinden würden. Und ich rufe euch, ihr Geister der Toten, und euch, ihr wandernden Dienerinnen der Rache, mich bei meinem Werk zu unterstützen und zu leiten. Lasst das verfluchte und höllische Monster tief aus dem Becher des Leidens trinken; lasst ihn die Verzweiflung spüren, die mich jetzt foltert.«

Ich hatte meine Anrufung mit einer Feierlichkeit und Ehrfurcht begonnen, die es mir fast zur Gewissheit machten, dass die Schatten meiner ermordeten Lieben mich hörten und meinen Schwur billigten, aber als ich schloss, hielten die Furien mich wieder gefangen, und die hasserfüllten Worte blieben mir vor Wut im Halse stecken.

Durch die Stille der Nacht antwortete mir ein lautes,

teuflisches Lachen. Lang und eindrücklich klang es mir in den Ohren; die Berge hallten davon wider, und es kam mir vor, als ob die Hölle selbst Spott und Lachen über mich ausschüttete. In diesem Augenblick hätte ich zweifellos von Raserei erfasst werden und mein elendes Leben zerstören müssen, aber mein Schwur war erhört worden und ich für die Rache aufgehoben. Das Gelächter erstarb, als eine wohlbekannte und verabscheute Stimme – offenbar dicht an meinem Ohr – mich anredete und mir hörbar zuflüsterte: »Ich bin zufrieden, elender Wurm! Du hast beschlossen zu leben, ich bin zufrieden.«

Ich stürzte auf die Stelle zu, woher die Laute gekommen waren, aber der Teufel entwischte mir. Plötzlich stand die große Scheibe des Mondes am Himmel und beschien die grässliche und deformierte Missgestalt, wie sie mit übermenschlicher Geschwindigkeit entfloh.

Ich folgte ihr, und dies ist nun schon viele Monate lang mein Geschäft. Von einem vagen Anhaltspunkt geleitet, folgte ich den Windungen der Rhône, aber umsonst. Das blaue Mittelmeer erschien vor mir, und durch einen seltsamen Zufall sah ich den Teufel bei Nacht ein Schiff nach dem Schwarzen Meer besteigen und sich darauf verstecken. Ich buchte eine Überfahrt auf demselben Schiff, aber er entkam, ich weiß nicht wie.

Mitten durch die tatarische und russische Wildnis bin ich ihm, obwohl er mir immer entging, auf der Spur geblieben. Manchmal erfuhr ich von Bauern, die durch seine scheußliche Erscheinung erschreckt worden waren, die Richtung, die er genommen hatte; dann wieder hinterließ er selbst, der fürchtete, dass ich verzweifeln und sterben würde, wenn ich jede Spur von ihm verlor, ein Zeichen, um mich zu leiten. Schnee fiel auf mich herab, und ich sah seine riesigen Fußstapfen auf der weißen Ebene. Sie, der Sie erst ins

Leben hinaustreten, dem Sorge und Verzweiflung noch ganz fremd sind – wie sollen Sie begreifen können, was ich gelitten habe und noch leide? Kälte, Entbehrung und Erschöpfung waren noch die geringsten Qualen, die zu erdulden mir bestimmt war; ich war von irgendeinem Teufel verflucht und trug meine ewige Hölle mit mir herum; und doch folgte mir ein guter Geist und leitete meine Schritte, und wenn ich am lautesten murrte, rettete er mich aus scheinbar unüberwindlichen Schwierigkeiten. Dann wieder, wenn mein Körper, von Hunger übermannt, vor Erschöpfung zusammenbrach, war eine Mahlzeit in der Wüste für mich bereitet, die mich wiederaufrichtete und ermutigte. Die Nahrung war zwar einfach, wie sie die Bauern auf dem Lande aßen, aber ich zweifle nicht daran, dass die Geister, die ich zu Hilfe gerufen hatte, sie dorthin gestellt hatten. Oft, wenn alles trocken, der Himmel wolkenlos und ich von Durst ausgedörrt war, bedeckte eine kleine Wolke den Himmel, schüttete ein paar Tropfen herab, die mich belebten, und verschwand.

Ich folgte, so weit ich konnte, dem Lauf der Flüsse, aber gerade diese vermied der Teufel im allgemeinen, da hier das Land wesentlich dichter besiedelt war. An anderen Orten waren menschliche Wesen nur selten zu sehen, und ich lebte meist von den wilden Tieren, die meinen Weg kreuzten. Ich hatte Geld bei mir und erwarb die Freundschaft der Dorfbewohner, indem ich es unter sie verteilte; oder ich brachte Nahrung mit, die ich erlegt hatte und wovon ich nach dem Verzehr eines kleinen Teils immer denen anbot, die mir Feuer und Kochgelegenheit zur Verfügung gestellt hatten.

So verging mein Leben, und es war mir wahrlich verhasst; nur im Schlaf fand ich Erholung. O gesegneter Schlaf! Oft, wenn mir am elendesten zumute war, sank ich in einen Schlummer, und meine Träume versetzten mich in einen regelrechten Rausch. Die Geister, die mich schützten, gönnten mir diese Augenblicke oder vielmehr Stunden des Glücks, damit ich bei Kräften blieb, um meine Pilgerfahrt zu vollenden. Ohne diese Ruhepausen wäre ich unter den Entbehrungen zusammengebrochen. Während des Tages gab mir die Hoffnung auf die Nacht Mut und trieb mich an, denn im Schlaf sah ich meine Freunde, meine Frau und meine geliebte Heimat; ich sah die gütigen Züge meines Vaters wieder, hörte den Silberklang von Elizabeths Stimme und erblickte Clerval in voller Gesundheit und Jugend. Oft, wenn das mühsame Wandern mich ermüdet hatte, redete ich mir ein, dass ich träumte, bis die Nacht kam, und dass ich erst dann in den Armen meiner liebsten Freunde die Wirklichkeit erleben würde. Welch quälende Zuneigung empfand ich für sie! Wie hielt ich ihre lieben Gestalten umfasst, wenn sie mich manchmal sogar im Wachen besuchten, und bildete mir ein, dass sie noch lebten! In solchen Augenblicken erlosch die Rache, die in mir brannte, in meinem Herzen, und ich ging meiner Aufgabe, den Dämon zu vernichten, mehr wie einem vom Himmel erteilten Auftrag, wie einem mechanischen Impuls einer mir unbewussten Macht nach als dem inbrünstigen Wunsch meiner Seele.

Was er, den ich verfolgte, empfand, weiß ich nicht. Manchmal ließ er sogar schriftliche Botschaften, in Baumrinde oder in Steine geschnitten, zurück, die mich leiteten und meine Wut steigerten. »Meine Herrschaft ist noch nicht vorüber …« – aus diesen Worten bestand eine der Inschriften –, »du lebst, und meine Macht ist vollkommen. Folge mir; ich bin auf dem Weg zu dem ewigen Eis des Nordens, wo dir Kälte und Frost zusetzen werden, die ich nicht empfinde. Du wirst in der Nähe, wenn du nicht zu lange säumst, einen toten Hasen finden; iss und erfrische dich. Komm, mein Feind, wir müssen noch um unser Leben kämpfen, aber du musst noch viele schwere und trostlose Stunden überstehen, bis der Zeitpunkt gekommen ist.«

Höhnischer Teufel! Noch einmal schwöre ich dir Rache; noch einmal weihe ich dich Marter und Tod, elender Dämon! Niemals werde ich meine Suche aufgeben, bis er oder ich umkommen; und mit welcher Begeisterung werde ich mich dann zu meiner Elizabeth und meinen verstorbenen Lieben gesellen, die den Lohn für meine ermüdenden Strapazen und meine schreckliche Pilgerschaft schon jetzt vorbereiten!

Während ich meine Reise nach Norden fortsetzte, wurde der Schnee dichter, und die Kälte nahm in kaum noch erträglichem Maße zu. Die Bauern schlossen sich in ihre Hütten ein, und nur wenige Abgehärtete wagten sich heraus, um die Tiere zu erlegen, die der Hunger auf Suche nach Beute aus ihrem Versteck getrieben hatte. Die Flüsse waren mit Eis bedeckt, und Fische waren nicht mehr zu fangen; und so war mir meine Hauptnahrung entzogen.

Der Triumph meines Feindes steigerte sich mit der Schwere meiner Strapazen. Eine Inschrift, die er hinterließ, bestand aus folgenden Worten: »Stähle dich! Deine Mühen beginnen erst; wickle dich in Pelze ein und versorge dich mit Nahrung, denn wir treten nun eine Reise an, auf der deine Leiden meinen immerwährenden Hass befriedigen werden.«

Mein Mut und meine Ausdauer wurden durch diese höhnischen Worte gesteigert; ich beschloss, von meiner Absicht nicht abzulassen, und den Himmel um Hilfe anflehend, machte ich mich mit unvermindertem Eifer daran, unermessliche Einöden zu durchqueren, bis der Ozean in der Ferne auftauchte und die äußerste Grenze des Horizonts bildete. Ach! Wie anders gegenüber den blauen Jahreszeiten des Südens war dieses Meer! Mit Eis bedeckt, war es vom Land nur durch seine größere Wildheit und Schroffheit zu unterscheiden. Die Griechen weinten vor Freude, als sie von den Hügeln Kleinasiens das Mittelmeer erblickten, und begrüßten erleichtert das Ende ihrer Mühen.[35] Ich weinte nicht, aber ich kniete nieder und dankte meinem Schutzgeist aus vollem Herzen, dass er mich sicher an den Ort geleitet hatte, wo ich meinen Feind trotz seines Hohns zu treffen und mit ihm zu kämpfen hoffte.

Einige Wochen vor dieser Zeit hatte ich mich mit einem Schlitten und mit Hunden versorgt, und so durchquerte ich den Schnee mit unvorstellbarer Geschwindigkeit. Ich wusste nicht, ob der Teufel denselben Vorteil besaß, aber ich merkte, dass ich täglich bei meiner Verfolgung an Boden gewann – während ich früher an Boden verloren hatte –, und zwar so sehr, dass er mir, als ich den Ozean zum erstenmal sah, nur eine Tagereise voraus war und ich ihn einzuholen hoffte, bevor er den Strand erreichen konnte. Mit neuem Mut drängte ich deshalb vorwärts und erreichte in zwei Tagen ein trostloses Dorf an der Küste. Ich fragte die Einwohner nach dem Teufel und erhielt präzise Auskunft. Ein riesiges Monster, sagten sie, war in der Nacht vorher, bewaffnet mit einem Gewehr und vielen Pistolen, angekommen und hatte die Bewohner einer abgelegenen Hütte durch seine erschreckende Erscheinung in die Flucht gejagt. Er hatte ihren Winterproviant davongetragen und auf einen Schlitten geladen, den zu ziehen er eine große Meute dressierter Hunde entwendet und angeschirrt hatte, und er hatte dann zur Freude der von Grauen gepackten Dorfbewohner seine Reise über das Meer in eine Richtung fortgesetzt, die nirgendwo aufs Land führte; und sie vermuteten, dass er sehr bald durch das Aufbrechen des Eises umkommen oder im ewigen Eis erfrieren würde.

Als ich diese Nachricht hörte, erlitt ich vorübergehend einen Verzweiflungsanfall. Er war mir entkommen, und ich musste nun eine verderbenbringende und beinahe endlose Reise über das sich türmende Eis des Ozeans antreten, umgeben von einer Kälte, die nur wenige Einwohner lange aushalten konnten und die ich, der Bewohner eines milderen und sonnigeren Klimas, wenig Hoffnung hatte zu überleben. Doch bei dem Gedanken, dass der Teufel leben und triumphieren würde, kehrten meine Wut und mein Rachedurst zurück und überfluteten wie eine mächtige Welle jedes andere Gefühl. Nach kurzer Erholung, während die Geister der Toten mich umschwebten und zu Mühsal und Rache antrieben, bereitete ich mich auf die Reise vor.

Ich tauschte meinen Landschlitten gegen einen anderen ein, der für die Unebenheiten des Eismeers besser geeignet war, und verließ nach dem Erwerb von ausreichend Proviant das Land.

Ich habe keine Ahnung, wie viele Tage seitdem vergangen sind, aber ich habe Leiden durchgemacht, wie sie wohl nur die unauslöschliche Überzeugung von gerechter Vergeltung, die in meinem Herzen brannte, mich zu ertragen befähigte. Ungeheure und schroffe Eisberge versperrten mir oft den Weg, und oft hörte ich das Donnern der Grundsee, die mich zu verschlingen drohte. Aber dann fror es wieder, und der Weg auf dem Meer wurde sicher.

Nach der Menge der Lebensmittel zu urteilen, die ich verzehrt hatte, musste ich schon drei Wochen unterwegs sein; und meine immer wieder aufs neue enttäuschte Hoffnung, die mir Herzensqualen bereitete, trieb mir oft bittere Tränen der Niedergeschlagenheit und des Schmerzes in die Augen. Die völlige Verzweiflung konnte ihrer Beute fast schon sicher sein, und ich war manchmal im Begriff, unter diesem Elend zusammenzubrechen. Einmal, nachdem mich die armen Schlittenhunde unter unglaublicher Mühe zum Gipfel eines steilen Eisbergs hinaufgezogen hatten und einer an Erschöpfung gestorben war, blickte ich ängstlich über die unermessliche Weite vor mir, als mein Auge plötzlich einen dunklen Fleck auf der dämmrigen Fläche erblickte. Ich strengte meine Augen an, um zu entdecken, was es wohl sein könne, und stieß einen wilden Freudenschrei aus, als ich einen Schlitten und den missgebildeten Umriss einer mir wohlbekannten Gestalt darin erkannte. Ach! Welch brennender Hoffnungsstrom ergoss sich in mein Herz! Heiße Tränen, die ich schnell abwischte, damit sie mir nicht den Blick auf den Dämon verstellten, standen mir in den Augen; aber meine Sicht war durch die brennenden Tropfen verschleiert, bis ich, den mich bedrängenden Gefühlen nachgebend, laut weinte.

Doch zu zögern war dies nicht der rechte Augenblick; ich befreite die Hunde von ihrem toten Gefährten, gab ihnen eine reichliche Portion Nahrung und setzte nach einer einstündigen Ruhepause, die unbedingt nötig, mir aber außerordentlich lästig war, meine Reise fort. Der Schlitten war noch sichtbar, und ich verlor ihn, außer für Augenblicke, wenn vorübergehend ein Eisberg ihn mit seinen schroffen Zacken verdeckte, auch nicht wieder aus dem Blick. Ja ich holte ihm gegenüber sogar merklich auf, und als ich nach einer beinahe zweitägigen Reise meinen Feind nicht weiter als eine Meile entfernt sah, jauchzte ich innerlich vor Freude.

Aber jetzt, da ich meinen Gegner mit Händen greifen zu können schien, wurden meine Hoffnungen plötzlich zunichte, und ich verlor so vollständig wie nie zuvor jede Spur von ihm. Ein Dröhnen war im Meer zu hören; das

Donnern der sich unter mir bewegenden und schwellenden Grundsee wurde mit jedem Augenblick unheilverkündender und erschreckender. Ich stürmte voran, aber umsonst. Der Wind erhob sich; die See donnerte, und wie mit dem mächtigen Ausbruch eines Erdbebens krachte und brach das Eis mit einem fürchterlichen und betäubenden Geräusch. Das Werk war bald vollendet; ein paar Minuten später tobte eine bewegte See zwischen mir und meinem Feind, und ich trieb auf einem losen Stück Eis dahin, das immer kleiner wurde und mir deshalb einen schrecklichen Tod in Aussicht stellte.

Auf diese Weise vergingen viele grauenhafte Stunden; mehrere meiner Hunde starben, und ich war im Begriff, unter dem Ansturm der Verzweiflung aufzugeben, als ich Ihr Schiff vor Anker liegen sah und meine Hoffnung auf Beistand und Überleben wieder erwachte. Ich wusste gar nicht, dass Schiffe je so weit nach Norden vordrangen, und war über den Anblick ganz erstaunt. Ich zerstörte schnell einen Teil meines Schlittens und machte Ruder daraus, und mit deren Hilfe war ich imstande, mein Eisfloß unter unendlicher Anstrengung in Richtung Ihres Schiffes zu bewegen. Ich hatte beschlossen, mich, falls Sie sich nach Süden wenden sollten, lieber der Gnade des Meeres auszuliefern, als meine Absicht aufzugeben. Ich hoffte, Sie zu überreden, mir ein Boot zu überlassen, mit dem ich meinen Feind verfolgen konnte. Aber Sie waren auf dem Weg nach Norden. Sie nahmen mich an Bord, als meine Kräfte erschöpft waren, und ich hätte unter meinen vielfältigen Strapazen den Tod gefunden, den ich immer noch fürchte – denn meine Aufgabe ist noch nicht erfüllt.

Ach! Wann wird mir mein Schutzgeist, indem er mich zu dem Dämon führt, die Ruhe gönnen, die ich so sehr ersehne? Oder muss ich sterben, während er noch lebt? Wenn ja, schwören Sie mir, Walton, dass er nicht entkommen wird, dass Sie ihn suchen und meine Rache durch seinen Tod erfüllen werden. Darf ich es aber wagen, Sie zu bitten, meine Pilgerreise fortzusetzen und die Mühsal auf sich zu nehmen, die ich durchgemacht habe? Nein, so selbstsüchtig bin ich nicht. Und doch, wenn er nach meinem Tod auftauchen sollte, wenn die Rachegöttinnen ihn zu Ihnen führen sollten, schwören Sie, dass er nicht am Leben bleiben wird – schwören Sie, dass er nicht über meine endlosen Schmerzen triumphieren und weiterleben wird, um die finstere Liste seiner Verbrechen noch zu verlängern. Er ist beredt und überzeugend, und seine Worte hatten schon einmal Macht über mein Herz, aber trauen Sie ihm nicht. Seine Seele ist so teuflisch wie seine Gestalt, voller Verrat und höllischer Bosheit. Hören Sie nicht auf ihn; rufen Sie die Namen Williams, Justines, Clervals, Elizabeths, meines Vaters und des unglücklichen Victor an, und stoßen Sie ihm Ihr Schwert ins Herz. Ich werde in der Nähe lauern und die Klinge auf die richtige Stelle lenken.

Walton, Fortsetzung

26. August, 17–

Du hast diese merkwürdige und grauenhafte Geschichte gelesen, Margaret; und gerinnt Dir nicht vor Entsetzen das Blut in den Adern? Mir jedenfalls stockt es noch immer. Manchmal konnte er, von plötzlichem Schauder ergriffen, seine Erzählung nicht fortsetzen; dann wieder versagte ihm die Stimme, und trotzdem äußerte er gepresst und mühsam Worte, in denen seine ganze Angst mitschwang. Seine schönen, gütigen Augen flammten manchmal vor Entrüstung auf, waren dann wieder von Sorge und Niedergeschlagenheit verhangen und in völliger Zerknirschung erloschen. Zwischendurch hatte er Gesicht und Stimme in seiner Gewalt und erzählte die haarsträubendsten Vorfälle in ruhigem Ton, indem er jedes Zeichen von Erregung unterdrückte; dann wieder nahmen seine Gesichtszüge mit der Plötzlichkeit eines Vulkanausbruchs einen Ausdruck von Raserei an, während er seinen Verfolger mit schrillen Verwünschungen überschüttete.

Seine Erzählung war zwar zusammenhängend und hatte den Anschein der einleuchtendsten Wahrheit für sich; doch ich will Dir gestehen, dass die Briefe von Felix und Safie, die er mir zeigte, und die von unserem Schiff aus gesichtete Erscheinung des Monsters mir die Wahrheit seiner Geschichte weit eher verbürgten als seine Beteuerungen, so ernsthaft und folgerichtig diese auch waren. Ein solches Monster gibt es also wirklich! Ich kann nicht daran zweifeln, doch bin ich vor Erstaunen und Verwunderung sprachlos. Manchmal versuchte ich, Frankenstein dazu zu bewegen, die Einzelheiten der Erschaffung seines Geschöpfs mitzuteilen, aber in diesem Punkt war er unerbittlich.

»Sind Sie wahnsinnig, mein Freund?« fragte er. »Oder wohin soll Ihre unüberlegte Neugier führen? Wollen Sie sich und der Welt auch einen teuflischen Feind schaffen? Frieden, Frieden! Lernen Sie aus meinem Elend, und versuchen Sie nicht, Ihr eigenes zu vergrößern.«

Frankenstein entdeckte, dass ich Notizen über seine Geschichte machte; er wollte sie sehen und verbesserte und ergänzte sie dann an vielen Stellen selbst, vor allem dadurch, dass er den Unterhaltungen, die er mit seinem Feind geführt hatte, Leben und Geist einhauchte. »Da Sie meine Erzählung festgehalten haben«, sagte er, »möchte ich nicht, dass sie entstellt für die Nachwelt aufbewahrt wird.«

So verging eine Woche, während ich der merkwürdigsten Geschichte zuhörte, die die menschliche Phantasie sich je ausgedacht hat. Meine Gedanken und jede Faser meines Gemüts waren durch das Interesse für meinen Gast absorbiert, das seine Erzählung und sein nobles und kultiviertes Benehmen weckten. Ich wollte ihn trösten, aber kann ich jemandem, der so unendlich unglücklich, so völlig ohne Hoffnung und Trost ist, raten weiterzuleben? Ach, nein! Die einzige Freude, die ihm noch bleibt, wird darin bestehen, dass er sein zerrüttetes Gemüt im Tod zur Ruhe bettet. Und doch hat er einen Trost, und zwar die Ausgeburten seiner Einsamkeit und Verwirrung: er glaubt, dass seine Lieben, wenn er sich in seinen Träumen mit ihnen unterhält und aus diesem Umgang Trost für sein Elend oder Ansporn für seine Rache zieht, nicht Geschöpfe seiner Phantasie sind, sondern ihn aus der jenseitigen Welt besuchen. Dieser Glaube gibt seinen Einbildungen eine Überzeugungskraft, die sie für mich fast ebenso eindrucksvoll und interessant macht wie die Wahrheit.

Unsere Gespräche beschränken sich nicht ausschließlich auf seine eigene Geschichte und sein Unglück. Auf jedem Gebiet der Literatur zeigt er weitreichende Kenntnisse und eine schnelle und durchdringende Auffassungsgabe. Seine Beredsamkeit ist eindringlich und zu Herzen gehend; und ich kann ihm, wenn er einen ergreifenden Vorfall erzählt oder versucht, Gefühle von Mitleid oder Liebe zu erwecken, nicht ohne Tränen zuhören. Was für ein herrliches Geschöpf muss er auf der Höhe seines Lebens gewesen sein, wenn er noch als Wrack so edel und gottgleich ist! Er ist sich anscheinend seines eigenen Wertes und der Bedeutung seines Sturzes bewusst.

»Als ich jünger war«, sagte er, »fühlte ich mich zu großen Taten berufen. Meine Empfindungen waren tief, aber ich besaß gleichzeitig ein abgeklärtes Urteil, das mich für große Leistungen prädestinierte. Dieses Gefühl meines menschlichen Wertes hielt mich aufrecht, wenn andere zusammengebrochen wären, denn ich erachtete es als ein Verbrechen, in nutzlosem Trauern die Talente zu vergeuden, die meinen Mitmenschen zugutekommen konnten. Als ich über die Arbeit nachdachte, die ich vollendet hatte, immerhin die Erschaffung eines fühlenden und denkenden Wesens, brauchte ich mich nicht der großen Masse der gewöhnlichen Pläneschmiede zuzuzählen. Aber dieser Gedanke, der mich am Anfang meiner Karriere anspornte, stürzt mich nun umso tiefer in den Staub. Alle meine Ambitionen und Hoffnungen sind zunichtegeworden, und wie der Erzengel nach der Allwissenheit griff, so liege ich angekettet in einer ewigen Hölle. Meine Einbildungskraft war lebhaft, und doch besaß ich eine ausgeprägte Fähigkeit zur Analyse und praktischen Anwendung. Durch die Verbindung dieser Eigenschaften kam ich auf den Gedanken, einen Menschen zu schaffen, und setzte ihn in die Tat um. Noch jetzt kann ich nicht ohne innere Erregung daran denken, wovon ich träumte, solange das Unternehmen nicht vollendet war. Ich ging auf Wolken, wobei ich bald meine Macht genoss, bald mich an ihrer Wirkung berauschte. Seit meiner Kindheit war ich von großem, brennendem Ehrgeiz erfüllt; aber wie tief bin ich nun gesunken! Ach! Mein Freund, wenn Sie mich früher gekannt hätten, Sie würden mich in diesem Zustand der Erniedrigung nicht wiedererkennen. Niedergeschlagenheit suchte mich selten heim; der Wunsch nach einem erhabenen Schicksal trieb mich an, bis ich stürzte, um mich niemals, niemals wieder zu erheben.«

Werde ich nun dieses bewundernswerte Wesen verlieren? Ich habe mich nach einem Freund gesehnt, ich habe jemanden gesucht, der mit mir sympathisieren und mich lieben würde. Siehe da, auf diesem verlassenen Meer habe ich ihn gefunden, aber ich fürchte, ich habe ihn nur gewonnen, um seinen Wert zu erkennen und ihn dann zu verlieren. Ich würde ihn gern mit dem Leben versöhnen, aber er weist meine Bemühungen zurück.

»Ich danke Ihnen, Walton«, sagte er, »für Ihre gutgemeinten Absichten einem so Unglücklichen gegenüber; aber wenn Sie von anderen Bindungen und neuen Zuneigungen sprechen – glauben Sie, dass sie den Platz der Verstorbenen einnehmen können? Kann ein anderer Mann mir Clerval oder eine andere Frau mir Elizabeth ersetzen? Selbst dort, wo die Zuneigung nicht unbedingt auf so hohem menschlichem Wert beruht, üben die Gefährten unserer Kindheit immer eine gewisse Macht über unser Gemüt aus, die spätere Freunde selten besitzen. Sie kennen unsere kindlichen Anlagen, die wir niemals ganz ablegen, wie immer sie sich später auch wandeln mögen; und sie können mit größerer Sicherheit beurteilen, ob unsere Handlungen von ehrlichen Absichten bestimmt sind. Eine Schwester oder ein Bruder würden einander niemals des Betrugs oder der Hinterlist verdächtigen, es sei denn, solches Verhalten hätte sich schon sehr früh gezeigt, wo sie gegen einen anderen Freund, wie eng er sich ihnen auch verbunden fühlen mag, vielleicht wider besseres Wissen Misstrauen hegen. Aber ich habe Freunde gehabt, die mir nicht durch Gewohnheit und ständigen Umgang, sondern durch ihr eigenes Verdienst lieb waren; und wo ich auch bin, die besänftigende Stimme Elizabeths oder die vertraulichen Reden Clervals werden mir immer im Ohr klingen. Sie sind tot, und nur ein einziger Gedanke kann mich in dieser großen Einsamkeit dazu bewegen, am Leben zu bleiben. Wenn ich mit einem anspruchsvollen Unternehmen oder Plan beschäftigt wäre, durch den ich mich meinen Mitmenschen höchst nützlich erweisen könnte, würde ich weiterleben, um ihn zu vollenden. Aber das ist nicht mein Schicksal; ich muss das Wesen verfolgen und vernichten, das ich zum Leben erweckt habe; dann wird meine Aufgabe auf Erden erfüllt sein, und ich darf sterben.«

2. September

Meine geliebte Schwester,
Ich schreibe Dir, von Gefahren umgeben und ohne zu wissen, ob es mir bestimmt ist, mein liebes England und die noch lieberen Freunde wiederzusehen, die es bewohnen. Ich bin von Bergen von Eis umgeben, die kein Entrinnen erlauben und mein Schiff jeden Augenblick zu zerschmettern drohen. Die tapferen Gefährten, die ich überredet habe, mich zu begleiten, erwarten Hilfe von mir, aber ich kann ihnen keine geben. Unsere Lage ist schier unerträglich, doch ich lasse den Mut und die Hoffnung nicht sinken. Der Gedanke, dass ich das Leben all dieser Männer in Gefahr gebracht habe, ist mir fürchterlich. Wenn wir verloren sind, sind meine unsinnigen Pläne die Ursache.

Und in welcher seelischen Verfassung, Margaret, wirst Du Dich befinden? Du wirst von meinem Untergang gar nichts hören und ängstlich auf meine Rückkehr warten. Jahre werden vergehen, und Du wirst Anfälle von Verzweiflung durchmachen und Dich doch an die Hoffnung klammern. Ach, meine geliebte Schwester, die Aussicht, Deine sehnsüchtigen Erwartungen auf so erschütternde Weise zu enttäuschen, ist mir fürchterlicher als mein eigener Tod. Aber Du hast einen Mann und reizende Kinder; Du wirst glücklich sein. Der Himmel segne Dich und lasse Dich glücklich werden!

Mein unglücklicher Gast betrachtet mich mit tiefempfundenem Mitleid. Er versucht, mir Hoffnung einzuflößen, und spricht, als ob das Leben ein Besitz wäre, an dem er hänge. Er erinnert mich daran, wie oft dasselbe Missgeschick anderen Seefahrern zugestoßen ist, die sich auf diese See vorgewagt haben, und gegen meine eigene Überzeugung überträgt sich seine große Zuversicht auch auf mich. Sogar die Seeleute spüren die Gewalt seiner Beredsamkeit; wenn er spricht, verzweifeln sie nicht länger; er weckt ihre Tatkraft, und solange sie seine Stimme hören, halten sie diese riesigen Eisberge für Maulwurfshügel, die menschliche Entschlossenheit zum Schmelzen bringt. Diese Empfindungen haben keinen Bestand; jeder Tag, der ihre Erwartungen enttäuscht, erfüllt sie wieder mit Angst, und ich fürchte fast, dass diese Verzweiflung zu Meuterei führen wird.

5. September

Eine so außerordentliche Szene hat sich gerade abgespielt, dass ich nicht umhinkann, sie zu berichten, obwohl es unwahrscheinlich ist, dass diese Papiere Dich je erreichen.

Wir sind immer noch von Eisbergen umgeben, immer noch in unmittelbarer Gefahr, von ihnen zermalmt zu werden. Die Kälte ist extrem, und viele meiner unglücklichen Kameraden haben in dieser Einöde schon den Tod gefunden. Frankenstein wird täglich schwächer; ein fiebriges Feuer glüht zwar noch in seinen Augen, aber er ist erschöpft, und wenn er sich plötzlich eine Anstrengung zumutet, sinkt er schnell wieder in offensichtliche Ermattung zurück.

Ich erwähnte in meinem Brief die Befürchtungen, die ich im Hinblick auf eine Meuterei hatte. Heute morgen, als ich dasaß und die bleichen Züge meines Freundes beobachtete – seine Augen waren halb geschlossen und sein Körper lag erschlafft da –, wurde ich von einem halben Dutzend der Seeleute aufgestört, die Einlass in meine Kabine verlangten.

Sie traten ein, und ihr Anführer sprach mich an. Er teilte mir mit, dass er und seine Kameraden von den anderen Seeleuten als Delegation ernannt worden seien, um mir eine Forderung zu stellen, die ich billigerweise nicht ablehnen könne. Wir seien im Eis eingeschlossen und würden vermutlich niemals entkommen, aber sie fürchteten, dass ich, falls das Eis aufbrechen und sich eine freie Durchfahrt bilden sollte, was immerhin möglich sei, waghalsig genug sein würde, meine Reise fortzusetzen und sie in neue Gefahren zu stürzen, nachdem sie diese glücklich überstanden hätten. Sie beständen deshalb darauf, dass ich einen feierlichen Eid leistete, auf der Stelle Kurs nach Süden zu nehmen, falls das Schiff befreit werden sollte.

Diese Rede machte mir Sorgen. Ich hatte noch nicht aufgegeben und war auch nicht auf den Gedanken gekommen, umzukehren, falls wir freikommen sollten. Aber konnte ich diese Aufforderung billigerweise abschlagen oder auch nur in Zweifel ziehen? Ich zögerte noch, bevor ich antwortete, als Frankenstein, der zunächst geschwiegen hatte und anscheinend kaum genug Kraft besaß zuzuhören, sich aufraffte; seine Augen funkelten, und in seine Wangen schoss in einem plötzlichen Anfall von Lebenswillen das Blut. Sich an die Männer wendend, sagte er: »Was soll das heißen? Was fordert ihr von eurem Kapitän? Seid ihr denn so leicht von eurem Vorsatz abzubringen? Habt ihr nicht selbst von einer glorreichen Expedition gesprochen? Und weshalb war sie glorreich? Doch nicht, weil die Reiseroute glatt und gemächlich wie in der Südsee, sondern weil sie voller Gefahren und Schrecken war, weil jedes neue Ereignis eure Tapferkeit herausforderte und euren Mut bewies, weil Gefahr und Tod sie begleiteten, und *ihnen* musstet ihr trotzen, *sie* überwinden. Deshalb war sie glorreich, deshalb war sie ein ehrenvolles Unternehmen. Ihr solltet anschließend als Wohltäter der

Menschheit gepriesen, eure Namen sollten als die der tapferen Männer bewundert werden, die dem Tod um der Ehre und des Wohlergehens der Menschheit willen ins Auge sahen. Und nun seht, wie ihr bei der ersten eingebildeten Schwierigkeit oder, wenn ihr wollt, bei der ersten großen und schrecklichen Prüfung eures Muts zurückzuckt und euch damit abfindet, als Männer in die Geschichte einzugehen, die nicht Kraft genug hatten, sich in Kälte und Gefahr zu bewähren; und da froren die Ärmsten und kehrten an ihren warmen Kamin zurück. Dazu braucht man schließlich nicht solchen Aufwand zu treiben; ihr hättet nicht so weit zu kommen und eurem Kapitän die Schande einer Niederlage zuzumuten brauchen, nur um zu beweisen, dass ihr Feiglinge seid. Ach! Seid Männer, seid mehr noch als Männer! Haltet unerschütterlich an euren Vorsätzen fest und seid fest wie der Fels. Dieses Eis ist aus anderem Stoff gemacht als eure Herzen; es ist veränderlich und kann nicht widerstehen, wenn ihr es nicht wollt. Kehrt nicht mit dem Zeichen der Schande auf eurer Stirn zu euren Familien zurück. Kehrt zurück als Helden, die gekämpft und erobert haben und nicht wissen, wie man dem Feind den Rücken kehrt.«

Er sagte das mit einer Stimme, die so sorgfältig der ganzen Skala der in der Rede ausgedrückten Gefühle angepasst war, mit einem Blick, so voll von hohen Idealen und Heldenmut – war es ein Wunder, wenn diese Männer gerührt waren? Sie sahen einander an und waren unfähig zu antworten. Ich sprach; ich bat sie, sich zurückzuziehen und über das nachzudenken, was gesagt worden war; dass ich sie nicht weiter nach Norden führen würde, wenn sie ernsthaft das Gegenteil wollten, dass ich aber hoffte, ihr Mut würde beim Nachdenken zurückkehren.

Sie verließen uns, und ich wandte mich meinem Freund

zu, aber er war erschöpft zurückgesunken und lag beinahe ohnmächtig da.

Wie all dies enden wird, weiß ich nicht, aber ich möchte lieber sterben, als in Schande und ohne unseren Zweck erfüllt zu haben, zurückkehren. Doch ich fürchte, das wird mein Schicksal sein; die Männer können, ohne dass der Gedanke an Ruhm und Ehre sie aufrichtet, niemals freiwillig weiter die gegenwärtigen Entbehrungen auf sich nehmen.

7. September

Die Würfel sind gefallen. Ich habe eingewilligt, umzukehren, wenn wir nicht umkommen. So werden meine Hoffnungen durch Feigheit und Unentschlossenheit zunichtegemacht. Ich komme, ohne klüger geworden zu sein, und enttäuscht zurück. Man braucht größere Gelassenheit, als ich besitze, um diese Ungerechtigkeit geduldig hinzunehmen.

12. September

Es ist vorüber; ich kehre nach England zurück. Ich habe alle Hoffnung verloren, mich nützlich zu erweisen und Ruhm zu erwerben. Ich habe meinen Freund verloren. Aber ich will versuchen, Dir diese schmerzlichen Umstände ausführlich zu schildern, meine liebe Schwester; und während ich auf England und auf Dich zutreibe, will ich nicht verzweifeln.

Am 9. September begann sich das Eis zu bewegen, und ein Krachen wie von Donner war in der Ferne zu hören, als die Inseln in alle Richtungen splitterten und brachen. Wir befanden uns in höchster Gefahr, aber da wir nur untätig zusehen konnten, beschäftigte ich mich vorwiegend mit meinem unglücklichen Gast, dessen Krankheit sich so verschlimmert hatte, dass er ganz und gar ans Bett gefesselt war. Das Eis krachte hinter uns und wurde mit Gewalt nach Norden abgetrieben; von Westen erhob sich ein Wind, und am 11. war die Passage nach Süden völlig frei. Als die Seeleute das sahen und ihre Rückkehr in die Heimat zur Gewissheit wurde, brachen sie in laute und lang anhaltende Freudenrufe aus. Frankenstein, der vor sich hindämmerte, erwachte und fragte nach dem Grund des Tumults. »Sie schreien«, sagte ich, »weil sie bald nach England zurückkehren.«

»Kehren Sie also wirklich zurück?«

»Leider ja, ich kann mich ihren Forderungen nicht widersetzen. Ich kann sie nicht gegen ihren Willen in Gefahren stürzen und muss daher zurückkehren.«

»Tun Sie das ruhig, aber ohne mich. Sie können Ihren Vorsatz aufgeben, aber meiner ist mir vom Schicksal bestimmt, und ich wage es nicht. Ich bin schwach, aber die Geister, die mir bei meiner Rache helfen, werden mir sicher genügend Kraft verleihen.« Als er das gesagt hatte, versuchte er, aus dem Bett zu springen, aber die Anstrengung war zu groß für ihn; er fiel zurück und wurde ohnmächtig.

Es dauerte lange, bis er zu sich kam, und oft dachte ich, seine Lebensflamme sei ganz erloschen. Schließlich öffnete er die Augen; er atmete schwer und war unfähig zu sprechen. Der Schiffsarzt gab ihm ein Stärkungsmittel und befahl uns, ihn in Ruhe zu lassen. Zwischendurch sagte er mir, dass mein Freund zweifellos nicht mehr lange zu leben habe.

Sein Urteil war gefällt, und ich konnte nur trauern und mich in Geduld fassen. Ich saß an seinem Bett und beobachtete ihn; seine Augen waren geschlossen, und ich dachte, er schliefe; aber unvermutet rief er mich mit schwacher Stimme und sagte, indem er mich näher heranwinkte: »Ach, die Kraft, auf die ich mich verlassen hatte, ist dahin;

ich spüre, dass ich bald sterbe, und er, mein Feind und Verfolger, überlebt mich womöglich. Glauben Sie nicht, Walton, dass ich in den letzten Augenblicken meines Lebens noch den brennenden Hass und den glühenden Wunsch nach Rache empfinde, zu dem ich mich einst bekannt habe. Aber ich glaube das Recht zu haben, den Tod meines Gegners zu wünschen. Während dieser letzten Tage war ich damit beschäftigt, über mein früheres Verhalten nachzudenken; und ich kann es nicht sträflich finden. In einem Anfall von wahnwitziger Begeisterung schuf ich ein vernunftbegabtes Wesen und übernahm damit die Verpflichtung, soweit das in meiner Macht stand, für sein Glück und sein Wohlergehen zu sorgen. Das war meine Pflicht, aber es gab noch eine, die diese übertraf. Meine Pflichten gegenüber meinen eigenen Mitmenschen durften größere Ansprüche an mich stellen, weil es dabei um größeres Glück oder Elend ging. Aufgrund dieser Einsicht lehnte ich es ab – und tat recht daran –, eine Gefährtin für mein erstes Geschöpf zu schaffen. Daraufhin zeigte er unerhörte Bösartigkeit und Heimtücke aus Egoismus; er vernichtete meine Lieben, er verurteilte Geschöpfe zum Untergang, die Zartgefühl, Glück und Klugheit in außergewöhnlichem Maße besaßen; und ich weiß nicht einmal, wo dieser Rachedurst noch hinführt. Damit dieser Elende nicht andere in Verzweiflung stürzen kann, muss er sterben. Meine Aufgabe war es, ihn zu vernichten, aber ich bin gescheitert. Dann bat ich aus selbstischer und hinterlistiger Absicht Sie, mein unvollendetes Werk zu Ende zu führen, und erneuere diese Bitte jetzt, wo ich nur noch von Vernunft und Tugend getrieben werde.

Und doch wäre es unbillig, Sie zu bitten, Ihre Heimat und Ihre Freunde aufzugeben, um diese Aufgabe zu übernehmen; und jetzt, da Sie nach England zurückkehren, besteht nur eine geringe Chance, dass Sie ihm je begegnen. Aber diese Überlegungen anzustellen und abzuwägen, was Sie für Ihre Pflicht halten, überlasse ich Ihnen; mein Urteil und meine Gedanken sind durch den nahenden Tod schon verwirrt. Ich wage nicht, Sie zu bitten, das zu tun, was mir richtig erscheint, denn vielleicht werde ich immer noch von Leidenschaften irregeleitet.

Dass er am Leben bleibt und womöglich zum Urheber von Unheil wird, beunruhigt mich; in anderer Hinsicht ist diese Stunde, in der ich jeden Augenblick meine Erlösung erwarte, die einzig glückliche, die ich seit Jahren erlebe. Die Schatten der geliebten Toten schweben vor meinen Augen, und ich eile in ihre Arme. Leben Sie wohl, Walton! Suchen Sie das Glück in einem friedlichen Leben, meiden Sie Ehrgeiz, auch wenn es sich nur um den scheinbar unschuldigen handelt, sich in Wissenschaft und Entdeckungen auszuzeichnen. Doch warum sage ich das? Meine eigenen Hoffnungen in dieser Hinsicht sind gescheitert, aber vielleicht hat ein anderer Erfolg.«

Seine Stimme wurde beim Sprechen schwächer, und schließlich sank er, durch die Anstrengung erschöpft, in Schweigen. Ungefähr eine halbe Stunde später versuchte er noch einmal zu sprechen, war dazu aber nicht imstande. Er drückte kraftlos meine Hand, und seine Augen schlossen sich für immer, während ein verklärtes, sanftes Lächeln von seinen Lippen schwand. Margaret, was soll ich über den vorzeitigen Tod dieses herrlichen Geistes sagen? Wie soll ich Dir die Tiefe meines Schmerzes nahebringen? Alles, was ich mit Worten ausdrücken könnte, wäre unzulänglich und schwach. Meine Tränen fließen; eine Wolke von Enttäuschung überschattet mein Gemüt. Aber ich reise nach England, und vielleicht finde ich dort Trost.

Ich werde unterbrochen. Was bedeuten diese Geräusche?

Es ist Mitternacht; eine leichte Brise weht, und die Wache an Deck rührt sich kaum. Wieder ist dort etwas zu hören wie eine menschliche Stimme, nur heiserer; sie kommt aus der Kabine, wo die sterblichen Überreste Frankensteins aufgebahrt liegen. Ich muss aufstehen und nachsehen. Gute Nacht, liebe Schwester.

Großer Gott! Was für eine Szene hat sich gerade abgespielt! Ich bin noch ganz schwindlig, wenn ich daran denke. Ich weiß kaum, ob ich die Kraft besitze, sie ausführlich zu berichten; und doch wäre die Geschichte, die ich erzählt habe, unvollständig ohne diese abschließende und unglaubliche Katastrophe.

Ich betrat die Kabine, wo die Überreste meines unglückseligen und bewundernswerten Freundes lagen. Über ihn gebeugt war eine Gestalt, die ich nicht mit Worten beschreiben kann – riesig, aber ungeschlacht und unproportioniert. Solange er über den Sarg gebeugt war, wurde sein Gesicht von langem strähnigem Haar verdeckt; aber eine riesige Hand, nach Farbe und Beschaffenheit, soweit man das sehen konnte, die einer Mumie, war ausgestreckt. Als er mich näher kommen hörte, brachen seine Schmerzens- und Schreckensrufe ab, und er stürzte zum Fenster. Niemals ist mir ein so grausiger Anblick begegnet wie dieses Gesicht von ekelerregender und abschreckender Abscheulichkeit. Ich schloss unwillkürlich die Augen und versuchte zu überlegen, worin diesem Mörder gegenüber meine Pflicht bestand. Ich rief ihm zu, er solle stehenbleiben.

Er stutzte, sah mich ungläubig an und vergaß anscheinend, als er sich wieder dem leblosen Körper seines Schöpfers zuwandte, meine Anwesenheit völlig, und in jedem Gesichtszug und jeder Geste drückte sich die äußerste Raserei unkontrollierbarer Leidenschaft aus.

»Auch das ist mein Opfer!« rief er. »Mit diesem Mord

sind meine Verbrechen vollendet. Mein elender Lebenslauf neigt sich seinem Ende entgegen. Ach, Frankenstein! Großmütiges und hingebungsvolles Wesen! Was nützt es, dass ich dich jetzt bitte, mir zu vergeben? Mir, der ich dich unwiderruflich vernichtet habe, indem ich alle vernichtete, die du liebtest. Aber ach! Er ist kalt, er kann mir nicht antworten.«

Seine Stimme schien zu versagen, und mein ursprünglicher Impuls, pflichtschuldig den Wunsch meines sterbenden Freundes zu erfüllen, indem ich seinen Feind vernichtete, wich nun einer Mischung aus Neugier und Mitleid. Ich näherte mich diesem ungeheuerlichen Wesen; ich wagte es aber nicht, ihm noch einmal ins Gesicht zu blicken, denn in seiner Hässlichkeit lag etwas so Furchterregendes und Unmenschliches. Ich versuchte zu sprechen, aber die Worte erstarben mir auf den Lippen. Das Monster ließ nicht ab, hemmungslos unzusammenhängende Selbstvorwürfe auszustoßen. Schließlich sammelte ich genug Mut, ihn anzusprechen, als der Sturm seiner Leidenschaft vorübergehend abgeflaut war. »Deine Reue«, sagte ich, »ist jetzt überflüssig. Wenn du der Stimme des Gewissens gefolgt wärest und auf deine Gewissensbisse gehört hättest, bevor du deine teuflische Rache so weit triebst, lebte Frankenstein noch.«

»Träumen Sie?« fragte der Dämon. »Glauben Sie denn, dass ich Schmerz und Reue gegenüber unempfindlich war? Er«, fuhr er fort und zeigte auf die Leiche, »er hat bei der Vollendung der Tat nicht gelitten. Nein, nicht den zehntausendsten Teil der Qualen, die ich bei der sich lang hinziehenden Ausführung erduldet habe. Eine schreckliche Selbstsucht trieb mich an, während mein Herz von Reue vergiftet war. Glauben Sie, dass Clervals Stöhnen Musik in meinen Ohren war? Mein Herz war für Liebe und Sympathie geschaffen, und als es sich durch Elend zu Laster und Hass hinreißen ließ, hat es diesen gewaltsamen Wechsel nicht ohne Qualen durchgemacht, die Sie gar nicht ermessen können.

Nach dem Mord an Clerval kehrte ich gebrochenen Herzens und erschüttert in die Schweiz zurück. Mir tat Frankenstein leid; mein Mitleid wurde zu Abscheu, ich verabscheute mich selbst. Aber als ich entdeckte, dass er, der Urheber meiner Existenz und gleichzeitig meiner unsäglichen Qualen, es wagte, sich in der Hoffnung auf Glück zu wiegen, dass er einerseits Elend und Verzweiflung auf mich häufte und andererseits die Erfüllung seiner eigenen Gefühle und Leidenschaften in den menschlichen Bindungen suchte, von denen ich für immer ausgeschlossen war, da flößten mir ohnmächtiger Neid und bitterer Unwille unersättlichen Rachedurst ein. Ich erinnerte mich an meine Drohung und beschloss, sie wahr zu machen. Ich wusste, dass ich mir selbst tödliche Qualen bereitete, doch ich war Sklave, nicht Herr eines Impulses, den ich verachtete, dem ich aber gehorchen musste. Doch als *sie* starb! Nein, da war mir nicht elend zumute. Ich hatte alle Gefühle erstickt, alle Angst unterdrückt, um in dem Übermaß meiner Verzweiflung zu schwelgen. Von da an wurde das Böse für mich das Gute. So weit getrieben, blieb mir nichts anderes übrig, als meine Natur der Rolle anzupassen, die ich freiwillig übernommen hatte. Die Ausführung meines dämonischen Vorhabens wurde zu einer unersättlichen Leidenschaft. Und jetzt ist es vollbracht; dort liegt mein letztes Opfer!«

Zuerst war ich von der Darstellung seines Elends gerührt, doch als ich mir ins Gedächtnis zurückrief, was Frankenstein über seine Beredsamkeit und Überredungskunst gesagt hatte, und als ich die Augen wieder auf den leblosen Körper meines Freundes richtete, erwachte mein Unwille aufs neue. »Wurm!« sagte ich. »Ausgerechnet du kommst hierher, um über die Verwüstung zu jammern, die du angerichtet hast? Du wirfst eine Fackel in einen Häuserblock, und wenn er in Flammen aufgeht, sitzt du in den Ruinen und jammerst über die Vernichtung. Heuchlerischer Teufel! Wenn der, den du beweinst, noch lebte, würde er immer noch das Ziel, würde er von neuem die Beute deiner verfluchten Rache sein. Was du fühlst, ist nicht Mitleid; du jammerst nur, weil das Opfer deiner Bösartigkeit deinem Zugriff entzogen ist.«

»Ach, so ist es nicht, so nicht«, unterbrach mich das Geschöpf. »Doch das muss der Eindruck sein, der sich Ihnen über die Absicht meiner Handlungen aufdrängt. Aber ich suche nicht mitleidheischend Verständnis für mein Elend. Sympathie werde ich niemals finden. Als ich sie zu Anfang suchte, floss mein Herz von Tugendliebe, von Glücksgefühlen und Zuneigung über, an denen ich gerne teilgehabt hätte. Aber jetzt, da diese Tugend nur noch ein Schatten für mich ist und Glück und Zuneigung sich in bittere, ekelhafte Verzweiflung verwandelt haben – wo sollte ich da Mitgefühl suchen? Ich bin damit zufrieden, dass ich einsam leide, solange meine Leiden dauern; und ich rechne damit, dass man, wenn ich sterbe, mit Abscheu und Schande an mich denken wird. Früher fand meine Einbildungskraft in Träumen von Tugend, Ruhm und Freude Erfüllung. Früher hoffte ich zu Unrecht, Wesen zu treffen, die über meine äußere Erscheinung hinwegsehen und mich um der herrlichen Eigenschaften willen lieben würden, die in mir schlummerten. Ich hatte hehre Vorstellungen von Ehre und Hingabe. Aber jetzt hat mich das Verbrechen tiefer erniedrigt als das gemeinste Tier. Keine Schuld, kein Unheil, keine Bösartigkeit, kein Elend lässt sich mit meinem vergleichen. Wenn ich mir den erschreckenden Katalog meiner Sünden vergegenwärtige, kann ich nicht glauben, dass ich noch das Geschöpf bin, dessen Vorstellungen einst von erhabenen und überirdischen

Visionen von Schönheit und majestätischer Güte erfüllt waren. Aber so ist es: Der gefallene Engel wird zum bösartigen Teufel. Doch sogar der Feind Gottes und des Menschen hatte Freunde und Gefährten in seiner Verlassenheit; ich bin allein.

Sie, der Sie sich Frankensteins Freund nennen, kennen anscheinend meine Verbrechen und sein Unglück recht gut. Aber die Einzelheiten, die er Ihnen darüber mitgeteilt hat, können Ihnen keine Vorstellung von den Stunden und Monaten des Elends geben, die ich in unseliger Weise auf ohnmächtige Leidenschaften verschwendet habe. Denn während ich seine Hoffnungen zerstörte, habe ich meine eigenen Wünsche nicht befriedigt. Sie blieben weiterhin heiß und sehnsüchtig; weiterhin begehrte ich Liebe und Gemeinschaft, und weiterhin wurde ich verschmäht. War das nicht ungerecht? Soll ich allein als Verbrecher gelten, wenn sich die ganze Menschheit an mir versündigt hat? Warum hassen Sie nicht Felix, der seinen Freund mit Schimpf und Schande von seiner Tür gejagt hat? Warum verfluchen Sie nicht den Bauern, der den Retter seines Kindes umbringen wollte? Nein, das sind aufrechte und unbescholtene Wesen! Ich, der Elende und Zurückgestoßene, bin eine Missgeburt, die man verachten, herumstoßen und mit Füßen treten kann. Sogar jetzt noch kocht mein Blut, wenn ich an diese Ungerechtigkeit denke.

Aber es ist wahr: Ich bin ein elender Wurm. Ich habe die Liebenswürdigen und die Hilflosen ermordet; ich habe die Unschuldigen im Schlaf erwürgt und ihm, der weder mir noch einem Mitmenschen je etwas zuleide getan hat, die Kehle zugedrückt, bis er tot war. Ich habe meinen Schöpfer, die Verkörperung alles dessen, was unter Menschen der Liebe und Bewunderung wert ist, dem Elend preisgegeben; ich habe ihn sogar bis in den endgültigen Untergang verfolgt.

Dort liegt er, weiß und kalt im Tod. Sie hassen mich, aber Ihr Abscheu kann den nicht übertreffen, mit dem ich mich selbst betrachte. Ich blicke auf die Hände, die die Tat begangen haben; ich denke an das Herz, in dem die Vorstellung davon entstanden ist, und sehne mich nach dem Augenblick, wenn ich die Augen endgültig schließe, wenn diese Vorstellung meine Gedanken nicht mehr heimsucht.

Fürchten Sie nicht, dass ich auch in Zukunft noch Untaten begehen werde. Mein Werk ist fast vollendet. Weder Ihr Tod noch der irgendeines Mitmenschen, sondern nur mein eigener ist nötig, um meinen Lebenslauf zum Abschluss zu bringen und auszuführen, was getan werden muss.

Glauben Sie nicht, dass ich mit der Ausführung dieses Opfers zögern werde. Ich werde Ihr Schiff auf dem Eisfloß, das mich hierhergetrieben hat, wieder verlassen und mich zum nördlichsten Punkt des Erdballs begeben; ich werde meinen Scheiterhaufen aufschichten und diesen elenden Körper zu Asche verbrennen, damit seine Überreste dem neugierigen und heillosen Unglücklichen, der etwa ein zweites Geschöpf wie mich schaffen will, keine Geheimnisse verraten. Ich werde sterben. Ich werde die Qualen, die mich jetzt verzehren, nicht länger empfinden und nicht länger die Beute von unerfüllten, aber auch unstillbaren Gefühlen sein. Der mich ins Leben rief, ist tot; und wenn auch ich nicht mehr bin, wird die Erinnerung an uns beide schnell schwinden. Ich werde die Sonne oder die Sterne nicht länger sehen und werde nicht mehr spüren, wie der Wind auf meinen Wangen spielt. Licht, Gefühl und Empfindung werden vergehen; und in diesem Bewusstsein muss ich mein Glück finden. Vor einigen Jahren, als die Bilder, die diese Welt bietet, sich mir zuerst darboten, als ich die wohltuende Sommerwärme spürte und das Rauschen der Bäume und das Vogelgezwitscher hörte und all das mir so viel bedeutete, da hätte es mich unendlich traurig gestimmt zu sterben; jetzt ist der Tod mein einziger Trost. Von Verbrechen befleckt und von der bittersten Reue geplagt – wo kann ich Ruhe finden außer im Tod?

Leben Sie wohl! Ich verlasse Sie, und mit Ihnen den letzten Menschen, den meine Augen je erblicken werden. Leb wohl, Frankenstein! Falls du noch lebtest und Rachegelüste gegen mich hegtest, wären sie erfolgreicher, wenn ich am Leben bliebe, als wenn ich vernichtet würde. Aber es sollte nicht sein; du hast mich ausrotten wollen, damit ich nicht noch größeren Schaden anrichte; und doch, wenn du nicht auf eine mir noch unbekannte Weise aufgehört hättest, zu denken und zu empfinden, würdest du kein größeres Bedürfnis nach Rache gegen mich haben als ich gegen dich. Und trotz all deiner Verzweiflung ist mein Schmerz dem deinen immer noch überlegen, denn der Stachel der Reue wird nicht aufhören, in meiner Wunde zu schwären, bis der Tod sie für immer schließt.

Aber bald«, rief er mit trauriger und feierlicher Begeisterung, »bald werde ich sterben und nicht mehr empfinden, was ich jetzt empfinde. Bald werden diese brennenden Schmerzen vergangen sein. Ich werde meinen Scheiterhaufen triumphierend besteigen und in den Qualen der sengenden Flammen hoch aufjubeln. Der Schein dieser Feuersbrunst wird erlöschen; meine Asche wird von den Winden ins Meer getrieben werden. Mein Geist wird in Frieden schlafen, oder wenn er weiterdenkt, wird er gewiss nicht wie bisher denken. Leben Sie wohl!«

Er sprang, als er dies gesagt hatte, aus dem Kabinenfenster auf das Eisfloß, das dicht neben dem Schiff lag. Bald hatten ihn die Wellen davongetragen, und er verlor sich in Finsternis und Ferne.

Anhang

Zur Textgestalt

Der Text folgt wie fast alle modernen Editionen der von der Autorin autorisierten und mit einer Einleitung versehenen (vgl. S. 7) Ausgabe von 1831 als neunter Band in der Serie *Standard Novels* bei Colburn & Bentley in London. Erst 1974 ist zum erstenmal seit 1833 auch die Erstausgabe (London 1818) wieder zugänglich gemacht worden (s. Literaturhinweise), die nach den Gepflogenheiten der Zeit in drei Bänden mit individueller Kapitelzählung erschien (1. Band = Kap. 1–8 der vorliegenden Fassung, in der Erstausgabe bis Kap. 7, da Mary Shelley Kap. 2 erweiterte und in zwei Kapitel aufteilte; 2. Band = Kap. 9–17; 3. Band = Kap. 18–24). Ein Textvergleich ergibt, dass der letzte Satz von Mary Shelleys Einleitung zur Ausgabe von 1831, sie habe die Neuauflage lediglich stilistisch überarbeitet, eine Untertreibung ist. Schon in ein Exemplar der Erstausgabe, das sie Freunden schenkte und das in der Pierpont Morgan Library in New York erhalten ist, hatte sie nötige Änderungen handschriftlich eingetragen und am Ende von Kapitel 2 hinzugefügt: »Sollte jemals eine Neuauflage dieses Buches veranstaltet werden, müsste ich die ersten beiden Kapitel umschreiben. Die Ereignisse sind harmlos (*tame*) und schlecht angeordnet – die Sprache ist zum Teil kindisch – sie sind dem Rest des Buches unangemessen.« Tatsächlich hat sie denn auch vor allem an den ersten Kapiteln erhebliche Änderungen vorgenommen, die im wesentlichen folgendermaßen charakterisiert werden können:

1. Elizabeth ist nun nicht mehr Frankensteins leibliche Cousine und damit Blutsverwandte, sondern ein italienisch-deutscher Findling. Da sie einen Besitz am Comer See erbt, soll die Hochzeitsreise dorthin und nicht an den Genfer See stattfinden.

2. Das Studium Frankensteins in Ingolstadt wird durchweg ins Schauerliche gesteigert, so dass eine schicksalsschwangere Atmosphäre entsteht.

3. Frankenstein unternimmt die Reise nach Chamonix, wo er am Mer-de-Glace dem Monster begegnet, nicht mehr mit seiner Familie, sondern allein, was das Motiv der Einsamkeit verstärkt.

4. Clerval bekommt mehr Profil. So fasst er erst in der Ausgabe von 1831 den Plan, nach Indien zu reisen.

5. Erst jetzt erfährt der Leser, dass Walton ohne Mutter unter der Obhut seiner Schwester aufgewachsen ist. Auch die Anspielung auf Coleridges *Ancient Mariner* ist späte Einfügung.

Anmerkungen

1 *Childe Harold's Pilgrimage* (1812–18), Lord Byrons (1788–1824) romantisches Versepos über einen von Weltschmerz und innerer Unruhe auf Reisen in Spanien, Italien und anderen europäischen Ländern umhergetriebenen jungen Helden. Im folgenden erwähnt Mary Shelley auch Byrons kurzes Versepos *Mazeppa* (1819). Der öfter bearbeitete Stoff – u.a. Tschaikowskys gleichnamige Oper (1884) – behandelt das Schicksal des ukrainischen Kosakenführers Iwan Mazeppa (1639–1709) mit Liebesintrigen und politischem Verrat.

2 Eine Figur der englischen Sage von Lady Godiva, die nackt durch die Straßen von Coventry ritt, um ihren Mann zu einer Herabsetzung der Steuern seiner Untertanen zu bewegen. Sie hatte ein Gebot erlassen, dass alle Einwohner bei geschlossenen Fensterläden im Haus bleiben sollten. Tom übertrat das Verbot: Er bohrte ein Loch in den Fensterladen und wurde zur Strafe geblendet. Als »peeping Tom« ist er heute im Englischen sprichwörtlich für »Voyeur«.

3 In Verona, wo nach Shakespeares *Romeo und Julia* die unglücklichen Liebenden den Tod fanden.

4 Sancho Pansa ist der treue realistische, pfiffige Knappe des idealistischen, närrischen Ritters Don Quijote in Miguel da Cervantes' (1547–1616) Roman *Don Quijote* (1. Teil 1605, 2. Teil 1615).

5 Christoph Kolumbus (1451–1506) widerlegte die Behauptung, ein Ei könne nicht aufrechtstehen dadurch, dass er dessen Spitze eindrückte, so dass es auf der nun flachen Fläche stand.

6 Erasmus Darwin (1731–1802), Großvater von Charles D., ist wichtig für dessen Entwicklungslehre. Er führte biologische Experimente durch und schrieb den Pflanzen eine Art von intelligentem Leben zu.

7 Die von Galvani und Volta im späten 18. Jahrhundert an Fröschen vorgenommenen elektrischen Versuche lenkten das Interesse der Wissenschaft auf die Beziehung zwischen elektrischen und chemischen Vorgängen.

8 Die *Ilias* (8. Jh. v. Ch.) ist Homers Epos vom Untergang Trojas im Krieg gegen die Griechen. Im Mittelpunkt von William Shakespeares (1564–1616) letztem Drama *The Tempest* (1610/11) steht der Zauberer Prospero, der seine Gegner versöhnt und seine Tochter mit dem Sohn des einen verheiratet. Seine Komödie *A Mid-*

summer Night's Dream (1594/95) ist ein Verwirrspiel um Zaubergestalten, Aristokratie und Handwerker im alten Griechenland. Zu Miltons *Paradise Lost* siehe Anm. 23.

9 Das englische »the author« verrät nicht, dass das anonym erschienene Buch der Feder einer Frau entsprang.

10 *Prisen:* nach Seekriegsrecht aufgebrachte feindliche Schiffsladungen oder ganze Schiffe samt Ladungsgut; die Rechtmäßigkeit der Wegnahme wird völkerrechtlich durch sog. Prisengerichte festgestellt.

11 Das Zitat stammt aus Coleridges *The Rime of the Ancient Mariner* (Part VI).

12 *»Schiavi ognor frementi«:* (ital.) »ständig aufbegehrende Sklaven«. Der Ausdruck bezieht sich auf den Kampf der italienischen Nationalisten gegen die österreichische Herrschaft in Oberitalien; ob er Zitat ist, konnte nicht ermittelt werden.

13 Cornelius Heinrich Agrippa von Nettesheim (1486–1535), Philosoph und Arzt, geriet wegen seiner unorthodoxen Theorien (*De occulta philosophia,* 1510) immer wieder mit den Behörden seiner Zeit in Konflikt und führte daher ein unruhiges Reiseleben.

14 *Paracelsus:* Beiname von Theophrastus Bombastus von Hohenheim (1493–1541), einem der berühmtesten Ärzte seiner Zeit, der die Pharmazie und Chemie weiterentwickelte. – Albert Graf von Bollstädt, gen. *Albertus Magnus* (1193–1280), Dominikanermönch, galt als der gebildetste Gelehrte seiner Zeit und hatte vor allem auch naturwissenschaftliche Interessen. Beide standen im Ruf des Umgangs mit Magie.

15 Sir Isaac Newton (1643–1727), Begründer der neueren mathematischen Physik und der physischen Astronomie.

16 Die Universität Ingolstadt bestand von 1472 bis 1800 und wurde schließlich nach München verlegt.

17 In den *Erzählungen aus den Tausendundein Nächten* wird Sindbad der Seefahrer auf seiner vierten Reise lebendig in einer Höhle begraben, findet aber durch ein in diese eingedrungenes Raubtier und ein Licht in der Ferne einen Ausgang.

18 Dante Alighieri hat in seiner *Göttlichen Komödie* (um 1307–1321) die Schrecken der Hölle sehr lebendig beschrieben.

19 Coleridge, *The Rime of the Ancient Mariner,* V. 446–451.

20 Zitat aus dem 20. Kapitel von Oliver Goldsmiths (1728–74) Roman *The Vicar of Wakefield* (1766).

21 Angelica ist eine der Heldinnen in Ludovico Ariostos (1474–1533) Versepos *Orlando furioso* (*Der rasende Roland,* 1505–21). Sie

stammt aus dem Orient und hält viele verliebte Ritter zum Narren, bis sie sich zu ihrer Schande in einen einfachen Fußsoldaten verliebt. Orlandos Eifersucht auf ihn trägt zu seinem Wahnsinn bei.

22 Das Plainpalais war ein freies Feld außerhalb der Stadtmauern südlich von Genf, das zum Spazierengehen beliebt war.

23 Schlusszeilen von Shelleys Gedicht *Mutability* (1816).

24 In Jean de La Fontaines (1621–95) *Fabeln* (IV,5) sieht der Esel, wie der Schoßhund gestreichelt wird, bezieht aber selbst Prügel, als er auch auf den Schoß springen will. (Woher das Monster La Fontaine kennt, ist unerfindlich.)

25 Gemeint ist *Les Ruines, ou méditation sur les révolutions des empires* (1791; engl. 1792), ein beliebtes Geschichtskompendium von Constantin François Chassebœuf, Comte de Volney (1757–1820).

26 *Paradise Lost* (1667), umfangreiches Epos in Blankversen von John Milton (1608–74), visionäre Darstellung des Kosmos aus biblischer Sicht, fand große Verbreitung und beeinflusste Generationen von englischen Schriftstellern. – Die *Vitae* von Plutarch (46–120), Lebensgeschichten von 46 berühmten Männern, behandeln vergleichend jeweils einen Griechen und einen Römer. – Goethes *Werther* (1774), sein erster Roman, war ein europäischer Bestseller.

27 Numa, Solon und Lykurg waren die Gesetzgeber Roms, Athens und Spartas. Ihnen gegenüber erscheinen Romulus, der erste König Roms, und Theseus, der mythische König Athens, als kriegerische Autokraten.

28 Die Verse stammen aus William Wordsworths (1770–1850) Gedicht *Tintern Abbey* (1798), V. 76–83, und beziehen sich auf die sorglose Kindheit des Dichters und sein ungetrübtes Verhältnis zur Natur.

29 Alle vier genannten Orte liegen am Ostrand Londons an der Themse und waren von Bedeutung für die Kriegsmarine.

30 Vgl. das Ende von Kapitel 18, nach dem die Reisenden »spät im Dezember« in England ankommen.

31 In seinem Kampf mit dem englischen Parlament blieb König *Karl I.* 1646 nur noch Oxford treu, von wo er nach Schottland floh. Lucius Cary, 2. Viscount *Falkland* (1610–43), suchte als Staatssekretär Karls I. nach vergeblicher Vermittlung zwischen den Parteien den Tod in der Schlacht von Newbury. George Baron *Goring* (1608–57) war ein rücksichtsloser königlicher General.

32 Der parlamentarische Heerführer John Hampden (1594–1643) starb in der Schlacht von Chalgrave Field.

33 *maladie du pays:* (frz.) Heimweh.

34 *Havre-de-Grâce:* älterer Name von Le Havre.

35 In seiner *Anabasis* beschreibt der griechische Historiker Xenophon (um 430 bis nach 355 v. Chr.), wie er 401 nach der Schlacht bei Kunaxa zwischen dem persischen König Kyros und dessen Bruder Artaxerxes 10 000 griechische Söldner aus Kleinasien ans Mittelmeer zurückführte.

Literaturhinweise

Werke und Briefe Mary Shelleys

Frankenstein; or, The Modern Prometheus. Ed. M. K. Joseph. London: Oxford University Press, 1969. [Text nach der Ausg. von 1831.]

Mary Shelley's Journal. Ed. F. L. Jones. Norman, OK: University of Oklahoma Press, 1947.

Mary W. Shelley & Percy B. Shelley: Flucht aus England: Reiseerinnerungen & Briefe aus Genf 1814–1816. Aus dem Englischen übertr. und hrsg. von A. Pechmann. Hamburg/Genf: Achilla Presse, 2002.

The Novels and Selected Works of Mary Shelley. General Editor Nora Crook with Pamela Clemit. 8 volumes. London: William Pinkering, 1996. Vol. 1: Frankenstein [die Erstausgabe von 1818 mit den Änderungen der Ausgaben von 1823 und 1831].

The Letters of Mary Shelley. Ed. B. T. Bennett. Baltimore/London: Johns Hopkins University Press.

Verney, der letzte Mensch. Ins Deutsche übertragen von Ralph Tegtmeier. Bergisch Gladbach: Bastei Lübbe Verlag, 1982.

Über Mary Shelley und »Frankenstein«

Hoobler, Dorothy and Thomas: Mary Shelley & the Curse of Frankenstein. New York / Boston: Little, Brown and Company, 2006.

Levine, G. / Knoepflmacher, U. C. (Ed.): The Endurance of Frankenstein. Essays an Mary Shelley's Novel. Berkeley / Los Angeles / London: University of California Press, 1974.

Mielsch, Hans-Ulrich: Sommer 1816. Lord Byron und die Shelleys am Genfer See. Zürich: Verlag der Neuen Züricher Zeitung, 1998.

Morrison, L. / Stone, S. L.: A Mary Shelley Encyclopedia. Westport, CT / London: Greenwood Press, 2003.

Priester, Karin: Mary Shelley. Die Frau, die Frankenstein erfand. München: Goldmann, 2003.

Seymour, Miranda: Mary Shelley. London: John Murray, 2000.

Small, Christopher: Ariel Like a Harpy. Shelley, Mary and Frankenstein. London: Victor Gollancz, 1972.

Spark, Muriel: Mary Shelley. Eine Biographie. Aus dem Englischen von A. Beck. Frankfurt a. M. / Leipzig: Insel Verlag, 1999. [Originaltitel: Child of Light. 1951.]

Nachwort

»A novel idea is worth much in the commonplace routine of life, but a new fact, an astonishment, a miracle, a palpable wandering from the course of things into apparent impossibilities, is a circumstance to which the imagination must cling with delight […].«
Mary Shelley, *Roger Dodsworth: The Reanimated Englishman* (geschrieben 1826, veröffentlicht 1863)

1

In London erschien 1980 ein mit altmodischen Stichen und Zeichnungen illustriertes, in grün-goldene Lederimitation gebundenes Buch mit dem Titel *The Frankenstein Diaries. Translated from the Original German and Edited by the Reverend Hubert Venables*. Der Herausgeber gibt vor, die echten Tagebücher Frankensteins über die Erschaffung seines künstlichen Menschen entdeckt und seine Familiengeschichte erforscht zu haben – ein gelungener, wenn auch leider durch Unachtsamkeit leicht durchschaubarer Scherz (in der Wiedergabe einer Manuskriptseite des angeblichen deutschen Originals ist »ich« immer groß geschrieben; typisches Zeichen einer arglosen Übersetzung aus dem Englischen) und zugleich eins der bisher letzten und geistreicheren Dokumente für die ungewöhnliche Popularität eines Buches, das 1818 zuerst erschien und sich in einen selbständig weiterlebenden Mythos verwandelt hat: *Frankenstein, or The Modern Prometheus* (nach dessen 15. Kapitel die Tagebücher sich im Besitz des Monsters befanden). Das Buch war bei seinem Erscheinen ein Erstaunen hervorrufender Erfolg und regte schon die Phantasie der Zeitgenossen gewaltig an. In mehreren dramatisierten Fassungen ging es in den zwanziger Jahren des 19. Jahrhunderts über die Londoner Bühnen – auch die Autorin sah eine Vorstellung – und wurde unter dem Titel *Frank in Steam, or, The Modern Promise to Pay* zu dieser Zeit auch als Parodie (auf die Industrialisierung?) aufgeführt.

Aber erst im 20. Jahrhundert erwarb sich das Werk durch das Medium des Films endgültig weltweiten Ruhm. Schon 1910 wurde der erste *Frankenstein*-Film gedreht, und die Fassung von 1931 mit Boris Karloff als Monster wurde zum Klassiker und hatte furchtbare Folgen, denn seitdem erscheint nun Film auf Film: *Bride of Frankenstein, Son of Frankenstein, Ghost of Frankenstein, House of Frankenstein, The Curse of Frankenstein, The Revenge of Frankenstein, The Evil of Frankenstein, The Horrors of Frankenstein* und so weiter, und so fort. Fast alle diese Filme haben mit Mary Shelleys Roman nichts mehr gemein, und das gilt in gewisser Weise auch schon für den frühen Film mit Boris Karloff, denn darin verbrennt das Monster, ohne seine Geschichte zu erzählen, nach einem Würgekampf mit Frankenstein in einer Windmühle, so dass dieser seine Elizabeth heiraten kann, die den Angriff des künstlichen Menschen überlebt hat. Er ist nun böse, weil Fritz, der dazuerfundene bucklige Gehilfe Frankensteins, statt eines gesunden Gehirns ein krankes besorgt hat. Die Handlung insgesamt ist reduziert auf den Heimatort Henry – nicht Victor – Frankensteins in der Schweiz und sein Laboratorium in Goldstadt – nicht Ingolstadt –, wodurch die gesamte Verfolgungsjagd unter den Tisch fällt.

Von dieser bedenklichen Wirkungsgeschichte des Buches ist nicht nur die Autorin fast völlig verschlungen worden, deren Namen kaum noch jemand mit ihm in Verbindung bringt und von deren Leben kaum noch ein Leser etwas weiß, sondern auch das Werk selbst ist dabei bis zur Unkenntlichkeit entstellt worden. Das geht unter anderem schon daraus hervor, dass das in dem originalen Roman namenlose Monster nun im populären Bewusstsein den Namen seines Schöpfers angenommen und als Inbegriff aller möglichen Horrorgestalten ein Eigenleben entfaltet hat – ein Phänomen, das in seiner Vertauschung von Schöpfer und Geschöpf dankbares Material für die Tiefenpsychologen bietet. Es gibt nur wenige Beispiele einer Mythenbildung von solcher Volkstümlichkeit im 19. und 20. Jahrhundert. Aber anders als etwa bei den antiken Mythen ist bei diesem Mythologisierungsprozess ein Substanzverlust festzustellen, der ein literarisches Meisterwerk zu einem bloßen Schauermärchen verstümmelt hat, denn die Horrorschnulze, als die die Geschichte des schuldbeladenen Schöpfers und seines unseligen künstlichen Geschöpfs heute weiterlebt, war Mary Shelleys Buch keineswegs. Es ist vielmehr ein hochoriginelles Werk romantischer Einbildungskraft, eine Art Kompendium romantischer Ideen und Motive, in dem viele geistige Ströme zusammengeflossen sind, und wurde zum Ahnherrn einer literarischen Gattung, die erst im 20. Jahrhundert zu weltweiter Popularität gelangen sollte: der Science-Fiction. Aber anders als bei so vielen modernen Science-Fiction-Romanen fehlt Mary Shelley jedes Interesse für die rein technischen Probleme ihrer Fabel. Wie eigentlich Frankenstein sein künstliches Wesen erschafft, wird nicht erklärt; die Autorin huscht über die biochemischen Voraussetzungen der Experimente in wenigen Zeilen hinweg. Sie interessiert sich für die menschliche Seite der Geschichte, für die psychologischen Folgen dieser bahnbrechenden Tat, der die Gegenwart mit ihren biologischen Manipulationen so viel näher gekommen zu sein scheint. Hier liegt ein Grund, warum gerade dieser Roman dem Leser eines Zeitalters entfesselter Technik so relevant erscheint. Ob die Autorin mit den Prager Golem-Legenden vertraut war, die ins Mittelalter zurückreichen und ebenfalls um die Schaffung eines künstlichen Menschen kreisen, ist nicht bekannt.

Zur vollen Größe in den Annalen der Weltliteratur fehlt Mary Shelleys *Frankenstein* allerdings die sprachliche Originalität und Ausdruckskraft, die der Ingeniosität der Fabel angemessen wäre. Die Sprache der Landschaftsschilderungen etwa oder die Beschreibung seelischer Vorgänge ist konventionell und voller Klischees und Wiederholungen, weiß aber in der Tradition des »gotischen« Schauerromans, der um 1800 in England blühte, äußerst geschickt Grauen zu erregen. Mary Shelley ist das Beispiel einer Autorin, deren sprachliche Gestaltungskraft ihrem hochentwickelten Problembewusstsein nicht entspricht.

Was aber dieses atemberaubende Buch so ungeheuerlich macht, ist dies: Es ist das Werk eines neunzehnjährigen Mädchens, das sich damit eigene Probleme von der Seele schrieb und sich dabei auf das geistige Niveau ihres Geliebten, des romantischen Dichters Percy B. Shelley, emporschwang. Nicht nur das Buch selbst, sondern auch die Umstände seiner Entstehung und die Lebensgeschichte seiner Verfasserin sind höchst erstaunlich und verdienen es, dem Leser vergegenwärtigt zu werden.

2

Mary Shelleys Abstammung ist ungewöhnlich, denn ihre Eltern waren die beiden berühmtesten Exponenten des politischen Radikalismus im England der Zeit um 1800, die im Gefolge der Französischen Revolution auch auf der britischen Insel von heftigen Auseinandersetzungen über die gewaltsame oder reformerische Veränderung der Gesellschaft geprägt war.

Mit den zwei Bänden seines sensationellen Werkes *Enquiry Concerning Political Justice and its Influence on General Virtue and Happiness* (1793) als Antwort auf Edmund Burkes (1729–97) antirevolutionäre *Reflections on the Revolution in France* (1790) schuf William Godwin (1756–1836) das klassische Werk des Revolutionismus in England. Er vertrat darin die Vervollkommnung des Menschen, der Gott abschwört und ausschließlich seiner Vernunft und der Wahrheit folgt, und entwarf die Utopie einer Gesellschaft von gleichen, gerechten und innerlich und äußerlich unabhängigen Menschen, in der es weder Eigentum noch Staat oder Gesetze gibt, weil sie unter einsichtigen Menschen überflüssig sind, wenn sich diese nicht von Egoismus oder privaten Sympathien blenden lassen, sondern ihre Liebe allen Mitmenschen gleichmäßig zuwenden. Auch die Ehe ist nach Godwin Relikt einer nicht rational geordneten Gesellschaft und daher abzulehnen.

Ein Jahr früher hatte Mary Wollstonecraft (1759–97) das bemerkenswerteste frühe Werk der englischen Frauenemanzipation, *Vindication of the Rights of Woman* (1792), veröffentlicht, in dem sie die für selbstverständlich gehaltene These zurückwies, dass die Frau dem Mann an Verstand unterlegen und von Gefühlen geleitet sei. Nur ein für die geistige Entwicklung der Mädchen verheerendes Erziehungs- und Gesellschaftssystem hindere die Frau daran, »die Gefährtin des Mannes zu werden«. Als Mary Wollstonecraft die Gleichberechtigung der Frau forderte, war sie im Begriff, sich entsprechend ihren Ideen von der Freiheit der Frau auf Abenteuer einzulassen, die ihr Leben nahezu zerstörten. Aus enttäuschter Liebe zu dem in England lebenden Schweizer Maler Johann Heinrich Füßli (1741–1825), der verheiratet war und es ablehnte, Mary als dritten Partner seiner Ehe zu akzeptieren, wie sie es wünschte, reiste sie nach Frankreich. Dort begann sie ein Verhältnis mit dem Amerikaner Gilbert Imlay, dem sie 1794 eine Tochter Fanny gebar. Aber Imlay hatte nicht die Absicht, sich zu binden, sondern ging nach England und wandte sich einer anderen Frau zu. Mary reagierte auf die erneute Enttäuschung nach ihrer eigenen Rückkehr mit zwei Selbstmordversuchen. 1796 wurde sie mit Godwin bekannt, der in London unweit von ihr wohnte. Es begann eine Affäre, die mit der Heirat zwar legalisiert, aber nicht bekanntgemacht wurde. Tatsächlich behielten die Ehepartner zunächst sogar ihre getrennten Wohnungen bei. Die Geheimniskrämerei schien ratsam, denn immerhin hatte Godwin nur wenige Jahre vorher die Ehe als »das schlimmste aller Monopole«, als »eine bloße Besitzangelegenheit« verdammt und Mary sich in ihrem Buch ebenfalls abfällig über die Ehe ausgesprochen.

Am 30. August 1797 – erst fünf Monate nach der Eheschließung – wurde beider Tochter Mary, die künftige Autorin von *Frankenstein*, geboren. Aber ihre Geburt kostete ihre berühmte

Mutter das Leben; sie starb im Kindbett. Auch nach ihrem frühen Tod blieb Mary Wollstonecraft allerdings von Skandal nicht verschont. Ihr Mann veröffentlichte nur ein Jahr nach ihrem Ableben seine Erinnerungen an diese ungewöhnliche Frau (*Memoirs of the Author of the Vindication of Rights of Woman*, 1798), die neben ihrem Hauptwerk noch andere aufklärerische Schriften und Romane publiziert hatte, und enthüllte damit der Öffentlichkeit ihr nach den sittlichen Maßstäben der Zeit unorthodoxes, wenn nicht verdammenswertes Leben, was Kopfschütteln und Entrüstung hervorrief.

Der Witwer stand nun mit zwei kleinen Töchtern da; kein Wunder, dass er sich entschloss, wieder zu heiraten. Aber seine Wahl erregte wiederum Bestürzung. Godwin, einer der geistreichsten Köpfe seiner Zeit, band sich 1801 an Mary Jane Clairmont (1766–1841), eine biedere, aber unausgeglichene und reizbare Witwe mit zwei Kindern, von der man munkelte, dass sie in Wirklichkeit nie verheiratet gewesen sei. Da sie ihrem Mann 1803 einen Sohn William gebar, bildeten die Godwins nun eine Familie, die nach traditionellem Verständnis des Begriffs höchst unorthodox war. Das Paar zog fünf Kinder auf, deren familiäre Beziehungen äußerst verwirrend waren. Fanny Imlay war leiblich weder mit Godwin noch mit Mrs. Clairmont verwandt. Deren Kinder Charles und Jane, die angeblich verschiedene Väter hatten, waren mit Godwin nicht verwandt, dessen Tochter Mary von Mary Wollstonecraft stammte. Nur das fünfte Kind gehörte beiden Eltern gemeinsam.

In dieser Familie wuchs die künftige Autorin von *Frankenstein* auf, wurde aber häufig für längere Zeit zu Freunden außerhalb Londons, unter anderem in Schottland, in Pflege gegeben. Mary war das intelligenteste der Kinder und erregte wegen ihrer berühmten Eltern öffentliches Interesse und große Erwartungen. Mit ihrer Stiefmutter, die eine Zurücksetzung ihrer eigenen Tochter befürchtete, lebte sie in ständiger Spannung, und ihr Vater, an dem sie sehr hing, stellte in der Überzeugung, dass sie bei solchen Eltern hochbegabt sein müsse, schon früh große intellektuelle Anforderungen an sie. Er erzog sie mehr, als dass er ihr Liebe und Herzlichkeit zuwandte und Geborgenheit bot. In vielerlei Hinsicht wurden seine Erwartungen auch nicht enttäuscht. Mit zehn Jahren schrieb Mary ihr erstes Buch (ihre eigene Fassung eines alten Kinderbuches, *Mounseer Nongtongpaw*, 1808), das ihr Vater anonym veröffentlichte. Sie war ein hübsches Kind und später eine zierliche, äußerst attraktive Frau mit dunkelblondem Haar, tiefliegenden Augen, feinen regelmäßigen Zügen und einem sensiblen ovalen Gesicht.

Die seelischen Folgen einer so komplexen familiären Situation für die Kinder lassen sich leicht ermessen. Das Leben der beiden Söhne verlief noch verhältnismäßig glatt. Charles Clairmont verschwand zwar nach einer Buchhändlerlehre 1816 urplötzlich aus England. Er hatte sich irgendeine nie aufgeklärte Unregelmäßigkeit zuschulden kommen lassen (Geldhinterziehung?) und ließ jahrelang nichts von sich hören. Schließlich machte er aber in Österreich Karriere, wurde Universitätsprofessor in Wien und Erzieher der Söhne von Erzherzog Franz Karl, unter denen der spätere Kaiser Franz Joseph und der unglückliche Maximilian von Mexiko waren. – William jun. war zunächst ein recht schwer erziehbares Kind, übte dann aber seinen Journalistenberuf erfolgreich und angesehen aus, bis er 1833 mit erst 29 Jahren an der Cholera starb.

Wesentlich dramatischer verlief das Leben der drei Mädchen: Fanny Imlay beging 1816, mit zwanzig Jahren, Selbstmord. Mrs. Clairmonts Tochter Jane, die sich (nach der treuen Freundin der Titelheldin in Jean-Jacques Rousseaus Roman *Julie, ou La Nouvelle Héloise*) als junges Mädchen Claire nannte, warf sich dem damals schon berühmten und skandalumwitterten Dichter Lord Byron (1788–1824) 1816 regelrecht an den Hals und gebar ihm 1817 eine Tochter Alba, die dann Allegra genannt wurde. Aber da hatte Byron schon jedes Interesse an Claire verloren. Und Godwins eigene Tochter Mary lief 1814 im Alter von noch nicht siebzehn Jahren mit dem jungen Dichter Percy Bysshe Shelley (1792–1822) davon, nachdem sie sich erst zwei Monate kannten und er zuerst melodramatisch vorgeschlagen hatte, gemeinsam Selbstmord zu begehen. Mary war schwanger von ihm.

Für Godwin war die Flucht seiner Tochter – nein, zweier seiner drei Töchter, denn Claire schloss sich Mary und Shelley an – ein schwerer Schlag, nicht nur weil er seine eigene, so vielversprechende Tochter auf diese Weise in den Augen der Öffentlichkeit entehrt sah, sondern auch weil er sich in Shelley gewissermaßen eine Natter am Busen großgezogen hatte. Er hatte den jungen politischen Radikalen und Atheisten, der wegen seiner unkonventionellen Ansichten von der Universität Oxford relegiert worden war und Godwin maßlos bewunderte, freundlich aufgenommen und nahm immer wieder Geld von diesem an, da es für ihn selbst ständig schwieriger wurde, mit seiner schriftstellerischen Tätigkeit sich und seine Familie zu ernähren, und er hoch verschuldet war. Aber obwohl er von nun an Shelley beschimpfte und einige Jahre lang den Umgang mit seiner Tochter und ihrem Liebhaber, dann Ehemann völlig abbrach, »borgte« er weiter Geld von diesem, ja mahnte es ständig vorwurfsvoll an.

So begann die hochdramatische Geschichte von Mary Godwins und Percy Shelleys gemeinsamem Leben, das 1822 mit dem tragischen Tod des Dichters durch Ertrinken vor der italienischen Küste bei La Spezia endete und schon den Zeitgenossen so herausfordernd erschien, dass beide 1818 in Thomas Love Peacocks (1785–1866) satirischem Roman *Nightmare Abbey* unter anderem Namen porträtiert wurden. Mary tritt darin als geheimnisvolle »Fremde« in das Leben des romantisch-melancholischen Helden Scythrop. – Shelley, Aristokratensohn und 1814 selbst erst 21 Jahre alt, war schon drei Jahre vorher mit einem anderen Mädchen davongelaufen, hatte sie geheiratet und zwei Kinder mit ihr. Sie litt unter dem Verrat ihres Mannes, suchte aber auch anderweitig Trost. 1816 beging sie in schwangerem Zustand Selbstmord; das Kind war nicht von Shelley. Shelley und Mary heirateten nur drei Wochen später.

Zu dieser Zeit hatte Mary schon zwei Kinder geboren, von denen das eine zwei Wochen, das andere drei Jahre am Leben blieb. Zwei weitere Geburten und eine Fehlgeburt folgten, bevor Shelley starb, so dass Mary den größeren Teil ihres Zusammenlebens mit Shelley, von ihrem 17. bis zum 25. Lebensjahr, schwanger war. Für eine geistig so aktive junge Frau war das sicher eine belastende Erfahrung. Überlebt hat von den Kindern nur der 1819 geborene Percy Florence Shelley (gest. 1889), der schließlich den großväterlichen Titel und Besitz erbte. Die hohen Erwartungen seiner Mutter, die ihn – besonders nach Shelleys Tod – vergötterte, enttäuschte er; er wurde ein solider, aber mittelmäßiger Mensch.

Über das Leben der Shelleys ist die Nachwelt aus ihrem gemeinsamen Tagebuch und anderen Quellen recht gut unterrichtet. Sie hielten sich meist nicht in England, sondern in der Schweiz und in Italien auf, wo sie viel Zeit mit Lord Byron verbrachten, der wie Shelley in England gesellschaftlich geächtet war; Byron hatte angeblich eine Affäre mit seiner Halbschwester gehabt. Es ist bezeichnend für den Ruf der beiden Dichter, dass man nun in England kolportierte, sie lebten mit Mary und Claire in einem »Inzestverhältnis« zu viert – und dabei waren doch alle vier in keiner Weise miteinander verwandt. Anders als Byron aber, der bestbezahlte Dichter seiner Zeit, waren die Shelleys in ständigen Geldschwierigkeiten, weil der Vater des Dichters seinem Sohn wegen dessen unmoralischem Lebenswandel die finanzielle Unterstützung weitgehend versagte. Auch die persönliche Beziehung zwischen Mary und Percy blieb nicht reibungslos und kühlte sich ab. Sie neigte zu Schwermutsanfällen, und er predigte nicht nur eine Theorie der freien Liebe und besang sie später in den berühmten Zeilen seines Gedichtes *Epipsychidion* (1821):

»I never was attached to that great sect, / Whose doctrine is, that each one should select / Out of the crowd a mistress or a friend, / And all the rest, though fair and wise, commend / To cold oblivion, though it is in the code / Of modern morals« (»Ich habe nie zur großen Sekte derer / Gehört, die predigen, dass jeder *eine* / Geliebte oder *einen* Freund sich aus / Der Schar erwählt und alle andern, schön / Und klug, kalt der Vergessenheit anheimgibt, / Auch wenn es so die Norm moderner Sitte / Vorschreibt«),

sondern wollte sie offenbar auch praktizieren. Er verliebte sich mehrmals in andere Frauen, hatte vielleicht auch ein Verhältnis mit Claire und wusste offenbar seinerseits, dass Mary eine – möglicherweise sexuelle – Beziehung zu seinem Freund Thomas Hogg unterhielt. Um ihre Liebesbriefe aus dem Jahr 1815 an diesen Mann ist viel gerätselt worden.

Von Anfang an wurde ihre Gemeinsamkeit durch die ständige Anwesenheit Claires belastet, die immer mit ihnen reiste und ihrer beider Verhältnis zu Lord Byron störte, dem sie sich weiter aufdrängte, obwohl nur zu deutlich war, dass er sie loswerden wollte. Dabei spielten die Auseinandersetzungen um die Erziehung von Byrons und Claires Tochter Allegra (die 1822 in einem Nonnenkloster bei Venedig starb, wohin sie Byron gegeben hatte) eine gewisse Rolle.

3

Shelley schrieb in diesen gemeinsamen Jahren den größten Teil des lyrischen Werks, das ihn zu einem der führenden Romantiker Englands macht, und Mary verfasste den Roman, mit dem sie größeren Erfolg haben sollte als ihr Mann, ihr Vater und ihre Mutter zusammen, trotz deren umfangreicher und gewichtiger literarischer Tätigkeit. Über die Entstehung von *Frankenstein* hat sie in der Einleitung zur Ausgabe des Buches von 1831 selbst einige Hinweise gegeben, die allerdings zum Teil ungenau sind und der Ergänzung bedürfen.

Die Shelleys hatten im Frühjahr 1816 ursprünglich nach Schottland reisen wollen, ließen sich dann aber von Claire dazu bewegen, auf der Suche nach Byron in die Schweiz zu gehen.

Kurz nach ihrer Ankunft in Genf traf dieser ebenfalls ein, und sie verbrachten nun den Sommer mit ihm. Er mietete sich in der komfortablen, reizvoll am See gelegenen Villa Diodati ein, die Shelleys in einem kleineren Haus in Montalègre, ebenfalls direkt am See – was für Percy, den begeisterten Segler, besonders wichtig war. Die beiden Dichter, die sich rasch anfreundeten und einander dann auch literarisch wechselseitig stark beeinflussten, unternahmen häufig gemeinsame Segeltouren, an denen sich öfter auch Mary beteiligte. Die regnerischen Abende verbrachte man häufig gemeinsam und las sich gegenseitig vor, unter anderem *Fantasmagoriana, ou Recueil d'histoires d'apparitions, de spectres, revenants, fantômes, etc* (von Jean Baptiste Benoît Eyries, Paris 1812), eine aus dem Deutschen übersetzte Sammlung von Geistergeschichten, von denen Mary in ihrem Vorwort ein paar Beispiele gibt. (Die Forschung hat nachgewiesen, dass ihr Gedächtnis in dieser Beziehung nicht sehr genau ist.) Auf den leicht zu beeindruckenden Shelley übten solche Lesungen eine tiefe Wirkung aus. Als Byron eines Abends aus Coleridges *Christabel* rezitierte, lief er plötzlich schreiend mit einer Kerze aus dem Zimmer und erklärte, zur Rede gestellt, er habe plötzlich Mary nackt gesehen und den Eindruck gehabt, sie habe Augen anstelle der Brustwarzen gehabt – ein Erlebnis, das eher den Psychoanalytiker als den Literaturwissenschaftler zu einem Kommentar herausfordert. Beide Shelleys wurden übrigens öfter nachts von regelrechten Alpträumen heimgesucht – Zeichen ihres Schuldbewusstseins?

Einer der Besucher am Genfer See im Sommer 1816 war Matthew Lewis (1775–1818), der 1796 mit zwanzig den berüchtigten Schauerroman *Ambrosio, or The Monk* veröffentlicht hatte und wie Shelley und Byron nicht gerade in glänzendem Ruf stand. Er konnte Deutsch, weil er 1792 einige Monate in Weimar verbracht und sogar Goethe kennengelernt hatte. Nun übersetzte er dem Kreis in der Villa Diodati Teile aus *Faust*. Mary Shelley wird dabei sehr aufmerksam zugehört haben, denn ein Held, der die Geheimnisse der Natur enträtseln möchte und sich dabei zu hybriden und gewissenlosen Tätigkeiten versteigt, sollte bald auch in ihrem eigenen Werk die zentrale Rolle spielen.

Eines Abends schlug Byron vor – James Rieger hält den 16. Juni für wahrscheinlich –, dass alle selbst eine Gespenstergeschichte schreiben sollten. Sie waren zu viert: Mary, Shelley, Byron und sein Leibarzt John Polidori (1795–1821). Polidori, Onkel des englischen Dichters und Malers Dante Gabriel Rosetti und 1821 durch Selbstmord gestorben, war erst 21 Jahre alt und hatte, als Byron ihn als Arzt für seine Reise auf den Kontinent anheuerte, mit dem Verleger des Dichters, John Murray, einen Vertrag abgeschlossen: Für 500 Pfund sollte er ein Tagebuch von Byrons Leben unterwegs liefern. Aber Polidori war anmaßend, taktlos und langweilig und wurde noch im Sommer 1816 in der Schweiz von Byron entlassen. Immerhin war er außer Mary Shelley der einzige, der eine Schauergeschichte vollendete – wenn auch nicht an Ort und Stelle. Er hatte ursprünglich vor, wie Mary Shelley in ihrer Einleitung erwähnt, die Geschichte einer Frau mit Totenkopf zu schreiben, veröffentlichte dann aber 1819 die Erzählung *The Vampyre*, die die Vampir-Mode des 19. Jahrhunderts auslöste und auch das Vorbild für Bram Stokers (1847–1912) *Dracula* (1897) wurde. Die Geschichte fußte allerdings, wie das kurze Fragment erweist, das Byron ebenfalls 1819 veröffentlichte, auf dessen ursprünglichem Gedanken. Byron gab das Unternehmen offenbar schon nach wenigen Tagen auf, und Shelley, der als Jugendlicher zwei »gotische« Schauerromane privat veröffentlicht hatte (*Zastrozzi, A Romance*, 1810, und *St. Irvyne; or The Rosicrucian, A Romance*, 1811), scheint gar nicht ernsthaft angefangen zu haben. So blieb nur Mary. Wie ein Gespräch zwischen Shelley und Byron – möglicherweise war es Polidori, nicht Byron – über die geheimnisvollen Lebenskräfte, denen Dr. Darwin auf der Spur zu sein glaubte, ihr den Gedanken an ihre Schauergeschichte endlich eingab und wie sie die zentrale

Schöpfungsszene nachts vor ihrem inneren Auge zum Erschrecken deutlich sah, hat sie selbst beschrieben. Über die genaue Chronologie besteht dabei allerdings nicht völlige Gewissheit.

In Marys literarische Arbeit gingen nun eigene Erlebnisse ein: Das große Gewitter etwa vom 13. Juni 1816 (das Byron im dritten Gesang von *Childe Harold* verarbeitete) hat im siebten Kapitel und die Reise der Shelleys nach Chamonix und zum Montblanc im neunten und zehnten Kapitel von *Frankenstein* deutliche Spuren hinterlassen. Den größten Teil der Orte und Landschaften, in denen sich die Handlung bewegt, kannte Mary ohnehin aus eigener Erfahrung. Die Erzählung, die ursprünglich nur ein paar Seiten umfassen sollte, aber auf Shelleys Rat bald als Roman geplant wurde, schritt schnell voran und wurde im wesentlichen bis zum Jahresende 1816 in England vollendet, wohin die Shelleys im September zurückgekehrt waren. In der ersten Jahreshälfte von 1817 folgte die Korrektur des Manuskripts. Shelley, der an der Gestaltung des Textes mitbeteiligt war und vielleicht erheblichen Anteil daran hat – in einem Brief an ihn vom 24. September 1817 gab Mary ihm Vollmacht, beim Korrekturlesen beliebige Änderungen vorzunehmen –, schrieb das Vorwort und bemühte sich dann um die Veröffentlichung des Werks, das aber erst vom dritten Verleger angenommen wurde. Im Januar oder März 1818 – darüber ist sich die Forschung nicht einig – lag das anonym erschienene Buch mit einer Widmung an Godwin vor, was diesen in den Augen der Öffentlichkeit als Verfasser ausschloss. Die Identität der Autorin ließ sich, nachdem man zunächst Shelley als Autor »verdächtigt« hatte, nicht lange verheimlichen.

4

Die ersten Kritiken schwankten zwischen Bewunderung und Abscheu. Sie anerkannten meist das literarische Geschick des Verfassers, den sie ja nicht kannten, und waren fasziniert von der Handlungsspannung des Buches, hatten aber Bedenken gegen sein Menschenbild und fürchteten eine Entartung der Literatur, wenn nicht der Menschheit, falls derartige Exzentrizitäten Mode werden sollten. Die Kommentare reichten von Walter Scotts

»Der Autor scheint uns eine ungewöhnlich lebhafte poetische Einbildungskraft zu besitzen. Das Gefühl, mit dem wir das Unerwartete und Grauenerregende lasen, und des, wenn man einmal die Möglichkeit des Ereignisses zugesteht, sehr natürlichen Endes von Frankensteins Experiment zerrütteten auch unsere Nerven einigermaßen« (*Blackwood's Magazine*)

über

»Es ist eins der Werke, von denen wir, wenn wir sie lesen, nicht einsehen, warum sie geschrieben worden sind« (*Edinburgh Magazine*)

zu

»Unser Geschmack und auch unser Urteil empören sich gegen diese Art von Schriftstellerei, und je größer die Fähigkeit ist, mit der sie ausgeübt wird, umso schlimmer – sie vermittelt keine Lehren über Betragen, Lebensart oder Sitten« (*The Quarterly*).

Ihr Ziel jedenfalls, eine Geschichte zu schreiben, »die die geheimsten Ängste der menschlichen Natur ansprechen und Schauer des Entsetzens hervorrufen würde – eine Geschichte, bei der dem Leser davor grauen würde, sich umzublicken, bei der ihm das Blut in den Adern stocken und der Puls schneller schlagen würde«, hatte Mary Shelley erreicht. Unberührt ließ der Roman keinen Kritiker. Die negative Voreingenommenheit einiger Zeitschriften stammte daher, dass man in dem Buch die Handschrift William Godwins oder seiner literarischen und politischen Schule witterte, was immerhin durch die Widmung nahegelegt wurde – daher auch die Vermutung, dass Shelley der Verfasser sei. Godwin selbst war nach dem Erscheinen seines großen politischen Werkes mit einem Roman an die Öffentlichkeit getreten, der Aspekte seiner radikalen Analyse der Zeit veranschaulichen sollte, aber nicht indem er die Utopie fortsetzte, sondern indem er zeigte, wie die Dinge in England standen. Und das genau ist der Titel seines spannenden Romans, der 1794 erschienen war: *Things As They Are; or The Adventures of Caleb Williams*. Mary Shelley erwähnt das Buch in der Widmung *Frankensteins* an ihren Vater und las es laut ihrer im Tagebuch zu verfolgenden Leseliste zweimal, nämlich 1814 und 1816, also unmittelbar vor der Konzeption ihres eigenen. Es ist offensichtlich, dass sie dem Buch ihres Vaters einen der zentralen Grundzüge ihres *Frankenstein* entnahm: die bis in die Besessenheit hinein gesteigerte Verfolgung eines Mannes durch seinen Feind.

Caleb Williams ist der Diener eines ehrenwerten und wohlhabenden Gentlemans namens Falkland, der, durch die Nichtswürdigkeit und soziale Gewissenlosigkeit seines Nachbarn Tyrrel bis aufs Blut gereizt, diesen ermordet. Der sein Gewissen belastende Mord verwandelt den lebenslustigen Mann in einen melancholischen Einsiedler, aber sein Stolz verbietet ihm, das Verbrechen einzugestehen. Stattdessen lässt er es zu, dass zwei Unschuldige dafür hingerichtet werden. Als Caleb sein Verbrechen entdeckt, gibt er es dem Diener gegenüber zu, verpflichtet ihn aber zu ewigem Stillschweigen. Von hier an entwickelt sich der Roman zu einer immer atemberaubenderen Verfolgungsjagd, denn Caleb versucht aus dem Dienst seines Herrn zu fliehen, wird eingefangen und aufgrund falscher Aussagen verurteilt. Immer wieder gelingt es ihm zu entkommen, immer wieder wird er ergriffen. Er wird dabei zum Meister der Verstellung. Erst nach Jahren gesteht Falkland sterbend, dass er Caleb Unrecht getan habe. Das politisch Brisante an *Caleb Williams* ist die illusionslose Darstellung der sozialen Wirklichkeit, etwa des Gefängniswesens und der Korruption des Rechtswesens durch die Privilegierten.

Man hat auch *Frankenstein* politische Motive unterstellt, aber wenn das in Mary Shelleys Absicht gelegen hat, ist ihre

Stellungnahme recht doppeldeutig. Einerseits gehörte es zu den immer wieder verwendeten Stereotypen der Zeit, die Revolution als jakobinisches Monster zu beschreiben, das Amok läuft – in kritischer Zurückweisung etwa auch bei Marys Mutter –, und so könnte Mary Shelleys Kreation des künstlichen Menschen durch den Intellektuellen, dessen Verhältnis zu seiner Familie offenbar hochgradig gestört ist, durchaus zeitkritische Untertöne haben. Immerhin wird das Monster in Ingolstadt ins Leben gerufen, wo 1776 die Sekte der Illuminaten durch Adam Weißhaupt gegründet wurde. In Abbé Barruels *Memoirs Illustrating the History of the Jacobins* (1797, auf Englisch 1798), die Mary und Shelley 1814 laut ihrem Tagebuch lasen, wurden die Illuminaten für die Französische Revolution verantwortlich gemacht. Das Monster – so hat Leo Sterrenburg argumentiert (s. »Literaturhinweise«: Levine/Knoepflmacher, 1974) – wird erst zum Scheusal, als sein Herr und seine Mitmenschen es zurückweisen und aus dem sozialen Leben ausschließen – eine in der damaligen Zeit vielfach vorgetragene These über die Entstehung der Revolution (etwa bei Goethe). Aber andererseits scheitert das Experiment, den neuen Menschen wenigstens in der Utopie zu schaffen, was Godwins politisches Ziel war. Ohnehin wird diese Hoffnung bei Mary Shelley nicht als soziales Ziel, sondern als psychologische und familiäre Tragödie dargestellt. Das Buch ist also möglicherweise eine eigenwillige Auseinandersetzung mit politischen Problemen der Zeit, aber eindeutig Stellung nimmt es keineswegs. Im eigentlichen Sinne sozialkritisch sind jedenfalls nur die Äußerungen Frankensteins über die Republik Genf und die des Monsters über die sozialen Verhältnisse im Frankreich des Ancien régime, die im Zusammenhang mit dem Schicksal der De Laceys in Kapitel 13 fallen.

Mary Shelley übernimmt die zentrale Rolle des Fluchtmotivs von ihrem Vater, gibt ihm aber eine komplexere Gestalt. Nun wechseln Verfolger und Verfolgter – und damit die Sympathie des Lesers – mehrmals ab, und Schuld und Unschuld sind nicht mehr eindeutig geschieden. Es bildet sich eine Dialektik von Schöpfer und Geschöpf, nach der sich plötzlich der Herr in der Hand des Sklaven befindet und umgekehrt. Frankenstein nennt sich den »Sklave[n] meines Geschöpfs« und spricht von seiner »elenden Sklaverei« (S. 205), und umgekehrt sagt das Monster: »Du bist mein Schöpfer, aber ich bin dein Herr; gehorche!« (S. 224). Die auf den Kopf gestellte Beziehung zwischen Frankenstein und seinem Geschöpf spiegelt damit die Hybris des Wissenschaftlers gegenüber seinem Schöpfer Gott: Der Zauberlehrling wirft sich zum Herrn auf und entfesselt zerstörerische Kräfte, denen er nicht gewachsen ist und die er nicht mehr zähmen kann. Die Emanzipation von Gott wird im Gleichnis zur Katastrophe.

Hier liegt ein Grund dafür, dass Mary Shelley dem Roman ein Motto aus John Miltons (1608–74) *Paradise Lost* (1667, 2. erw. Aufl. 1674) voransetzt:

»Did I request thee, Maker, from my clay / To mould me man? Did I solicit thee / From darkness to promote me?« (»Hab ich's von dir, mein Schöpfer, denn erbeten, / Dass du aus Lehm zum Menschen mich geformt? / Dass du mich aus der Dunkelheit hervor- / Zuziehen kamst, hab ich dich drum ersucht?« 10. Buch, V. 936–939); ein Grund auch dafür, dass das Monster – neben den heroischen Biographien Plutarchs und Goethes *Werther*, der gewissermaßen eine Lehre der menschlichen Gefühle enthält und den Selbstmord rechtfertigt, den das Monster am Schluss zu begehen verspricht – gerade dieses Werk auf dem fehlgeschlagenen Weg zur Vermenschlichung liest. Miltons religiöses Epos erzählt den Abfall Adams von Gott als Kampf zwischen Gott und Satan. Mary Shelley spielt in *Frankenstein* mit der Gestaltenkonstellation von Miltons *Paradise Lost*. Das Monster fühlt sich als ungerecht behandelter Adam, dem die Eva fehlt, wird aber zunehmend zum Satan, der zerstörerisch wirkt und den Tod in die Welt bringt. Er identifiziert sich in der Schlussszene auch mit Satan, wenn er von sich sagt: »Der gefallene Engel wird zum bösartigen Teufel«

(S. 298). Aber wenn man schon von Milton gesagt hat, dass er gegen seinen Willen nicht von der Gestalt Gottes, sondern von der Satans eingenommen war, der weite Teile des Epos beherrscht und mit dessen Sturz es beginnt, so ist bei Mary Shelley der religiöse oder moralische Impuls vollends der Faszination durch die Spannung von Gut und Böse, durch eine hybride Verirrung, die stets das Gute will und stets das Böse schafft, durch den seine eigenen Kräfte überschätzenden und sich selbst zerstörenden Menschen gewichen. Verpflichtungen fühlen Walton und Frankenstein nicht gegenüber Gott, sondern gegenüber der Menschheit, an der das Monster verzweifelt. Mary Shelleys zentrales Thema ist hier wie in all ihren Werken die radikale Einsamkeit des Menschen ohne Gott, die auch und gerade die Entschlossensten und Stärksten an den Rand des Wahnsinns und zur unverantwortlichen Tat treibt und deren Gestaltung daher zur psychopathologischen Studie des Rebellen wird, auf dessen Prototyp sich der Untertitel »Der moderne Prometheus« bezieht. Prometheus bezahlte wie Frankenstein seinen Wunsch, Gott zu spielen, und seine frevlerische Freisetzung des Menschen mit der persönlichen Katastrophe.

Und noch ein geistiger Überlieferungsstrang ist in die Personenkonstellation bei Mary Shelley eingeflossen. Die Lebensgeschichte des »modernen Adam«, wie man das Monster nennen könnte, ist zugleich in der Tradition des 18. Jahrhunderts eine Robinsonade, denn es gehörte zur philosophischen Tradition dieses Jahrhunderts, die wahre Substanz des Menschen durch seine Isolierung erforschen zu wollen. Da er, so glaubte man, als »Tabula rasa« geboren wird, kommt den Einflüssen auf ihn größte Bedeutung für seine Prägung zu. In reinster Form existiert also das Menschliche paradoxerweise ohne jeden anderen menschlichen Einfluss, und das ist die Situation Adams. Es sind daher die Menschen, die die wahre Menschwerdung des Monsters verhindern: »Soll ich allein als Verbrecher gelten, wenn sich die ganze Menschheit an mir versündigt hat?« (S. 298)

5

Diese Skizzierung verschiedener motivischer Zusammenhänge in *Frankenstein* und verschiedener Einflüsse auf das Buch zeigt, wie der Mythos von Frankenstein, der den Roman im 20. Jahrhundert so weit hinter sich gelassen hat, letzten Endes gerade wieder zu ihm zurückführt, weil er das Interesse der Literaturwissenschaft an der Quelle der populären Gruselgeschichte geweckt hat: In den letzten fünfzig Jahren hat sich die Forschung intensiver als je zuvor mit Mary Shelley und ihrem Roman beschäftigt und diesen als außerordentlich vielschichtiges Werk erwiesen.

Da ist zunächst die autobiographische Komponente, die zu weitgehenden psychologischen und psychoanalytischen Folgerungen verleitet hat. Es fällt nämlich auf, dass *Frankenstein* »ein Roman über allmächtige Väter und abwesende Mütter« ist (Knoepflmacher in: Levine/Knoepflmacher, 1974). Walton wird von seiner Schwester aufgezogen; Frankenstein verliert seine Mutter, die selbst ohne Mutter aufgewachsen ist, bevor er mit so verhängnisvollen Folgen sein Studium beginnt; Elizabeth ist Waise; Justine Moritz wird von ihrer Mutter schlecht behandelt und ihr entzogen; das Monster ist ausschließlich das Geschöpf eines Vater-Schöpfers und verliert den Kampf um eine Partnerin (die die Mutter seiner Kinder werden könnte), was es endgültig zu einem von Hass und Rachegefühlen getriebenen Scheusal macht; Clervals und ebenso Felix' und Agathas Mutter werden nie erwähnt; und auch die Türkin Safie hat ihre Mutter früh verloren. Man hat diese Darstellung, bei der Mutterlosigkeit das nahezu allgemeine Schicksal der Gestalten ist, auf Mary Shelleys Verlust ihrer Mutter bei ihrer eigenen Geburt zurückgeführt, der offenbar zu einem Trauma, zu einem tiefen Schuldgefühl geführt hat, dass sie die »Mörderin« ihrer berühmten und geliebten Mutter gewesen sei. Und mehr: es spricht aus der brutal verhinderten Hochzeitsnacht von Frankenstein und Elizabeth, aus der Verdammung des Monsters zur

Einsamkeit ohne Gefährtin und Kinder und aus dem fehlgeschlagenen rein männlichen Schöpfungsakt eine Angst vor geschlechtlichen Beziehungen und ihren Folgen, die über das Geburtstrauma hinausgeht und Mary Shelleys eigene Geburten und ihr Verhältnis zu Shelley berührt. Es erscheint wie ein Akt der Selbstkasteiung, dass sie in ihrem Roman dem geliebten kleinen Bruder Frankensteins, der das erste Opfer des Scheusals wird, den Namen William gibt, da doch ihr eigener unehelicher Sohn William, als sie das Buch schrieb, im ersten Lebensjahr war und sie schon im Vorjahr eine Tochter vierzehn Tage nach der Geburt verloren hatte. Die Zerstörung einer ganzen Familie zu schildern ist für eine so junge Frau eine bestürzende Erfindung und deutet auf einen Schuldkomplex, der offenbar mit der Illegitimität ihres Verhältnisses und ihrer Kinder zusammenhängt.

Dass solche Beziehungen zwischen Leben und Werk bei Mary Shelley nicht aus der Luft gegriffen sind, lässt sich an ihrer 1819 geschriebenen, aber zu ihren Lebzeiten nicht veröffentlichten Erzählung *Mathilde* sehen. Darin zieht sich eine junge Frau in die Einsamkeit zurück und erwartet ihren Tod, weil ihr Vater sie sexuell begehrt. Auch ihre Mutter starb bei ihrer Geburt, und der Vater sieht in der Tochter gewissermaßen eine Reinkarnation seiner Frau. Obwohl Godwin sicher keine Inzestbedürfnisse hatte, ist hier eine autobiographisch bedingte Entfremdung zwischen Vater und Tochter gestaltet, deren Grund übergroße Intimität ist. Ein engelsschöner junger Mann namens Woodville, dessen Beschreibung deutlich auf Shelley hinweist und der aus Liebeskummer ebenfalls einsam ist, kann sie zwar vor dem Selbstmord bewahren, nicht aber ihren Tod verhindern. Godwin wusste, was er tat, als er dieses Manuskript entgegen Marys Wünschen nicht veröffentlichte. Wieder sind hier wie in *Frankenstein* selbstzerstörerische Kräfte am Werk, die auch durch menschliche Zuwendung nicht aufgehalten werden können.

Wie in Marys eigenem Leben hat die Mutterlosigkeit Folgen auch in *Frankenstein.* Alle drei Protagonisten – Walton, Frankenstein und das Monster – treten im Verlauf der Handlung als Erzähler ihres eigenen Schicksals auf und gliedern dadurch das Buch in drei konzentrische Kreise (das Monster berichtet innerhalb von Frankensteins Erzählung, die innerhalb von Waltons Briefen erscheint), so dass es in ihm keinerlei objektive Erzählung in der dritten Person gibt; der Roman besteht aus den Ich-Erzählungen dreier Gestalten. Sie leben entweder freiwillig oder gezwungenermaßen außerhalb einer familiären Einbindung. Frankenstein, Prototyp so vieler verrückter Professoren, die die Science-Fiction-Literatur bevölkern, beschwört die Dezimierung seiner eigenen Familie herauf und sieht ihr zu, ohne die ihm angeblich so nahestehenden Menschen je zu warnen oder sich ihnen anzuvertrauen. Auch seine Verlobte und Braut lässt er über die Gefahr, in der er und sie schweben, im dunkeln, obwohl er sich ständig in ominösen Andeutungen über sein Lebensgeheimnis ergeht. Walton ist schon einsam aufgewachsen und hat sich in seinem Forscherdrang ganz aus der bewohnten Welt hinausbegeben. Er sucht nicht eine Familie, sondern einen Freund, der seine ausgreifenden Pläne versteht und mitvollzieht. Das Monster begegnet dem auch in widrigen Umständen intakten Familienleben bei den De Laceys und verzehrt sich nach der Teilnahme daran, bleibt aber bis zuletzt davon ausgeschlossen und wird dadurch zum Psychopathen. Dies ist eine männliche Welt, in der Forscherdrang oder zerstörerische Neigungen die Gefühlswelt nicht als gelebte Beziehung zu anderen Menschen, sondern lediglich als unbefriedigte Sehnsucht gestatten.

Und damit treten zwei typisch romantische Motive in den Blick, in deren Zusammenhang Mary Shelleys Geschichte gehört: die Gegenüberstellung von häuslicher und abenteuerlicher Existenz und der durch den hypertrophen Verstand bewirkte Fall aus der Unschuld.

Das dämonisch besessene oder phantasiebegabte Individuum entfremdet sich der vertrauten Welt familiärer, aber häufig als philisterhaft empfundener Zusammengehörigkeit, spürt einen unwiderstehlichen Drang, in unbekannte oder gar verbotene Bereiche des Lebens oder der Welt vorzudringen, und kommt dabei um. In solchen literarischen Phantasien erweist sich, dass die Romantik in England und in Deutschland eine Bewegung blutjunger Intellektueller war, die in einer Zeit des Zusammenbruchs einer etablierten sozialen Ordnung lebten und im Zusammenhang damit eine Philosophie des autonomen Ichs entwarfen. In Mary Shelleys Fall ist die Zerstörung traditioneller Familienbande, wie ihre oben skizzierte Lebensgeschichte belegt, nicht Theorie, sondern tief beunruhigende eigene Erfahrung. Selbstverwirklichung ließ sich nur durch die Verachtung der häuslichen Konventionen erkaufen. Aber die Spannung zwischen Heim und Welt, zwischen Geborgenheit, aber Stagnation in sesshafter Gesellschaft und einsamem und gefahrvollem Erobern der Fremde zieht sich – meist aus männlicher, nicht wie hier aus weiblicher Sicht – durch die ganze Romantik und ist in Deutschland wohl in Eichendorffs Liedern am populärsten geworden. »Lernen Sie von mir [...]«, ermahnt Frankenstein Walton, »wie gefährlich der Erwerb von Wissen und wie viel glücklicher der Mensch ist, der seine Heimat für die Welt hält, als der, der höher hinauswill, als seine natürlichen Anlagen ihm erlauben« (S. 73 f.).

In seinem faustischen Drang ins Ungeheure fühlt sich der aus der Masse herausragende, besondere Mensch durch sein keine Grenzen anerkennendes Genie in die Einsamkeit gestürzt und von der Menschlichkeit abgeschnitten. Zu solchen Gedanken brauchte Mary Shelley nicht Goethe, Tieck, Chamisso oder E. T. A. Hoffmann zu lesen; sie bekam die Anregungen dazu in ihrer unmittelbaren Nähe. Lord Byrons *Manfred*, der zur gleichen Zeit und am gleichen Ort wie *Frankenstein* geschrieben wurde, behandelt das Schicksal einer faustischen Gestalt, die einsam hoch in den Alpen »the Promethean spark [...] of my being« (V. 154 f.) am Leben halten möchte und dienstbare Geister beschwört; und Shelley begann in demselben Schweizer

Sommer an seinem »lyrischen Drama« *Prometheus Unbound* zu arbeiten, in dessen drittem Akt die Emanzipation des Titelhelden den Sturz Jupiters herbeiführt.

Die Szenerie in *Frankenstein* passt sich solchen Ideen im romantischen Kontext vollkommen an, denn wie Byrons Manfred »amongst the Higher Alps« oder auf »the Mountain of the Jungfrau [...] alone upon a Cliff« haust und Shelleys Prometheus »bound to the Precipice« »of the Icy Rocks in the Indian Caucasus« eingeführt wird, treiben sich die drei *Frankenstein*-Helden vorwiegend in Eiseskälte, auf Inseln oder hohen Bergen herum. Es darf nicht übersehen werden, dass alle drei in tiefstem Frost ihre Geschichte erzählen: Walton und Frankenstein dicht beim Nordpol und das Monster am Mer de Glace unterhalb des Montblanc-Gipfels. Die Einsamkeit und Gefühlskälte der Gestalten wird dadurch plakativ unterstrichen. Der deutsche Leser mag dabei an Motive von Caspar David Friedrichs Bildern denken. Auch sonst ist Mary Shelleys Buch ganz von romantischen Landschaftsvorstellungen erfüllt. Dazu gehören neben den Alpen etwa die Rheinszenerie und der englische Seendistrikt in Cumberland. Anders als bei größeren Autoren geraten solche Schilderungen bei Mary Shelley freilich zur bloßen Staffage und sind sprachlich konventionell, unbeholfen und voller Stereotype und Wiederholungen.

Aber das romantische Freiheitsbedürfnis hat eine Kehrseite, und gerade deutsche Intellektuelle dieser Zeit haben nach Exzessen geistiger Unabhängigkeit öfter Geborgenheit in der Religion (etwa Brentano, Friedrich Schlegel) gesucht; denn das Überschreiten der gesetzten Grenzen geschieht nicht ungestraft, und romantische Helden werden häufig von einem starken Schuldbewusstsein geplagt, das mit ihrer Hybris unmittelbar zusammenhängt. Ein eindrucksvolles Beispiel dafür, das Mary Shelley in *Frankenstein* wiederholt erwähnt und zitiert, ist Samuel Coleridges (1772–1834) kurzes balladeskes Epos *The Rime of the Ancient Mariner* (1798), in dem ein Matrose auf einer Seefahrt, und zwar in »The land of ice, and of fearful sounds where no living thing was to be seen« (Part VI), einen Albatros grundlos tötet und damit unsägliche Schuld auf sich lädt, die seine Mitmatrosen zugrunde richtet und ihn in die Einsamkeit wirft. Noch als alter Mann – so der Ausgangspunkt des Epos – hält er, dämonisch getrieben, Vorübergehende an, in diesem Fall ausgerechnet den Gast einer Hochzeitsfeier, um von seinem schuldhaften Leben zu erzählen. »The Tree of Knowledge is not that of Life«, sagt Byrons Manfred (V. 12) und weist damit auf das jüdisch-christliche Motiv des Sündenfalls hin, das in der romantischen Tradition wie in *Frankenstein* oft zur Erklärung menschlicher Urschuld verwendet wird.

In Mary Shelleys Werk wie auch sonst entsteht dabei eine Spannung von Leben und Tod. Frankenstein und Walton erkennen sich in dem Bemühen als Geistesverwandte, durch ihren Forscherdrang der Menschheit zu dienen und sie zu beglücken, aber in beiden Fällen führt die Neuerungssucht zu Leid und Verderben, und zuletzt müssen beide ihr Scheitern eingestehen. Der Schöpfer des Monsters will die Jagd nach seinem entarteten Geschöpf nicht aufgeben, um die Menschheit von ihm zu befreien. Der Nordpolfahrer (»Ich habe alle Hoffnung, mich nützlich zu erweisen und Ruhm zu erwerben, verloren«, S. 290) wird gezwungen, erfolglos in sein heimatliches England zurückzukehren; aber anders als Frankenstein kehrt er um. Seine letzten Briefe klingen so auffällig pessimistischer als die ersten, in denen er immer wieder von seiner Ruhmsucht und seinem unstillbaren Wunsch spricht, die Menschheit einen Schritt vorwärtszubringen, wofür der Tod *eines* Menschen kein zu großes Opfer sei. Ähnlich kommt auch der künstliche Mensch zu der Erkenntnis seines Vergehens und verspricht, ein Selbstopfer zu vollziehen. Ob er es wirklich ausführen wird, bleibt offen, und das entlässt den Leser mit dem leichten Gruseln, dass Frankensteins Monster sich noch immer auf der Erde herumtreibt, was es im übertragenen Sinne ja auch tut.

Auch Clerval, der mildere Freund Frankensteins, stellt eine

Variante des Forschers und in die Fremde Ziehenden dar. Er hat sich – in dieser Zeit des Aufstiegs der indogermanischen Philologie und der romantischen Entdeckung der orientalischen Literaturen ganz modern – der Sprachwissenschaft und dem Studium des Orients verschrieben und plant eine Indienreise. Aber anders als sein naturwissenschaftlich orientierter Freund zeigt er als Geisteswissenschaftler keinerlei psychopathische Züge der Besessenheit. Die Dichtung wirkt offenbar mäßigend auf ihn.

All diese Gestalten – Walton, Clerval, das Monster – bilden also Spiegelungen des Titelhelden in verschiedener Hinsicht. Bei dem Monster ist man sogar so weit gegangen, von einem Doppelgänger zu sprechen. Was Frankenstein erschafft, ist ein Teil von ihm selbst, den er bisher verdrängt hat und nun aus sich entlässt, so dass er ihm als »Geist, der stets verneint« gegenübertritt.

Aus Frankensteins eigenen Worten nach dem ersten Mord des Ungeheuers spricht die Ahnung, dass sein Geschöpf auf unbehagliche Weise Teil seiner selbst ist:

»Ich sah in dem Wesen, das ich unter die Menschen gestoßen und mit dem Willen und der Macht ausgestattet hatte, Schreckenstaten wie das gerade begangene Verbrechen auszuführen, so etwas wie meinen eigenen Vampir, meinen eigenen bösen Geist, der dem Grab entflohen und gezwungen war, alles zu vernichten, was mir lieb war« (S. 103).

Frankensteins Bemühen, seine Familie zu retten, und das des Monsters, sie zu zerstören, wären demnach gegeneinanderwirkende Impulse innerhalb derselben Person, die in Dr.-Jekyll-und-Mr.-Hyde-Manier ihre Aggressionen in einer Art Schizophrenie auslebt und zugleich einzudämmen versucht. Es gibt zu denken, dass Frankenstein niemals den Mut findet, sich seiner Familie anzuvertrauen, und Justine Moritz, ohne einzugreifen, unschuldig hinrichten lässt. Auch sein Verhalten gegenüber der angeblich so sehr geliebten Elizabeth, die er doch von frühster Kindheit an als seinen Besitz betrachtet, ist durchaus ambivalent. Und wieder führen solche Spuren zur Autorin selbst zurück, die sich, hin- und hergerissen zwischen den Pflichten der Tochter und dem Bedürfnis, sich von ihrer Familie zu befreien, in einem unlösbaren Konflikt befand, den sie im Werk unter dem Einfluss ihres Geliebten in eine Welt der Männer transponierte.

Dazu veranlasste sie wohl auch ihr Wunsch, Shelley zu porträtieren, der sich im Hinblick auf die ambivalenten Gefühle seiner Familie gegenüber in genau derselben Lage befand und den man immer wieder in der Gestalt Frankensteins gesehen hat. Einen Hinweis darauf könnte schon der Vorname Victor bilden, den Shelley in seinen frühen Dichtungen wiederholt als Pseudonym oder für literarische Gestalten verwendet hat. Wie der Romanheld war auch Shelley ein jugendlich begeisterter Himmelsstürmer von außerordentlicher menschlicher Anziehungskraft – »was für ein Jammer«, bemerkte Godwin einst, »dass ein so schöner Mensch zugleich so verworfen ist« –, der selbst leidenschaftlich den Geheimnissen der Natur nachspürte und dabei ebenfalls eine okkulte Phase durchlief. Sah sich Mary selbst als Elizabeth, die ihren Geliebten an die Welt des Geistes und eine Männerfreundschaft mit Byron verloren zu haben glaubte?

6

Wie der Roman *Frankenstein* auf die Science-Fiction-Literatur vorausblickt, so wächst er literarisch aus der »Gothic Novel« heraus, dem englischen Schauerroman, der seinen Höhepunkt um 1800 hatte. Er war ein Spross der »gotischen« Mode, die in England um 1760 den Geschmack zu bestimmen begann. Die Ornamentik des gotischen Stils aus dem späten Mittelalter wurde dadurch ästhetisch aufgewertet und in den Künsten die mittelalterliche Welt der Burgen, der katholischen Religion und des Aberglaubens ausgebeutet, um Gruselwirkungen bei dem Publikum eines sich für aufgeklärt haltenden Zeitalters hervorzurufen. Damit geschah eine Neubewertung des »Gotischen«, das nun nicht mehr mit Barbarei, Geschmacklosigkeit und Schwulst, sondern mit Eleganz, Kühnheit und Gefühlsbetontheit gleichgesetzt wurde. Wenig später als in England fand dieselbe Umorientierung etwa mit Goethes Aufsatz *Von deutscher Baukunst* über das Straßburger Münster und seinem Drama *Götz von Berlichingen* auch in Deutschland statt, verband sich aber – anders als in England – hier in der Romantik mit einer Bewegung nationaler Erneuerung.

Als Initiator der »gotischen« Mode in England gilt Horace Walpole (1717–97), vierter Earl von Oxford und langjähriges Parlamentsmitglied, der um 1760 in einer Zeit klassizistischen Bauens sein Landhaus Strawberry Hill im »gotischen« Stil umbauen und einrichten ließ und es damit zu einem vielbesuchten und -bewunderten Bauwerk machte. Er schrieb auch die erste Schauer- und Inzest-Tragödie dieser Zeit, *The Mysterious Mother* (1768), die noch Schiller beeindruckte und Einfluss auf seine Tragödie *Die Braut von Messina* hatte, und verfasste den ersten gotischen Schauerroman, *The Castle of Otranto. A Gothic Story* (1764). Walpole ließ übernatürliche Kräfte eingreifen, um Burg und Besitz Otranto nach schauerlichen Ereignissen aus den Händen eines Usurpators wieder in die des rechtmäßigen Erben zu überführen, und schuf damit *den* Typ von Schauerroman, in dem das »Gotische« unter anderem in der Darstellung des Übersinnlichen besteht (Geister erscheinen, Menschen verbinden sich mit dem Teufel, Glocken schlagen von selbst usw.), das die menschliche Welt regiert – ein Element, das verfeinert noch im romantischen Schicksalsdrama in Deutschland weiterlebt. Dieser Strang der »Gothic Novel« führt – um nur die berühmtesten Beispiele zu nennen – über *The Monk* (1796) des schon erwähnten Matthew Lewis (1775–1818) zu Charles Maturins (1782–1824) *Melmoth the Wanderer* (1820). Aber bald entstand eine Variante des Romantyps, in der das Übernatürliche gerade nicht existiert, sondern durch die Machenschaften eines abgründig Bösen, eines Wahnsinnigen oder auch durch den bloßen Zufall nur vorgetäuscht wird. Damit verlagert sich der Schwerpunkt vom Metaphysischen zum Psychologischen, Moralischen und Technischen. Das Unheimliche und Bedrohliche geschieht nun in einer durchaus menschlichen, deutbaren und vertrauten Welt. Gerade dadurch aber gewinnt es eine neue Dimension des Bestürzenden, weil es möglich erscheint, ohne dass man an Überwirkliches zu glauben braucht: das Grauenhafte wird Teil der Realität; und das Genre wird damit für die Leserschaft glaubwürdiger, weil es ihr keinen Aberglauben mehr zumutet, ja, nun in der natürlichen Erklärung des Phantastischen besonders die für ihre rationalistische Geistestradition bekannten Engländer anspricht.

Was allerdings beide Typen des »gotischen« Romans gleichmäßig auszeichnet, ist die Faszination durch das Unheimliche, Abgründige oder Böse, und daher finden sich in ihnen auch – wie in *Frankenstein* – so häufig Anspielungen auf Milton und seinen Satan. Es bleibt ebenfalls ein verbindendes Element der Gattung, dass sich in der Vergangenheit das Böse in einem Verbrechen manifestiert hat, das die Gegenwart überschattet und im Laufe des Romans enträtselt und gedeutet wird, so schon in *The Castle of Otranto*. Auch Mary Shelley verwendet noch diesen Grundzug des Genres, denn von der vermessenen Schaffung des Monsters, die am Anfang von Kapitel 5, dem übrigens von der Autorin zuerst geschriebenen Stück des Werkes, berichtet wird, hängt die gesamte weitere Handlung ab.

Die unbestrittene Meisterin des Schauerromans, der ohne das Übersinnliche auskam, war Ann Radcliffe (1764–1826), deren in den neunziger Jahren veröffentlichte Werke von den Lesern verschlungen wurden und angenehme Gruselvorstellungen auslösten. Am berühmtesten sind *The Mysteries of Udolpho* (1794) und *The Italian, or The Confessional of the Black Penitents* (1797). Von ihren Heldinnen wird immer wieder betont, dass sie – im Gegensatz zu ihren naiven Zofen – keineswegs abergläubisch sind und sich lange weigern, die nächtlichen Schrecken, die ihnen begegnen, wenn sie allein durch riesige Schlösser, unterirdische Gänge oder dunkle Wälder irren, für wirklich zu halten. Es gehört durchaus in diese Tradition, wenn Frankenstein Walton erzählt, dass er dazu erzogen wurde, nicht an übernatürliche Erscheinungen zu glauben, und gelassenen Schrittes nachts über Friedhöfe gehen kann. Ann Radcliffe verschmilzt das Genre mit dem sentimentalen Frauenroman der Zeit. In ihren Büchern steht ein von einem Bösewicht verfolgtes junges Mädchen im Mittelpunkt, das meist in einem mittelalterlichen Schloss gefangen gehalten wird und erst nach vielen hundert Seiten dem Verfolger entgeht. Was Mary Shelley von ihr lernte, war der Rhythmus von erholsamer Landschaftsschilderung und atemberaubender Gruselszene, nicht so sehr die Thematik des verfolgten Mädchens, die in Elizabeths Tod noch anklingt, aber nicht mehr ausgesponnen wird. Denn unterdessen hatten sich Varianten der »Gothic Novel« entwickelt, die mehr und mehr das eigentlich »Gotische« abstreifte und das Schauerliche in anderen Zeiten und Bereichen ansiedelte. So war etwa mit William Beckfords (1760–1844) *The History of Caleph Vathek. An Arabian Tale [...]* (1786) die orientalische, und mit William Godwins schon skizziertem *Caleb Williams* die zeitgenössische Welt einbezogen worden. Auch die Protagonisten haben damit gewechselt, denn in *Caleb Williams, Frankenstein* oder auch *Melmoth the Wanderer* ist, als die große Zeit des sentimentalen Romans zu Ende geht, auch das verfolgte Mädchen aus dem Schauerroman verschwunden. Statt dessen tritt nun der dämonisch besessene junge Mann, der typisch romantische Held, in den Vordergrund, womit auch die Psychologie komplexer und die Thematik ernsthafter wird. Aus dem bloßen literarischen Gruselkabinett und der Leidensgeschichte eines unschuldigen Mädchens wird nun ein Genre, das das Unheimliche zur Welt- und Menschendeutung benutzt und in die Tiefen des menschlichen Unbewussten eindringt, wie es in Deutschland etwa E. T. A. Hoffmann tut, dessen Roman *Die Elixiere des Teufels* (1815) auf Lewis' *The Monk* fußt.

Ein Werk dieser Art, das auf Mary Shelleys *Frankenstein* besonders deutlichen Einfluss gehabt hat, ist der berühmteste Roman des ersten amerikanischen Romanciers Charles Brockden Brown (1771–1810), *Wieland; or, The Transformation. An American Tale* (1796). Das Buch stellt in aufklärerischer Absicht einen Fall von religiösem Wahn dar. Wie die Ich-Erzählerin Clara Wieland, die typische furchtlose Heldin des Schauerromans, einer Freundin berichtet, glaubte ihr Bruder das Gebot göttlicher Stimmen auszuführen, als er, um seinen absoluten Gehorsam gegen Gott zu beweisen, seine Frau und seine Kinder ermordete. Dieser religiöse Fanatismus wurde durch die Einwirkung eines geheimnisumwitterten Bauchredners gefördert, dessen Gabe unerkannt blieb und als übernatürliche Stimme gedeutet wurde. Gerade der falsche Glaube an das Übersinnliche und seine verheerenden Folgen werden also bei Brown zum Thema und Angriffspunkt des Schauerromans. Mary Shelley las das Buch 1815, und es ist ersichtlich, dass die Zerstörung der eigenen Familie, die bei Frankenstein indirekt über das Monster und damit psychologisch verdeckter und verwirrender vollzogen wird, von brownschen Anregungen gespeist ist.

7

Der Tod Shelleys im Juli 1822 bildete einen tiefen Einschnitt in Mary Shelleys Leben: mit 25 Jahren fand sie sich als Witwe mit einem dreijährigen Sohn und ohne gesicherte finanzielle Lebensbasis. Ihr gestörtes Verhältnis zu ihrem Vater wurde wieder freundlicher, aber ihr Schwiegervater lehnte jeden Umgang mit ihr ab. Seine finanzielle Unterstützung für ihren Sohn erkaufte sie mit der Verpflichtung, den Namen Shelleys nicht an die Öffentlichkeit zu zerren. Noch als sie 1839 eine vierbändige Ausgabe von Shelleys Werken herausgab, musste sie darauf verzichten, eine Biographie ihres toten Mannes beizufügen, weil Sir Timothy Shelley wieder einmal mit dem Entzug des ohnehin nicht gerade großzügigen Unterhalts für seinen Enkel drohte. (Die Anmerkungen, die Mary deshalb gezwungenermaßen zu den einzelnen Gedichten über ihre Entstehung machte, um die zusammenhängende Biographie zu ersetzen, haben der Shelley-Forschung große Dienste erwiesen.)

Obwohl Mary Shelley weiterhin gesellschaftlichen Umgang hatte, obwohl darunter nach wie vor berühmte und geistreiche Zeitgenossen waren – Washington Irving aus Amerika und Prosper Merimée in Frankreich etwa –, obwohl sie mehrmals hätte wieder heiraten können, vereinsamte sie innerlich immer mehr. Shelleys alter Freundeskreis zog sich von ihr zurück, weil sie sich weigerte, sich selbst und das Werk ihres Mannes in den Dienst des politischen Radikalismus oder Reformismus zu stellen; und persönliche Enttäuschungen blieben ihr nicht erspart. So starb Lord Byron schon 1824 in Griechenland, und sie schrieb in ihr Tagebuch:

»Albè Byron – der liebe, launenhafte, faszinierende Albè – hat diese öde Welt verlassen! Gebe Gott, dass ich jung sterbe! Eine neue Generation entsteht rund um mich herum. Im Alter von 26 bin ich in der Lage eines alten Menschen. Alle meine alten Freunde sind dahin. Ich habe nicht den Wunsch, neue kennenzulernen. Ich klammere mich an die wenigen mir verbleibenden, aber sie entgleiten mir, und mein Herz versagt, wenn ich bedenke, wie wenige Bande mich noch an die Welt fesseln.«

Ihre gute Freundin Jane Williams, deren Mann zusammen mit Shelley ertrunken war, brüstete sich nun mit Shelleys Liebe und heiratete dessen alten Freund Thomas Hogg. Die Entfremdung von beiden war ein harter Schlag für Mary. Wieder zu heiraten konnte sie sich nicht entschließen:

»Mary Shelley soll auf meinem Grabstein stehen – und warum? Ich weiß es nicht, aber es ist ein so hübscher Name, dass ich es niemals über mich bringen würde, ihn aufzugeben, auch wenn ich mich selbst jahrelang dazu zu überreden versuchte«, schrieb sie am 14. Juni 1831 an Edward Trelawny. Mehr und mehr trat die Erziehung ihres Sohnes in den Mittelpunkt ihres Lebens. Es war ihr Ehrgeiz, ihm eine angemessene Ausbildung zu geben. Auch wenn Percy Florences Großvater väterlicherseits dazu nur widerwillig beitrug, würde Marys Sohn doch seinen Titel und seinen Besitz übernehmen. Er musste sich dann allerdings noch bis 1844 gedulden, denn Sir Timothy erwies sich als außerordentlich langlebig.

Mehrmals unternahm Mary Shelley noch Auslandsreisen, die längste 1840 mit ihrem nun 21jährigen Sohn. Man besuchte auch die Schweiz, wo sich unweigerlich Erinnerungen an glücklichere Tage einstellten. In ihrem Buch *Rambles in Germany and Italy* (1844) schrieb Mary:

»Schließlich eröffnete sich mir der Blick auf den Schauplatz, wo ich gelebt hatte, als ich aus der Kindheit ins Leben trat. Dort, am Ufer von Bellerive stand ›Diodati‹; und unser anspruchsloses Haus ›Maison Chapuis‹ schmiegte sich dicht an den untenliegenden See. Dort waren die Terrassen, die Weinberge, der aufwärtsführende Weg, der sich durch sie hindurchwand, der kleine Hafen, wo unser Boot vor Anker lag; ich konnte tausend kleine Eigentümlichkeiten bezeichnen und wiedererkennen, damals vertraute Dinge – dann vergessen – aber nun voller Erinnerungen und Assoziationen. War ich derselbe Mensch, der dort gelebt hatte, die Gefährtin von Toten? Denn alle waren dahin: sogar mein kleines Kind, das ich als die Freude meines künftigen Lebens betrachtet hatte, war als Baby gestorben – nicht eine Hoffnung, die damals Knospen trug, hatte sich zur Blüte geöffnet; Sturm und Verderben und Tod hatten alles erfasst und zerstört. Während ich noch jung war, hatte ich die Lebensstufe eines alten Menschen erreicht.«

Als Mary Shelley 1823, etwa ein Jahr nach dem Tod ihres Mannes, aus Italien nach England zurückkehrte, entschloss sie sich, wohl auch aufgrund des Erfolgs von *Frankenstein*, von schriftstellerischer Tätigkeit zu leben. Es erwies sich, dass sie damit nicht reich werden, sich aber über Wasser halten konnte. Überlebt hat dieses spätere Werk, das recht umfangreich ist, nicht, obwohl das meiste davon in den letzten fünfzig Jahren wieder an die Öffentlichkeit gebracht worden ist. Es besteht aus einer Fülle von historischen, phantastischen, schauerlichen und sentimentalen Erzählungen, die wie *Frankenstein* die dämonische Phantasie der Autorin enthüllen, meist anonym in verschiedenen englischen Zeitschriften erschienen und zum Teil anscheinend noch gar nicht wiederentdeckt sind; aus dem schon erwähnten Reisebericht; aus literarischen Artikeln und Kritiken; aus Biographien italienischer, französischer und spanischer Autoren und Wissenschaftler für *Lardner's Cyclopaedia;* und aus sechs umfangreichen Romanen: *Valperga; or, The Life and Adventures of Castruccio, Prince of Lucca* (1823), ein historischer Roman aus dem italienischen Mittelalter; *The Last Man* (1826); *The Fortunes of Perkin Warbeck, a Romance* (1830), die Geschichte des falschen englischen Thronprätendenten gegen Ende des 15. Jahrhunderts, die auch Schiller dramatisch bearbeiten wollte; und die späten Romane *Lodore* (1835) und *Falkner* (1837).

Am meisten Aufmerksamkeit von diesen späteren Werken verdient neben einigen Erzählungen wohl *The Last Man.* Es handelt sich dabei um einen Zukunftsroman, in dem der Untergang der Menschheit durch die Pest im 21. Jahrhundert aus der Sicht des letzten Menschen, Lionel Verney, geschildert wird, der sich mit den letzten Überlebenden von England auf den Kontinent geflüchtet hat, sich nach dem Seuchentod der anderen allein nach Rom rettet und dort, in dem alten Zentrum einer noblen Kultur, im Alter von 37 Jahren die Geschichte der Vernichtung der menschlichen Rasse niederschreibt. Wie in *Frankenstein* steht also die menschliche Einsamkeit im Zentrum des Buches, wie dort spielt Mary Shelley geschickt mit den Nerven der Leser; und wie dort interessiert sie sich nicht für die technischen Aspekte ihres Themas, sondern für die psychischen Vorgänge, für die Angst-, Schuld-, Reue- und Liebesgefühle von Menschen, die dem Durchschnittsleben entrissen werden und sich an den Grenzen des Menschseins finden. Das Buch nimmt in gewisser Hinsicht Albert Camus' *Die Pest* vorweg, denn wie dieser moderne Roman widmet es sich ausführlich den menschlichen Reaktionen – Angst, Panik, Gemeinheit, Edelmut usw. – auf die unfassbare Katastrophe, die sich Schritt für Schritt unaufhaltsam vollzieht. Während *The Last Man* die technische Phantasie vermissen lässt, ohne die heute kein Zukunftsroman mehr zu denken ist – bei Mary Shelley reitet man noch im 21. Jahrhundert zu Pferd und verwendet Segelschiffe –, enthält es interessante Spekulationen über die Zukunft Englands: Die Monarchie ist abgeschafft, ein »Protector« regiert parlamentarisch, die Parteien der Monarchisten, der Aristokraten und der Republikaner kämpfen um die Vorherrschaft, und der letzte Thronprätendent aus dem Haus Windsor (sic!) wartet auf seine Chance. Anders als Camus' Roman ist dem übermäßig langen Roman Mary Shelleys der Erfolg versagt geblieben. Noch heute trägt ausschließlich *Frankenstein* ihren Ruhm. Aber nicht einmal diese Formulierung ist richtig. Der Ruhm dieses Romans hat sich verselbständigt – ein Schicksal, das die Autorin nicht verdient.

Christian Grawe

Englischer Originaltitel:
Frankenstein; or, The Modern Prometheus (1818)

RECLAM TASCHENBUCH Nr. 20516

Umschlaggestaltung: Anja Grimm Gestaltung; Vorlagen: pio3/Shutterstock.com;
Patrick Guenette / 123rf.com; Dina Konovalova / 123rf.com; CSA Images /
B&W Engrave Ink Collection / istock.com
Umschlagmaterial: PEYVIDA puro 270 g/m², peyer graphic gmbh
Druck und Bindung: GGP Media GmbH, Karl-Marx-Straße 24, 07381 Pößneck
Printed in Germany 2022
RECLAM ist eine eingetragene Marke
der Philipp Reclam jun. GmbH & Co. KG, Stuttgart
ISBN 978-3-15-020516-7

Auch als E-Book erhältlich

www.reclam.de

FSC www.fsc.org
MIX
Papier aus verantwortungsvollen Quellen
FSC® C014496